QUELLO CHE UN FIGO VUOLE

JUDI FENNELL

MERJINN PRESS

PHILADELPHIA, PENNSYLVANIA

Una scommessa amichevole a poker tra amici... e chi perde deve fare le pulizie per un mese. I Manley Maids sono al vostro servizio... Soddisfazione garantita.

Tutto ciò che tocca il genio della finanza e *enfant prodige* Beckett Fields si trasforma in oro — be', da quando ha cambiato nome e ha dato una svolta alla sua vita. Ma quando scommette alla partita di poker mensile, sembra che la sua fortuna sia appena finita.

O forse no?

La dottoressa Jennifer Bingham ha fatto tutto nel modo giusto per tutta la vita, a partire dal liceo, quando ha cercato di aiutare un ragazzo carino che tutti gli altri consideravano un perdente. E ora, a causa del pasticcio che sua sorella gemella ha combinato nella propria vita, Jennifer sta crescendo sua nipote, Sami.

Quando il ragazzaccio Beckett si presenta a casa sua per fare le pulizie, usando ora un nome diverso, lei cerca di dimenticare come lui l'abbia snobbata anni prima. Ma a causa delle bugie del suo ex marito, delle conseguenze degli errori di sua sorella e del mistero su chi possa essere il padre di sua nipote, Jennifer non vuole lasciare nulla al caso.

Finché Sami non scappa per cercare suo padre, e Beckett non rilancia offrendo il suo sostegno, la sua verità e il suo amore.

Questa è una scommessa che Jennifer è disposta ad accettare.

Serata tra uomini

∽

Terzo venerdì del mese

«Guardate e schiattate, signorine.»

Liam Manley calò le carte, accolto da un coro di lamenti dal resto del tavolo.

Beckett Fields ricacciò indietro un *figlio di puttana* tutto suo. Vinceva quasi sempre a poker, soprattutto perché i numeri e le probabilità erano il suo forte. Se contare le carte non fosse illegale, avrebbe potuto guadagnarsi da vivere alla grande a Las Vegas e, anche se quello che sapeva fare non era *tecnicamente* contare le carte, dubitava che i pezzi grossi del casinò la vedessero diversamente.

A Liam ovviamente non importava, perché la sua scala reale batteva il full di Beck.

Così come la scala colore al sei di Sean.

E il poker d'otto di Kerry.

Il poker di nove di Kirk.

Tutti gli occhi si puntarono su Cooper. Specialmente quelli di Beck. Quel tizio *non poteva* avere una mano che battesse un full. Semplicemente *non poteva*. Le probabilità, con tutte quelle altre mani vincenti, erano astronomiche.

Cooper scoprì le sue carte.

Full. Re e sei.

Beck non aveva bisogno di guardare di nuovo la sua mano, ma lo fece comunque. Tre e due.

Aveva perso.

«Beck?» Liam bussò sul tavolo. «Hai intenzione di fissarle tutta la notte o ci farai sapere quale di questi perdenti dovrà mettersi un'uniforme da cameriera?»

Oh, merda. Giusto; in palio c'era *quello*. La partita mensile di poker dei fratelli Manley e dei loro amici alzava la posta il terzo venerdì del mese: il perdente non perdeva solo soldi. Cristo. Già era un male perdere, ma doveva proprio perdere *stanotte*? E lui che aveva pensato che la sua fortuna fosse cambiata quando aveva cambiato nome.

A quanto pare, no.

Espirò e posò le carte sul tavolo, dandosi fino al tre prima che iniziassero i festeggiamenti.

I ragazzi arrivarono a due.

«Meglio a te che a me in quei pantaloni verdi stavolta, amico» disse Cooper.

Liam rastrellò le sue fiches. «E mi devi i soldi della scommessa secondaria.»

«Pensavo che le probabilità fossero il tuo forte, Beck.» Kerry lo salutò alzando una birra.

«Sì, le probabilità di *perdere*» sbuffò Kirk.

«Ehi, non è poi così male» disse Sean. «Insomma, io ci ho guadagnato qualcosa di buono a lavorare per Mac. Anche Lee e Bry.»

«Già.» Liam annuì mentre creava delle pile perfettamente e fastidiosamente allineate, gongolando sia per la vittoria *sia* per aver conquistato la ragazza. Il bastardo. «Ma Beck non cerca moglie. Beck Una-Botta-e-Via. Dentro e fuori in un'ora.»

Kerry inclinò la sua birra verso Liam. «Forse tua sorella dovrebbe usarlo come nuovo slogan. Darebbe una svolta interessante all'elenco dei servizi disponibili di Manley Maids.»

Beck li lasciò parlare. Se l'erano guadagnato. Dopotutto, conosceva le regole quando aveva puntato. Il perdente lavora per il servizio di pulizie di Mary-Alice Catherine Manley per un mese. All'inizio era iniziata come una scommessa persa, quando Sean aveva dovuto indossare l'uniforme per la prima volta, ma la trovata era diventata un'ottima tattica di marketing. Per quanto riguardava gli altri, be', era esilarante vedere il perdente di turno dover sgobbare per un mese.

Tranne quando il perdente era *lui*.

Dio, non perdeva da quindici anni o giù di lì. Non da quando aveva rifiutato l'unica ragazza gentile che gli avesse rivolto la parola al liceo, ma era stato perché allora non era degno di lei. Non aveva prospettive. Stava per uscire dal sistema degli affidi per raggiunti limiti d'età senza un posto dove andare, senza soldi, senza piani e senza la minima idea di come sarebbe sopravvissuto.

Si direbbe che, con tutto quello che aveva raggiunto nel frattempo, quell'unico episodio non sarebbe tornato a perseguitarlo solo perché aveva perso una scommessa a poker, ma, sì, successe. Perché perdere faceva schifo.

E a quanto pare, lo stesso valeva per l'aspirapolvere che ora avrebbe dovuto usare.

Capitolo Uno

Un domestico.

Era un dannato *domestico*.

Qui a pulire sporco, polvere, muffa e gabinetti.

Come diavolo era successo?

Beck si guardò intorno prima di scendere dalla sua Mercedes. Dio l'aiutasse se qualcuno dei suoi clienti l'avesse visto in quella ridicola tenuta. Camicia verde, pantaloni verdi; sembrava il bastoncino dell'ultimo intruglio al rum che il barista gli aveva servito ad Aruba due mesi prima.

Cosa non avrebbe dato per essere di nuovo su quella spiaggia.

Si sistemò il cappellino da baseball che Liam, il suo cosiddetto amico, aveva gettato insieme alla divisa del servizio di pulizie di Mac. Era dello stesso verde vomito — anche se Lee insisteva che fosse verde menta — ma, di qualunque colore fosse, almeno gli ombreggiava il viso. Anche gli occhiali da sole aiutavano. Grazie a Dio Mac non gli aveva messo il nome sulla camicia come se fosse la maglia di una squadra. Squadra Manley, forza squadra.

Più che altro, andate *a casa,* squadra.

Aprì il bagagliaio e dispiegò la mezza dozzina di sacchi della spazzatura che aveva avvolto intorno alla cassetta degli attrezzi per le pulizie, anch'essa verde vomito. Ci mancava solo che uno di quelli perdesse.

Afferrò l'aspirapolvere, quella specie di scopa/mocio e un secchio. Avrebbe dovuto portare con sé la sua assistente. Fiona era un genio a destreggiarsi tra mille cose.

Solo che non voleva che nessuno lo vedesse così. Già era stato abbastanza brutto dover provare quella dannata divisa prima che Mac lo lasciasse uscire dal suo ufficio — e aveva seriamente considerato di restare lì finché lei non lo avesse sollevato da quella stupida scommessa — ma non avrebbe permesso a nessun altro che conosceva di vederlo. Non se ne sarebbe mai dimenticato alla successiva cena di settore.

Sollevando gli oggetti che aveva in braccio, Beck cercò di passare dal marciapiede al giardino il più velocemente possibile, evitando il percorso lungo il vialetto fino al passaggio in mattoni. Tagliare per il prato gli fece risparmiare una trentina di secondi sul tragitto.

La merda di cane che pestò stava per aggiungerli di nuovo, triplicati.

Figlio di puttana.

Trascinò gli scarponi da lavoro con la punta rinforzata in acciaio — che erano comodi quanto un paio di tacchi alti da donna, anzi, probabilmente dei tacchi a spillo sarebbero stati più comodi — nell'erba per togliersi di dosso quel casino.

Non servì a molto.

Sospirando, saltellò su un piede fino alla casa e si sedette sul gradino tra il passaggio in mattoni e il portico. Strappando uno straccio dal fagotto di delizie dentro il suo vaso di Pandora di prodotti per la pulizia, lo spruzzò con uno spray pulente biologico di un qualche tipo, per poi quasi vomitare mentre puliva l'intricato battistrada antiscivolo dello scarpone.

Non avrebbe mai dovuto giocare quell'ultima mano. Ma i ragazzi avevano cominciato a dargli del cagasotto e, be', che poteva dire? Non era mai stato uno che si tirava indietro di fronte a una sfida.

La sua assistente sociale, ai tempi in cui era nei servizi, aveva sempre detto che quello lo avrebbe messo nei guai. Avrebbe dovuto darle ascolto.

Finì per spruzzare il prodotto di pulizia direttamente sulla suola finché i, uhm, *detriti* non si furono liquefatti abbastanza da colare via dal battistrada. Poi usò lo straccio per asciugare la scarpa, sperando di catturare ogni ultimo residuo in modo da non portarselo in casa.

Quella che era lì per pulire.

Figlio di puttana.

Beck raccolse la sua attrezzatura, poi si guardò intorno in cerca di un posto dove gettare lo straccio. Non se ne parlava di rimetterlo nella cassetta, e la tasca era fuori discussione. I pantaloni erano così aderenti che si sarebbe visto un rigonfiamento. Anzi, un *secondo* rigonfiamento, se solo avesse pensato a qualcosa di sexy, dato quanto erano maledettamente stretti quei pantaloni.

Grazie a Dio poteva onestamente dire di non essersi mai sentito meno sexy in vita sua.

Jennifer Bingham allargò leggermente due listelli delle sue persiane in legno. Non aveva mai visto nessuno più sexy del tizio chino di fronte a lei, che indossava i pantaloni più attillati che si potessero trovare fuori da uno stadio. E, considerando che il pezzo da novanta del baseball, Jared Nolan, così come Bryan Manley, l'ultimo sex symbol ad aver abbellito gli schermi cinematografici, erano entrambi suoi clienti, *questo* la diceva lunga.

Ma se questo tizio voleva essere un cliente, doveva imparare che lei non faceva visite a domicilio e di certo non voleva che nessuno si presentasse a casa sua, non importava quanto stesse male il suo animale domestico.

Solo che... non aveva in braccio un animale. Aveva in braccio... un aspirapolvere?

Oh, cavolo. Il servizio di pulizie. Oggi era il giorno che aveva fissato settimane prima e di cui si era dimenticata.

Jennifer lasciò ricadere i listelli e si guardò intorno nel suo salone. Gemette. Il randagio che aveva preso in affido definitivo dal suo studio veterinario aveva avuto una reazione all'antibiotico e aveva perso un sacco di pelo, e Sami aveva deciso di fare il cambio di stagione dei vestiti in anticipo. Non importava quante volte Jennifer le dicesse che il salone non era un armadio gigante, la bambina non ascoltava, e quello era solo uno dei motivi per cui alla fine aveva ceduto e aveva ingaggiato un'impresa di pulizie. Sami aveva sette anni e se ne sentiva ventisette, e voleva il guardaroba per dimostrarlo.

Jennifer raccolse una pila di... oh, cavolo. Sami era andata anche nel *suo* armadio. I tanga non erano adatti a una bambina di sette anni e, data la scarsità di appuntamenti che *lei* aveva avuto di recente, probabilmente avrebbe dovuto metterli via finché la sua vita sociale non fosse tornata a ingranare.

Specialmente se la bambina li aveva sparsi in giro perché questo tizio li raccogliesse.

Suonò il campanello. Merda.

Jennifer raccolse più vestiti che poté, lasciandoli cadere in un enorme mucchio vicino alle scale. Gli avrebbe detto che era il bucato che stava portando in camera sua per smistarlo. E poi lo avrebbe fatto davvero.

«Mamma, apro io la porta?» chiamò Sami dalla soglia della cucina abitabile. Coi tacchi. I suoi décolleté nuovi, per la precisione. Quelli che Jennifer non aveva ancora avuto occasione di indossare.

Sami indossava anche il suo tubino nero, che le arrivava sotto i tacchi. Fantastico, una mossa sbagliata e quei tacchi a spillo ci avrebbero fatto uno squarcio come un perforatore.

«Non ti muovere, Sami. Apro io.» Sfilò un altro tanga da un cuscino sul divano e lo lanciò verso la pila.

Mancata. Ovviamente.

Il campanello suonò di nuovo.

«Arrivo!» Saltò oltre i suoi stivali nuovi — per metà fuori dalla scatola in cui erano arrivati — e salì i due gradini fino al pianerottolo dell'ingresso, afferrò la porta e la spalancò.

Il ragazzo dall'altra parte le cadde addosso.

Maledizione, il parquet era davvero *duro* quando incontrava la tua schiena. E il tuo sedere.

«Porca miseria, mi dispiace», disse lui, tirandosi su da sopra di lei.

Quei suoi pantaloni non lasciavano *nulla* all'immaginazione. Avrebbe potuto capire di che religione fosse, con quelli addosso.

Non che avrebbe dovuto guardare.

Ma come poteva evitarlo? Era all'altezza perfetta—

Oh mio Dio. Jennifer indietreggiò a gattoni, cercando di concentrarsi su qualsiasi cosa tranne ciò su cui si era appena concentrata.

Chi aveva disegnato quella divisa? Aveva lavorato per i Chippendales? Se c'era del Velcro sulle cuciture, Jennifer lo avrebbe spinto fuori dalla porta.

«Ecco, lascia che ti aiuti ad alzarti.» Le tese la mano. «Stai bene?»

Lei guardò la sua mano. Poi guardò lui.

No, non stava bene. Già era abbastanza brutto che gli avesse squadrato il pacco; il viso era altrettanto notevole. Neanche le spalle erano da buttar via, e gli avambracci erano scolpiti al punto giusto da farle venire voglia di afferrarli e non lasciarli mai più.

«Signorina Bingham?»

«Dottoressa.» Merda. Non era quello che voleva dire. Sembrava pretenzioso quando non era in ambulatorio, ma era la sua risposta automatica quando qualcuno la chiamava così.

«Le serve un dottore? Caspita. Mi dispiace di esserle caduto addosso. Stia ferma lì. Chiamo il 118.»

Scosse la testa. «No. Non è quello che intendevo.» Spostò i piedi sul primo gradino che scendeva verso il suo salone ribassato e si alzò barcollando da sola. «Sto bene. Ma *io* sono un medico. Un veterinario, in realtà.»

Il ragazzo la squadrò. E non in senso buono. Più in un modo del tipo: «Un medico in pantaloni da yoga e una maglietta extralarge?».

«Ho lasciato il camice in ambulatorio.» Eppure, si tirò un po' giù la maglietta. I pantaloni da yoga aderivano in punti che non voleva davvero mettere in mostra con ragazzi che aveva appena conosciuto. Ovviamente, non si aspettava che il servizio di pulizie le mandasse un uomo, e sicuramente non uno che sarebbe stato bene sulla copertina di un romanzo rosa.

«Beh, sta bene? Ovviamente non mi aspettavo che la porta si aprisse quando ci ho bussato.»

«Scusami per quello. Stavo cercando di arrivare in fretta e non ho guardato dallo spioncino, altrimenti ti avrei visto e non avrei aperto la porta facendoti cadere dentro.» Santo cielo, stava blaterando. Non blaterava mai. L'unica cosa di cui Jennifer si vantava era di *non* blaterare. Era la gemella studiosa. Quella con la testa sulle spalle. Quella che pensava e analizzava sempre e ripensava alle cose prima di fare qualsiasi cosa. Blaterare non faceva parte del suo repertorio.

Anche se, a quanto pareva, adesso sì.

«Sei sicura di non aver battuto la testa?» Lui inarcò un sopracciglio e il pavimento ondeggiò sotto di lei.

Lo conosceva. John Becker. Il cattivo ragazzo del liceo per cui aveva avuto una cotta l'ultimo anno. Quello che se ne stava per le sue ogni volta che lei era nei paraggi. Quello che aveva respinto l'unica avance che avesse mai fatto a un ragazzo. «Credo di dovermi sedere.»

Lui le afferrò il bicipite — maledizione, non se l'era aspettato — e la accompagnò al divano.

Avrebbe dovuto dirgli di lasciarla andare. Avrebbe dovuto. Avrebbe ritrovato l'equilibrio se solo lui avesse smesso di toccarla.

Ovviamente lui la *lasciò* andare nel momento in cui si sedette e lei volle maledire l'universo per averla ascoltata, per una volta.

Ma poi le scostò dei capelli dal viso.

«Ti senti meglio?»

Oh, si sentiva *molto* meglio. Molte parti di lei si sentivano molto meglio. Parti che non si sentivano così da un po'—

«Grazie. Sto bene. Davvero. Ho solo saltato la colazione oggi.»

Stava mentendo alla grande. Aveva preparato il French toast per Sami e aveva finito quello che sua nipote non aveva mangiato. Ma come scusa, funzionava.

«Questo non va bene. Non è sano.»

Come medico, era d'accordo. Come donna a cui non dispiacerebbe perdere qualche chilo, avrebbe potuto discutere il punto. Ma non aveva intenzione di discutere con lui. Era solo sorpresa di riuscire a *parlargli*. «Beh, grazie per l'aiuto. E scusa per aver aperto la porta così in fretta.»

«Ehi, è la tua porta. Puoi aprirla come vuoi.»

Stavano davvero parlando della sua porta? Non c'era da meravigliarsi se non aveva avuto appuntamenti di recente se questo era il modo in cui parlava ai ragazzi. E non c'era da meravigliarsi se lui non era stato interessato ai tempi.

«Allora, da dove vorresti che iniziassi?»

Dalle sue labbra sarebbe stato un buon punto. Non veniva baciata da...

Oh. *Iniziare*. Nel senso di, pulire.

Oh, Dio. Casa sua. Il ragazzo dei suoi sogni adolescenziali era lì per pulirle casa. Se avesse saputo che avrebbero mandato *lui*, avrebbe messo in ordine. Be', se si fosse ricordata che oggi era il giorno in cui sarebbe venuto...

Oh, cavolo. Non era il caso di usare quel verbo.

«Ehm, dalla cucina, credo?» Le avrebbe dato la possibilità di rimettere in sesto la sua camera da letto.

«Okay, allora.»

Si diede una spinta sulle cosce per alzarsi e, che Dio l'aiutasse, Jennifer non poté *non* guardare il gioco di muscoli sotto quei pantaloni mentre lui si dirigeva verso la cucina. John Becker era diventato un uomo in modi che lei aveva solo sognato.

Purtroppo, lo *aveva* sognato. Un sacco.

Ma aveva imparato la lezione sui cattivi ragazzi, quindi forse era un bene che lui non avesse fatto nessuna mossa verso di lei. Soprattutto perché, ovviamente, non la riconosceva.

Il suo ego la stava prendendo benissimo.

Lui si fermò accanto alla pianta vicino al camino. «Dev'essere stata una festa coi fiocchi.» Accennò alla pianta. «Li tieni sempre lì i tuoi indumenti intimi, nel cactus di Natale?»

Jennifer sarebbe voluta sprofondare per l'imbarazzo, ma raddrizzò le spalle, sfilò il perizoma dalle foglie spinose e se lo cacciò nella tasca posteriore. «Scusa. Stamattina il bucato è letteralmente esploso.»

«Ho sentito dire che il bucato può essere pericoloso.»

Il luccichio nei suoi occhi la fece sorridere.

«Mamma? Flopsy deve uscire.» Sami entrò trotterellando dalla cucina, dove si era spostata anche se Jennifer le aveva detto di non farlo, con i tacchi che *ciabattavano* sul pavimento e il vestito nero che le strisciava dietro.

«Arrivo subito, tesoro.»

Flopsy se la cavava bene da solo nonostante gli mancasse una zampa, ma Sami insisteva che Jennifer uscisse con lui. Sua nipote aveva problemi a stare da sola. Principalmente perché sua madre l'aveva lasciata sola la notte in cui era stata arrestata, e per i due giorni che erano serviti ad Andrea per smaltire la botta e ricordarsi di *avere* una figlia. Era successo due anni prima e da allora Sami stava con Jennifer. Considerando che Andrea non sarebbe uscita per altri dieci anni, questo rendeva Jennifer a tutti gli effetti la mamma di Sami.

«Chi sei?» Sami si mise una mano sul fianco e guardò l'addetto alle pulizie.

«Sono Beck. Tu come ti chiami?»

«Sono Sami.»

«Piacere di conoscerti, Sami. È un bel vestito.»

«È suo.» Indicò Jennifer con il pollice. «Me lo sto solo provando.»

«Ah. Be', ti sta molto bene.»

Il viso di Sami si illuminò. «Grazie. Anche tu sei bello.»

La verità esce dalla bocca dei bambini.

Beck, era così che lo chiamavano i ragazzi a scuola, si sfregò le mani e guardò Jennifer. «Allora. La cucina?»

«Oh. Giusto. Da questa parte.» Tese la mano verso la stanza da cui era appena uscita Sami, passando mentalmente in rassegna il caos che lui stava per trovare.

Per fortuna, aveva pulito dopo colazione, ma se Nero si fosse avventato sul cibo di Flopsy, ci sarebbe stato un disastro. Il gatto amava terrorizzare il cane, e Flopsy era così grato di avere una casa che glielo lasciava fare.

Per fortuna, Nero non aveva ancora creato alcun caos, quindi Jennifer non era troppo imbarazzata. Ma c'era un motivo se aveva assunto un'impresa di pulizie.

Flopsy li accolse con il suo goffo saltello a tre zampe.

John... no, *Beck*... inarcò un sopracciglio. «Suppongo che questo sia Flopsy.»

Jennifer si sentì a disagio, ma non era stata lei a dare il nome al bastardino. Era sulla sua medaglietta quando l'aveva trovato in una ghiacciaia di polistirolo vuota sui gradini della clinica. Sembrava crudele, ma lui rispondeva a quel nome, e lei aveva pensato che essere abbandonato fosse già un incubo sufficiente per quella povera creatura, quindi non aveva avuto intenzione di cambiarglielo.

«Forza, bello. La mamma ti porta fuori.» Sami aggirò Jennifer per correre alla porta, inciampò nel vestito e cadde di testa verso il pavimento di piastrelle, ma per fortuna Beck aveva i riflessi pronti e la prese tra le braccia prima che toccasse terra.

«Ehi, piano, tesoro. Stai bene?»

Sami stava decisamente bene. *Più* che bene, a giudicare dall'adorazione quasi eroica che stava manifestando.

Annuì a Beck e gli diede una pacca sul braccio. «Grazie per avermi salvata.»

Jennifer avrebbe voluto alzare gli occhi al cielo. Sami era un po' piccola per esercitare le sue arti femminili sugli uomini, ma era chiaro che la bambina non lo sapeva. Sfortunatamente, era una cosa che aveva ereditato da sua madre. Jennifer poteva solo immaginare le cose che Sami aveva visto... e si sforzava davvero di *non* immaginarle. Andrea aveva preso molte decisioni sbagliate nella sua vita e la maggior parte di esse aveva a che fare con gli uomini.

«Nessun problema, principessa. Non volevo che sbattessi il naso sul pavimento. Sei troppo carina per questo.»

Okay, Beck stava un po' esagerando con i complimenti per una bambina di sette anni il cui film preferito era *Cenerentola*. Jennifer non aveva bisogno di riempire la testa di Sami con idee su Principi Azzurri che salvano damigelle in pericolo. Non era salutare. Né reale.

Come Jennifer sapeva in prima persona.

Sfilò Sami dalle braccia molto capaci di Beck e la mise a terra. «Forza,

Sami. Devi toglierti quel vestito e mettere in ordine la tua stanza così Beck può pulirla.»

Sami non distolse lo sguardo da Beck. «La pulirà lui? Perché?»

«Perché è il mio lavoro.» Indicò il logo sulla sua maglietta, che era tesa su un petto davvero notevole.

Accidenti. Jennifer non voleva notarlo.

«Vedi? C'è scritto Manley Maids.»

«Sei un domestico? Pensavo che solo le ragazze fossero domestiche.»

Jennifer avrebbe giurato di averlo sentito borbottare: «Anch'io», ma lui scosse la testa.

«Chiunque può essere un domestico. È un buon lavoro.»

«Io voglio essere una principessa.»

«Ma lo sei già.»

Questa volta Jennifer alzò davvero gli occhi al cielo. Era abbastanza.

Girò la testa di Sami in modo che la nipote la guardasse. «Okay, tesoro. Di sopra. Beck non ha tutto il giorno, e credo che la tua stanza richiederà almeno buona parte della giornata.»

Sami mise il broncio. «Non voglio.»

«Be', nemmeno lui. Mettere in ordine non è il motivo per cui è qui. Devi farlo tu prima che lui possa pulire.»

«Allora anche tu devi mettere in ordine la tua stanza. È disordinata quanto la mia.»

«E di chi è la colpa?»

Sami distolse lo sguardo e contrasse la bocca di lato prima di rispondere. «Mia.»

«Esatto. Quindi se non vuoi dover fare *entrambe* le stanze, ti suggerisco di darti una mossa. Io salgo dopo aver fatto uscire Flopsy.»

«Okay,» brontolò Sami, dirigendosi verso la porta.

«E togliti le mie scarpe, per favore. Beck non sarà lì a prenderti se cadi dalle scale.»

Jennifer se ne sarebbe assicurata. Sami non aveva bisogno di altri motivi per guardare Beck come se fosse la risposta a tutte le sue preghiere. Se la vita di Andrea non era un perfetto esempio delle ragioni per cui non farlo, a Sami bastava guardare il matrimonio fallito di Jennifer. Trent aveva portato il tradimento e la dipendenza a un livello completamente nuovo.

Le spalle di Sami si afflosciarono con un forte sospiro. Quella bambina avrebbe dovuto fare l'attrice. «E va bene.»

Si tolse le scarpe e corse fuori dalla stanza.

«E non correre. Inciamperai nel vestito.»

«Hai un bel da fare,» disse Beck quando Jennifer, scuotendo la testa, si girò di nuovo verso di lui.

«Di sicuro qui non ci si annoia mai, come puoi vedere dal disastro.»

Flopsy si rotolò sulla schiena ai suoi piedi e agitò le sue tre zampe: il suo segnale per chiedere attenzioni.

«Scusami un attimo, faccio uscire il cane.»

Beck guardò l'affascinante *dottoressa* Bingham uscire dalla porta, con il povero cane che le saltellava dietro. Doveva ammettere che il modo in cui il bastardino attirava la sua attenzione aveva funzionato. Chissà se la popolazione umana avesse iniziato a fare lo stesso...

Il fatto era che riusciva benissimo a immaginare la brava dottoressa sulla schiena con le gambe in aria.

Al lavoro, Fields.

Beck scosse la testa. Sì, prima avesse iniziato, prima se ne sarebbe potuto andare da lì. Anche se doveva dire che l'idea non era più così pressante come prima. Non si sarebbe mai aspettato che la sua cliente fosse così sexy. Quei pantaloni da yoga che indossava era come se non ci fossero, per quel poco che nascondevano. Le donne dovevano non rendersi conto di come apparivano con quelli addosso, specialmente quelle che ovviamente facevano yoga. Ora, se qualcuno li disegnasse a rete, ogni maschio del pianeta si iscriverebbe in palestra.

Mmm, forse avrebbe dovuto disegnarli *lui*. Nell'interesse di migliorare la razza umana e tutto il resto.

Ridacchiò. Aveva già abbastanza aziende dei suoi clienti di cui preoccuparsi senza provare ad avviarne una sua. In questo modo, otteneva una parte dei profitti senza i grattacapi.

Raccolse la pila di posta sul bancone per spostarla sul tavolo della cucina e provò un dolore di tutt'altro genere quando vide il nome sulla busta.

Jennifer Langston Bingham.

Wow. Era *proprio* lei. Aveva pensato che avesse un'aria familiare quando l'aveva aiutata a rialzarsi da terra.

Jennifer Langston e sua sorella gemella, Andrea, erano state le ragazze più sexy del suo anno. Lui era stato abbastanza fortunato da rimorchiare Andrea in un bar anni fa. Be', in realtà, era stata Andrea a rimorchiare *lui*. Non che se ne fosse lamentato. Aveva appena chiuso il più grosso affare della sua carriera fino a quel momento e stava festeggiando. Farsi abbordare da una delle ragazze più sexy del liceo era stata la ciliegina sulla torta.

Almeno finché non l'aveva beccata a tirare cocaina nel suo bagno la mattina dopo. L'aveva cacciata fuori e se n'era dimenticato.

Ma non si era mai dimenticato di Jennifer. Laddove Andrea era stata sfacciatamente sexy, Jennifer era stata più discreta. Più la ragazza della porta accanto.

E sembrava che il signor Bingham si fosse sistemato per bene, accaparrandosi la ragazza dei sogni di tutti. Quel figlio di buona donna.

Beck si guardò intorno in cerca di una foto del tizio. Diede persino un'occhiata di nuovo nel soggiorno. Foto di Sami adornavano le pareti, ma nessuna foto di famiglia.

Strano.

Ancora più strano era la mancanza di una fede nuziale sulla mano sinistra di Jennifer quando rientrò in cucina con il cane che le saltellava dietro.

Mmm... Che il signor Bingham non fosse stato così fortunato, dopotutto?

Be', non si sarebbe mai potuto dire che Beckett Fields fosse uno che si lasciava sfuggire un'occasione, specialmente quando il destino gliene aveva appena servita una su un piatto d'argento.

E, sì, proprio in grembo era dove voleva che Jennifer Langston Bingham si mettesse.

Capitolo Due

Jennifer si guardò intorno nella sua camera da letto, cercando una ragione per non uscirne. Non voleva affrontare John... Beck. Era stato difficile chiamarlo così, ma sarebbe sembrato terribilmente strano che lei lo chiamasse John quando lui ovviamente non si ricordava di lei, e l'umiliazione di dover spiegare chi fosse non ne sarebbe valsa la pena.

Sospirò e gettò un altro cuscino sul letto. Il cattivo ragazzo della scuola. Era stato solo in una delle sue classi, e quello era l'ultimo anno, dove lui, *ovviamente*, si sedeva in fondo, con un'aria imbronciata e sexy, e la sua immaginazione si era scatenata.

Ci aveva provato una volta, offrendosi di aiutarlo con un progetto, ma lui si era tirato indietro come se avesse avuto la peste.

Peccato che *Trent* non si fosse tirato indietro. Le avrebbe risparmiato un sacco di dolore, soldi e vergogna quando uno dei tecnici lo aveva beccato mentre cercava di forzare l'armadietto dei farmaci nella sua clinica.

Sapeva proprio sceglierseli, c'era poco da dire.

Jennifer raccolse la sua vestaglia di seta rosa dalla panca ai piedi del letto e la appese dietro la porta. Acqua passata, e Trent stava presumibilmente cercando aiuto per i suoi problemi di dipendenza. Sperava che sconfiggesse i suoi demoni, ma non poteva combattere quella battaglia con lui, perché lui l'aveva respinta. Aveva detto ogni sorta di cattiveria su di lei e, alla fine, lei non aveva voluto salvare il matrimonio per qualcuno che l'aveva soltanto usata.

Sì, aveva decisamente imparato la lezione. I cattivi ragazzi non avevano posto nella sua vita.

Qualcosa andò in frantumi al piano di sotto, seguito da un «Meeeeeoooo-www», il guaito acuto di Flopsy e un'imprecazione molto mascolina.

A quanto pare, un cattivo ragazzo aveva un posto in casa sua, però.

Jennifer inspirò profondamente e si fece forza per tornare di sotto; il che le fece venire in mente il *cingersi i lombi* e avrebbe preferito di gran lunga tenere i suoi lombi fuori dalla conversazione.

In realtà, non era vero. I suoi lombi si sentivano un po' troppo soli e quelli di John... *Beck*... sembravano proprio la cosa giusta per tenere a bada la solitudine.

Ed era per questo che si stava tenendo alla larga da quei lombi. Lombi caldi da cattivo ragazzo la mettevano solo nei guai.

Nero ululò di nuovo. Quello era un problema. Di solito era Flopsy ad avere la peggio, quindi se Nero stava ululando, qualcuno stava facendo qualcosa che non doveva.

Il che era un'altra immagine di cui Jennifer non aveva bisogno mentre lasciava i confini sicuri della sua stanza per affrontare John... *Beck!*... ancora una volta.

Quel dannato gatto gli aveva dato un'occhiata e aveva deciso di rendergli la vita un inferno.

Beck fissò la grossa e pelosa palla di pelo rompipalle. Bianco e nero, sembrava un pinguino che aveva mangiato troppi Oreo. Ma le apparenze ingannavano, perché quel bastardo sapeva muoversi.

Povero Flopsy. Era impegnato a inseguirsi la coda, una metafora della vita che Beck ricordava fin troppo bene dalla sua adolescenza. Poi era arrivato il gatto, che aveva attraversato furtivamente il tavolo della cucina e si era arrampicato sulla sedia, poi si era abbassato lentamente sulla pancia, aveva allungato una zampa oltre il bordo e aveva colpito il cane sulla testa, con gli artigli sfoderati.

Le tre zampe di Flopsy avevano ceduto, lui era atterrato goffamente sulla coda, e Beck avrebbe potuto giurare che quel gatto fosse nato nel Cheshire.

Poi il cane si era rimesso in piedi, sorprendendo di brutto il gatto compiaciuto, e la gara era iniziata.

Per essere un bestione, il gatto sapeva muoversi. Sfortunatamente, muoveva anche le *cose*. La sedia si era rovesciata, travolgendo un po' della posta dal tavolo che si era sparsa per terra, il che aveva fatto perdere aderenza a Flopsy, mandando il cane a sbandare contro la porta della dispensa, che in qualche modo era riuscita ad aprirsi di colpo facendo cadere un mocio, che aveva colpito Beck sul sedere mentre cercava di afferrare il cane, e... chi diavolo lo sapeva, ma in qualche modo il cactus di Natale era sul pavimento, Flopsy stava guaendo mentre cercava di saltare via dalle foglie spinose, e il gatto era appollaiato in cima alla libreria, ululando a squarciagola come se *lui* fosse la parte lesa e nulla di tutto ciò fosse colpa sua.

Prima di tutto, Beck raccolse il povero cane dal cactus. Quel piccoletto aveva già abbastanza problemi di deambulazione senza aggiungerci delle spine nelle zampe.

Beck si sedette sul divano e premette il pollice su una delle zampe di Flopsy, separando i cuscinetti. Il piccolo meticcio pezzato lo guardò con preoccupazione negli occhi.

«Non preoccuparti, amico. Li tireremo fuori.»

Il gatto si rotolò sulla pancia in cima al mobile e sospirò rumorosamente. Sembrava uno sbuffo.

«Non metterti troppo comodo, tu», Beck fulminò il gatto con lo sguardo. «C'è un trasportino nel tuo futuro.»

Giurò che quel dannato felino gli avesse fatto l'occhiolino.

«Cos'è successo? Va tutto bene?»

La dottoressa, nonché incantevole Jennifer Langston Bingham, si fermò di colpo a pochi centimetri dallo schienale del divano, i suoi calzini che rendevano la corsa nella stanza più che insidiosa.

«Forse è meglio che guardi dove cammini. La pianta è pericolosa», Beck le mostrò una delle foglie che si era incastrata nella zampa di Flopsy.

«Oh, no. Come è successo?» Girò intorno al divano e si sedette accanto a lui e al cane.

«Chiedilo al gatto. Sembra che sia lui al comando qui.»

«Nero?»

Beck sbuffò. «Non mi dire che hai chiamato il gatto come un imperatore.»

«Hai ragione, non l'ho fatto. È arrivato con quel nome.»

«Sai, il bello di accogliere i randagi è che puoi cambiargli nome.» Per lui aveva funzionato. John Becker era stato un ragazzo senza futuro. Una statistica dimenticata nel marasma dell'umanità. Beckett Fields, d'altra parte, comandava le fortune della gente e ne aveva accumulata una propria, guadagnandosi la casa che aveva sempre desiderato, l'ultimo modello di auto, e uno stile di vita che la gente invidiava.

Lo portava anche a pulire una casa, ma, per fortuna, era solo per un mese.

«Io non cambio i loro nomi», disse la dottoressa. «I nomi sono importanti. È come tutti si identificano.»

Beck non aveva intenzione di discutere con lei. Ovviamente non lo riconosceva e, per questo, era grato. John Becker era stato un fallito senza futuro. Certamente non uno per quelle come le Jennifer Langston del mondo. Quella volta che aveva visto la pietà nei suoi occhi quando si era offerta di aiutarlo con un progetto glielo aveva dimostrato. Beck non accettava la pietà e di certo non voleva che lei lo ricordasse come quel tipo.

Perché, come Beckett Fields, avrebbe potuto davvero avere una possibilità con lei, se la faccenda dell'assenza della fede nuziale era reale. Sì, non era entusiasta che avesse una figlia, ma non era come se avesse intenzione di sposarla. Una bella avventura senza impegno per soddisfare quella vecchia cotta del liceo avrebbe fatto al caso suo.

«Ecco. Lascia che lo prenda io.» Jennifer si avvicinò. «Sono abbastanza sicura che il primo soccorso alle zampe di cane non sia nella tua descrizione del lavoro.»

Lei gli prese Flopsy dal grembo e, cazzo, il suo pene scattò dritto sull'attenti quando il dorso della sua mano gli sfiorò la coscia.

Beck scattò in piedi e si voltò dall'altra parte, cercando di pensare a qualsiasi cosa per calmarsi. Gesù. Aveva avuto una cotta per lei al liceo, ma mai niente del genere.

Il gatto gli diede una zampata quando si avvicinò troppo.

Ah, beh. Quello gli smorzò l'erezione di un bel po'.

Poi il gatto gli soffiò contro.

Beck ringhiò in risposta. A metà ringhio si rese conto di che idiota doveva sembrare e *quello* gli riportò il pene al suo normale stato di quiete. A quanto pare, c'era un lato positivo nell'essere un idiota. E meglio essere un idiota che ringhiava al gatto che uno che ringhiava a lei.

Doveva scoprire se era single.

«Allora, uhm...» Prese un cuscino dalla poltrona accanto alla libreria e finse di sprimacciarlo contro gli addominali mentre si voltava a guardarla. «Qual è il tuo programma qui? Mac ha detto che volevi tre giorni a settimana?»

Jennifer scosse la testa, poi si soffiò via dei capelli dal viso.

Aveva delle labbra dolcissime.

«Per le prime due settimane, poi passeremo a una volta a settimana. Ho, uhm, trascurato un po' di cose e non ho proprio il tempo di rimettere tutto a posto. Ti ha detto che ci sarebbe stato anche da organizzare oltre che da pulire, vero?»

«Sì.» No. L'organizzazione non faceva per lui; per quello aveva la sua assistente, Fiona. Forse avrebbe assunto Fi per occuparsene al posto suo.

Anche se questo avrebbe significato perdere tempo con Jennifer e, se era single, non si sarebbe lasciato sfuggire questa opportunità.

«Allora, quali orari vanno bene per te? Giornata intera? A che ora tornate a casa tu e tuo marito? Vorrei andarmene prima di allora. Il tempo in famiglia è importante.»

Almeno, così gli era stato detto. Nessuna delle famiglie con cui era stato aveva davvero voluto averlo a tavola per cena. Non che, a essere onesti, potesse biasimarle. Aveva sempre la luna storta ed era scontroso con chiunque cercasse di aiutarlo, compresa la presente.

Fu solo dopo una mezza dozzina di notti per strada una volta uscito dal sistema e qualche mese nei rifugi per senzatetto che si rese conto di che idiota era stato. Avrebbe potuto avere vita facile, forse anche ingraziarsi una famiglia in modo che lo avrebbero lasciato restare, ma era stato troppo tosto per aver bisogno di qualcuno. L'aveva imparato a sue spese.

«Per quanto riguarda gli orari, porto Sami al campo estivo verso le otto, poi vado in clinica. Sono a casa con lei alle quattro e mezza.»

Nessuna menzione di un marito. Ma non significava che non ne avesse uno. E come avrebbe fatto a scoprirlo senza chiederglielo direttamente?

Cosa c'era di sbagliato nel chiederlo direttamente? Non era mai stato timido prima, quando voleva qualcosa.

Solo che questo era un lavoro e non era il suo. Mac Manley era una ragazza... donna... che lavorava sodo. Conosceva quella nanerottola da quando portava le trecce e i vestiti smessi dei suoi fratelli, quindi era difficile ricordare che era cresciuta. Non voleva mettere una macchia sulla reputazione della sua attività provandoci con una cliente. In qualche modo, avrebbe dovuto scoprire quello che voleva sapere in un altro modo.

Sami. I bambini erano noti per spifferare le informazioni. Avrebbe lavorato su di lei.

«Ti rendi conto che sono quasi le nove e mezza, vero?» Le diede una leggera gomitata. Non faceva mai male creare un rapporto di "amicizia".

«La clinica è chiusa il lunedì. I sabati tendono a essere molto impegnativi, quindi mi piace avere una parvenza di fine settimana.»

Quindi avrebbe pulito per lei il lunedì. Questo gli avrebbe dato un po' di tempo da passare con lei.

Oppure, poteva sempre comprarsi un gatto e andarla a trovare al lavoro.

Nero e le sue manie di grandezza miagolarono dalla cima della libreria.

Lasciamo perdere. All'improvviso Beck provava un'enorme avversione per i gatti. E anche un cane era fuori discussione. Richiedevano troppa attenzione. Forse si sarebbe preso un pesce. Curava anche i pesci?

«Vorrei anche che il capanno fosse pulito e organizzato. Da quando il mio... cioè, gli attrezzi non sono stati usati per un po' e sono stati semplicemente buttati lì dentro.»

L'apertura che gli serviva. «Pessimo giardiniere?»

Lei rabbrividì e distolse lo sguardo. «Il mio ex. Non era esattamente il più affidabile quando si trattava di lavori in giardino.»

Jackpot. La donna era single. E Beck aveva la sensazione che il giardinaggio non fosse l'unica cosa in cui quel tizio non era affidabile.

Che stronzo. Chi si accaparra Jennifer e poi manda tutto all'aria?

«Certo. Il capanno non è un problema. Me ne occuperò dopo aver finito la casa. A proposito, lascia che inizi con questo disastro. Anche se penso che dovrai occuparti tu del gatto. Non sembra che io gli piaccia.»

«Nero non piace a nessuno. Tranne a Sami. Tortura il povero Flopsy al punto che stavo pensando di trovare un'altra casa per il cane, ma poi ha iniziato a seguire Sami ovunque e i suoi incubi sono finiti, quindi si è guadagnato il suo posto in casa.»

«Incubi?»

Lei rabbrividì di nuovo. «Uhm. Sì. Sami aveva degli incubi terribili.»

Il che fece chiedere a Beck in cos'*altro* il signor Bingham non fosse stato affidabile.

Gli venne voglia di fargli del male. Quel coglione faceva venire gli incubi a sua figlia? Sami non lo sapeva, ma non avere un padre era meglio che averne uno cattivo.

Lo stesso valeva per i mariti, e Beck si sarebbe assicurato che Jennifer capisse quanto stesse meglio senza quel tizio.

Personalmente.

Capitolo Tre

«Che fai?» Sami, con le labbra contornate da uno strato decisamente eccessivo di rossetto e la maglietta calata su una spalla, appoggiò il fianco sinistro alla colonna ai piedi delle scale, posando la mano destra sull'altro in una posa da femme fatale di cui una bambina della sua età non avrebbe dovuto sapere nulla.

Che *cazzo* le aveva fatto suo padre?

La rabbia travolse Beck così in fretta che quasi non riuscì a controllare la propria reazione. C'era qualcosa di profondamente sbagliato in una bambina di sette anni che si comportava in modo provocante. Il fatto era che non credeva che lei sapesse cosa stava facendo, anche se sapeva *come* farlo. Almeno quello, grazie al cielo, ma, Cristo, Jennifer doveva porre fine a quella storia, e in fretta, perché con l'età la piccola sarebbe diventata solo più audace.

Sollevò la fioriera che il gatto aveva fatto cadere. «Sto pulendo il disastro. Vuoi aiutarmi?»

«Veramente no.» Il suo sguardo lo scrutò. «Voglio guardarti mentre lo fai.»

Beck strinse la fioriera un po' più forte, facendo un respiro lungo e lento. Dove diavolo aveva imparato quella roba? «Senti, ragazzina, non mi pagano per farti da intrattenimento.» Okay, forse non aveva controllato la sua reazione quanto avrebbe dovuto, ma non si sarebbe scusato per l'espressione delusa sul volto di lei. Doveva imparare prima o poi che le astuzie femminili non erano il modo migliore per farsi degli amici, almeno, non il tipo di amici che avrebbe dovuto avere. «Perché non prendi quella scopa e mi aiuti a pulire il casino di Nero? Ho sentito che piaci solo a lui.»

L'atteggiamento da Lolita scomparve quando si rizzò in piedi. «Nero è il mio migliore amico in tutto il mondo.»

Mezza legione di Romani aveva detto la stessa cosa e guardate com'erano finiti. «Uh, che bello. È sempre bello avere degli amici.»

«Tu hai degli amici?» Si tirò di nuovo la scollatura della maglietta sulla spalla. «Perché sei un po' scontroso. Alla gente non piacciono gli amici scontrosi. Beh, tranne il gatto. Sai, Grumpy Cat? Lui aveva un sacco di amici, ma perché era famoso. Ma Nero non è scontroso. È solo lunatico.»

Bianco o nero... Beck era solo contento che avesse smesso con la tiritera degli *amici*. In realtà, lui non ne aveva molti. Liam, i suoi fratelli e i Porter erano praticamente tutti. Non aveva esattamente coltivato relazioni amichevoli ai tempi, e una volta che aveva deciso di finire il college e di combinare qualcosa nella vita, era stato troppo motivato e concentrato per farsene. Le donne con cui andava a letto non contavano, da cui il soprannome "Fattela-e-Archiviala" che i ragazzi gli avevano dato. Non il suo momento migliore, ma, d'altra parte, era accurato.

Diede la scopa alla bambina. «Certo che ho degli amici.»

«Giocate a palla e cose così?» Cominciò a spazzare via un po' di terra, concentrandosi così tanto che non lo guardava.

Perché aveva la sensazione che ci fosse una ragione per cui non lo guardava?

«Giocavamo a palla. Gli adulti non lo fanno.»

«Il signor Nolan sì.»

Jared Nolan. Ragazzo del posto diventato atleta professionista. Un tizio che viveva una vita dannatamente fortunata. Beck lo frequentava un po' perché Liam era suo amico, ma non erano il tipo di amici che si lanciavano la palla da baseball.

«Come conosci il signor Nolan?»

«Viene alla clinica di mia mamma. Ha dei gatti.»

Certo che li aveva. Perché Nolan non avrebbe dovuto avere dei gatti? Probabilmente piaceva anche a loro.

Nero, giusto in tempo, balzò dalla libreria sullo schienale della poltrona dove Flopsy si era ritirato per riprendersi, smosse il cuscino dietro il cane, garantendo così che il povero animale cadesse nell'improvviso spazio tra quel cuscino e quello inferiore, facendo guaire la povera bestia.

Nero, Beck ne era certo, sorrise di nuovo e si allontanò con fare baldanzoso per piazzare il suo culone sul tavolino da caffè.

«Vuoi prendere il tuo gatto?» chiese a Sami, avvicinandosi per aiutare Flopsy, le cui zampe si agitavano in aria mentre la povera creatura cercava di rimettersi in piedi. Come se non bastasse che aveva solo tre zampe, il gatto doveva anche metterlo fuori combattimento?

Nero era malvagio.

Eppure sembrava il peluche più grande e soffice del mondo mentre Sami lo prendeva e se lo stringeva tra le braccia.

«Ha una gabbia in cui puoi metterlo?» Beck guardò il gatto con sospetto. Una scatola vuota di un cartone di birra avrebbe potuto contenerlo, ma dovevano essere bottiglie, non lattine. Quello era un gatto enorme.

«A Nero non piacciono le gabbie. Non smette di miagolare se lo mettiamo in una.»

Immaginabile. «Beh, dobbiamo tenerlo lontano da Flopsy. Il povero cane riesce a malapena a fare due passi prima che il gatto lo attacchi.»

Lei accarezzò la pancia del gatto e un forte brontolio provenne dal demone. Gli avevano dato il nome giusto.

«A Flopsy piace che Nero giochi con lui. Prima che Nero iniziasse a giocare con lui si annoiava.»

«Più che altro contento,» mormorò Beck, prendendo in braccio Flopsy e rimettendo a posto i cuscini.

Il cane gli leccò la mano quando lo rimise a terra.

Sciocco, stupido, devoto imbecille. I cani non avevano il senno che Dio aveva dato... ai gatti. Sì, i gatti sapevano il fatto loro. Forse era per quello che Beck non piaceva a Nero: riconosceva uno spirito affine quando ne vedeva uno, perché, Dio solo sa, Beck era caduto in piedi più di una volta e nel processo si era reincarnato.

«Vuoi accarezzarlo?» Gli tese le braccia. «Gli piace che gli grattino la pancia.»

«No, sto bene così.» Beck tornò alla fioriera rotta e si tirò su i pantaloni ridicolmente stretti sulle cosce per chinarsi a raccogliere il resto dei cocci. «Tienilo tu finché non finisco di pulire. Poi possiamo occuparci della cucina.»

«Perché? Cosa c'è che non va in cucina?»

«Nero ha sparso la posta dappertutto quando è saltato giù dal tavolo.»

Lei strofinò il viso sul collo del gatto. «Ooh, il micino si è spaventato?»

«*Micino*? Quell'affare è grande quasi quanto te. E non si è spaventato; stava inseguendo il cane.»

Sami roteò i suoi grandi occhi marroni. «Stava *giocando* con Flopsy. Gli piace Flopsy. E a Flopsy piace lui. Sono migliori amici.» Sfregò il naso contro quello di Nero. «E sono anche i miei migliori amici.»

C'era qualcosa di stonato in quella dichiarazione quasi provocatoria. Come se volesse che lui la sfidasse sul fatto di avere degli animali come migliori amici.

C'era qualcosa che Sami non diceva. E sembrava che stesse cercando di dirlo a lui, ma qualunque cosa fosse, Beck non riusciva a capirla.

Al diavolo, non aveva bisogno di fare lo psicologo per la ragazzina. Aveva già abbastanza problemi nella sua vita senza cercare di risolvere i suoi. Anche se, come aveva imparato, non c'era molto che una buona istruzione e un mucchio di soldi non potessero risolvere.

«Sami?» la chiamò Jennifer dal piano di sopra. «Dove sei?»

«Sono qui, mamma. Nero ha bisogno di un abbraccio.»

«Beh, la tua stanza ha bisogno di essere pulita, quindi metti giù il gatto e vieni qui, per favore.»

«Che ne dici di portare il gatto con te?» si affrettò a suggerire Beck. «Così puoi parlargli mentre pulisci.»

«Non ti piace Nero, vero?»

«È a Nero che non piaccio io.»

«Che sciocchezza. Nero piace a tutti. Ma, okay, lo porto. Mi farebbe comodo qualcuno con cui parlare.»

Beck la guardò allontanarsi. Non riusciva a capire bene, ma c'era qualcosa in quella ragazzina...

Si scosse. I bambini erano fuori dal suo radar. Sua madre non avrebbe dovuto metterlo al mondo, quindi, sebbene fosse felice di essere lì — adesso — non vedeva alcun motivo per continuare la beneficenza. Ci voleva una persona speciale per essere un genitore e, sebbene ne avesse incontrati alcuni di bravi lungo il cammino della sua adolescenza, nel complesso non aveva le basi per sapere cosa avrebbe reso *lui* un buon genitore, quindi era meglio così che non avesse intenzione di sottoporre un bambino alla sua ignoranza. Così come era una buona cosa che Sami si fosse presa il gatto e se ne fosse andata. Lui aveva esaurito le sue perle di saggezza.

Spazzò il resto della terra e dei cocci di terracotta nella paletta, poi raccolse ciò che restava della fioriera e si diresse in cucina.

Mise la pianta nel lavandino e gettò il contenuto della paletta nella spazzatura, poi iniziò a frugare negli armadietti per vedere se Jennifer avesse qualcos'altro in cui mettere la pianta.

«Oh, avrei pulito io.»

Parli del diavolo... Anzi, dell'angelo. I suoi capelli biondi erano come un'aureola, e aveva occhi blu così cristallini e un sorriso così grande e luminoso che—

Cristo, stava diventando ridicolo. Quando mai aveva pensato che una donna fosse angelica? E inoltre, a lui piacevano un po' diaboliche. Rendevano la notte a letto più divertente. Jennifer era probabilmente una da posizione-del-missionario-con-le-luci-spente.

Amico, cosa non avrebbe dato per scoprirlo.

«Ehi, è per questo che sono qui. Per pulire.» Si appoggiò al lavandino e incrociò le braccia, soprattutto perché sapeva che aspetto avesse il suo petto quando lo faceva. Si allenava proprio per quella ragione. Beh, non per pura vanità, anche se era un bel vantaggio. Si allenava per rimanere in forma e sentirsi bene. Nel suo campo di lavoro, lo stress era un fattore enorme. L'esercizio aiutava a tenerlo a bada. E se alle donne piaceva il risultato finale... be', ehi. Di certo non avrebbe discusso su quello.

Tuttavia, il suo corpo non sembrava avere alcun effetto su Jennifer. A malapena lo guardò quando si mise in posa, scegliendo invece di inginocchiarsi e aprire uno degli armadietti doppi.

Non era quello che voleva che una donna facesse quando era in ginocchio.

Fece quasi un passo verso di lei, ma si trattenne. Che diavolo stava pensando? Certo, era Jennifer, ma era una cliente. E non era così maiale da diventare volgare con lei solo per nutrire il suo ego. Dunque era senza appuntamenti da un mese o due — porca miseria, erano *cinque* — ma ciò non significava che dovesse provarci con qualsiasi cosa avesse tutti i cromosomi X. Un briciolo di controllo ce l'aveva.

Poi lei si alzò, le cadde qualcosa e si chinò proprio di fronte a lui per raccoglierla.

Seriamente, un briciolo era circa *tutto* quello che gli era rimasto.

Raccolse qualunque cosa le fosse caduta, poi si alzò e si girò.

E lo sorprese a fissarla.

Merda.

Beck afferrò la paletta e gliela tese. «Stavo per chiederti se ti serviva.»

«Ma non l'hai fatto.»

Seguì un battito o due di silenzio dopo la sua affermazione.

Non era stata una domanda.

Allora perché Beck sentiva il bisogno di rispondere? «No. Scusa. Io, uh...» Per la prima volta in vita sua, Beck non riuscì a tirare fuori una battuta brillante.

Così optò per la verità.

«Non potevo muovermi quando ti sei chinata di fronte a me. Almeno, non in un modo che avresti trovato appropriato.»

Era una dichiarazione a carte scoperte. O l'avrebbe presa al volo e ci avrebbe giocato, o sarebbe semplicemente scappata.

Jennifer non aveva la minima idea di come rispondere alla sua sfacciata dichiarazione civettuola.

Non c'erano dubbi su ciò che aveva voluto dire. E non c'erano dubbi nemmeno su cosa ne pensassero le sue parti intime.

Per la prima volta da anni — *anni* — le si piegarono le ginocchia e le farfalle che dovevano essere state in letargo uscirono a giocare.

Ma questo era John Becker. Il cattivo ragazzo.

Lui si passò una mano sul viso. «Senti, mi dispiace. È stato inappropriato.»

Un cattivo ragazzo che si scusava. Quella era una novità. Trent dava la colpa agli altri. Non si era mai assunto la responsabilità delle sue azioni.

«Non succederà più.»

«Peccato.» Oh merda. L'aveva detto ad alta voce?

Dal modo in cui le sue labbra si incurvarono all'insù, sembrava proprio di sì.

«Peccato, eh?» John — *Beck* — posò la paletta sul bancone, poi camminò — *si avvicinò con fare baldanzoso* — verso di lei.

Ora era lei quella che non riusciva a muoversi.

Dovresti muoverti. Tipo, ora.

Non ci riusciva.

Si fermò proprio di fronte a lei.

Proprio. Di. Fronte. A. Lei.

Le parve che le punte dei loro piedi si toccassero.

Deglutì. Avrebbe dovuto muoversi. Non rimanere lì con il bancone alle spalle, i fornelli alla sua destra e l'angolo che girava verso un'altra parete di armadietti che la intrappolava. Avrebbe potuto sgusciare di lato, oppure poteva restare lì e affrontarlo.

Poi lui le accarezzò la guancia e lei non ebbe più scelta. Oh, non perché lui non l'avrebbe lasciata andare, ma perché lei non voleva.

«Mi sono appena reso conto di non essermi presentato come si deve.» La sua voce aveva una sfumatura da cattivo ragazzo, sexy e roca. D'altronde, la sua voce le era sempre piaciuta. Non c'era molto di lui che non le fosse piaciuto ai tempi.

Sembrava che oggi fosse il suo giorno fortunato.

«Mi chiamo Beckett Fields.»

I suoi occhi si spalancarono. Beckett *Fields*? *Non era* John Becker?

Jennifer lo fissò. Di sicuro *sembrava* John Becker. Gli stessi splendidi occhi verdi. Lo stesso naso perfetto, anche se era sicura di aver sentito voci che dicevano che se l'era rotto almeno due volte. Gli stessi folti capelli neri e ricci tra cui avrebbe voluto passare le dita da adolescente e che ora voleva afferrare per tirarlo a sé.

No, era lui, ma per qualche motivo, aveva un nuovo nome.

Ad ogni modo, ovviamente non si ricordava di lei, quindi non aveva intenzione di illuminarlo. Non voleva rivivere il momento in cui non vedeva l'ora di allontanarsi da lei.

Solo che ora... fece un passo più vicino.

«E spero dannatamente che tu non mi dia uno schiaffo per questo, ma, se lo fai, almeno aspetta che abbia finito.»

Le parole le arrivarono, ma non il loro significato...

Finché Beckett Qualunque-Cosa-Volesse-Chiamarsi non si chinò e la baciò.

Capitolo Quattro

Probabilmente avrebbe dovuto fermarlo.

Forse persino schiaffeggiarlo come aveva suggerito lui.

Come minimo, opporre *una qualche* forma di protesta.

Sì, ecco. Protestare.

Solo un po'.

E lo avrebbe fatto.

Tra un attimo.

Per ora, se la sarebbe goduta. Chissà quando le sarebbe ricapitata l'occasione, perché, quale che fosse il suo nome di questi tempi, lui sapeva decisamente come baciare. Dalla presa perfetta sulla sua mascella, alla giusta pressione delle sue labbra, allo scivolare della sua lingua contro il labbro inferiore di lei...

Era così inappropriato.

Ma così maledettamente bello.

«Mamma?»

Jennifer si staccò bruscamente da Beckett, desiderando per la prima volta da quando Sami era venuta a vivere con lei di non averla accolta.

Il che la fece sentire ancora peggio per aver permesso quel bacio.

Perché lei lo *aveva* permesso. Era rimasta lì a lasciarsi baciare senza fare nulla per fermarlo. Non aveva imparato la lezione?

«Mamma? Dove sei?»

«Ehm, di sotto, tesoro. Di cosa hai bisogno?»

Beckett Chiunque-fosse inarcò un sopracciglio.

Non c'era modo di fraintendere *quel* gesto. E anche se ci fosse stato, il rigonfiamento che aveva sentito contro il suo addome le fece capire esattamente di cosa avesse bisogno *lui*.

E il desiderio tra le sue cosce le diceva che anche lei aveva i suoi bisogni.

«Nero è bloccato nel mio armadio e non riesco a tirarlo fuori.»

Jennifer sospirò. Quel gatto era il randagio più bisognoso che avesse mai portato a casa. E questo includeva Sami. «Salgo subito.»

«Fregato da un imperatore.» Beckett si grattò la mascella. «Sono sicuro che succedeva spesso.»

«Nero è stato una sfida. Credo che i suoi ultimi padroni lo maltrattassero.»

«Con buona ragione.»

«Non puoi averlo detto sul serio. Non c'è assolutamente nessun motivo per maltrattare un animale. Rispondono solo a ciò che hanno visto.»

Beckett alzò le mani. «Scusa. Hai ragione. Animali, bambini... sono tutti uguali. Prodotti del loro ambiente.»

Jennifer inclinò la testa. Era una cosa che John Becker avrebbe potuto dire... Ma Beckett Fields, con la sua Mercedes — aveva sbirciato fuori dalla finestra — e la sua spocchia? Aveva appena dimostrato che si poteva superare il proprio ambiente, quindi il suo commento non stava in piedi.

Probabilmente, però, non era qualcosa di cui volesse discutere con lui, visto che non si ricordava di conoscerla...

Oh, Dio. Non aveva idea di chi stesse baciando. Se mai se ne fosse reso conto, lei sarebbe morta di imbarazzo.

«Ma-amma!»

«Arrivo subito.» Nessuno sapeva trasformare una parola di due sillabe in tre come una ragazzina. E l'esasperazione che l'accompagnava... Jennifer poteva percepire il disprezzo da lì. Ma era più che grata per la scusa di andarsene, così fece qualche passo di lato, dato che Beckett non si muoveva.

«Torna presto» disse lui mentre lei aggirava il bordo dei mobili.

Fece altri due passi, poi si voltò a guardarlo. «Non può succedere di nuovo.»

«Certo che può.»

«No, non può. Siamo stati fortunati che Sami fosse di sopra, ma non voglio rischiare che veda una cosa del genere.» E di fare la figura dell'idiota, ma quello lo tenne per sé.

«Sami non sa che gli adulti si baciano?»

«Non mi ha mai vista farlo e preferirei che non succedesse.»

«Perché no? Lo fai così bene.»

Quell'uomo era troppo affascinante per il suo bene. Jennifer sentì il rossore salirle alle guance. E lo odiava. Aveva più di trent'anni, per l'amor del cielo. Avrebbe dovuto aver superato l'età in cui si arrossiva per un semplice bacio.

Non c'è stato nulla di semplice *in quel bacio, cara mia.*

Jennifer scosse la testa. «Senti, ce lo siamo tolti dalla testa. Non può succedere di nuovo.» Si voltò e si diresse verso le scale. «Non lo permetterò.»

Staremo a vedere.

Beck la guardò uscire dalla stanza a grandi passi. Dio, amava i pantaloni da yoga sulle donne che se li potevano permettere. E se non si sbagliava — e raramente lo faceva quando si trattava di biancheria intima femminile — indossava anche un perizoma.

Grazie, Victoria's Secret.

Il suo arnese si mosse. Ok, forse non avrebbe dovuto ringraziare la signorina Victoria tanto presto. Avere un'erezione al lavoro non era decisamente uno stato invidiabile. Avrebbe di gran lunga preferito che accadesse *dopo* il lavoro. Preferibilmente quando Jennifer Langston Bingham avesse trovato una babysitter per la figlia e avesse passato la serata con lui.

Le babysitter di oggi facevano anche i pernottamenti? Non gli sarebbe dispiaciuto avere Jennifer tutta per sé per dodici buone ore.

Ma, nel frattempo, doveva dividerla con la figlia, un cane con tre zampe e un gatto dittatoriale. E con i prodotti per la pulizia.

Alzando gli occhi al cielo mentre, metaforicamente, si rimboccava le maniche, Beck afferrò di nuovo la scopa. Peli di animali. Ecco a cosa si era ridotta la sua giornata. Tutta la sua fatica notturna a studiare i mercati finanziari, le sue innumerevoli equazioni matematiche e algoritmi, le telefonate a freddo, troppe per contarle, per racimolare il suo primo milione, e ora si era ridotto a spazzare via il pelo perso da creature a quattro zampe. O, nel caso del povero Flopsy, a tre.

Non avrebbe mai dovuto andare quella sera a giocare a poker.

Ma Liam lo aveva sfidato a presentarsi, allettandolo con una scommessa secondaria su chi sarebbe stato lo sfigato della serata — così aveva perso due volte.

Sì, Liam sapeva come prenderlo. Sapeva che non poteva resistere a una sfida... be', tranne quella in cui avrebbe dovuto chiedere a questa stessa Jennifer di andare al ballo di fine anno. Liam aveva pensato che sarebbe stato esilarante; Beck aveva pensato che sarebbe stato patetico. Anche se avesse voluto trovare il coraggio di chiederglielo, lei era una delle persone d'oro. Non si sarebbe mai degnata di andare con lui. E non le avrebbe dato torto. Come se avesse avuto due soldi da sfregarsi in tasca, figuriamoci i cento dollari per noleggiare uno smoking. Quanto ai biglietti, alla cena, a una limousine e a un corsage... Tanto valeva provare a darle un anello di fidanzamento, per i soldi che aveva.

Ma ora... Ora poteva dare a Jennifer tutto ciò che il suo cuore desiderava. Ora era qualcuno che lei avrebbe guardato due volte — e l'aveva sorpresa a farlo.

Per la prima volta in più di quindici anni, si sentì degno.

Scosse la testa. Aveva la faccia e il corpo che Dio gli aveva dato, ma c'erano voluti i *soldi* per arrivare a questo punto, per sentirsi a suo agio con chi era e con la direzione che la sua vita stava prendendo. Triste, ma le cose stavano così. Aveva lavorato sodo per ottenerli e aveva dato prova di sé *a sé* stesso. *Aveva* qualcosa da offrire a qualcuno, se e quando avesse scelto di farlo.

E con Jennifer, avrebbe anche potuto scegliere.

Ma poi sua figlia la seguì di nuovo al piano di sotto.

Capitolo Cinque

Beck decise che Sami era la più grande sanguisuga del mondo. La bambina non perdeva mai di vista sua madre.

«Possiamo andare a prendere un gelato, mammina?» Strisciò il palmo della mano sullo schienale del divano di pelle dove era seduta Jennifer.

«Non ora, Sami.»

«Che ne dici del cinema?»

«È una giornata troppo bella per stare rinchiusi in un cinema.»

«La sala giochi?»

Jennifer esalò un sospiro. Sonoro. «Quel posto mi fa venire il mal di testa.»

Sami si lasciò cadere all'indietro sullo schienale del divano, finendo per fare una sorta di verticale sul cuscino della seduta. «Allora dovremmo andare a comprarti delle cuffie. Ce ne sono di ottime al negozio di elettronica.»

«Non andiamo a fare shopping di tecnologia.»

«E allora gli outlet? È da un po' che non ci andiamo.»

«Non andremo agli outlet all'ora di pranzo. Sarà un manicomio.»

«Beh, allora,» Sami rovesciò le gambe con una capriola all'indietro e atterrò in ginocchio davanti al divano, «possiamo *andare* allo zoo? Magari sarà come un negozio.»

«Non è in programma per oggi, Sami.» La voce di Jennifer era calma e pacata come quando lui era arrivato.

Beck scosse la testa mentre puliva le impronte della dimensione di una bambina di sette anni dal frigo in acciaio inossidabile. Non sapeva come facesse a mantenere la calma, perché se la bambina avesse chiesto a Jennifer un'altra volta di portarla da qualche parte, Beck avrebbe chiamato il suo autista per farla portare in giro per il quartiere solo per avere un po' di pace e tranquillità. Ne aveva abbastanza. La piccola doveva capire che i soldi non crescevano sugli alberi.

Passò lo straccio sulla cucina di alta gamma incassata nel piano di lavoro in granito. Quella con il cassetto scaldavivande, altrettanto di lusso, integrato al di sotto.

D'altra parte, visti gli altri elettrodomestici di lusso e i bordi a più livelli del granito, oltre ai mobili su misura solo in quella stanza, forse ci si poteva aspettare che la bambina pensasse che i soldi crescessero davvero sugli alberi. Quella casa non era economica. Piastrelle in pietra calcarea burattata in cucina, pavimento in legno anticato a listoni larghi nel resto della casa, finestre extralunghe, soffitti a volta e una splendida cornice del camino in onice... Jennifer e il suo ex se l'erano cavata piuttosto bene. E se lei manteneva la casa da sola, *lei* se la cavava piuttosto bene. La bambina era probabilmente viziata marcia.

La guardò mentre tentava di fare una verticale sul pavimento, con la schiena appoggiata al bracciolo del divano. In realtà era una bambina carina. Assomigliava un po' a sua madre, ma i capelli neri e ricci dovevano venire dal lato di suo padre, perché anche sua zia Andrea aveva i capelli biondi. Gli occhi di Sami erano verdi, mentre quelli di Jennifer erano di un azzurro cristallino. In questo, lei e Andrea erano diverse, perché quelli di Andrea erano stati di un blu più scuro. Come un mare in tempesta. Un tempo pensava che fosse perché lei era la più selvaggia delle gemelle, come dimostrò la sera in cui si erano incontrati in un bar e lei gli aveva permesso di portarla a casa.

Quella donna non aveva avuto un briciolo di inibizione, e ciò gli aveva fatto chiedere se Jennifer fosse uguale.

Sì, era stato *quel* tipo di uomo. Quello che faceva l'amore con una sorella pensando all'altra. Non ne andava fiero, ma solo lui lo sapeva.

Sbircò attraverso il passavivande dalla cucina al salotto, dove lei stava piegando i vestiti che erano stati lasciati sui mobili. La maggior parte era della taglia di Sami, quindi o l'asciugatrice aveva davvero sparato vestiti per tutta la stanza, o l'aveva fatto Sami, e Beck sapeva su quale delle due opzioni avrebbe scommesso.

Fece una smorfia. Probabilmente avrebbe dovuto stare alla larga da qualsiasi tipo di scommessa. Era quello che lo aveva cacciato in quel casino.

Poi Jennifer alzò lo sguardo e i loro occhi si incrociarono.

Mmm, perdere non era stato così male come pensava.

Sami tentò un'altra verticale, ma il suo piede si schiantò sul pouf che fungeva da tavolino.

«Sami, basta così.» Jennifer si lanciò verso la pila di vestiti che era stata ordinatamente impilata lì, poi ci mise sopra il capo che stava piegando e glieli porse. «Tieni. Puoi andare a mettere via questi. Ti darà qualcosa da fare, visto che sembra che ti annoi.»

«Uffa.» Sami si avvicinò con tutta l'angoscia da settenne che riuscì a raccogliere e si strappò i vestiti dalle braccia, disfacendo gran parte del lavoro che sua madre aveva appena fatto. «Perché non sai essere più divertente?»

«Sono molto divertente... *dopo* che hai finito le tue faccende.»

«Le faccende non sono divertenti.»

«È per questo che si chiamano faccende.» Jennifer le diede una pacca sul sedere. «Ora, fila. Prima lo fai, prima...»

«Sarà fatto. Lo so.» Sami si girò e lo vide.

La sua espressione imbronciata scomparve in un istante. «Oh, ciao. Mi ero dimenticata che fossi qui.»

Ma va'. Sapeva riconoscere un tentativo di arruffianamento quando ne vedeva uno. «Già, sono qui.»

«Mi aiuti a mettere via questi?»

Cavolo, sapeva sfoderare il suo fascino. I bambini di sette anni avrebbero fatto meglio a stare attenti, o si sarebbero ritrovati ai suoi ordini in un batter d'occhio.

«Mi dispiace, piccolina, ma tua madre ha chiesto a te di farlo. Io ho il mio lavoro. Vedi?» Sollevò lo straccio e lo scosse.

Il che fece ricadere sul piano di lavoro le particelle di quello che aveva raccolto. Fantastico. Altro lavoro.

Ah, pazienza. Lo avrebbe trattenuto lì un po' più a lungo.

Sami arricciò la bocca in un broncio. «Ti pregooo? Farò in modo che Nero stia fuori dalla mia stanza.»

«Sami!» Jennifer sembrava scandalizzata, ma Beck si limitò a ridere. Doveva dare atto alla bambina che ci stava provando.

«Cosa?» Sami guardò sua madre. «Non riesco ad arrivare fino in cima al mio armadio per mettere via tutto.»

«È per questo che hai un comò. I vestiti piegati vanno lì dentro, ricordi?»

«Me n'ero dimenticata.» Sami si voltò di nuovo verso di lui — e gli fece l'occhiolino — prima di saltellare fuori dalla stanza.

«Hai una piccola attrice di tutto rispetto.»

«A chi lo dici.» Jennifer si appoggiò le mani sulle ginocchia e si alzò, poi si scostò un paio di ciocche di capelli dal viso. «Temo i suoi anni da adolescente.»

«Ho sentito dire che possono essere piuttosto duri.»

«Se assomiglia a mia sorella, potrei non sopravvivere.»

«Cosa fece tua sorella?»

Jennifer assunse un'espressione strana, poi si diede da fare a sistemare le riviste sul tavolino, e Beck ebbe l'impressione che stesse facendo di tutto per evitare di guardarlo. «Oh, sai. Cose normali. Non ascoltava i miei genitori, finì in un giro di amicizie diverso... Glie ne fece passare di tutti i colori.»

«E tu eri la figlia modello.»

Non era una domanda — perché conosceva la risposta — ma lei rispose comunque. «Già.»

Ora si raddrizzò e si premette le mani sulla parte bassa della schiena, cercando di farla scrocchiare — il che produsse degli effetti davvero *notevoli* sul suo davanti.

Merda. Non doveva notare quelle cose con sua figlia in casa. Anche se ciò non aveva impedito ad altri pensieri inappropriati di farsi strada.

O a un bacio.

«Allora, stai trovando tutto?»

Dovette pensare per un paio di secondi per capire la sua domanda.

Ah. Giusto. I prodotti per la pulizia. «Sì. Certo. Nessun problema. Li ho portati con me.»

Sul serio? Le aveva risposto così? Non era più un adolescente cotto di una star; doveva essere in grado di formulare una frase di senso compiuto a una bella donna. Diavolo, aveva avuto più conversazioni con donne di bell'aspetto di quante potesse ricordare, quindi perché una con lei fosse così difficile, non lo sapeva.

«Di solito la casa non è così in disordine, ma ultimamente il lavoro è stato intenso e far uscire Sami di casa la mattina è un'impresa. Mi ricorda così tanto mia sorella, è spaventoso.»

Non voleva pensare a sua sorella. Quella notte che aveva passato con Andrea... Ora quasi se ne pentiva, perché se avesse avuto una possibilità con Jennifer, non voleva che lei sapesse che era stato anche con sua sorella. Poteva rendere le cose un po', be', complicate.

«Forse dovresti assumere Sami per pulire la casa. Ai bambini fa sempre bene una lezione di responsabilità.» Pulì il piano di lavoro per la seconda volta. L'avrebbe pulito una mezza dozzina di volte se ciò avesse significato poter restare lì a parlare con lei.

«Hai figli?»

«No.»

«Ah. Le teorie del tuttologo. In teoria funziona tutto benissimo; è quella dannata pratica che getta le teorie dalla finestra.» Afferrò le riviste. «Butto queste. Tanto non ho comunque tempo di leggerle.» Se le appiccicò al petto — peccato. «Ecco. Ho messo tutto in ordine, quindi non dovrebbe essere troppo difficile per te pulire mentre siamo fuori.»

«State uscendo?» Accidenti. La sua presenza rendeva la cosa sopportabile, ma senza di lei... Per quanto tempo ancora doveva farlo? «Cedi alle pressioni?»

«Niente affatto. Faccio le commissioni nel mio giorno libero, anche se non del tipo che piace a Sami. E visto che oggi è il mio giorno libero...»

«Mi lascerai solo alle non-così-tenere grazie del gatto imperatore?»

«Nero non ti darà fastidio. Fa il suo inseguimento mattutino del cane e poi crolla nel bovindo del mio ufficio. Puoi passargli l'aspirapolvere proprio intorno, sul cuscino, e non si muoverà di un millimetro.»

«Sembra davvero un imperatore romano. Gli dai l'uva a mano?»

Ottenne da lei il sorriso che aveva sperato.

«Ssshh.» Si portò un dito alle labbra, attirando la sua attenzione.

Chi voleva prendere in giro? Non aveva bisogno di alcun aiuto per esaminare le sue labbra.

«Non farti sentire da Nero,» disse lei. «Finora, sono riuscita a tenergli quell'idea fuori dalla testa.»

«Ehi, non c'è niente di male in un po' di coccole ogni tanto.» Poteva benissimo immaginare di coccolare lei.

Tra le altre cose.

«Ti ricorderò che l'hai detto quando Nero vorrà che tu lo imbocchi per cena.»

Addio fantasie. «Stai scherzando.»

«No. Ed è tutta colpa di Sami.»

«Non ricordo che dar da mangiare al gatto facesse parte della mia descrizione del lavoro.»

Lei rise e il suo viso, già bellissimo, divenne assolutamente splendido. Buffo come le gemelle potessero essere così simili eppure così diverse. Il viso di Andrea non si era mai illuminato come quello di Jennifer.

«Va bene. Immagino che dovrà rimanere di competenza di Sami.» Si diresse verso le scale. «Vado a controllare i progressi nella sua stanza e poi ti toglieremo il disturbo.»

A lui non sarebbe dispiaciuto averla *tra* i capelli — preferibilmente mentre li afferrava con forza mentre lui si spingeva dentro di lei —

Grazie a Dio era appoggiato al bancone, o la dottoressa Jennifer avrebbe avuto una visione frontale completa di ciò che parlarle gli provocava. Anche se doveva averlo sentito quando l'aveva baciata.

Doveva sapere che gli faceva effetto.

Beckett Fields le faceva un effetto che nessuno le faceva da molto tempo.

Jennifer dovette farsi aria con le riviste non appena salì le scale verso la stanza di Sami. Il mese successivo sarebbe stato una vera e propria sfida.

«Non voglio uscire.»

Forse una sfida ancora più grande che gestire Sami in uno dei suoi capricci.

«Sami, lo sai che oggi andiamo a fare commissioni.»

«Non voglio.» Sami si lasciò cadere seduta sul piumone rosa che si era scelta e incrociò le braccia. «Voglio restare qui a giocare con Nero.»

«Tesoro, Nero dormirà. Sai che fa un pisolino tutto il pomeriggio. Dai, potrai giocare con lui quando torniamo.»

«No.»

Jennifer trattenne a malapena un sospiro. La terapeuta che stava vedendo per aiutarla a far passare Sami a una vita cosiddetta "normale" aveva detto di cercare di non mostrare troppe emozioni, specialmente la rabbia, quando Sami si comportava male. La testardaggine di Sami era il suo tentativo di controllare il suo universo, perché le azioni di Andrea lo avevano mandato fuori orbita.

Jennifer cercava di avere pazienza, davvero, ma Sami non poteva averla vinta su tutto. «Vuoi dirmi perché?»

«Perché voglio restare a casa.»

«Perché?»

«Perché qui mi piace.»

Okay, questa era una buona cosa. La terapeuta diceva che una volta che Sami si fosse legata al posto, si sarebbe sentita abbastanza sicura da sentire di appartenervi. Che finalmente avrebbe avuto un posto tutto suo. Era per questo che Jennifer l'aveva portata a fare shopping sfrenato per decorare la stanza come voleva Sami. Quindi, il fatto che fosse più rosa di un bastoncino di zucchero filato e coperta da abbastanza brillantini da competere con i Gioielli della Corona... Jennifer era solo felice che Sami non facesse storie per andare a letto la sera.

«Lo so, tesoro, ma dobbiamo andare a fare la spesa, altrimenti non potremo dare da mangiare a Nero e Flopsy.»

«Non puoi andare tu e basta?»

«Non posso lasciarti qui da sola.»

«Non sarò sola. C'è Beck.»

Beck. Come se fossero migliori amici — o come se una cotta colossale, con tanto di adorazione per l'eroe, avesse travolto Sami come un treno merci. Ci sarebbe voluto molto lavoro per riportarla sui binari.

«Mi dispiace, Sami, ma Beckett è qui per pulire la casa, non per fare da babysitter.»

Non che Jennifer potesse biasimare Sami per la cotta. Beckett *era* davvero sexy. E sapeva baciare come, be', come Jennifer non veniva baciata da molto tempo. Le c'era voluto un po' anche solo per pensare di uscire con qualcuno dopo aver sorpreso Trent con le mani nella marmellata, per così dire, e aveva avuto solo una manciata di appuntamenti prima che Andrea mettesse sottosopra la sua vita e quella di Sami.

Quindi, sì, aveva una scusa per non averlo fermato quando l'aveva baciata.

Ma perché l'aveva fatto, in primo luogo?

«Perché no, mamma? Beck mi piace.»

Cosa avrebbe dovuto fare in quella situazione? Dio, le bastava darle uno Yorkshire con un'ovarioisterectomia erniata e se la sarebbe cavata. Ma se le mettevi davanti una bambina di sette anni con problemi di identità, Jennifer si sentiva come se fosse ancora alle elementari. No, che dico. Alle elementari prendeva il massimo dei voti; a quei tempi sapeva cosa stava facendo. Doveva preoccuparsi solo di se stessa. Ora, tutto ciò che faceva era ponderato in base a ciò che sarebbe stato un bene per la povera Sami, che ne aveva passate tante. Jennifer era terrorizzata all'idea di segnarla a vita, anche se, in realtà, non avrebbe potuto fare un lavoro peggiore di quello che aveva fatto sua sorella. Ma questo non aiutava la situazione.

Così decise di concentrarsi sul problema contingente. «Perché sorvegliarti non è il motivo per cui Beckett è qui.»

«Ma non deve sorvegliarmi. Non sono una bambina. Posso anche aiutarlo.»

Jennifer riuscì a nascondere il brivido che la percorse a quell'idea. Sami e i prodotti per la pulizia... Un mix pericoloso. Il disastro della settimana scorsa con il detersivo della lavastoviglie ne era la prova perfetta. Jennifer ci aveva messo fino a dopo l'una di notte per togliere tutto il sapone dal pavimento della cucina e fare il bagno al povero Flopsy che, Dio l'abbia in gloria, non aveva il cervello di una pulce e aveva dovuto indagare sui 'disegni di sapone' di Sami. Per fortuna, Jennifer l'aveva beccato prima che lasciasse le sue zampette insaponate in giro per il resto della casa, ma la cucina era già un disastro sufficiente.

«Ma ho bisogno che tu mi aiuti. Devi scegliere i cereali che vuoi e i biscotti per il pranzo. E poi tu scegli sempre le pesche migliori.» Aveva imparato subito che le lodi facevano miracoli per l'autostima di Sami.

«Voglio gli Oreo e gli Apple Jacks, come sempre. Sono i miei preferiti.»

Jennifer non se la bevve, quella noncuranza. Scegliere il proprio cibo era il momento clou della settimana di Sami e, finché non esagerava, Jennifer di solito le comprava ciò che voleva, dato che le capacità di Andrea nel fare la spesa erano inversamente proporzionali alla sua propensione per le attività illegali. Quella povera bambina era sopravvissuta con quei pacchetti di noodle a basso costo più a lungo di qualsiasi studente universitario. Jennifer stava ancora cercando di insegnare a Sami a bilanciare il suo apporto nutrizionale, quindi quel rifiuto di fare qualcosa che prima le piaceva... il richiamo di Beckett era troppo forte. Qualcosa che Jennifer capiva. Il che poteva essere un problema. Per entrambe. Doveva stroncare la cosa sul nascere.

Di nuovo, per entrambe.

Jennifer si alzò. Che la stroncata avesse inizio... oh, al diavolo. Quello le fece solo venire in mente l'idea di lui che le mordicchiava lentamente il collo.

Jennifer sospirò, afferrò le ultime magliette dal letto e si diresse verso il comò. «Andiamo, Sami. Dobbiamo muoverci. Sono sicura che Beckett sarà ancora qui quando torneremo.»

Lo sperava.

Mise i vestiti nel cassetto in fondo. Cavolo, che le prendeva? D'accordo, non usciva con qualcuno da un po' — due anni — e non veniva baciata da ancora più tempo... Non era come se fosse una donna sola e affamata di sesso. Aveva una vita piena di amici, la sua carriera e ora Sami. Non doveva andare in fibrillazione per un ragazzo, anche se un tempo aveva una cotta per lui.

Avevo?

Chiuse il cassetto. Okay, pensava ancora che fosse sexy. C'erano un sacco di ragazzi sexy in giro.

Ma ti hanno baciata?

Bella domanda. Una migliore era *perché* l'aveva baciata. Non era stata la cosa più professionale che potesse fare; avrebbe dovuto denunciarlo.

Certo. Perché lei aveva opposto una gran resistenza...

«Andiamo, tesoro. Dobbiamo andare.» Jennifer si voltò.

Sami si era infilata sotto le coperte. «No.»

«Sami, non sto scherzando. E poi, prima ce ne andiamo, prima torniamo.»

«Beck sarà qui?»

«Se ci sbrighiamo.» Le diede un colpetto sulle dita dei piedi sotto il piumone. «Andiamo. Sarà divertente.»

«Sarebbe più divertente con lui.»

Sì che lo sarebbe stato. «Ma adesso sta lavorando.»

«Non è vero. Sta pulendo.»

«Quello per lui è lavoro. Lo pagano per farlo. Non possiamo interromperlo.»

«Perché no? Tu vieni interrotta sempre al lavoro. C'è sempre gente che entra nelle stanze quando sei occupata.»

«Sì, ma quello è perché sono situazioni di emergenza in cui devo prendere io le decisioni.»

«Quindi Beck sta prendendo delle decisioni?»

Jennifer socchiuse gli occhi. Andrea era intelligente quanto lei e i geni erano decisamente passati a sua figlia, quindi Jennifer era un po' diffidente su dove la bambina volesse andare a parare con quella serie di domande. «Sì.»

Sami si liberò delle coperte con un gran sorriso, saltò giù dal letto e corse oltre Jennifer. «Allora può decidere se posso restare.»

«Sami!» Jennifer allungò una mano per afferrarla, ma la bambina fu più veloce.

I passi di Sami rimbombarono giù per la scala di legno. «Beeeeeeeeck!» Il suo urlo echeggiò contro i muri dell'atrio a due piani.

«Cosa? Stai bene? Dov'è tua madre?»

Beckett aveva lo stesso panico nella voce che Jennifer aveva nel cuore, ma per ragioni diverse. Non voleva assolutamente che Sami lo facesse, ma era come se il tempo avesse rallentato e tutto si muovesse a un quarto della velocità normale. Tutto tranne Sami.

«La mamma vuole che vada a fare la spesa con lei e altre cose ma io non voglio. Voglio restare qui e stare con te, non ti dispiace, vero? Posso aiutarti e tutto, posso anche assicurarmi che Nero non ti dia fastidio così non avrai un gran casino da pulire e ti aiuterò portandoti le cose e tutto così non dovrai lavorare tanto per favore di' che posso restare qui con te invece di andare con la mamma per favore per favore per favore.»

Jennifer si bloccò di colpo nel salone proprio mentre Sami prendeva un respiro profondo.

Beckett la stava guardando come se avesse parlato un'altra lingua.

«Sami.»

Due teste si girarono verso di lei. Una con sollievo e l'altra... con aria di sfida.

Riconobbe quello sguardo. Era lo stesso che aveva Andrea ogni volta che qualcuno le diceva che non poteva fare qualcosa.

«Andiamo, tesoro. Lasciamo che Beckett torni al lavoro.»

«Non voglio andare. Voglio restare qui e aiutare Beck.» Sami batté un piede per terra e incrociò le braccia.

«Sami, ne abbiamo parlato. Beckett sta lavorando e sorvegliarti non fa parte del suo lavoro.»

«Non deve sorvegliarmi. Lo sorveglierò io. Posso passargli le cose.» La sua voce era un po' meno sicura, i suoi occhi saettavano verso di lui, guardinghi. Per qualche ragione, Sami si era aggrappata a lui e non voleva lasciarlo andare.

E anche se Jennifer lo capiva *perfettamente*, non poteva scaricare Sami su Beckett. Il poveretto sembrava un cerbiatto abbagliato dai fari.

«Sami, andiamo. Ce ne andiamo. Torneremo presto. La stai tirando per le lunghe più del necessario e Beckett deve tornare al lavoro.»

«No.» Sami sporse il labbro inferiore. «Per favore, Beck? Di' alla mamma che va bene se resto qui con te.»

«Beh, io...»

«Samantha Renee, smettila immediatamente. Stai mettendo Beckett in una posizione scomoda. Ho detto di no e intendevo dire no. Vieni con me, adesso.» Jennifer le tese la mano.

Sami corse verso la poltrona accanto alla televisione e vi si gettò dentro, si dimenò e poi incrociò di nuovo le braccia. «No.»

«Ehm, forse...»

Jennifer alzò una mano. Sapeva cosa stava per dire e quella era l'*ultima* cosa che Sami aveva bisogno di sentire. «Sami, ho detto no. Andiamo.»

Sami si portò le ginocchia al petto e vi avvolse le braccia, scuotendo la testa finché i suoi riccioli non le si aggrovigliarono sul viso.

Jennifer conosceva quella posa. E la temeva. Era la cosa più vicina alla posizione fetale che Sami potesse assumere senza sdraiarsi sul pavimento. Era la sua posa "proteggi il nucleo". Istintiva. Quella che secondo il terapeuta avrebbe richiesto più pazienza per essere superata.

Jennifer stava cercando quella pazienza proprio ora. Si passò una mano tra i capelli, odiando che quella scena si stesse svolgendo davanti a Beckett. Diavolo, che si stesse svolgendo e basta. Pensava che l'avessero superata o, almeno, che Sami non vi sarebbe ricorsa così in fretta. Jennifer non sapeva come rimediare senza cedere. Cosa che non voleva fare, perché ciò avrebbe dato a Sami il permesso implicito di usare quella tattica ogni volta che non otteneva ciò che voleva.

«Ehm, se posso?» Beckett lo sussurrò come un attore sul palco e fece un cenno con la testa verso la cucina, ma Sami sentì.

Soffiò via alcuni capelli dagli occhi con un respiro.

Almeno quel movimento era qualcosa e a Jennifer non importava nemmeno che fosse perché Beckett aveva parlato. Il terapeuta chiamava quello stato quasi catatonico il meccanismo di difesa di Sami: dissociarsi abbastanza da non sentire che le emozioni che turbinavano intorno a lei potessero toccarla.

Era così maledettamente triste. Se Andrea non fosse già rinchiusa, Jennifer l'avrebbe denunciata lei stessa per quello che aveva fatto a Sami.

Con un ultimo sguardo a sua nipote, annuì, poi seguì Beckett in cucina.

Lui la condusse verso le portefinestre che davano sulla terrazza, il più lontano possibile da Sami pur rimanendo in casa. «Senti,» sussurrò. «Se è un problema così grande, può restare con me. Non mi dispiace. Anche se riuscissi a farla venire con te, non sarà un'uscita di successo, dopo questo. E probabilmente riuscirai a fare più in fretta se resta con me. Posso metterla al lavoro. Responsabilità, no? Imparerà qualcosa senza nemmeno rendersene conto. E Mac può garantire per me; non sono un tipo losco di cui ti devi preoccupare.»

Lo sapeva. Mac Manley avrebbe fatto un'approfondita verifica dei precedenti prima di mandare chiunque a casa di un cliente. «Sono sicura che non lo sei, ma non posso chiederti...»

«Non me lo stai chiedendo tu. L'ha fatto lei. E dato che sono io a dire di sì, non minerà la tua autorità. Faremo finta che io abbia bisogno di aiuto, così non vedrà la cosa come se avesse ottenuto ciò che voleva. Che ne dici?»

Voleva dire che era il Principe Azzurro, ma aveva imparato la lezione con i Principi Azzurri grazie al suo ex.

Optò per un semplice *grazie*. «È molto generoso da parte tua. Non so perché si sia messa in testa di voler stare con te, ma non sono riuscita a smuoverla di sopra e vedi quanto è radicata l'idea adesso.» Jennifer fece un cenno verso il salone. «Lo apprezzo davvero. E ti pagherò.»

«Hai visto la mia macchina? Non ho bisogno di soldi.»

«Allora perché lavori come domestico?»

«È una lunga storia. Meglio tenerla per un altro giorno. Allora, che dici? Può restare?»

«Se sei sicuro.»

Beckett annuì, poi tornò da Sami. «Lo sono.»

Affatto.

Non ne era affatto sicuro. Che diavolo ne sapeva lui di bambine di sette anni che facevano i capricci?

Molto meno di quanto ne sapesse di donne sexy di trent— cioè, *ventinove* anni che sembravano sfinite dalla volontà testarda di una bambina di sette anni. Voleva solo dare una mano a Jennifer.

Tornò a grandi passi nel salone. Doveva formulare la frase nel modo giusto, così che Jennifer non perdesse la faccia e la bambina non pensasse di aver ottenuto ciò che voleva perché l'aveva desiderato.

Ma la vista di Sami seduta lì, praticamente raggomitolata su se stessa, quasi fece svanire la sua determinazione. C'era qualcosa in lei che non capiva, ma aveva visto il modo in cui Jennifer aveva misurato le sue reazioni e risposte alla bambina. Il classico consiglio di un terapeuta. Quindi Sami aveva dei problemi che stavano cercando di risolvere professionalmente. Ammirevole. Forse lui avrebbe intrapreso quella strada se avesse avuto una famiglia che si fosse preoccupata abbastanza da portarcelo, ma, invece, aveva fatto tutto da solo, studiando e lavorando sodo finché non erano rimaste abbastanza ore nella giornata per divertirsi. Ma andava bene, si era concentrato sul suo obiettivo finale e ora stava vivendo il suo sogno.

Beh, non in quel momento. In quel preciso momento, era praticamente un incubo. O lo sarebbe stato, se non fosse stato per Jennifer.

Si accovacciò davanti a Sami e le mise le mani sulle braccia. «Sami? In realtà *avrei* proprio bisogno del tuo aiuto e ho chiesto a tua madre se puoi restare per aiutarmi. Ti piacerebbe?»

Se avesse finto la sua reazione, recitando per ottenere ciò che voleva, sarebbe balzata fuori dal suo guscio e l'avrebbe abbracciato o qualcosa del genere, ma non lo fece. No, si limitò a sbattere le palpebre verso di lui attraverso una massa di riccioli neri, i suoi occhi verdi lucidi di lacrime che si rifiutava di versare.

La ragazzina aveva spina dorsale. Gli piaceva.

Le scostò alcuni capelli dal viso. La sua pelle era così bianca da sembrare porcellana. O forse era per la paura.

Il cuore di Beck si spezzò un po'. Che diavolo le aveva fatto suo padre per causare questo comportamento?

«Sami?»

Lei tirò su col naso e lui fu contento di quella reazione, per quanto minima.

«Ti piacerebbe restare e aiutarmi?»

Sami si mordicchiò il labbro inferiore per un secondo, poi annuì. Fu un cenno breve, appena percettibile, ma era un cenno.

Beck esalò e si sedette sui talloni, ma non tolse le mani dalle braccia di lei. «Beh, allora, mettiamoci al lavoro. Abbiamo un sacco di terreno da coprire.»

«Ma pensavo che dovessi fare l'interno della casa.» Una frase intera *e* sciolse l'abbraccio; altri progressi. «Abbiamo un servizio di giardinaggio per il terreno.»

Beck fece scivolare le mani sulle gambe di lei e, delicatamente — nel modo meno invadente possibile — le abbassò i piedi sul pavimento. «È solo un modo di dire. Ma sì, intendevo l'interno. Questo è un posto grande.»

Lei annuì. «Quasi un castello.»

«E cosa c'è di meglio di un castello per una principessa?»

«Il Principe Azzurro.» Sami balzò in piedi, dicendolo in modo così naturale che lui capì cosa stava per arrivare prima che lo dicesse, la sua ripresa in pieno svolgimento. «Allora, ti piacerebbe essere il nostro?»

Capitolo Sei

A Beck occorsero alcuni secondi, forse anche un minuto, per riprendere fiato dopo quella piccola bomba.

Il Principe Azzurro. Lui. Sarebbe stato divertente se non fosse stato, be', per niente divertente.

Certo, poteva anche avere i soldi e l'aspetto adatti a quell'appellativo da favola, ma era lì che finiva la somiglianza. Non aveva intenzione di condividere il suo regno con nessuno e non era assolutamente disposto ad andare a caccia di una principessa. Quel treno era passato da un pezzo. Proprio con la donna in piedi dietro di lui, a dire il vero.

Per un secondo, decisamente meno di quanto gli fosse servito per riprendere fiato, considerò come sarebbe stata la vita se *le avesse* chiesto di andare al ballo con lui. Se fosse riuscito a racimolare abbastanza coraggio e soldi per farlo davvero.

Non l'avrebbe trovato molto affascinante. Aveva sempre avuto un'aria di sfida, che secondo alcuni aveva ancora. Almeno adesso, aveva le risorse per gestirla. Allora, c'erano solo lui e un grosso macigno di risentimento.

«Allora, Beck? Lo faresti?» Sami lo picchiettò sulla spalla, riportandolo giù da quel piccolo viaggio nel paese del *mai-e-poi-mai-neanche-per-sogno*.

«Che ne dici se cominciamo da oggi e vediamo dove ci porta?» Si alzò e le scostò i morbidi riccioli dal viso con una carezza. «Allora. Stavi dicendo che sei disposta ad aiutarmi?»

Lei annuì, e i riccioli le ricaddero subito a posto.

«Okay, allora.» Guardò Jennifer, che se ne stava lì con un'espressione così preoccupata che non avrebbe dovuto renderla più bella, e invece ci riusciva. «Saluta la mamma.»

«Ciao, mammina.» Sami si avvicinò a lui e salutò con la mano così energicamente che lui la sentì barcollare contro la sua gamba. «Io e Beck renderemo la casa tutta bella per te.»

Jennifer sbatté le palpebre un paio di volte, poi si sforzò di sorridere. «Okay, tesoro. Ci vediamo quando torno.»

Lo guardò, e lui fu contento di vedere che la domanda era nei suoi occhi ma non nelle sue parole. Più lei ne avesse fatto un dramma, più grande sarebbe diventato nella mente di Sami, e, per ora, dovevano solo lasciar correre. Quali che fossero i problemi di Sami, adesso era felice e al sicuro, e quello era ciò che contava.

Lui, tuttavia, era tutto *fuorché* al sicuro.

Venti minuti dopo l'uscita di Jennifer, Beck si chiese cosa avesse fatto. In qualche modo, la bambina era riuscita a scivolare sotto il suo cuore indurito e a insinuarsi dentro. Venti minuti! Conosceva persone da vent'anni che non ne avevano nemmeno scalfito la superficie, ma Sami... lei aveva trovato una via d'accesso di cui lui non si era nemmeno reso conto.

Lei spazzò verso la paletta che lui le teneva il mucchietto di polvere che aveva insistito a voler raccogliere. «E poi Flopsy voleva un biscotto per cani, ma quando ha provato a entrare nella credenza, è caduto. È stato così triste. Mi chiedo se sa di avere solo tre zampe. Cioè, immagino che lo sappia, ma sa che dovrebbe averne quattro? Chissà com'è averne solo three? Certo, io ne ho solo due ma è così che devo averne. Cosa ne pensi, Beck? Flopsy è triste perché non ha lo stesso numero di zampe degli altri cani? Come me. Io non ho un papà come le altre persone. Tu ce l'hai? Un papà, voglio dire.»

Aveva chiacchierato senza sosta per diciotto degli ultimi venti minuti e *proprio* a questo punto aveva scelto di fermarsi ad aspettare una risposta? Che Dio l'aiutasse.

«Tutti hanno un padre, Sami. Che poi sia presente o meno nella loro vita è un'altra storia.»

«Nossignore. Io non ho un papà.»

Stava per dire che invece ce l'aveva, quando ricordò di aver pensato che quel tipo doveva aver fatto qualcosa di terribile alla bambina. Forse Sami bloccava sia lui sia il ricordo con quella sua mania di rannicchiarsi su se stessa, e lui *non* sarebbe stato di certo quello a ricordarglielo. Chissà quale trauma avrebbe scatenato?

Accidenti, non era proprio tagliato per fare il genitore.

Afferrò la parte inferiore della scopa e rifece il mucchietto rimasto mentre lei teneva la parte superiore. «Be', indovina un po'? Neanch'io ce l'ho.» Quello, almeno, era vero. Non aveva mai avuto un padre; solo un tizio che aveva fornito il materiale genetico affinché sua madre lo mettesse al mondo.

E poi lo abbandonasse lì.

Beck represse l'amarezza. Non solo era sopravvissuto, ma aveva prosperato. L'auto là fuori ne era la prova. Così come gli immobili che possedeva e l'azienda con il suo nome.

«Neanche tu? Vedi? Sapevo che potevamo essere migliori amici per la pelle.» Lei gli diede una pacca sulla testa come se fosse il suo cagnolino.

«Pensavo che Nero fosse il tuo migliore amico. Potrebbe essere difficile avere migliori amici che non si piacciono.»

«Ma tu hai detto che non piaci a Nero, non che a te non piace Nero. Si può essere migliori amici per la pelle se a uno dei due piace l'altro, perché poi tutto quello che devi fare è essere gentile con lui e alla fine si convincerà. È quello che è successo con me e Cassie Mumford.»

«Non ti piaceva Cassie?»

«No, sciocchino. Io non piacevo a lei. Ma la mamma mi ha detto di essere gentile con lei perché è difficile essere arrabbiati con qualcuno che non si arrabbia a sua volta. È *stato* difficile, ma ce l'ho fatta, e ora io e Cassie siamo amiche. Neanche lei ha un papà. Perché pensi che non abbiamo un papà, Beck?»

Perché i padri assenti erano dei falliti?

Meglio non riversare i suoi problemi sulla bambina. Avrebbe imparato la verità abbastanza presto. «Non ne sono sicuro, ma quello di cui *sono* sicuro è che a un tizio sta sfuggendo qualcosa, perché tu sei una bambina fantastica.»

Lo sguardo che gli lanciò non fece che riconfermare che era ancora in fissa con il Principe Azzurro. «Pensi davvero?»

«Ne sono certo.» Cavolo, quel bisogno d'affetto. Lo sentiva emanare da lei a ondate. E non lo capiva. Jennifer ovviamente amava la bambina con tutta se stessa. Cos'era successo da rendere Sami così insicura del proprio valore? O si trattava solo del suo valore visto con gli occhi di un uomo?

Non conosceva nemmeno suo padre, ma a parte il fatto che quel tipo aveva rovinato tutto con Jennifer e l'aveva lasciata, Beck voleva fargli del male ancora di più per quello che aveva fatto a sua figlia. Nessun bambino dovrebbe crescere senza un padre. Che i genitori rimanessero sposati o no, un figlio aveva diritto ad avere entrambi i genitori. Era probabilmente la cosa che lo infastidiva di più al mondo e, dato che entrambi i suoi genitori lo avevano piantato in asso, ne aveva motivo. Il fatto che se la cavasse bene nella vita non era una panacea per essere stato abbandonato.

«Hai fatto un buon lavoro qui, Sami.» Si alzò e le tese la paletta perché vedesse cosa aveva spazzato via. «Vedi quanto hai pulito?»

«La mamma sarà felice. Dice sempre che questo posto sembra colpito da un clone.»

«Credo tu voglia dire ciclone.»

«Sì. Quello.» Inclinò la testa di lato, mordicchiandosi il labbro inferiore. «Beck?»

«Sì?»

«Cos'è un ciclone?»

E proprio così, gli ricordò che era ancora una bambina, con il suo dolore e le sue emozioni più grandi di lei.

Il suo cuore si intenerì ancora un po'. «Hai visto il film, *Il mago di Oz*?»

«Sì.»

«Sai come fa Dorothy a tornare a Oz?»

«Nel tornado.»

«Si chiama anche ciclone.»

«Vuoi dire che un tornado è passato per casa nostra?»

Stavolta, le scompigliò i capelli. «Sì. Il tornado Sami. Ha lanciato vestiti ovunque.»

Lei ridacchiò. «Sei buffo. Non è vero.»

«A me non è sembrato. O forse tua madre ha deciso di usare i tuoi vestiti come decorazioni?»

Sami ridacchiò ancora. «Sei divertente.»

«Sì, dall'aspetto buffo.» Arricciò le labbra e fece una smorfia.

Sami inclinò la testa e lo guardò, la risata negli occhi sostituita dalla contemplazione e, all'improvviso, sembrò molto più grande dei suoi sette anni.

Avrebbe voluto far del male al bastardo che le aveva fatto questo.

«Non hai un aspetto buffo. Penso che tu sia carino. Bello.»

Non aveva bisogno di aggiungere una cotta al suo repertorio da Principe Azzurro. «Bello, eh? Dove hai imparato quella parola? Ci sono ragazzi belli nella tua classe?»

Si picchiettò il labbro, e questo la fece sembrare ancora più matura.

«No. Non proprio. Tommy Keswick è carino, but non è bello. Però ho sentito alcune mamme dire che il mio maestro, il signor Hampton, è bello.»

«L'ha detto anche tua madre?» Maledizione. Avrebbe voluto prendersi a calci per averle fatto quella domanda. Non avrebbe dovuto coinvolgerla nella sua infatuazione da adulto.

«No. La mamma non pensa che nessun ragazzo sia bello. Non credo che le piacciano molto i ragazzi.»

Il che era sia un gran peccato sia una buona notizia per lui.

Be', lo sarebbe stato se avesse avuto intenzione di farci qualcosa. Ma dopo l'episodio della palla fetale a cui aveva appena assistito, non l'avrebbe fatto. Quel bacio con Jennifer era una cosa da una volta e basta. Sami non aveva bisogno di nessuno nella sua vita che non fosse permanente e, per quanto fosse attratto da Jennifer, era anche molto consapevole dei bisogni di Sami. Non poteva mettere i suoi davanti a quelli di lei.

Si spolverò le mani e si guardò intorno in cerca della scatola con i prodotti per la pulizia. Immaginava che il kit da cassetta degli attrezzi verde che Mac gli aveva dato fosse efficiente per avere tutti i materiali a portata di mano, oltre che un buon strumento di branding per la sua azienda, ma era una tale dicotomia con l'essere un addetto alle pulizie che lo avrebbe fatto sorridere, se non fosse stato lui l'addetto alle pulizie.

«Ma scommetto che pensa che tu sia bello. Tu pensi che lei sia carina?»

Che Dio lo salvasse dalle preadolescenti bisognose e combina-matrimoni. «Sono sicuro che un sacco di gente pensa che tua madre sia carina.»

«Sì, ma *tu* lo pensi?»

Sembrava che non ci fosse nessun intervento divino in vista. «Certo. Ti somiglia.»

«No, non è vero. Lei ha i capelli biondi e io neri.» Si tirò i riccioli. «Vorrei avere i capelli biondi. I capelli neri sono brutti.»

«Ehi, io ho i capelli neri e penso che vadano benissimo.»

«Forse per i ragazzi.» Sami mise il broncio. «Alcune ragazze mi chiamano Ombra. Dicono che mi confondo con le ombre.»

Proprio quello che una bambina insicura non aveva bisogno di sentirsi dire.

«Sono solo gelose perché hai dei bei riccioli morbidi e setosi. Le donne pagano un sacco di soldi ai parrucchieri per farsi i capelli come i tuoi. Sei molto fortunata.»

Inclinò di nuovo la testa. «Lo dici solo perché anche i tuoi capelli sono neri. Ehi.» Fece un passo avanti e un gran sorriso le si dipinse sul volto. «I tuoi occhi sono verdi come i miei.»

«È vero.» Le scompigliò di nuovo i capelli. Questa faccenda del Principe Azzurro non era poi così male se poteva farla stare bene avendo gli stessi colori, e lei lo stava decisamente guardando come se il sole sorgesse e tramontasse su di lui.

Oh. Forse non era una cosa così buona. Non voleva spezzare il cuore alla bambina.

«Okay, tesoro. Dobbiamo darci una mossa invece di parlare, altrimenti tua madre tornerà a casa e troverà un disastro.»

«Ci torna sempre; non importerà.»

«Importerà perché mi sta pagando per *sistemarla*. Penso che dovremmo finire il soggiorno e poi potresti aiutarmi a organizzare la dispensa.» Parole che non avrebbe mai immaginato di pronunciare in un milione di anni. A una bambina di sette anni, per giunta.

«Possiamo mangiare gli snack che cadono per terra?»

«È a questo che serve il cane.»

«Allora dovrei andarlo a prendere.» E detto questo, corse verso la sua stanza.

Beck la guardò andare. Tutta quell'energia... Anche lui era stato così. Probabilmente soffriva di ADHD, ma non c'era stato nessuno abbastanza interessato da diagnosticarglielo. Aveva avuto un paio di buone famiglie affidatarie, ma il sistema lo aveva spostato in continuazione anche quando lui voleva restare. Non aveva mai capito quella logica; perché un bambino non poteva restare se gli piaceva la famiglia ed era desiderato? La risposta era stata che non volevano che si affezionasse troppo. Ancora una volta, non aveva senso. Lo scopo di cercare di collocarlo presso una famiglia non era forse quello di farlo *uscire* dal sistema? Il modo migliore per farlo sarebbe stato creare un legame con una famiglia che lo volesse.

Non lo aveva capito allora e, da adulto, ancora non lo capiva. Soprattutto quando, una volta compiuti i diciotto anni, era stato messo alla porta dal sistema e non aveva avuto un posto dove andare. Almeno, se fosse stato membro di una famiglia, non si sarebbe ritrovato nei centri di accoglienza per senzatetto. Ma dopo la terza volta in cui era stato «ricollocato», aveva rinunciato a cercare di legare con la famiglia. Alla fine, perderli faceva solo più male.

Così, adesso, donava migliaia di dollari ai centri di accoglienza per senzatetto e organizzava eventi di raccolta fondi per acquistare edifici, pagare affitti e fornire mobili e servizi di consulenza a persone che si trovavano nella sua stessa barca.

E lo faceva di nascosto. Non voleva che Beckett Fields fosse associato in alcun modo a John Becker. Oh, i suoi documenti di affido erano sigillati, ma non voleva che quella parte della sua vita fosse mai conosciuta. Se avesse potuto cancellarla, lo avrebbe fatto. Cambiare nome era la cosa più vicina che potesse fare.

Grazie a Dio lo aveva fatto. Almeno Jennifer poteva guardarlo adesso e non vedere il ragazzino che era stato. Non lo avrebbe mai baciato se avesse saputo chi era.

Capitolo Sette

Aveva baciato John Becker.

Jennifer non riusciva a togliersi quel bacio dalla testa.

Perché l'aveva fatto?

Se avesse saputo chi fosse lei, non l'avrebbe mai fatto. Non dopo quel rifiuto imbarazzante al liceo. Avrebbe dovuto dirglielo per puro divertimento, solo per vedere la sua reazione.

Probabilmente sarebbe stata di orrore, il che avrebbe rovinato tutto il divertimento sul nascere.

Sospirò e prese un altro flacone di detersivo per il bucato. Quant'era triste struggersi per un uomo che non si ricordava di lei mentre si trovava nella corsia dei detersivi del suo supermercato?

«Ehi, dottoressa!» Kelsey Owens, la padrona di uno splendido incrocio tra rottweiler e pitbull, la salutò con la mano dall'altra estremità della corsia.

«Ciao, Kelsey. Come sta Magic Mike?» A Jennifer non piaceva molto che le persone dessero ai propri cani nomi frivoli — i nomi definivano sia le persone che gli animali — ma nel caso di Magic Mike, il nome era perfetto. Non c'era un'oncia di grasso in più sul corpo di quel cane ed era un piacere vederlo muoversi, con fluidità e grazia. Kelsey si assicurava di nutrirlo, fargli fare esercizio e addestrarlo a dovere, il che contribuiva notevolmente all'ammirazione di Jennifer per la padrona di animali che era Kelsey.

«Benissimo, ora che gli hanno tolto il gesso. Grazie mille per esserti presa cura di lui.»

«Dovrei dire lo stesso di te. Non credo che molte persone avrebbero sopportato di dover mettere il proprio cane in un'imbracatura e impedirgli di dare di matto come hai fatto tu.»

La zampa anteriore di Magic Mike si era talmente frantumata dopo essere finito nella tana di una marmotta che avevano considerato l'amputazione. Ma sapendo quanto Kelsey amasse l'animale, e dopo aver discusso le misure estreme che avrebbero dovuto prendere per non fargli usare la zampa finché non fosse stata abbastanza forte da sopportarne il peso, lei aveva acconsentito a provare a salvarla. La fortuna e la dedizione di Kelsey al suo cane avevano permesso un buon risultato.

«Beh, anche Sami mi ha aiutato molto.»

«Grazie per averglielo permesso.» Jennifer non riuscì a trattenere un sorriso. Sami era andata con lei durante una visita a domicilio e a Jennifer era costato uno sforzo enorme staccarla da Magic Mike quando era stato il momento di andarsene. Sami l'aveva supplicata di poter andare a trovarlo, e Kelsey si era offerta di andare a prenderla al centro estivo e di tenerla con sé nei giorni in cui Jennifer doveva lavorare fino a tardi. Era stata una soluzione vantaggiosa per tutti. Sembrava che Sami avesse ereditato l'amore e la compassione di Jennifer per gli animali, e la rendeva felice sapere che c'era una parte di lei nella nipote.

«Sto pensando di prendergli un compagno. Si sentiva così solo chiuso nella sua imbracatura, ma volevo prima chiedere a te se pensi che sia pronto per avere un cucciolo con cui giocare. Non vorrei che facesse passi indietro.»

Jennifer si concentrò su Kelsey, tornando con la mente al suo lavoro. «Perché non lo porti in ambulatorio? Così gli facciamo un'altra radiografia e una visita. Voglio avere tutte le informazioni prima di prendere questa decisione.»

«Ok, li chiamo subito.»

«Ottimo. Ci vediamo allora.»

«Ciao, dottoressa. E di' a Sami che Magic Mike la saluta.»

«Lo farò.»

Kelsey tirò fuori il cellulare mentre spingeva il carrello lungo la corsia.

Jennifer la guardò allontanarsi, riconoscendo con tristezza la differenza tra Kelsey e sua sorella, a cui non era importato nulla della propria figlia. Kelsey aveva speso, e avrebbe continuato a spendere, migliaia di ore e di dollari per la cura del suo cane, ma Andrea non aveva nemmeno provato a smettere con la cocaina per crescere sua figlia. Le cose che Sami aveva visto...

Non ne parlavano mai. Sami non ne parlava neanche con la terapista. Era tutto imbottigliato dentro di lei e un giorno sarebbe esploso. Jennifer lo sapeva con la stessa certezza con cui era lì in piedi, ma era impotente di fronte a quella situazione. Certo, portava Sami dalla terapista, faceva gli esercizi che la terapista le suggeriva, e cercava di concentrare tutta la sua attenzione su Sami quando erano insieme, ma non era ancora riuscita a sbloccare quella porta che conduceva al dolore di Sami.

La pazienza era una dote che Jennifer aveva dovuto coltivare con Andrea, e la stava mettendo a frutto con Sami. Ma le faceva male che Sami non fosse voluta venire con lei oggi. Un perfetto sconosciuto aveva più fascino di lei. Dopo tutte le notti in cui l'aveva tenuta stretta quando Sami si era svegliata urlando. Dopo tutte le gite in campeggio e i parchi di divertimento e i film e lo shopping che aveva inserito nel suo programma... I compromessi che aveva fatto al lavoro per venire incontro a Sami... Nessuno dei quali la bambina conosceva. Com'era giusto che fosse. I bambini dovrebbero dare per scontate questo genere di cose; dovrebbe essere parte integrante della crescita. Ma Jennifer doveva impegnarsi il doppio per dare a Sami una parvenza di normalità, perché la povera bambina proveniva da una situazione così disastrata. Quindi, se voleva passare la mattinata con Beck, Jennifer doveva lasciarglielo fare, a patto che lui fosse stato d'accordo.

Probabilmente stava già guardando l'orologio. Sami sapeva essere molto curiosa. Come se stesse attraversando ora la fase dei "perché" dei tre anni. Probabilmente era così perché Andrea sarebbe stata troppo fuori di testa per risponderle quando Sami aveva tre anni. Probabilmente il povero Beck si stava pentendo di aver fatto quella proposta.

Afferrò una scatola di fogli per l'asciugatrice e la gettò nel carrello, poi si diresse verso la cassa. Era stato così gentile da darle l'opportunità e la libertà di fare le sue commissioni in metà del tempo che ci avrebbero messo normalmente con Sami al seguito, quindi era meglio che tornasse per concedergli la stessa cortesia. Era sicura che non volesse passare l'intera giornata a casa sua.

. . .

Beck si stava divertendo un mondo — parole che non avrebbe mai pensato di pronunciare riguardo al pulire la casa di qualcuno. Ma Sami era uno spasso, e si era scoperto che avevano lo stesso senso dell'umorismo. Quando lei aveva fatto rotolare la pallina di Flopsy sotto il divano ed era rimasta incastrata, lui aveva riso della sua ingegnosità nel cercare di tirarla fuori. La bambina non era una che si arrendeva — un tratto che lui ammirava e condivideva appieno. Aveva usato tutto ciò che le era venuto in mente per cercare di recuperare quella palla, ma, sfortunatamente, le sue braccia erano troppo corte e non riusciva a vedere cosa stavano facendo i suoi piedi, così ora aveva infilato ogni cuscino sotto il divano nel tentativo di spingerla fuori. Non aveva intenzione di suggerirle di sollevare il divano, dato che era determinata a fare a modo suo, e chi era lui per fermare i progressi di una futura ingegnere civile?

«Devo andare fuori.» Si spolverò le mani mentre si alzava, poi se le piantò sui fianchi.

«Fuori? Ma la pallina è qui dentro.»

«Lo so, sciocchino, ma mi serve un bastone grande. Vado a cercarne uno intorno all'albero in giardino.»

«Ci sono cose in casa che probabilmente sono meglio. E non porteranno insetti e corteccia in casa. Sai, visto che abbiamo già pulito.»

«Oh.» Si guardò intorno nel grande salone. «Abbiamo *davvero* pulito!»

«Certo che sì. Era il nostro obiettivo, no?» Ne aveva fatto un gioco, dicendole che stavano nascondendo indizi che sua madre avrebbe dovuto trovare al suo ritorno. Indizi che dovevano andare in posti precisi, come le riviste nel contenitore della carta, i libri nelle librerie, il telecomando nel cesto sulla pedana. E le magliette e i pantaloncini sparsi che Jennifer non aveva raccolto quando aveva cercato di riordinare in fretta prima del suo arrivo erano stati piegati e messi in una pila sui gradini per andare di sopra.

Lui era stato l'ispettore Clouseau e lei l'ispettore Gadget e avevano "cercato" le impronte digitali. Per fortuna, lei conosceva la terminologia ma non la metodologia, dato che ogni impronta digitale sui mobili era stata spazzata via con lo straccio per la polvere.

«Giusto.» Gli diede il cinque. «La mamma ci adorerà.»

Quasi scoppiò a ridere. Jennifer? Amare lui? Difficile. Beh, non avrebbe amato John Becker, ma avrebbe potuto provare qualcosa per Beckett Fields?

Beck lasciò cadere lo straccio per la polvere in una nuvola di, beh, polvere.

Jennifer *provare* qualcosa per lui? Stava perdendo la testa? Doveva aver inalato troppi detersivi... o, cavolo. L'aveva fatto anche Sami? Non ci aveva pensato. Probabilmente avrebbe dovuto metterle una mascherina o, meglio ancora, non lasciarla avvicinare ai prodotti chimici. Fantastico. Bel tipo di adulto responsabile che era — *esattamente* il motivo per cui i bambini non erano nel suo futuro.

Se fossero stati come Sami, però—

«Pensi di sì, Beck?»

Grazie a Dio interruppe quel pensiero irrealizzabile. Aveva *decisamente* inalato troppi prodotti chimici. «Se penso cosa, Sami?»

«La mamma. Pensi che ci adorerà per questo?»

Le sue piccole sopracciglia si unirono, corrugandole la fronte in un modo che le sue coetanee botulinizzate non avrebbero mai conosciuto.

«Penso che la tua mamma ti vorrà bene a prescindere.»

Ora le labbra di Sami si piegarono di lato e si picchiettò il labbro inferiore. «Non ne sono così sicura.»

«Cosa? Certo che sì. La tua mamma ti vuole molto bene.»

«Sì, immagino che Jennifer mi voglia bene.» Sami si chinò di nuovo dopo quella dichiarazione curiosamente disinvolta e infilò la faccia sotto il divano. «Immagino che dovrai chiamare Hercules qui.»

«Chi è? Un altro animale?» Dati i nomi dei due che aveva conosciuto, era un po' esitante all'idea di incontrarne uno di nome Hercules.

Sami girò il viso verso di lui, soffiando via i riccioli neri dagli occhi. «Sai... Hercules. Come nel film. È il figlio di Dio. È abbastanza forte da sollevare il divano.»

Ok, aveva confuso la Disney con la religione, ma finalmente capì di cosa stava parlando.

«Beh, non sono esattamente sicuro di come contattare Hercules, visto che il Monte Olimpo è lontano, quindi che ne dici se sollevo io il divano e tu prendi la palla?»

«Davvero? Sei così forte? Non me lo farai cadere in testa?»

«Certo che non ti farò cadere un divano in testa. Sono forte quanto Hercules.»

«Davvero?»

Fantastico. Ora l'adorazione da eroe era tornata. Avrebbe dovuto semplicemente lasciare che qualcuno fosse migliore di lui in qualcosa.

Era quella sua dannata vena competitiva. Quella che l'aveva messo in questo guaio fin dall'inizio.

«Sì. Lo sono.» Andò all'estremità del divano. «Vuoi che te lo dimostri?»

Sami incrociò le braccia e si picchiettò di nuovo il labbro inferiore, rendendolo sospettoso su cosa stesse pensando. «Sì. Lo voglio.»

Si accovacciò e sollevò il divano dal basso. Era un divano letto, quindi non c'era da meravigliarsi che la palla si fosse incastrata, data la sua vicinanza al pavimento. E i cuscini ora rivaleggiavano con la diga di Hoover attorno a essa.

Sami scavalcò i cuscini, ridacchiando quando le scivolò un piede e atterrò carponi con la palla proprio davanti alla faccia.

«Proprio come Harry Potter nella partita di Quidditch!»

Sapeva più o meno chi fosse Harry, non aveva idea di cosa fosse il Quidditch e non capiva assolutamente che nesso ci fosse con una palla davanti alla sua faccia ma, se la faceva sorridere, a lui andava più che bene.

Lei balzò in piedi e saltellò per la stanza con le mani in aria. «Dieci punti a Grifondoro!»

I genitori, probabilmente, capivano le sue citazioni, ma lui non ne aveva la più pallida idea. Eppure, un motivo per festeggiare era pur sempre un motivo per festeggiare.

«Dieci punti!» Mise giù il divano e si unì a lei in quel saltellare, grato che Jennifer non fosse nei paraggi. Niente uccideva la mascolinità come saltellare come un canguro con un paio di pantaloni verde lime.

Non era mai stato più sexy di così.

Jennifer sbirciò attraverso il vetro laterale della porta d'ingresso sua nipote e Beckett che ballonzolavano nel salone. Chi avrebbe mai pensato che John Becker... Beck... Beckett Come-Diavolo-Voleva-Essere-Chiamato... avrebbe fatto una cosa così sciocca con una bambina?

Non le era *affatto* passata la cotta. Il bacio non aveva aiutato, e questo... Avrebbe potuto innamorarsi di Beckett molto facilmente.

Cosa che non poteva succedere. Jennifer non aveva alcuna intenzione di far sfilare uomini nella vita di Sami. Il ragazzo che alla fine avrebbe portato a casa per presentarle sarebbe stato Quello Giusto. Sarebbero usciti per un po', avrebbero imparato a conoscersi, avrebbero capito se la relazione andava da qualche parte, e solo allora Sami avrebbe saputo della sua esistenza prima di poterlo conoscere.

A giudicare dalla sua espressione là dentro, si stava divertendo un mondo a conoscere Beckett.

Come del resto anche tu.

Jennifer zittì quella vocina nella sua testa. Era ovvio che le sarebbe piaciuto conoscerlo: quella era la *ragion d'essere* degli affascinanti cattivi ragazzi; il loro modus operandi nella vita era far innamorare le donne. Ma era anche un vicolo cieco. Già visto, già provato, già perso. Non avrebbe ripercorso quella strada.

In compenso, si diresse verso la porta sul retro. Non aveva senso interrompere i festeggiamenti e far loro sapere che li aveva visti. Entrare dalla porta della lavanderia le avrebbe garantito che la sentissero prima che la vedessero.

Il telefono squillò prima che potesse entrare in cucina. Di solito l'avrebbe lasciato andare alla segreteria, ma quella era la suoneria di sua nonna. Nonna Lois non era la persona più tecnologica del mondo, per cui, se la chiamava sul telefono che usava solo per le emergenze, Jennifer doveva rispondere.

Spostò le borse su un braccio e premette il pulsante di accettazione prima che la chiamata si interrompesse. «Ciao, nonna. Che succede?»

«Eh?»

Jennifer sospirò. Nonna Lois si rifiutava categoricamente di indossare gli apparecchi acustici che Jennifer le aveva comprato. Diceva che il mondo era troppo rumoroso.

«Ho detto: "Ciao, nonna". Di cosa hai bisogno?»

«Di cosa ho sempre bisogno? Di un asciugamano caldo per le mani e un divano comodo per il mio sederino. E che la mia Jennifer venga a trovarmi. È un po' che non ti fai vedere.»

«Lo so. Mi dispiace. Sono stata molto impegnata con il lavoro e con Sami.»

«Hai ancora quella bambina con te? Come speri di accalappiare un marito se ti porti in giro la figlia di un'altra? Sei sempre stata troppo tenera con Andrea. Lascia che combatta le sue battaglie.»

Nonna Lois non sapeva *quali* battaglie stesse combattendo Andrea; Jennifer le aveva raccontato solo l'essenziale, così la nonna pensava che Andrea stesse "lavorando su sé stessa", perché la verità, se non l'avesse uccisa, sarebbe stata rigurgitata a ogni occasione e Sami doveva crearsi una sua vita con quel che poteva. Rimanere impantanata nel casino di Andrea non avrebbe aiutato nessuno.

Fortunatamente, dato che Sami si lamentava che nonna Lois puzzava di calzini vecchi e non ci sentiva, non era come se Sami sentisse il bisogno di interagire molto con la bisnonna.

«C'era qualcosa che volevi, nonna?» Jennifer sospirò mentre apriva la porta della lavanderia. Avrebbe voluto poter mettere le due nella stessa stanza per più di dieci minuti, ma l'infermiera della casa di riposo di nonna Lois diceva che i loro battibecchi erano dovuti al fatto che si somigliavano così tanto.

Non dovrebbero andare d'accordo se si somigliano così tanto?

«Quello che voglio è che tu venga a trovarmi. Quando succederà?»

Jennifer appoggiò le borse della spesa sulla lavatrice, sentendo il bastone della nonna che batteva sul parquet del suo salotto, dove di solito passava i pomeriggi se non c'era in programma una partita di bridge o di mahjong.

«Non sono sicura, nonna. Potrei essere impegnata tutte le sere questa settimana.»

«Sciocchezze.» L'imprecazione preferita della nonna arrivò forte e chiara attraverso le onde dell'etere. «Devi trovare tempo per me prima che me ne vada, altrimenti te ne pentirai.»

Era vero. Voleva bene a sua nonna, anche se la donna era rigida come un blocco di granito. Spesso si chiedeva se fosse stata la paura di provocare quella reazione nella nonna a tenerla sulla retta via, mentre Andrea aveva deviato così tanto da finire in una spirale discendente.

«Vedrò cosa posso fare...»

«Maaaaammaaaaa!» Sami le si scagliò contro a tutta velocità dal salone, che era abbastanza lontano da permetterle di prendere una bella rincorsa.

Jennifer si preparò all'impatto.

«*Mamma*? Le permetti ancora di chiamarti *mamma*? Ma questo è semplicemente assurdo. Quella bambina crescerà confusa quanto tua sorella, se non la rimetti in riga.»

All'impatto di *quello* non avrebbe mai potuto prepararsi. Nonna Lois si era sentita così tradita da Andrea che faceva ricadere le colpe della madre sulla figlia, una cosa che Jennifer non avrebbe mai capito.

«Ehi, piccola.» Fece un «oof» quando Sami le sbatté contro, aggrappandosi allo stipite della porta con una mano per non finire seduta per terra.

«Quella bambina è tutt'altro che piccola.» Era davvero incredibile che le infermiere della casa di riposo dicessero che la nonna era una signora così tranquilla. Per non parlare del fatto che la nonna sentiva perfettamente ogni parola. Jennifer sospettava da tempo che avesse un udito selettivo. «E se continui a trattarla come tale, finirà come sua madre. Il cattivo sangue non mente.»

«Con chi stai parlando?» I riccioli di Sami le caddero sugli occhi quando inclinò la testa di lato.

Jennifer era combattuta. Non voleva dirlo a Sami perché l'esuberanza sarebbe scomparsa dal suo viso, ma, se avesse mentito, nonna Lois l'avrebbe smascherata e si sarebbe offesa.

Odiava trovarsi in mezzo.

«Ehilà, Vostra Altezza!» Beckett arrivò in sella al suo bianco... manico di scopa? a salvare la situazione. «Non è educato interrompere qualcuno al telefono. Vieni qui che ti faccio fare un giro sul mio cavallo.»

Sami strillò di gioia e i suoi occhi si riaccesero di tutta l'adorazione del mondo. Be', tolta la quantità che doveva trasparire dagli occhi di Jennifer perché, in quel momento, avrebbe potuto baciarlo — di nuovo — per averle salvate entrambe da quel momento imbarazzante.

«Cos'è questo baccano infernale?» Nonna Lois quasi strillò. «E ti chiedi perché non mi piacciono quelle scatole rumorose che vuoi che indossi? No, grazie.»

«È Sami che si diverte con...» Oh, no. Non avrebbe tirato in ballo Beckett. Qualsiasi uomo nel raggio di trenta chilometri era un potenziale marito agli occhi della nonna e Jennifer aveva dovuto sopportare più di una cena imbarazzante, quando un tizio a caso si era presentato a casa della nonna con qualche strano pretesto... La nonna avrebbe dovuto almeno *avvertire* i ragazzi che erano lì per un appuntamento. Invece, si era ritrovata a cena l'elettricista, l'idraulico, il corriere della UPS, che poi lei invitava a sedersi... Mortificante.

«Con chi?»

«Ehm, un amico.»

«Se quello è un amico di Sami, allora io sono la regina di Saba. Chi è il tuo amico e quando lo conoscerò?»

Jennifer trasalì. Conosceva la risposta della nonna ancora prima di rispondere alla domanda. «Non è un amico, è qui per lavoro.»

Sami galoppò fino alla porta di servizio. «Beck è mio amico, mamma.»

Jennifer sapeva da chi Sami avesse preso quel tono e quel volume: dall'altro capo della telefonata.

«Beck, eh? Beck chi?»

Non c'era via d'uscita. «Beckett Fields...»

«Beckett Fields? *Il* Beckett Fields?»

La nonna conosceva Beckett? Come la sua nuova identità, o la vecchia con un nome nuovo? E come *diavolo* faceva a conoscerlo? «Lo conosci?»

«Puoi scommetterci il sedere. Fa quel servizio finanziario al telegiornale a volte. Sa davvero il fatto suo. Pensa che ho fatto un piccolo guadagno su uno dei titoli che diceva di tenere d'occhio. Quel ragazzo è molto intelligente. E anche carino. Dovresti portarlo a cena.»

«Oh, non credo...»

«Sì, mamma!» Sami saltò giù dal "cavallo" e corse da lei. «*Dobbiamo* portare Beck a cena.»

«Lo porterai assolutamente, Jennifer Lorraine. Non accetto un *no* come risposta.»

Come diavolo facessero entrambe a sentire l'altro capo di una conversazione telefonica senza vivavoce attivato, andava oltre la comprensione di Jennifer. Forse l'infermiera aveva ragione sul fatto che Sami e la nonna fossero così simili.

E il povero Beckett era finito in mezzo. Le cavalcò alle spalle di Sami sul suo "cavallo", bello e sudato quando avrebbe dovuto sembrare ridicolo con una scopa tra le gambe, guardando prima lei e poi Sami come in una partita di ping-pong.

«Evvai, Beck! Nonna Lois dice che puoi venire a cena!»

«Non ho detto questo, bambina...»

Jennifer abbassò il volume. Sami non aveva bisogno di sentire la sua bisnonna che la escludeva dalla cena.

«Verrai, vero, Beck? A cena con nonna Lois? Vive in un posto fighissimo con un sacco di stanze e tutti i suoi amici. Be', tranne il signor Hughley. Nonna Lois dice che puzza di calzini vecchi, ma in realtà è lei. Solo che non gliel'ho detto. Il suo profumo fa schifo e ne mette troppo, ma che ci vuoi fare?» Sami scrollò le spalle con tutta la disinvoltura mondana che una bambina di sette anni poteva vantare. «Allora verrai, vero? Quand'è, mamma? Stasera?»

«Stasera?» si intromise la nonna, per fortuna non sulla parte dei calzini vecchi. «Fantastico. Dirò a Rudolpho di preparare qualcosa di speciale.»

Jennifer avrebbe voluto urlare dalla frustrazione. Avrebbe dovuto premere il tasto del muto, e ora si ritrovava con un invito a cena a cui non poteva sottrarsi. E nemmeno Beckett, se Sami e nonna Lois avessero avuto voce in capitolo.

Capitolo Otto

La nonna e Sami avevano vinto il primo round.

Jennifer era seduta accanto alla nonna, con Beckett di fronte a lei e Sami vicino a lui.

Si era tirato a lucido.

Anche troppo.

Costretto da Sami a partecipare, Beckett interruppe le pulizie della giornata dopo aver finito il primo piano, promise di tornare l'indomani per finire il lavoro, poi andò a casa sua a farsi una doccia e a cambiarsi, e si presentò con dei piccoli mazzi di fiori per tutte e tre.

Sami decise subito che avrebbe imparato a pressare i suoi fiori in un libro, e dovettero convincerla a non farlo finché non fossero tornati dalla cena.

Così Jennifer mise i suoi fiori e quelli di Sami nello stesso vaso sul davanzale della cucina e, insieme a Beckett, portò l'altro mazzo a nonna Lois alla casa di riposo.

«È stato così gentile da parte sua unirsi a noi, signor Fields». Nonna Lois stava calcando un po' la mano.

Jennifer non ebbe il coraggio di dirle – ora che nonna Lois si stava comportando al meglio – che il "signor Fields" era stato testimone della sfuriata che aveva caratterizzato la loro conversazione telefonica poco prima. Quasi valeva la pena di averlo a cena.

Oh, ma chi voleva prendere in giro? Cenare con Beckett valeva molto di più. E dato che era la nonna a parlare per la maggior parte del tempo, Jennifer poté lasciare che le sue fantasie adolescenziali si scatenassero un po'.

Quante volte aveva immaginato proprio questo scenario, con una quindicina d'anni in meno. Ma senza una bambina nei paraggi. E nemmeno la nonna, a dire il vero.

«Grazie mille per l'invito, signora».

La nonna arrossì davvero. Jennifer non avrebbe mai pensato di vederlo in vita sua.

«Niente "signora". Mi chiami pure Lois. Tutti i miei amici lo fanno».

Jennifer tossì nel tovagliolo.

Nonna Lois le diede un "colpetto" sotto il tavolo.

I "colpetti" di nonna Lois erano sempre un po' dolorosi.

«Sono davvero entusiasta che Lei fosse in visita da Jennifer quando le ho parlato. A proposito, cosa ci faceva lì?».

La nonna lanciò un'occhiata sorniona a Jennifer, come se nessun altro al tavolo potesse capirla.

Ovviamente Sami la colse, e dal suo sorrisetto soddisfatto, era in pieno accordo con la bisnonna: un'altra cosa che Jennifer non avrebbe mai pensato di vedere in vita sua.

Beckett si schiarì la gola e si raddrizzò un po' sulla sedia. «Ero lì per, ehm... be'...».

«Mi stava dando dei consigli sugli investimenti». Una rapida ricerca su Google aveva rivelato il motivo per cui la nonna aveva riconosciuto subito il suo nome. Ovviamente, questo suo ultimo ingaggio non era di dominio pubblico, quindi Jennifer non lo avrebbe smascherato. La nonna, tuttavia, non si faceva problemi a spifferare tutto quando pensava di avere uno scoop, e vedendolo pulire case, la nonna lo avrebbe sicuramente fatto. Jennifer era quasi imbarazzata ad ammettere di non aver riconosciuto il suo nome. Ma d'altronde, lei pensava a lui come John Becker, non come a un pezzo grosso della finanza.

A quanto pare, non aveva avuto bisogno del suo aiuto in matematica, dopotutto.

«Era ora che prendessi una decisione intelligente per il tuo futuro, ragazza». La nonna passò il cestino del pane a Beckett come se non avesse appena umiliato Jennifer.

Ma Jennifer non si sarebbe lasciata intimidire. Aveva frequentato la facoltà di veterinaria; non era certo una stupida, e la nonna non conosceva ogni aspetto della sua vita. «Il mio futuro è ben pianificato, nonna. Ma non fa mai male tenere aperte le proprie opzioni».

«Questo è vero». La nonna passò il burro a Beckett. «Allora, è sposato, signor Fields?».

Fantastico. Che il pavimento si aprisse e la inghiottisse, anche se non era come se non se lo fosse aspettato. Non era un segreto che sua nonna volesse altri pronipoti.

Sami era altrettanto prevedibile, seduta lì, con un sorriso da un orecchio all'altro. La bambina somigliava a nonna Lois più di quanto Jennifer avesse capito.

Beckett le rivolse un sorriso di commiserazione, quindi almeno era sulla sua stessa lunghezza d'onda. «No, non sono sposato».

«Ma che coincidenza! Neanche Jennifer». La nonna sollevò il bicchiere in un brindisi. Conteneva succo d'uva perché l'alcol interferiva con le sue medicine, ma le piaceva far finta che fosse vino. «Voi due potreste trovarvi per compatirvi a vicenda».

Jennifer guardò Beckett e alzò le sopracciglia. Non c'era modo di evitare ciò che la nonna stava dicendo, quindi era meglio fare fronte comune con lui per assecondarla, senza aspettarsi che accadesse davvero. «Lo terremo in considerazione, nonna».

La nonna agitò la forchetta nella sua direzione. «Non fare la spiritosa con me, Jennifer. So cosa stai facendo. Pensi che io non riesca a leggerti nel pensiero? Questi occhi avranno anche la cataratta, ma non sono nata ieri. So quando mi si prende in giro. Potresti trovare di molto peggio del signor Fields, qui. Come tutti sappiamo».

Sì, la piccola incursione di Trent nell'armadietto dei medicinali era finita su tutti i giornali. Jennifer non poteva negarlo, anche se le sarebbe piaciuto.

Se solo Trent avesse potuto avere un crollo *privato*, ma no; doveva andare a renderlo scandaloso, pubblico e umiliante. Diavolo, probabilmente anche Beckett ne aveva sentito parlare.

Fantastico. Proprio quello a cui non voleva pensare.

Ma Beckett, ancora una volta, arrivò su un invisibile manico di scopa bianco e salvò la situazione.

«Oh, non saprei, signor... ehm, Lois. Sono piuttosto impegnato. Lavoro sempre. Le relazioni hanno bisogno di attenzioni e cure per andare avanti, e il mio stile di vita non è il migliore per costruirne una. Non sono la massima autorità in materia».

«Vedi? Avete questo in comune. Nemmeno mia nipote».

Ok, le persone perdevano i filtri inibitori con l'età, ma la nonna doveva proprio spargerli come coriandoli durante questa conversazione? Jennifer desiderò di essersi impegnata di più per dissuadere la nonna dall'invito a cena. Ma Sami era stata così entusiasta e Jennifer aveva voluto passare un altro po' di tempo con lui...

«E oggi ti sei divertito, vero, Beck?». Ora Sami si stava intromettendo nella conversazione e Jennifer poteva quasi vedere gli ingranaggi girare nella testa di sua nipote. Persino Beckett, con le abilità matematiche che lei pensava non avesse al liceo, poteva vedere dove stava andando a parare il due più due di Sami.

«Mi sono divertito, Sami. Grazie per la splendida giornata».

Gli occhi della nonna si spalancarono mentre guardava Jennifer.

Era ora di cambiare argomento. Per il bene di tutti. «Oggi ho visto Kelsey, Sami. Ha detto che Magic Mike sta benissimo e voleva ringraziarti».

Il sorriso di Sami si allargò. «Adoro Magic Mike. È un cucciolo così buono. È stato un peccato che si sia fatto male. Pensi che avremmo potuto salvare la zampa di Saltarello come abbiamo fatto con quella di Magic Mike se lo avessimo avuto quando si è fatto male?».

La zampa di Saltarello era una fonte continua di conversazione tra loro. Sami voleva tanto aggiustarlo, e Jennifer doveva continuare a spiegarle che, anche se non potevano ridargli la zampa, era comunque felice perché aveva una buona casa con loro. Le analogie con la vita di Sami facevano venire le lacrime agli occhi di Jennifer ogni volta. Compreso adesso.

«Signor Fields... posso chiamarla Beckett?». Nonna Lois si tamponò le labbra con il tovagliolo, un vezzo che usava quando voleva apparire dolce e distinta.

Jennifer represse l'impulso di alzare gli occhi al cielo. Quando la nonna partiva per la tangente, non c'era modo di fermarla e il suo fattore adulazione stava crescendo a dismisura.

«Certo, Lois. Mi farebbe piacere».

«Ha qualche piano per questo venerdì sera?».

«Perché, Lois, mi sta chiedendo un appuntamento?». Beckett non si preoccupò di nascondere la risata nella sua voce e Sami non riuscì a nascondere l'orrore nella sua, mentre Jennifer si strozzò con le lasagne alle verdure che Rudolpho aveva preparato.

«Che schifo! Non puoi uscire con nonna Lois, è troppo vecchia».

«Ti pregherei di badare a come parli, signorina». Un lato positivo del fatto che nonna Lois si mettesse in mostra per Beckett era che era molto più cauta in ciò che diceva a Sami.

«*Stavo* essendo educata, nonna». Sami si ficcò in bocca una forchettata di lasagne e Jennifer avrebbe scommesso di non essere l'unica al tavolo a riconoscere quel gesto per quello che era: la modifica comportamentale autoimposta di Sami del tipo "se non puoi dire niente di carino".

La cosa interessante nel rapporto tra Sami e la nonna era che nessuna delle due si offendeva per l'altra. Si rispondevano a tono e tornavano alla carica. *Due gocce d'acqua* era la spiegazione delle infermiere, e Jennifer stava iniziando a crederci.

«Stavi essendo impertinente. Certo che non stavo chiedendo al signor Fields un appuntamento. C'è un simposio finanziario in centro venerdì con una cena quella sera. Avevo intenzione di andarci e volevo sapere se ci sarebbe stato anche lui».

«Oh». Sami si sedette, debitamente castigata, ma Jennifer sapeva che la bambina aveva avuto motivo per i suoi sospetti, e temeva che venissero a galla.

Ma non c'era speranza. Le tangenti della nonna erano come treni ad alta velocità: veloci, letali e quasi mai deragliate.

«In effetti, *ci sarò*» disse Beckett. «Quel giorno interverrò in tre delle tavole rotonde. Forse si unirà a me per cena?».

«Forse potrei». La nonna si tamponò di nuovo le labbra e si appoggiò allo schienale, molto soddisfatta di sé.

E a buon diritto. Le ricerche che Jennifer aveva fatto dicevano che Beckett era stato una specie di ragazzo prodigio dal momento in cui aveva messo piede nel mondo della finanza, e i titoli che seguiva tendevano ad andare molto bene. C'era qualche discussione sul fatto che fosse perché li seguiva lui e il suo interesse li aveva resi di alto profilo, o se sarebbero andati bene senza il suo aiuto e lui li avesse colti nella fase ascendente. In ogni caso, Beckett Fields la sapeva lunga.

Com'era strano che Jennifer fosse fiera di lui?

Ma chiunque si fosse fatto da solo e avesse realizzato qualcosa — e con così tanto successo — doveva essere ammirato.

Forse non era più quel cattivo ragazzo di una volta?

Nonna Lois condusse la conversazione per il resto della cena, concentrandosi sul suo portafoglio e su cosa Beckett pensasse delle sue varie posizioni. Jennifer ascoltò, più per vedere quanto fosse cambiato dall'ultima volta che lo aveva frequentato che per ottenere qualche dritta finanziaria. Il suo portafoglio era sulla buona strada per fruttare quello di cui aveva bisogno, quindi poteva concedersi il lusso di ascoltare e basta.

Sapeva il fatto suo, e si vedeva. Non era lo stesso ragazzo che aveva conosciuto al liceo. Quell'aria di sfida che si portava dietro come la sfera di Atlante si era smussata trasformandosi in sicurezza, e c'era un non so che in un uomo che indossava la sicurezza di sé come una camicia comoda. A differenza del ragazzino scontroso e arrabbiato che portava i capelli sugli occhi, sedeva curvo al suo banco con una giacca di pelle a coprire le spalle ampie e il piede che batteva di continuo, al punto che la loro insegnante aveva dovuto chiedergli di smettere — il che, ovviamente, significava che aveva continuato a farlo ancora di più — era stato un ribelle. Tutto James Dean, cattivo ragazzo. Ma lei aveva intravisto l'insicurezza che si celava sotto la superficie, o almeno, così aveva creduto. Il suo rifiuto, però, aveva ridicolizzato quella sua impressione.

Guardandolo adesso, non lo avrebbe mai definito insicuro. Non avrebbe mai pensato che ci fosse mai stato un momento in cui lui avesse avuto un qualsiasi dubbio su se stesso.

E forse non c'era stato. Forse aveva immaginato tutto perché così voleva. Aveva sempre tifato per gli sfavoriti. Si era sempre presa a cuore i casi disperati. Aveva visto John Becker chiudersi in sé e aveva provato pena per lui.

Il piede di lui sfiorò il suo mentre si muoveva sulla sedia.

Solo che... quella che provava non era compassione.

John Becker, l'adolescente tormentato, era diventato un uomo da schianto.

E dall'espressione sul viso di Sami, capì che la ragazzina aveva intuito dove fossero andati a parare i suoi pensieri.

Beh, si spera non *esattamente* dove erano andati a parare, ma la ragazzina si era accorta dell'interesse di Jennifer.

Il che poteva significare guai.

Jennifer finì l'ultimo boccone delle sue lasagne, poi posò la forchetta. «Mi spiace interrompere questa discussione affascinante, ma devo riportare Sami a casa. Ha avuto una giornata intensa e le sette del mattino arrivano fin troppo presto.»

«Uffa, non voglio andarmene.»

Certo che non voleva. La prima volta in *assoluto* che Sami non voleva andarsene da casa di nonna Lois, e questo non rientrava nei piani di Jennifer.

«Possiamo tornare un'altra volta, tesoro.» Senza Beckett. Il che avrebbe fatto finire quella visita prima ancora di iniziare, con Sami che si sarebbe lamentata e nonna Lois che l'avrebbe rimproverata.

Jennifer non sapeva perché si ostinasse.

Okay, non era vero. Lo sapeva. Quelle due avevano bisogno l'una dell'altra. E non importava quanto entrambe lo negassero, le infermiere avevano ragione: si somigliavano *così* tanto che era facile vedere la solitudine di Sami sul volto di nonna Lois. Era per questo che Jennifer faceva la spola fin lì ogni volta che i suoi impegni glielo permettevano. Un tempo ci andava più spesso, finché Sami non era venuta a vivere con lei perché, per quanto Jennifer amasse sua nonna, Sami aveva bisogno di più del suo tempo, e il tempo era una merce che Jennifer non poteva coltivare o comprare. Era solo una persona che cercava di fare il massimo che poteva per tutti.

«Tu resti, Beck?» Sami si morse il labbro inferiore, la testa inclinata di lato.

«Devo andare anch'io.» Si alzò e posò il tovagliolo sul tavolo, poi girò intorno alla sedia della nonna. «Posso accompagnarLa in salotto, Lois?»

La sua cavalleria permise a nonna Lois di mantenere la sua dignità mentre si alzava a fatica. Ultimamente faceva sempre più fatica e odiava usare il bastone. La maggior parte delle volte, Jennifer non discuteva con lei e lasciava che nonna Lois si aggrappasse al suo braccio per avere sostegno, ma nonna Lois doveva mantenere la sua mobilità. Come professionista del settore medico, Jennifer sapeva l'importanza di usare quei muscoli o rischiare di perderli.

Beckett porse a nonna Lois il suo bastone e — sorpresa delle sorprese — la donna non protestò minimamente per prenderlo.

Anzi, sembrava che nonna Lois si stesse appoggiando pesantemente a Beckett anche mentre muoveva il bastone davanti a sé.

Sua nonna era in condizioni peggiori di quanto desse a vedere o era un'attrice estremamente brava.

Jennifer avrebbe votato per la seconda opzione ma, data l'età di nonna Lois, aveva la sensazione che fosse la prima.

«Vieni, Sami,» disse, alzandosi dalla sedia. «Mettiamo questi piatti sul carrello di Rudolpho.»

«Vuoi dire che non dobbiamo lavarli?» Strano che il non dover mettere le cose nella lavastoviglie fosse ciò che faceva illuminare gli occhi di Sami come la mattina di Natale.

Non era come se Jennifer la facesse sgobbare come una schiava, ma per Sami le faccende domestiche erano chiamate così per una ragione.

Per Jennifer, invece, si chiamavano così per la fatica che faceva a motivare Sami a sbrigarle. Ma sua nipote doveva imparare che le sue azioni avevano delle conseguenze, anche se si trattava solo di un lavandino pieno di piatti sporchi quando voleva mangiare.

«No, ma dobbiamo metterli via.»

«Okay. E dopo possiamo portare Beck a comprare un gelato per dessert?»

«Tesoro, Beckett ha la sua vita. Ha già passato abbastanza tempo con noi. E poi, tornerà domani.»

Beck alzò lo sguardo mentre aiutava Lois a sedersi sulla poltrona, vide il viso deluso di Sami e pensò che forse avrebbe dovuto riconsiderare l'idea di presentarsi l'indomani. La ragazzina si stava affezionando troppo. E, a dire il vero, a lui piaceva un po' troppo la sua compagnia. Non avrebbe mai pensato di poterlo dire di una ragazzina, ma aveva grinta, energia ed era dannatamente spassosa.

E poi c'era sua madre...

«Grazie mille per la cena di stasera, Lois.» La sistemò sulla sua poltrona vicino alla finestra, ignorando le occhiate eloquenti che la donna aveva lanciato a lui e a Jennifer per tutta la serata. Non ci voleva tutta la sua scaltrezza di strada per capire che stava giocando a fare da Cupido. Dov'era stata quando lui non desiderava altro che mettersi con Jennifer?

No, anche allora, sarebbe scappato a gambe levate. Non accettava la carità. Proprio come non frequentava le cacciatrici di dote. Non che Lois potesse essere definita tale — era ovvio che Jennifer se la cavasse bene da sola — ma sapeva di essere un buon partito per madri e nonne, e nessuna era ancora riuscita a incastrarlo. E per quanto non gli sarebbe dispiaciuto conoscere meglio Jennifer — in senso biblico, s'intende — lei era troppo *famiglia* per lui. Avrebbe finito per spezzare non solo il suo cuore, ma anche quello di Sami e di Lois. Una responsabilità troppo grande da gestire per lui. Gli piaceva doversi preoccupare solo di se stesso. Le relazioni destinate al "per sempre felici e contenti" non erano il suo forte. A lui andava benissimo il "felici e contenti, adesso". Su Jennifer era come se ci fosse una grossa insegna al neon lampeggiante che diceva: "Giù le mani".

Aveva recepito il messaggio forte e chiaro.

«Non vedo l'ora che sia venerdì sera, Beckett. Dovrebbe rivelarsi illuminante.»

C'era qualcosa nella voce di Lois... «In che senso?»

«Oh, sa, riguardo ai miei investimenti. Chiunque abbia detto che non si possono insegnare nuovi trucchi a un cane vecchio non sapeva di cosa stava parlando, mi capisce?»

Perché Beck aveva la sensazione che Lois stesse parlando per enigmi?

Le diede una pacca sulla spalla. Più si tratteneva, più le dava speranza. «Sì, ci saranno molte informazioni da esaminare venerdì. Trovo che io debba lasciar decantare i dati per qualche giorno per elaborarli.» Il che non era vero. Aveva scritto metà del materiale che avrebbero distribuito; lo conosceva a menadito, ma il suo cervello lavorava a frequenze e velocità che gli altri non raggiungevano.

Questo lo aveva reso un fenomeno da baraccone ai tempi della scuola. Sapeva di essere mentalmente diverso, e, per molti anni, aveva pensato che fosse dovuto al fatto di essere stato sballottato da una casa all'altra. Ma poi aveva avuto il signor McArthur come professore di Statistica ed era stato come guardare improvvisamente attraverso uno stagno cristallino invece che nella melma primordiale dei precedenti undici anni di scuola.

Tuttavia, non appena aveva iniziato ad andare meglio, avevano cominciato a prenderlo in giro, etichettandolo come secchione o imbroglione, così aveva imparato a darsi una calmata molto in fretta.

All'università, d'altra parte... All'università non gli era importato di cosa dicesse la gente. Si era fatto il mazzo per pagarsi gli studi, quindi quando i soldi delle borse di studio avevano seguito i voti perfetti, ci si era buttato a capofitto. Un paio di investimenti discreti per testare le sue teorie gli avevano permesso di laurearsi non solo in quattro anni senza debiti, ma anche con una bella somma messa da parte per i tempi difficili. O per i grossi rischi sul mercato con cui aveva avuto ottime probabilità di successo.

Quindi, sì, sapeva che le donne seguivano la ricchezza, e le nonne opportuniste gli ronzavano sempre intorno. Aveva imparato a respingerle entrambe anni fa.

Le diede una pacca sulla mano. «Non vedo l'ora di rivederLa allora.»

«Si riguardi.» Lei gli diede una pacca sulla schiena e per un secondo — un secondo breve, minuscolo, quasi fugace — sentì quella pacca bruciargli attraverso il corpo e *rimbombare* da qualche parte nelle vicinanze del suo cuore.

Già, se la filò da lì molto in fretta.

Capitolo Nove

«Dovremmo preparare dei biscotti.»

«Sami, sono le sei del mattino. Nessuno prepara biscotti a quest'ora.»

«È per questo che dovremmo farlo.»

Jennifer aprì a fatica un occhio. Le restavano altri ventitré minuti di sonno e li voleva tutti, fino all'ultimo. Di solito era lei a svegliare Sami, perciò il fatto che sua nipote fosse balzata lì a quell'ora impossibile delle cinque e cinquantasette e le fosse saltata sul letto come un orso grizzly... rendeva Jennifer più che sospettosa.

E stanca. Dio, se era stanca. Era rimasta sveglia fino a tardi a pensare troppo a un certo qualcuno che sarebbe dovuto arrivare di lì a... accidenti. Un'ora e spiccioli. E Jennifer *non* aveva alcuna intenzione di essere lì quando lui fosse arrivato.

Diede un calcio alle coperte... o quasi. Sami ci era seduta sopra, imprigionandola come una falena in un bozzolo.

«Significa che li facciamo?»

Scostandosi i capelli dal viso, Jennifer sbadigliò. «No, Sami. Stamattina devo portarti al centro estivo. Ho un'operazione come prima cosa e sai che non mi piace fare tardi.»

«Giusto. Il povero cucciolo deve prendere le medicine e se non inizi in tempo, potrebbe svegliarsi troppo presto e provare dolore.»

Jennifer trasalì. Le aveva raccontato quella piccola bugia bianca uno dei primi giorni in cui Sami era venuta a vivere con lei e aveva tirato fuori il suo lato testardo. Dare la colpa all'intervento e alla cura del cane era stata l'unica cosa a cui Sami aveva dato retta.

Non era stato il suo momento migliore, mentire alla bambina, ma aveva funzionato. Sfortunatamente, Sami non se l'era mai dimenticato.

«Beh, allora possiamo farli stasera? Per la prossima volta che viene Beck? Verrà anche domani?»

«Non ne sono sicura. Dovrebbe venire solo tre giorni a settimana.»

«Cosa farà gli altri giorni? Può venire al centro estivo con me?»

«Tesoro, deve lavorare. Non può venire al centro estivo.» Tirò il lenzuolo.

Sami saltò in piedi, con la speranza e l'entusiasmo che irradiavano dal suo sorriso. «Allora posso andare io al lavoro con lui? Potrei aiutarlo un sacco. Ha detto che sono una brava lavoratrice.»

L'adorazione per l'eroe era in pieno svolgimento e non poteva uscirne nulla di buono.

Jennifer mise le gambe fuori dal letto. «È quello che dice anche Sharon.» Si teneva in stretto contatto con l'animatrice del centro estivo per assicurarsi che non ci fossero problemi che Sami nascondeva e che si manifestavano nelle sue interazioni con gli altri bambini. Finora, il centro estivo era stato un'ottima cosa per Sami. La terapeuta familiare aveva detto che tenerla attiva e impegnata con altri bambini della sua età in un ambiente strutturato le avrebbe dato il miglior senso di sicurezza per quando Jennifer non poteva stare con lei. Un altro motivo per cui gli appuntamenti non erano stati una priorità in quei giorni.

«Allora, posso, mammina? Posso andare al lavoro con Beck?» La piccola peste saltellava accanto al letto come se il pavimento fosse un tappeto elastico.

«Tesoro, il lavoro non è fatto per i bambini.»

«Ma io a volte vengo al tuo lavoro e lì ho un sacco di cose da fare.»

«Il mio lavoro è diverso da quello di Beckett. Il suo è tutto riunioni e fare i conti.»

«I conti?» Sami fece una smorfia. Non la sua materia preferita. «Bleah.»

«Esatto. Al centro estivo ti divertirai molto di più.»

«Immagino.» Fece scorrere le dita lungo il letto, poi fece una piroetta alla fine, ricordando a Jennifer che doveva iscriverla a un corso di danza. «Sarà qui quando torno a casa?»

«Ne dubito. Non siamo così disordinati. Immagino che Beckett dovrebbe riuscire a finire di pulire per pranzo.»

«Oh.» Sami sospirò in un modo che solo una bambina di sette anni delusa poteva fare. «Possiamo invitarlo a cena?»

Quella non era affatto una buona idea. «Sono sicura che Beckett ha già dei piani per cena. Non dimenticare che aveva una vita prima di incontrarci.»

«Sì, ma potremmo divertirci. Gli piaccio. L'ha detto lui. Ieri ha riso a tutte le mie battute, e gli è piaciuto quando l'ho aiutato.»

«È perché sei divertente, tesoro, ma lui è un adulto. Gli adulti escono a cena con altri adulti e fanno cose da adulti dopo cena.»

«Beh, tu sei un'adulta. Forse vorrà fare cose da adulti con te.»

Se solo...

Jennifer scacciò quella piccola fantasia dalla sua mente. «Beh, *io* ho dei piani con una certa bambina di sette anni, quindi *non* farò cose da adulti stasera.» Le scompigliò i ricci che avrebbe voluto avere da bambina, ma che non erano nel suo patrimonio genetico.

Sami aveva commentato più di una volta di non avere i capelli come sua madre o sua zia e, finora, Jennifer era riuscita a deviare la conversazione in altre direzioni. Ma non sarebbe durato ancora a lungo. Sami era una bambina intelligente.

Non era una conversazione che Jennifer non vedeva l'ora di affrontare. Per quanto riguardava chi fosse suo padre, ci sarebbe stato molto di più da dire nel discorso sulle api e i fiori, oltre alla semplice meccanica.

«Abbiamo dei piani? Quali sono?» Sami ricominciò a saltellare, un cambiamento così grande rispetto a come trascinava i piedi quando si era trasferita lì.

«Pensavo di andare da Fish Fry a giocare.» Era un ristorante locale adatto ai bambini che aveva giochi arcade e premi. «Vuoi portare un'amica?»

«Oh, posso? Cassie non ci va mai. Le piacerebbe. Posso portarla davvero?»

«Assolutamente sì.» Il divorzio dei genitori di Cassie Mumford l'aveva lasciata, in sostanza, con un solo genitore, e con terribili conseguenze finanziarie per sua madre, quindi la bambina aveva mangiato a casa loro più di qualche volta.

«Dobbiamo avere vestiti coordinati. Possiamo prendere vestiti coordinati?

E le scarpe da ginnastica. Le abbiamo entrambe bianche. Possiamo comprarci i lacci rosa?»

Jennifer doveva continuamente fare da scudo ogni volta che Sami si girava per fare una domanda, in modo che la bambina non inciampasse in un mobile o sbattesse contro l'angolo di un muro, ma era un piccolo prezzo da pagare per vederla così felice.

E perché si fosse dimenticata di Beckett.

«Che ne dici se prendiamo le magliette di Fish Fry quando siamo lì? Falla venire con pantaloncini bianchi e le sue scarpe da ginnastica e prenderemo anche dei nastri rosa per i capelli. Che ne dici?»

«Oh, mammina, sei la migliore!» Sami gettò le braccia intorno alla vita di Jennifer e furono momenti come quelli a rendere ogni sacrificio che Jennifer aveva dovuto fare per avere Sami con sé degno di ogni sforzo.

* * *

Alcune cose semplicemente non valevano lo sforzo.

Beck si fermò sulla soglia della camera da letto di Sami e gli venne voglia di sbattere la testa contro la porta. E forse l'avrebbe fatto, se fosse riuscito a *raggiungere* la porta.

Ieri aveva scherzato sul tornado, ma adesso?

Quanti vestiti aveva quella bambina?

Ogni singolo pezzo di stoffa era sparso per la sua stanza. Insieme a una mezza dozzina di asciugamani, un paio di completi di lenzuola e ogni animale di pezza noto al genere infantile.

Fantastico. Aveva pianificato di sbrigarsela oggi in meno di due ore, ma non sarebbe successo.

Tirò fuori il telefono e cercò il numero di Liam.

«Ehi, Beck. Che succede? Hai già finito?»

«Neanche per sogno.» Liam lo aveva accompagnato lì così poteva lasciare la sua auto per la revisione annuale e doveva passarlo a prendere per pranzo per recuperarla. «Cambio di programma. Sembra che la principessa che vive qui abbia deciso di provare ogni vestito che ha e la sua dama di compagnia deve essersi stancata di aspettare. Il posto è un disastro, quindi starò qui per un po'.»

«Jennifer Langston è una tipa *high-maintenance*? Non l'avrei mai detto.»

«Non lei. La bambina. C'è roba dappertutto.»

«Ah. Bambini. Una bambina, giusto?»

«Sette anni che vanno per i diciassette.» Gli Sharpe erano una delle famiglie con cui aveva vissuto e Amy, la maggiore, era stata anche lei una patita di vestiti. Ricordava bene di aver rabbrividito passando davanti alla sua camera da letto quando sembrava così. «Come possono anche solo pensare di indossare tutta questa merda?»

«A chi lo dici. Io ho avuto a che fare con il guardaroba di Cassidy.»

La fidanzata di Liam, Cassidy Davenport, era la figlia di uno dei tizi più ricchi della città. Era stata un pilastro delle pagine di cronaca rosa, sempre vestita di tutto punto, finché suo padre non l'aveva cacciata di casa e Liam non ne aveva raccolto i cocci. Beck aveva messo in dubbio le motivazioni di Liam perché, anche se Cassidy era stupenda, era talmente *high-maintenance* che persino il *suo* stile di vita sembrava modesto in confronto.

Ma Lee era felice, quindi chi era Beck per mettere in discussione il vero amore? Beh, per i suoi amici, ovviamente.

«E sei un uomo migliore per questo.»

Lee sbuffò. «Ah-ah. Certo. Come se avessi bisogno di essere migliore.»

«Stronzo.»

«Coglione.»

Beck ridacchiò. «Mi arrendo.» Aveva già abbastanza a cui pensare su quel fronte; poteva lasciare che Lee vincesse lo scontro verbale.

«Bene, almeno riconosci chi è migliore di te. Ora, fammi un fischio quando hai bisogno che venga a prenderti. Ho abbastanza lavoro qui da tenermi occupato fino al mese prossimo, quindi quando hai finito tu, ho finito anch'io.»

«Grazie, Lee.»

«Nessun problema. Ci sentiamo.»

Beck prese un respiro profondo mentre terminava la chiamata. Da dove diavolo doveva anche solo iniziare?

La pila sul letto si mosse.

E ringhiò.

Nero.

Questa sì che sarebbe stata divertente...

. . .

Due ore dopo, persino il suo sarcasmo era sarcastico. Divertente? Non c'era niente di divertente in tutto ciò. Nemmeno la ricompensa di quando avrebbe finito la stanza di Sami e sarebbe passato a quella di Jennifer. Aveva sbirciato lì durante una pausa bagno —o la pausa per-evitare-di-scappare-urlando-da-casa, come aveva deciso di chiamarla— e fu grato di vedere che lei non era il modello di pulizia di Sami. La stanza di Jennifer era bella e ordinata, il letto era fatto e avrebbe scommesso che ogni suo prodotto da bagno era allineato nell'armadietto del bagno.

Non che sarebbe andato a guardare. Un po' di autocontrollo ce l'aveva.

Mise la pila di magliette sull'angolo del letto di Sami. Non aveva previsto di piegare i vestiti, ma i cesti della biancheria erano pieni di calzini e mutandine di Sami, che aveva raccolto nel cesto con la scopa della cucina. C'era qualcosa di semplicemente sbagliato nel toccare quelle cose intime, quindi non l'aveva fatto. Ma questo non gli lasciava altro posto dove mettere il resto dei suoi vestiti se non piegarli e impilarli sul letto, rendendo il suo lavoro ancora più lungo.

Diede dei colpetti alla pila, assicurandosi che non andassero da nessuna parte. Fortunatamente, Nero, dopo avergli soffiato contro un paio di volte, aveva deciso che la lotta per un territorio disordinato non valeva la pena e se n'era andato, presumibilmente a infastidire il cane. Ma non c'erano stati ululati mortali, quindi forse no.

Il che lo rendeva solo un po' nervoso riguardo a cosa avrebbe trovato una volta sceso di nuovo.

Oh, beh. Prima le cose importanti. Ora che i mobili erano visibili, poteva iniziare a spolverare e passare l'aspirapolvere...

Ovviamente proprio in quel momento sentì un ululato agghiacciante provenire dalla cucina, seguito da un *miagolio* rabbioso di gatto mentre qualcosa andava in frantumi sul pavimento.

Che Dio lo salvasse dagli animali domestici. Non capiva affatto la questione degli animali domestici. Perché rovinare una proprietà perfettamente valida e di alto valore di investimento con peli di animali e graffi? Poi aggiungere questo caos al mix...

Qualcos'altro si schiantò, così Beck scese. Meglio intervenire prima che accadessero altre catastrofi.

· · ·

Jennifer era in ritardo. La signora Whitman era arrivata all'ultimo minuto con il suo barboncino toy, Jonah, che si era spaventato per un topo ed era corso in un cespuglio di rose. Poverino, sembrava che fosse stato infilzato da un porcospino quando lei finì di togliere le spine, venendo intanto punzecchiata lei stessa dai messaggi di Sami.

«Sbrigati!»

«Dove sei?»

«Ci perderemo tutto il divertimento!»

Aveva fatto una chiamata d'emergenza a Kelsey, che, per fortuna, era riuscita a portare le bambine alla clinica dal centro estivo e, non appena Jennifer si fosse lavata, sarebbero tornate a casa per i biglietti extra che Sami aveva nascosto nella sua stanza dall'ultima volta che erano andate da Fish Fry. Lei e Cassie volevano ottenere più premi.

Seriamente, quel posto avrebbe dovuto considerare di vendere biglietti ai genitori di nascosto solo per potersene andare in meno di tre ore. D'altra parte, conveniva ai proprietari tenere i bambini nel locale più a lungo, così da mandare in tilt i nervi dei genitori fino a fargli sborsare più soldi per "solo un altro gioco". Jennifer ci era passata.

Gettò il camice nel cesto della biancheria, controllò ancora una volta i pazienti ricoverati per la notte, discusse delle loro cure con i due tirocinanti che avevano fatto il turno di notte, poi si diresse verso la sala d'attesa. «Pronte, ragazze?»

Sami balzò giù dalla panca di legno della sala d'attesa, abbastanza profonda da permettere a cani e trasportini per gatti di stare accanto ai loro padroni mentre aspettavano. «Come sempre, mammina!»

Cassie scivolò giù. «Sei fortunata che la tua mammina lavori qui. Vorrei che lo facesse anche la mia.»

Jennifer prese nota mentalmente di vedere se la mamma di Cassie avesse esperienza d'ufficio. Potevano sempre usare più aiuto alla reception.

Le allacciò le cinture sul sedile posteriore del suo SUV, poi prese le strade secondarie per casa sua, cercando di evitare il più possibile il traffico dell'ora di punta. Già così, tornare a casa per i biglietti aggiungeva venti minuti al loro arrivo al paradiso dei bambini, ma quei venti minuti valevano la pace e la tranquillità di avere due bambine di sette anni soddisfatte. Per non parlare del fatto che il povero Flopsy probabilmente stava ballando la rumba, e non era una bella vista nemmeno su un animale a quattro zampe. Aveva lasciato un biglietto chiedendo a Beckett se gli dispiacesse far uscire Flopsy prima di andarsene, e aveva comunque intenzione di ripassare di qui se avesse finito a un'ora ragionevole, quindi Flopsy doveva stare bene.

Uno sguardo dentro casa sua, tuttavia, e si rese conto che Flopsy non stava affatto bene.

C'era una scia di terra a tre zampe che si snodava dalla cucina alla sala da pranzo fino al salone, e Jennifer non voleva nemmeno immaginare quanto si estendesse oltre.

«State qui, ragazze. Non voglio che voi due spargiate fango per casa.» Avrebbe dovuto mettere Flopsy nel trasportino, se non altro per il suo bene. Non c'era alcun dubbio che dietro a tutto questo ci fosse Nero, e il fatto che il cane non fosse corso da lei quando era entrata la preoccupava su quali marachelle il gatto fosse riuscito a combinare questa volta. Il povero Flopsy era semplicemente troppo credulone per il suo bene.

E Beckett Fields era troppo sexy per *lei*.

«Che ci fai ancora qui?» Le parole le saltarono fuori dalla bocca prima che potesse trattenerle.

Beckett si voltò di scatto, con Flopsy che si dimenava tra le sue braccia mentre cercava di tenere le zampe infangate lontane dai suoi vestiti. «Nel caso non te ne fossi accorta, il tuo cane ha deciso di dipingere di fango il pavimento e alcuni mobili.»

«I mobili? Oh, no.»

«Oh, sì.» Si sistemò Flopsy tra le braccia. «Non che sia proprio colpa sua. Quel gatto è il diavolo in persona.»

«Shhh.» Si portò un dito alle labbra e guardò verso la cucina. «Non dirlo a voce troppo alta. Sami ci rimarrebbe male.»

«Ci mancherebbe che *Sami* ci rimanesse male.» Sbuffò via una ciocca di capelli dagli occhi con quello che parve un sospiro molto pesante. «Senza contare che avrei dovuto andarmene ore fa.»

«Oh, mi dispiace. Hai ragione.» Scollando i piedi dal pavimento, cosa che non aveva niente a che fare col fango, prese Flopsy dalle braccia di Beckett. «Grazie per aver limitato i danni. Da qui in poi me ne occupo io.»

«Per me va bene.» Si spolverò le mani. «Ma dovrò tornare domani. Quel gatto...» Scosse la testa. «Non so perché tu lo sopporti.»

«Davvero?» Si mise Flopsy in una posizione più comoda sul fianco. «Stai dicendo che, al primo segno di guai, dovrei semplicemente sbatterlo fuori? Lasciarlo a cavarsela da solo?»

«Sarebbe più gentile per tutti gli altri.»

«E dimostrargli che non è voluto? No, grazie. Sami sarebbe distrutta se succedesse qualcosa a Nero. E lui e Flopsy stanno cercando un equilibrio.»

«Tu lo chiami» allargò le braccia per indicare la stanza, «cercare un equilibrio?»

Jennifer trasalì. Due vasi rotti, le piante distrutte irrimediabilmente e le strisciate di fango... Avrebbe dovuto chiamare un'impresa di pulizie per la moquette.

«Domani lo confinerò in cucina.»

«Che cos'hai contro la cucina?»

Lo disse con un tono così scontroso che Jennifer non poté fare a meno di ridere. Il che fece ridere anche lui e, prima che se ne rendesse conto, dovette mettere Flopsy a terra per poter riprendere fiato.

E quando Beckett le fece scivolare una mano lungo il braccio per aiutarla con Flopsy, il fiato le mancò di nuovo.

Così come la sua risata.

E anche la sua.

Rimasero in piedi, con la mano di lui ancora sul suo braccio, gli sguardi incatenati, e Jennifer sentiva il cuore che le martellava nelle orecchie.

«Jennifer...»

Come al rallentatore, lo vide chinarsi in avanti, lo sguardo che si spostava dai suoi occhi alle sue labbra, e Jennifer desiderò che lui annullasse la distanza tra loro...

«Beck!»

... finché Sami non entrò di corsa nella stanza.

Grazie a Dio era arrivata in quel momento e non venti secondi dopo, perché Jennifer era più che certa che lei e Beckett si sarebbero trovati avvinghiati in un bacio che una bambina di sette anni non avrebbe dovuto vedere.

«Ehi, Sami!»

Afferrò Sami quando gli si gettò addosso.

Ah, essere così giovani e disinibite. Come sarebbe stato gettarsi *lei* stessa addosso a lui?

Le dita dei piedi, e molte altre parti del corpo, le formicolarono al pensiero.

«Che ci fai ancora qui?» Sami gli diede delle pacche sulle guance. «La mamma ha detto che te ne saresti andato prima che tornassimo a casa.»

«Beh, me ne sarei andato, ma Nero ha deciso di trascinare Flopsy in un'avventura per esplorare la foresta pluviale amazzonica.»

«Sei buffo. La foresta pluviale è in Sud America, non qui.»

«Lo sai?»

«Certo. L'ho letto una volta.»

Jennifer scosse la testa con un sorriso. Sami aveva una memoria quasi fotografica. Il che rendeva davvero difficile prenderla in giro.

Babbo Natale e il Coniglietto di Pasqua non erano sopravvissuti nemmeno alla prima volta che Andrea gliene aveva parlato. D'altronde, probabilmente c'erano state di mezzo delle sostanze non adatte a una bambina, e il fiuto per le fandonie di Sami si era affinato in tenera età.

«Beh, l'ha trascinato in una specie di avventura. Hai visto il fango?»

«Sì, l'hai visto» Jennifer le spostò i capelli dalla fronte. «Quando ti ho detto di rimanere in cucina. Cassie è lì?»

«Beh, sì, ma ho sentito Beck e ho pensato...»

«Hai pensato che i miei ordini fossero solo dei suggerimenti?»

«Mi dispiace, mamma.» Il labbro inferiore di Sami tremò, e il cuore di Jennifer si sciolse. Odiava fare la parte del poliziotto cattivo, ma non poteva permettere a Sami di fare sempre quello che voleva.

«Saluta Beckett, e poi voglio che torni in cucina con molta attenzione e tenga compagnia a Cassie. Non puoi lasciare la tua ospite da sola.»

Sami sospirò. «Okay.» Poi diede di nuovo delle pacche sulle guance di Beckett. «Ci tieni compagnia mentre aspettiamo la mamma?»

Lui la fece scendere a terra. «Credo sia meglio se aiuto tua madre. Così potrà prepararti la cena prima.»

«Non ci prepara la cena; andiamo alla Sagra del Pesce. Vuoi venire con noi? È divertentissimo.»

Jennifer mise una mano sulla testa di Sami e la fece voltare. «In cucina. Ora.» Povero Beckett, non aveva bisogno di essere messo in quella posizione imbarazzante.

Non quando c'erano altre posizioni in cui le sarebbe piaciuto vederlo...

Non poteva averlo pensato davvero. Oh mio Dio, che cosa le stava succedendo?

«Va bene.» A testa bassa, trascinando i piedi, Sami se ne andò nello stesso modo in cui era entrata in casa due anni prima.

Jennifer distolse lo sguardo. Non era la stessa cosa. Sami stava meglio ora. Sapeva di essere amata e di avere un tetto sopra la testa e cibo in tavola. Aveva la stabilità che Andrea non era mai stata in grado di offrirle. L'unica cosa decente che Andrea aveva fatto per sua figlia era stata cedere la custodia a Jennifer, quindi Jennifer doveva ricacciare l'immagine di una Sami singhiozzante e spaventata in un angolo remoto del suo cervello. Aveva fatto un ottimo lavoro con Sami, quindi qualche parola dura di rimprovero non le avrebbe fatto male.

«Hai una bambina piuttosto testarda.»

«Sì.»

«Assomiglia a suo padre?»

Quella conversazione non l'avrebbe avuta. Nell'improbabile caso in cui lui si fosse mai reso conto di chi fosse lei, e si fosse ricordato che aveva una sorella gemella, non avrebbe aggiunto altra carne al fuoco per i pettegolezzi. Il padre di Sami era un argomento fuori discussione. Soprattutto perché Andrea non aveva mai rivelato la sua identità. E non aveva nemmeno informato quel tizio dell'esistenza di Sami, il che aveva funzionato per la cessione della custodia, quindi Jennifer non aveva insistito.

Proprio come era meglio che Beckett non facesse.

Si chinò per accarezzare Flopsy, che non si era mosso di un centimetro. «*Sami* è una persona a sé.»

Okay... Quello lo rimise al suo posto.

Beck lo capì forte e chiaro: niente domande sul padre. Era un argomento tabù.

Il che, in realtà, per lui andava bene.

Non che avesse il diritto di interessarsene in un modo o nell'altro, ma Sami gli piaceva. E Jennifer...? Beh, Jennifer gli piaceva molto più che un po'.

«Ehi, scusa se non me ne sono occupato, ma ero bloccato nella stanza di Sami, a ripulire quella zona disastrata dopo aver raddrizzato la rivista che era caduta prima. E quando sono tornato di sotto, quando è successo quest'altro round di caos, le strisce di sporco erano già troppo numerose da contare.»

«Cosa intendi con "ripulire la zona disastrata"? Sami ha pulito la sua stanza ieri sera prima di andare a letto.»

«Allora l'ha *sporcata* di nuovo stamattina. Credo di aver passato due ore lì dentro solo a raccogliere tutti i suoi vestiti e a piegarli.»

Gli occhi di Jennifer si strinsero e guardò verso la cucina. «Sami?»

Sami tornò di corsa nella stanza, tutta speranzosa ed eccitata.

Finché non vide l'espressione sul volto di Jennifer.

«Hai fatto disordine nella tua stanza oggi?»

«Ehm...» Sami si mostrò molto interessata al pavimento, o più specificamente, al cerchio che la punta del suo piede poteva disegnarci sopra.

Perché si sentiva come se lei l'avesse preso in giro?

«Samantha Renee...»

«Beh, tu hai detto che Beck doveva restare finché non fosse stato tutto pulito e io volevo vederlo, così ho pensato che se avesse avuto molto da fare nella mia stanza magari sarebbe stato ancora qui e ha funzionato perché è ancora qui e l'ho potuto vedere anche se non mi hai lasciato vederlo abbastanza a lungo.»

La sua mente era ancora indietro di una cinquantina di parole, ma ne afferrò il succo.

E invece di essere arrabbiato, si sentì... desiderato.

Era una sensazione strana. Certo, era stato desiderato dalle *donne* prima, ma non per il puro piacere della sua compagnia. Non in quel modo. Sami voleva vederlo perché le piaceva com'era lui.

Era un'esperienza che portava all'umiltà essere l'oggetto dell'affetto di una bambina.

Jennifer si accovacciò di fronte a lei. «Sami, non posso credere che tu abbia dato più lavoro a Beckett per motivi egoistici. Non è giusto nei suoi confronti. Devi chiedergli scusa. Aveva altre cose da fare oggi.»

«Scuusa.» Il suo labbro inferiore si arricciò e la sua voce divenne molto bassa. «Mi mancavi, Beck.»

Santo cielo, sentì un'ondata di qualcosa attraversarlo e il suo cuore iniziò a battere più forte nel petto. Era ridicolo. Era una bambina. A lui nemmeno piacevano i bambini. Beh, non abbastanza da volerne uno nella sua vita. «Va...»

Jennifer gli lanciò un'occhiata e scosse la testa.

Giusto. Capito. Non poteva assecondare la bambina. «Tua madre ha ragione, Sami. Avevo davvero delle cose da fare oggi. Avevo fatto i miei piani e poi ho dovuto cambiarli per colpa tua. Non è una cosa carina da fare a qualcuno. Gli incidenti capitano e le persone devono adattarsi, ma cambiare di proposito la mia giornata senza parlarmene... Non va bene.»

«Scuusa.» Ora le lacrime le rigavano le guance.

Ah, diavolo. Era una situazione terribile.

Guardò Jennifer.

Sembrava sconvolta quanto lui.

Così si accovacciò di fronte a Sami e le sollevò il mento. «Allora, che ne dici di farti perdonare?»

«Okay.» Tirò su col naso. «Come? Vuoi un orsacchiotto?»

Guardò Jennifer. Non sapeva come gestire la situazione. Pensava che avrebbero fatto sasso-carta-forbice o qualcosa del genere. Ma prendere il giocattolo di una bambina? Era accettabile? Le avrebbe insegnato una lezione?

Jennifer annuì.

Okay, allora. «Mi sembra uno scambio equo.»

Sami guardò sua madre. «Va bene, mamma?»

«Credo che possa funzionare. Dovrai rinunciare a qualcosa di importante per te perché hai fatto rinunciare a lui a qualcosa di importante per lui.»

«Okay.» Sami si asciugò il naso con il braccio e lo guardò, le lacrime che le brillavano sulla punta delle ciglia. Poi gli afferrò la mano e tirò. «Andiamo.»

«Andare?» Il suo sguardo saettò verso Jennifer...

Che sembrava esasperata. «Sami...»

«Ma mamma, deve venire a prendere il suo orsacchiotto.»

«Venire dove?» Aveva la sensazione che la risposta non gli sarebbe piaciuta.

«Alla Sagra del Pesce, sciocchino. L'orsacchiotto è lì.» Il sorriso che gli rivolse gli ricordò quello che sfoggiava lui quando otteneva ciò che voleva, ancora oggi.

Era stato fregato da una bambina di sette anni. Sia lui che Jennifer.

Beck rise. Probabilmente non la reazione che avrebbe dovuto avere, ma non poté farne a meno. La bambina aveva inscenato la commedia delle lacrime e degli "scuusa" solo per farlo passare più tempo con lei.

Onestamente, non riusciva a dirle di no. La bambina aveva giocato troppo bene la carta della pietà, e le messe in scena di quella portata dovevano essere ricompensate quando riuscivano così bene.

«Sami, Beckett non verrà con noi alla Sagra del Pesce. Non posso credere che tu abbia pensato di poterlo convincere con l'inganno.»

«Non sto ingannando. Sono seria. Lì hanno degli orsacchiotti e tu hai detto che devo dargliene uno, quindi non posso farlo a meno che non venga.»

«Puoi darglielo domani e fine della storia.» Jennifer si alzò e si spolverò le mani. «Ora, torna in cucina. E mentre aspetti che io e Beckett finiamo qui, puoi prendere della carta assorbente e iniziare a pulire il fango lì dentro.»

Sami espirò di nuovo, con uno sbuffo molto forte. Beck era un po' preoccupato di assistere a una scena isterica, ma lei guardò il viso di sua madre e sembrò ripensarci.

Ciò non le impedì di andarsene pestando i piedi, però.

«E non pestare i piedi. Spaventi Flopsy.»

Il cane non sembrava spaventato. Era troppo impegnato a esaminarsi la coda e fece persino un paio di giri per inseguirla.

«Mi dispiace per questo» disse Jennifer una volta che Sami fu fuori portata d'orecchio. «Non so cosa le sia preso.»

«Va tutto bene. Devo ammettere che è da molto tempo che nessuno desidera stare in mia presenza in questo modo.»

Jennifer inarcò un sopracciglio perfetto. «Davvero? Posso dirti subito che la nonna e Sami non hanno passato così tanto tempo insieme in una stanza da quando Sami ha imparato a parlare. L'unico punto in comune che avevano, tuttavia, eri tu.»

«Questo perché entrambe hanno un secondo fine.»

Lei fece un passo indietro e lo guardò sbattendo le palpebre. «Te ne sei accorto?»

L'aveva sorpresa. «Jennifer, per favore.» Approfittò di questo argomento per avvicinarsi e prenderle la mano. «Non sono nato ieri. Le nonne impiccione fanno parte della mia vita dal mio primo milione.» Prima di allora, era stato un ragazzo scontroso e ribelle venuto dal nulla, senza futuro. Incredibile quello che un'istruzione, l'atteggiamento giusto e un buon vestito potevano fare per un uomo. Qualche milione, poi, non guastava. «Se non avessi imparato a gestirle, mi sarei sposato anni fa.»

«Non lo sei mai stato?»

«No.» E intendeva rimanere così. Se sua madre, l'unica persona nella sua vita che *non avrebbe dovuto* abbandonarlo, aveva potuto farlo, chiunque poteva.

Sì, aveva problemi a impegnarsi. Che sorpresa. Ci sarebbe voluta una persona incredibilmente leale e incredibilmente amorevole per superarli e, francamente, non credeva che quella persona esistesse.

«Probabilmente è meglio così.» Jennifer gli diede una pacca sulla spalla. «Vado a lavare Flopsy, tu potresti prendere il mocio?»

Stava ancora elaborando lo shock del suo commento. *Meglio così?* Jennifer Bingham, nata Langston, era l'unica donna da cui avesse mai sentito quel commento, e quella da cui meno se lo sarebbe aspettato.

E la cosa buffa era che quella frase fece sì che la fiamma che un tempo ardeva per lei si riaccendesse.

Capitolo Dieci

Avrebbe voluto dare fuoco a quel posto.

Beck si guardò intorno, verso il mare di arpie urlanti, e si chiese, non per la prima volta negli unici quindici – no, sedici – minuti che erano lì, perché mai non avesse accettato la via d'uscita che Jennifer gli aveva offerto.

Perché aveva voluto passare più tempo con lei.

E questo era il prezzo che doveva pagare.

«Beeeeeeeeeeeeeckeeeeeeeeeettttttttttt!» Il suo nome echeggiò nel tunnel-scivolo che Sami e la sua amica stavano percorrendo per la dodicesima volta, o giù di lì.

Non lo capiva. C'era solo una cosa che gli sarebbe piaciuto fare dodici volte di fila, ma anche in quel caso, avrebbe dovuto essere con la persona giusta.

Lanciò un'occhiata a Jennifer.

Dio, era stupenda.

E il fatto era che non sembrava nemmeno saperlo. Aveva i capelli raccolti in una coda di cavallo – con qualche ciocca ribelle che spuntava dove non era riuscita a prenderla nell'elastico – e la maglietta coordinata che aveva dovuto comprare per abbinarla a quelle nuove delle bambine era uscita dai pantaloncini e aveva qualche macchia di quella sbobba arancione che chiamavano salsa di pomodoro, aveva una sbavatura blu zucchero filato sul sedere – sì, stava guardando – e si teneva il ginocchio dove un bambino con una palla da skee-ball l'aveva colpita. Eppure, sorrideva ancora.

«Come fai a divertirti?»

Il suo sorriso si allargò ancora di più.

Quella torcia metaforica divampò più luminosa.

«Stai scherzando? Cosa c'è da non amare nella gioia pura e sfrenata? Guardali. Questi bambini sono così felici, è contagioso.»

«*Qualcosa* è contagioso.» Indicò i distributori di disinfettante per le mani sparsi ovunque.

«Accidenti, Ebenezer, non sei mai venuto in un posto così da bambino?» I suoi occhi si spalancarono e poi distolse lo sguardo. «Cioè, be', lo sai. I bambini. A loro piace fare rumore, correre, lanciare palle e saltare giù dalle cose. È divertentissimo.»

Per un secondo, Beck pensò che forse lo avesse riconosciuto. Che avesse capito che, no, non era *mai* venuto in un posto del genere. Le sue famiglie affidatarie non avevano mai speso per lui un centesimo più del necessario.

Anche se, a essere onesto con se stesso, forse non l'avrebbe fatto nemmeno lui se avesse avuto in casa un ragazzino scontroso come era stato lui.

Ammettere che il problema non erano state le famiglie era stata una delle cose più difficili che avesse fatto da adulto.

Si guardò intorno, cercando di vedere quel posto con gli occhi dei bambini. Un sacco di colori, un sacco di gonfiabili, qualche giostra, giochi e premi. E pizza. Zucchero filato. Caramelle normali. Sì, riusciva a capire il fascino, supponeva. Ma il rumore... Quello, non lo capiva.

«Devo fare una telefonata.» Doveva far sapere a Lee che non avrebbe avuto bisogno di un passaggio. «Ti dispiace se esco un attimo?»

«Sto bene. Vai.» Fece un gesto vago con le mani e lui non capì se nel suo sorriso ci fosse compassione... o sollievo.

Jennifer espirò a lungo e rumorosamente quando Beckett si allontanò. Aveva quasi mandato tutto all'aria.

Si era completamente dimenticata che lui era John Becker, fino al momento in cui aveva commesso l'enorme gaffe di chiedergli se fosse mai stato in un posto come quello. Certo che no, e se non l'avesse intuito, l'irrigidirsi delle sue spalle glielo avrebbe confermato.

«Mamma, possiamo andare a vincere l'orsacchiotto per Beck adesso? Sono stufa di scivolare.»

«Anch'io.» Cassie si strinse la coda di cavallo. «Vincerai davvero un orsacchiotto? Io non vinco mai niente.»

Jennifer cercò il portafoglio. L'orsacchiotto di Beckett era appena diventato più costoso, perché aveva la sensazione che non se ne sarebbero andate da lì finché non avessero vinto *tre* di quegli animali di pezza. «Andiamo, ragazze. Vediamo come ce la caviamo con i tiri liberi.»

«Evvai!» Le bambine corsero verso i giochi arcade, e Jennifer, schivando passeggini e altri bambini in missione, cercò di tenere il passo.

«Voglio quello rosa, mamma.» Sami indicò un orso alto quasi un metro appeso sopra il gioco.

«Non sono sicura che a Beckett piaccia il rosa.» Jennifer infilò tre banconote da un dollaro nella macchina.

Uscirono due palle. Una rapina a mano armata. Non c'era da stupirsi che quel posto fosse sempre aperto. Eppure, non poteva lamentarsi dei soldi. Con Trent fuori dai piedi, le sue spese si erano notevolmente ridotte e i suoi risparmi erano rimbalzati di conseguenza. E a cosa servivano i suoi risparmi se non a permetterle di prendersi cura di sua nipote?

«Prenderò quello blu per Beck, ma io voglio quello rosa. E Cassie vuole quello verde.»

«Sembra che ci aspettino un sacco di tiri liberi.»

Per un valore di settantotto dollari, per l'esattezza.

Per *un* solo orsacchiotto.

«Sami, che ne dici se andiamo in un negozio di giocattoli e compriamo gli altri? Sarebbe più economico.» E più veloce.

«Ma, mamma, non è divertente se li compri.»

Detto dalla bambina di sette anni che non stava pagando il conto per quella ladreria.

Jennifer tese la mano per i biglietti che le bambine avevano vinto fino a quel momento. «Penso che dovremmo dare una possibilità anche agli altri. Ne abbiamo vinto uno per Beckett. Tu e Cassie potrete scegliere i vostri al negozio.»

«Sì, facciamolo.» Cassie le consegnò i suoi biglietti.

La bambina aveva guardato le banconote da un dollaro finire nella macchinetta, e a Jennifer si era spezzato il cuore nel vedere una bambina così consapevole del valore dei soldi. Oh, avrebbero dovuto impararlo prima o poi, ma non nel modo in cui l'aveva imparato Cassie.

«Ma...»

«Andiamo, Sami, forse possiamo anche prendere orsacchiotti *coordinati* come le nostre magliette,» disse Cassie, un'alleata che Jennifer non si aspettava.

«Ooh, coordinati sarebbe fantastico! Io posso chiamare il mio Molly e tu puoi chiamare il tuo Polly.»

«O Holly.»

Sami diede un buffetto sul braccio a Cassie e sorrise. «O Lolly.»

«O Dolly.» Cassie sfoderò il sorriso più grande che Jennifer avesse visto quel giorno.

«O Jolly.»

«O Wally.»

Sami incrociò le braccia. «Non puoi chiamare un orsacchiotto Wally. È un nome da maschio.»

«Ma anche Teddy lo è.»

«Mmm... hai ragione.» Si picchiettò le labbra e Jennifer poteva vedere gli ingranaggi girare. «Pensi che dovremmo chiamare quello di Beck Teddy?»

«Penso che dovremmo chiamare il suo Wally,» disse Cassie. «E noi possiamo avere Polly e Molly e saranno tutti migliori amici.»

«Sì. Migliori amici. Perché è quello che siamo, no?»

A Jennifer si strinse il cuore. Adorava quel festival dell'amicizia che le bambine avevano organizzato – niente come avere una migliore amica per la vita – ma aggiungere Beckett al gruppo? Sarebbe stata una sofferenza annunciata, quando lui non avesse mantenuto la sua parte del patto di amicizia; non che Jennifer potesse biasimarlo. Aveva accettato di pulirle la casa, non di diventarne parte.

Tuttavia, non aveva intenzione di rovinare la loro festa mentre seguiva la coppia che saltellava a braccetto verso il bancone dei premi.

«Vogliamo quello blu, per favore.» Sami porse all'adolescente i biglietti che Jennifer le aveva dato.

«Blu scuro o blu chiaro?» chiese la ragazza.

Sami arricciò le labbra di lato. «Scuro. È più da grandi, credo.»

Cassie annuì mentre Jennifer si mordeva il labbro. Perché il colore era così importante in un orsacchiotto che avrebbero dato a un uomo adulto.

Ma questa era una decisione importante per le ragazze e Jennifer non voleva portargliela via.

«Mamma, abbiamo abbastanza biglietti per comprare a Wally una cravatta?»

Una cravatta. Certo che un animale di pezza aveva bisogno di vestiti. Quel posto avrebbe dovuto semplicemente avere un buco nero spalancato vicino alla porta con un cartello che diceva: "Lasciate ogni contante, voi ch'entrate".

«Certo, tesoro.» Jennifer tirò fuori altri biglietti dalla tasca.

«E che ne dici di una maglietta?»

«Penso che sia un po' troppo, non credi? Il povero Wally potrebbe sudare se dovesse indossare una maglietta *e* una cravatta.»

«Giusto. Perché poi avrebbe bisogno di pantaloni e scarpe, e chi vuole un orsacchiotto tutto vestito per andare al lavoro?»

«Giusto.» Cassie annuì. «Gli orsacchiotti non dovrebbero vestirsi eleganti.»

«Ma noi vogliamo dei vestiti per i nostri, vero, Cassie?»

«Coordinati.»

«Sì, coordinati. Rosa.»

«O viola.»

«O viola.»

«Non sapevo che gli orsacchiotti fossero così esigenti.»

Jennifer quasi fece un salto di un metro quando Beckett le sussurrò all'orecchio.

«Scusa, non volevo spaventarti.»

Allora non avrebbe dovuto entrare in casa sua. «Non fa niente. È che non ti ho sentito arrivare.»

«Come avresti *potuto* in questo posto? Riesco a malapena a sentirmi pensare; il fatto che riusciamo ad avere una conversazione mi fa chiedere se riuscirò mai più a sentire normalmente una volta usciti di qui.»

«Non è così male.»

«Dice la donna che è qui da più tempo di me. Il tuo udito è già compromesso.»

Qualcos'altro sarebbe stato compromesso se il suo fiato caldo avesse continuato a fare ogni sorta di cose deliziose alle sue terminazioni nervose.

Per fortuna, proprio in quel momento Sami lo vide. «Beeeeeeeeeeeeeeeck!!!!» Corse verso di lui, inciampando quasi nell'orsacchiotto.

«Ehi, pulce. Congratulazioni per aver vinto l'orso.»

«È il *tuo* orso, ricordi?» Gli spinse tra le braccia il gigantesco spreco di soldi. «Si chiama Wally.»

«Wally, eh? Non sapevo che avessero già un nome.»

«Non ce l'hanno, sciocchino, ma io e Cassie gli abbiamo dato un nome per te. La mamma ci porterà al negozio di giocattoli a comprare i nostri, visto che qui non ne hanno di coordinati, e li chiameremo Molly e Holly...»

«Dolly.» Cassie le diede un colpetto sulla manica.

«Dolly allora, e potranno essere gemelle. Come mia mamma.»

«Credo che tu intenda trigemelle,» disse Beckett, mettendosi l'orso sul fianco.

«Cosa sono le trigemelle?»

«Sai che le gemelle sono due persone che si assomigliano? Be', le trigemelle sono tre persone che si assomigliano.»

Pose una mano sulla spalla di Sami, un gesto così naturale che non avrebbe dovuto colpire una corda sensibile in Jennifer, ma stava guardando *John Becker* fare questo a sua nipote – il ragazzo che ai tempi aveva reagito al suo tocco come se avesse la lebbra.

Anche se il suo recente bacio diceva che pensava tutt'altro in quei giorni.

«Evvai, possiamo essere trigemelle!» Sami abbracciò Cassie e si mise a saltare su e giù.

Beckett inarcò un sopracciglio. «Quanto colorante rosso hanno ingerito oggi?»

«Penso sia lo zucchero.»

«Ah, quindi il crollo dovrebbe avvenire a breve?»

«Probabilmente nel momento in cui avranno i loro orsi coordinati e torneranno in macchina, se sono fortunata.»

«Vuoi dire *noi*. Devi ancora portarmi dal concessionario così posso prendere la mia macchina.»

«Oh, giusto. Me n'ero dimenticata. Saranno aperti?»

«La chiave è sotto lo zerbino, quindi non importa. Quando abbiamo finito va bene.»

«Posso lasciarti lì prima di andare al negozio di giocattoli.»

«Oh, ma no, mamma!» Sami le tirò la maglietta, sfilandola dai pantaloncini. «Deve venire con noi. Dobbiamo presentare Wally alle sue sorelle trigemelle.»

Jennifer cercò di rimboccarsi la maglietta senza dare nell'occhio. C'era qualcosa di, be', intimo nell'avere la maglietta in disordine vicino a lui. «Sami, penso che Beckett sia già stato abbastanza paziente per tutta la giornata. Non c'è bisogno che venga anche al centro commerciale con noi.»

«Va bene. Non mi dispiace.» Tese una mano a Sami. «Ed è sulla strada per il concessionario, quindi non è un grosso problema.»

In realtà *era* un grosso problema. Beck stava pronunciando quelle parole, ma non riusciva a credere che stessero uscendo dalla sua bocca. Era im*pazzito*? Quel posto gli aveva mandato in cortocircuito il buon senso? Chi voleva passare due ore lì e poi andare in un negozio di giocattoli? Eppure si era appena impegnato a fare proprio quello. Doveva essere in preda a una sorta di psicosi indotta da bambini.

Jennifer lo precedette verso la porta d'ingresso.

O qualcosa del genere.

Dannazione, quella donna era più sexy di quanto una madre avesse il diritto di essere. I pantaloncini di jeans le fasciavano un sedere perfetto, e il lembo di maglietta che le era sfuggito quando se l'era rimboccata continuava a sollevarsi, rivelando uno scorcio di schiena abbronzata e tonica che le sue dita fremevano dalla voglia di sfiorare.

«È il tuo colore preferito il blu, Beck? Avremmo potuto prendere quello azzurro, ma io e Cassie abbiamo pensato che sembrasse un giocattolo da neonato e dato che non sei un neonato non volevamo prenderti un giocattolo da neonato. Abbiamo preso la decisione giusta?»

Come Sami potesse chiacchierare senza sosta, non guardare dove andava e comunque riuscire a districarsi tra tutti i bambini, gli stand, le giostre e le palle da skeeball vaganti che lo avevano quasi fatto inciampare almeno due volte, *e* continuare a tenergli la mano era qualcosa che non avrebbe mai capito. La bambina sembrava avere una barriera invisibile intorno a sé che nulla poteva penetrare.

«Beck?»

Le tenne aperta la porta d'ingresso – Jennifer era già passata grazie a quelle sue gambe lunghe che avevano divorato lo spazio tra il bancone dei premi e la porta.

«Uh, sì. Il blu scuro va bene. Mi piace.»

«Fiuuu.» Sami emise un enorme sospiro, facendole quasi raddrizzare la frangia.

Non si era reso conto che la scelta del colore dell'orso fosse una cosa così importante. «Hai fatto un buon lavoro, Sami.»

Il sorriso che lei gli rivolse era abbastanza potente da alimentare tutte le macchine e le luci del posto.

Non era sicuro che la cosa gli piacesse. Era troppo parte della sua felicità e non capiva perché. Ok, suo padre non era presente nella sua vita quotidiana, ma sicuramente c'era *qualche* accordo di affidamento? Non era come se lui, Beck, fosse l'unica figura paterna di Sami. Quanto sarebbe stato triste, a due giorni dall'inizio del lavoro?

Provò a toccare l'argomento del padre di Sami con Jennifer diverse volte mentre erano nel negozio di giocattoli. Non le chiese direttamente dove fosse il tizio, ma aveva introdotto abbastanza commenti come «Il padre di Sami deve...» o «Quando il padre di Sami...» per darle un'apertura, ma lei non la colse mai. Invece, cambiava argomento e si spostava in un'altra zona del negozio.

Fu così che Sami e Cassie si ritrovarono con una quantità di giocattoli da mattina di Natale che «dovevano avere» per forza.

Cassie sembrava che Babbo Natale fosse apparso proprio lì, nel negozio di giocattoli. Beck poteva capirla, perché da bambino non aveva mai nemmeno sperato in un simile bottino, eppure Sami lo stava ricevendo in un giorno d'estate, mentre continuava a ispezionare il negozio.

Guardò Jennifer. Non sembrava il tipo da viziare una bambina — una cosa del genere non portava mai a nulla di buono, più avanti nella vita — ma non stava nemmeno mettendo un freno a quella follia di acquisti.

La cosa non gli andava a genio. Oh, non le sue doti di madre — non essendo un genitore non poteva giudicare — ma l'eccesso...

«Ehi, signorine, ho un'idea». Raccolse le borse dei giocattoli e le guidò fuori dal negozio.

«È per comprare quel castello giocattolo laggiù con lo scivolo a spirale? O andiamo al circo? Non sono mai stata al circo. O, oooh! Lo so! Un parco divertimenti. Hanno le case del divertimento, così non ne avrei bisogno di una tutta mia. La mamma ha detto che mi ci porterà quest'estate, ma sarebbe molto, molto più divertente con te, Beck».

«E Cassie?». Indicò con un cenno del capo la povera bambina che stava in piedi vicino alla fioriera nell'area salotto dove le aveva portate, con l'aria frastornata per tutta quella *roba*. Chissà cosa avrebbe pensato se avesse comprato davvero quel castello giocattolo che Sami stava ammirando.

«Sì, anche Cassie. Non è mai stata a un parco divertimenti. Dovremmo portarla. Così avrò qualcuno con cui salire sulle giostre e tu potrai salire con la mamma».

Avrebbe preferito che la *Mamma* cavalcasse lui, ma quello era un pensiero che avrebbe tenuto per sé.

Il rossore sulle guance di Jennifer, quando lo guardò per poi distogliere lo sguardo, suggerì che quel pensiero poteva non essere solo suo.

Interessante...

«No, non pensavo a un castello giocattolo o a un circo». Si accomodò sulla panchina, mise le borse per terra tra le gambe, poi batté la mano sul posto accanto a lui. Sami, ovviamente, gli saltò vicino, poi Cassie prese timidamente il posto accanto a lei.

Jennifer, sfortunatamente, rimase in piedi accanto al cestino, con un fianco appoggiato contro di esso. Ah, be', almeno la vista era bella, se non poteva averla seduta accanto a sé. «Stavo pensando... sapete quanto vi siete divertite a scegliere tutte queste cose?».

«Mmm-hmm». Sami gli si avvicinò.

«Beh, stavo pensando...». Lanciò un'occhiata a Jennifer, cercando di capire come dirlo senza che lei pensasse che stesse criticando le sue capacità genitoriali. «Non sarebbe divertente scegliere dei giocattoli per altri bambini e poi darglieli?».

«Quali altri bambini?». La mano di Sami scivolò sulla sua coscia. «Tutta la mia classe?».

Le coprì la mano con la sua e si concesse di godersi quel legame. «No. Intendo bambini che non hanno molti giocattoli».

«Vuoi dire come Cassie?».

Ahi. La verità viene dalla bocca dei bambini.

«Io ce li ho un sacco di giocattoli». Il labbro inferiore di Cassie si sporse in fuori mentre incurvava le spalle e incrociava braccia e caviglie, una posa che Beck conosceva fin troppo bene.

«Beh, non ne hai tanti quanti ne ho io».

«Sami!». Jennifer scattò in piedi e si avvicinò. «Non è...».

«Quello che intendevo dire era...». Beck alzò una mano perché Jennifer si fermasse. L'aveva iniziata lui, questa storia; l'avrebbe sistemata lui. «...Certo che Cassie ha dei giocattoli. Non è una questione di quanti ne abbia una persona; il punto è che alcuni bambini non ne hanno affatto».

«Beh, tu hai detto "molti". E lei non ne ha». Sami sfilò la mano da sotto la sua — il che la diceva lunga sul suo stato emotivo — e assunse la sua stessa posa chiusa e a braccia conserte mentre guardava Cassie. «L'hai appena detto alla Sagra del Pesce».

«Ne ho alcuni».

Beck esalò un respiro e si passò una mano sul viso. Aveva gestito male la situazione. Avrebbe dovuto semplicemente spiegare il suo piano ed evitare tutte quelle domande. «Bambine, concentriamoci su quello che stavo dicendo».

Attese finché entrambi i paia di occhi furono puntati su di lui invece che l'una sull'altra. L'ultima cosa che voleva era creare dissenso tra loro. «Stavo pensando che potremmo fare un po' di shopping per un gruppo di bambini che conosco che non hanno genitori che comprino loro dei giocattoli, e poi potremmo darglieli. Che ne pensate?».

Jennifer scivolò sulla panchina accanto a lui. Non a portata di mano, ma comunque abbastanza vicina da fargli percepire un po' del calore che si irradiava da lei mentre la tensione abbandonava le sue spalle.

«Ma non abbiamo soldi per fare shopping. La mamma mi fa mettere da parte la paghetta».

«Io non ce l'ho, la paghetta» borbottò Cassie.

«Non fa niente. I soldi per pagare ce li ho io, ma siccome non so bene cosa potrebbero volere le bambine, avrei bisogno di assumervi come mie consulenti».

«Beckett, non è necessario...».

Jennifer smise di parlare due battiti di cuore dopo che la sua mano si fu posata sul ginocchio di lui.

Lui se n'era accorto nel secondo esatto in cui l'aveva fatto e gli era mancato il respiro.

Si schiarì la gola, non sicuro se fosse contento o meno che lei avesse ritratto la mano. «So che non è necessario, ma voglio farlo. E, diciamocelo, posso permettermelo».

Si rivolse di nuovo alle bambine. «Allora, che ne dite? Mi permetterete di assumervi come mie personal shopper?».

«Veniamo pagate?». Sami inclinò la testa di lato e aveva un'aria così seria che gli ricordò quanto si fosse concentrato lui sulla sua prima transazione azionaria.

E sui soldi che ne erano seguiti. «Certo che venite pagate».

«Beckett...».

Jennifer si mosse sulla panchina, girandosi di più verso di lui, ma per quanto gli piacesse l'idea, non la guardò. Non voleva darle l'opportunità di fermare quella cosa perché, per qualche ragione, era diventata improvvisamente molto importante per lui. «Perché è un lavoro. Dovete guadagnarveli i soldi; non ve li darò e basta».

«Quanto?».

«Beckett...».

Ignorò di nuovo Jennifer. Probabilmente non era stata la sua mossa migliore, ma sapeva che lei gli avrebbe detto che non era tenuto a fare quella cosa, ma la verità era che invece lo era. «Questa è una buona domanda, Sami. Quale pensi sia una tariffa oraria giusta?».

«Dobbiamo lavorare per un'*ora* intera?».

«La maggior parte delle persone lavora otto ore. Ogni giorno».

«*Ogni giorno?*». Sami rimase a bocca aperta. «La mia mamma no».

«In realtà, Sami, sì». Jennifer si mosse di nuovo, questa volta in modo da essere rivolta verso le bambine, togliendo l'attenzione da lui. «Tu non te ne accorgi perché faccio parte del mio lavoro a casa».

«Fai le operazioni chirurgiche a casa nostra?».

«No. Faccio le scartoffie. Controllo i referti e mi assicuro che l'attività rimanga entro il budget. Scrivo e-mail e mi occupo dei problemi con le forniture, e un sacco di altre cose al computer dopo che vai a letto».

«Non lo sapevo». Sami inclinò la testa e si morse il labbro inferiore. «Quanto ti pagano? Possiamo essere pagate quanto la mamma?».

Jennifer rise dandogli una gomitata. «Hai cominciato tu. Adesso te la vedi tu con la corte fallimentare».

«Grazie».

«Piacere mio».

Gli piaceva darle piacere, anche se significava essere l'oggetto dello scherzo.

Okay, pensare a come darle piacere non era qualcosa che avrebbe dovuto fare con sua figlia seduta accanto a lui. Quello, se lo sarebbe riservato per la sua camera da letto.

Inspirò profondamente e si concentrò sulle bambine. Due faccine serie che aspettavano che lui dicesse quanto le avrebbe pagate. «Vostra madre è andata al college e poi alla facoltà di veterinaria per imparare a fare quello che fa. Voi siete andate a scuola per imparare a fare shopping?».

«Certo che no, sciocchino». La risatina di Sami si sarebbe potuta sentire probabilmente dall'altra parte del centro commerciale. «Siamo solo in seconda elementare. Ma sappiamo fare shopping. Non ci hai appena viste farlo nel negozio? Siamo brave a fare shopping. Quindi dovremmo guadagnare un sacco di soldi per questo».

La ragazzina aveva una bella faccia tosta, questo era certo. L'avrebbe portata lontano in questo mondo. Per lui era stato così.

Le scompigliò i riccioli. Sami era una bambina fantastica. Se mai avesse avuto una figlia, gli sarebbe piaciuto che fosse come Sami.

Un gelo glaciale lo pervase. *Se* mai avesse avuto una figlia? Lui non avrebbe *mai* avuto figli. Sarebbe stato un pessimo genitore e non aveva intenzione di infliggere le sue scarse capacità genitoriali a nessuno. Quell'incubo l'aveva già vissuto.

Si sfregò le mani per riattivare la circolazione nel corpo. «Hai ragione, siete brave a fare shopping. E ho sentito dire che le brave personal shopper di questi tempi guadagnano cinque dollari l'ora. Che ne dite? Volete lavorare per cinque dollari?».

«Sì». Cassie gli lasciò a malapena finire l'ultima parola che era già in piedi, con gli occhi spalancati.

Sami, invece, si sfregò il mento, contemplando la sua offerta.

«Sami...». Jennifer stava per iniziare una paternale; lo sentiva dalla sua voce.

«No, no. Lascia che ci pensi. Dopotutto, dovrà fare il lavoro se vuole guadagnare i soldi».

«Okay. Lo farò. Ma possiamo scegliere tutto quello che vogliamo, giusto? Per i bambini?».

«Questa è una buona domanda. Dovremo stabilire delle linee guida. Ad esempio, qual è il prezzo massimo che potete spendere e quanto potete spendere per ogni bambino, cose del genere».

«Caspita, questa cosa del lavoro è difficile».

«Ecco perché lo chiamano lavoro e non divertimento. Ma il lavoro può essere divertente».

«Sì, soprattutto in un negozio di giocattoli». Sami scattò in piedi. «Possiamo iniziare adesso?».

Guardò Jennifer. «Io ho tempo, se ce l'hai anche tu. O devi andare a casa per le tue scartoffie e le tue e-mail?».

Le stava dando una via d'uscita. Avrebbe potuto baciarlo per quello.

Beh, avrebbe potuto baciarlo per tutta una serie di ragioni, ma quella sarebbe andata bene.

«In realtà, dato che sono in pari con le scartoffie, non devo timbrare il cartellino. Quindi, certo, possiamo farlo stasera».

«Evviva!». Le bambine si presero per mano e si misero a saltare su e giù.

Fece bene al cuore di Jennifer vedere Sami così disinibita nella sua gioia.

«Andiamo, Cassie! Faccio a gara con te».

Jennifer allungò la mano per impedirle di correre via — non avevano ancora stabilito i parametri di acquisto di Beckett — ma lui la fermò.

«Lascale andare. Entreremo nei dettagli tra un po'».

«Perché?».

«Perché? Perché devono sapere cosa possono e non possono spendere. Devono avere un piano».

«No. Intendevo, perché lo stai facendo? Perché pagarle? Perché farle fare shopping, tanto per cominciare?».

In realtà, non aveva bisogno che lui rispondesse a quest'ultima domanda; conosceva la risposta. John Becker aveva avuto una vita difficile. Ma non spiegava perché gli fosse venuta quest'idea, e proprio ora. Né perché *Beckett Fields* stesse facendo una cosa del genere.

«Io...». Si passò una mano tra i capelli. «Senti, non vorrei che suonasse male. Sami è tua figlia e hai il diritto di fare quello che vuoi per lei. Ma io...». Strinse le labbra e poi scosse la testa. «Non ho avuto molto, da piccolo. E riconosco i segni in Cassie, del sapere di non avere molto e di odiare questa cosa. Non fraintendermi, quello che hai fatto per lei oggi — portarla in quel posto e comprarle ciò che hai comprato a tua figlia — è tutto buono. È fantastico, in realtà. Ma le ha anche fatto capire che sua madre non può fare questo. Così ho pensato di poter prendere due piccioni con una fava. Potevo darle un modo per guadagnare soldi, così può contribuire ad aiutare sua madre — cosa che vuole fare; vuole rendere la vita di sua madre meno stressante e questo la aiuterà a sentirsi meno senza speranza riguardo alla sua situazione — e in più, conosco davvero un gruppo di bambini che avrebbero bisogno di qualche giocattolo. Farà bene a Cassie vedere che non è sola. Che lei, di fatto, ha più di quei bambini. Posso occuparmi dei maschi, ma quando si tratta di femmine... diciamo solo che non sono il tipo da bambole. O da trucchi o da salti con la corda. Loro aiutano me; io aiuto loro. Tutti ci guadagnano».

Ora voleva *seriamente* baciarlo. Che gesto altruista da parte sua.

L'avrebbe messo in imbarazzo se glielo avesse detto. Già il suo piede si muoveva irrequieto mentre le raccontava queste cose, tracciando un cerchio sul pavimento di cemento stampato della galleria del centro commerciale, mentre stavano fuori dal negozio di giocattoli.

«Penso che sia un'idea fantastica».

Un sorriso balenò sul suo viso, ma poi la guardò, con lo sguardo serio. «Avrei dovuto chiedertelo prima di sganciarla così su tutti. Mi dispiace per questo. Non ho figli, quindi questa faccenda della genitorialità è nuova per me».

«Te la sei cavata bene. Voglio dire, sì, mi sarebbe piaciuto sapere dove volevi andare a parare con l'offerta, ma ha senso, quindi non mi sarei opposta comunque. E grazie per esserti scusato. Significa molto».

Non gli disse che anche per lei la genitorialità era una novità. Okay, una novità da due anni, ma comunque, Sami non era arrivata con un manuale d'istruzioni allora, non più di quando Andrea l'aveva data alla luce. Jennifer stava improvvisando man mano e pregava di non rovinare Sami più di quanto non avesse già fatto Andrea.

In realtà, pregava di stare curando i disastri che Andrea aveva inflitto a *loro* figlia. Perché Sami *era* la figlia di Jennifer in tutti i modi che contavano.

«Allora... ci gettiamo nella mischia?». Fece un gesto ampio con la mano verso il negozio dove Sami e Cassie avevano già iniziato ad ammucchiare una pila di roba più grande di quella che Jennifer aveva già comprato loro. «Credo che sia meglio stabilire quelle regole di base adesso, prima che sforino il budget in meno dell'ora assegnata».

Lo guardò avvicinarsi alle bambine, apprezzando il modo in cui si acco-vacciò davanti a loro per parlare al loro livello. Sami si illuminò quando lui le toccò la mano... e Jennifer non poteva biasimarla.

Con Cassie ci volle un po' di più per strapparle un sorriso, un sorriso genuino, senza preoccupazioni dietro. Jennifer riconosceva quello sguardo; lo vedeva ogni giorno negli animali spaventati e sofferenti quando i loro padroni li portavano da lei.

Beckett placò l'ansia di Cassie nello stesso modo in cui faceva lei con gli animali: un tocco morbido ma deciso, contatto visivo e una voce rassicurante. Non riusciva a sentire cosa stesse dicendo loro, ma entrambe ascoltavano attentamente e, avendolo sentito prima, sapeva che non stava parlando loro dall'alto in basso. Stava usando frasi che potevano capire, ma concedendo loro la dignità della loro intelligenza. Le piaceva molto che lo facesse.

C'erano molte cose di Beckett Fields che piacevano.

Si sorprese, rendendosi conto di aver pensato a lui con il suo nuovo nome, non come al ragazzo che aveva conosciuto.

Beckett si diede una spinta sui palmi delle mani appoggiati alle cosce e si alzò; i suoi glutei si contrassero piacevolmente nei pantaloncini che gli fascia-vano il sedere.

Sì, Beckett non era decisamente più un ragazzo.

Capitolo Undici

«Possiamo portare i giocattoli ai bambini oggi?» Fu la prima cosa che Sami disse quando lei e Cassie si precipitarono in cucina la mattina dopo per i waffle.

L'odore dei waffle svegliava sempre Sami in un modo in cui i baci del buongiorno non riuscivano a fare.

«Oggi hai il campo estivo.»

«Intendevo dopo.»

«Non lo so. Non sono sicura di quali siano i piani di Beckett per oggi. E abbiamo la telefonata con la mamma.»

«Non le dispiacerà se sto facendo qualcosa di buono, vero?» Ultimamente Sami aveva cercato di sottrarsi alle telefonate settimanali con Andrea, ma Andrea viveva per quelle, quindi Jennifer faceva di tutto per assicurarsi che le due parlassero almeno per qualche minuto. «Perché quello che abbiamo fatto io e Beck è una cosa molto buona, quindi dobbiamo consegnarli ai bambini.»

«Beh, non so quando succederà, Sami. Io e Beckett non ne abbiamo discusso ieri sera.» No, non avevano discusso molto la sera prima, non che ce ne fosse stata la possibilità. Le bambine erano su di giri per l'adrenalina e per l'euforia post-shopping, così avevano chiacchierato per tutto il tragitto fino alla concessionaria, al punto che era stato uno sforzo eccessivo cercare di parlare con Beckett.

Neanche lui era sembrato particolarmente loquace, preferendo invece picchiettare dolcemente con un dito sul finestrino del passeggero mentre guardava fuori.

Anche quando lei si era fermata alla concessionaria, lui le aveva semplicemente indicato la direzione della sua auto e, quando lei gli si era accostata, le aveva rivolto un «Grazie», aveva dato la buonanotte alle bambine, poi era salito in macchina così in fretta che era come se non vedesse l'ora di liberarsi di loro.

Non poteva biasimarlo. Dopotutto, si era impegnato solo a pulirle la casa, non a diventare parte della sua vita, e il giorno prima aveva messo a dura prova i limiti. Diamine, li avevano *sfondati*, perciò non poteva biasimarlo se cercava di ripristinare quei paletti.

Pertanto, non aveva la minima idea di quali fossero i suoi piani, ed era giusto così. Solo perché era in casa sua per qualche ora al giorno non le dava il diritto di sapere tutto di lui.

Anche se lo desiderava.

Beckett e le sue buone azioni erano ciò a cui pensò quando il signor Tillman portò Buster per l'ennesima volta a causa delle zampe piene di schegge. Era la terza volta in altrettante settimane e lei era seriamente stanca di avere la stessa conversazione con lo stesso risultato. Il motivo per cui quell'uomo non volesse migliorare le cose per il suo cane andava oltre la sua comprensione, e non poté fare a meno di contrapporre il suo atteggiamento egoista a quello altruista di Beckett.

Oh, cielo, quella mattina stava pensando a Beckett in ogni modo possibile.

Jennifer sospirò e spense quella parte del suo cervello. Doveva concentrarsi sul povero Buster o lui avrebbe finito per accumulare punti fedeltà, e quella non era una buona cosa in una clinica veterinaria.

«Signor Tillman, deve riparare la cuccia di Buster *subito*. Siamo stati fortunati che si sia procurato solo delle schegge, ma cosa succederà quando colpirà uno dei chiodi che tengono insieme la struttura? Ha detto che è una struttura vecchia. Temo che i chiodi siano arrugginiti. Non vogliamo doverci preoccupare del tetano. All'età di Buster, potrebbe ucciderlo.»

Avrebbe voluto sguinzagliare i servizi per la protezione degli animali contro il signor Tillman, ma tenere un cane in un recinto all'aperto non era contro la legge, per quanto lo desiderasse. I cani erano animali da branco; le loro famiglie umane erano il loro branco. Separarli dal loro branco era crudele e andava contro ogni istinto naturale del cane. La "turbolenza" di Buster, che cercava di uscire dal suo recinto, era dovuta al fatto che voleva stare in casa con la famiglia. Soprattutto da quando i Tillman avevano preso il nuovo chihuahua. Aveva cercato di dire all'uomo che Buster voleva solo legare con il nuovo cane, ma sua moglie era terrorizzata che Buster potesse uccidere il piccolo e pretendeva che il povero Buster vivesse in un recinto di due metri e mezzo per due e mezzo, con una cuccia che aveva un disperato bisogno di essere ristrutturata.

«Chiamerò mio nipote per vedere se riesco a farlo venire questa settimana. È un lavoro troppo grosso per me di questi tempi, con la protesi all'anca e tutto il resto.» Strofinò le orecchie di Buster, una dimostrazione d'affetto che diede a Jennifer la speranza che avrebbe effettivamente fatto ciò che aveva detto.

Tuttavia, erano passate tre settimane, quindi si appuntò mentalmente di passare di lì il giorno dopo, tornando a casa dal lavoro, con la scusa di controllare le ferite di Buster, ma in realtà volendo vedere quali progressi si stessero facendo con la cuccia. E magari fare anche due chiacchiere con la signora Tillman per spiegarle le dinamiche del branco. Buster era davvero un cane dolcissimo; voleva solo stare con la famiglia che amava.

Non lo vogliamo tutti?

Jennifer scacciò il pensiero. Trent aveva distrutto la famiglia che pensava stessero costruendo. L'aveva pianto per un po', ma poi c'era stata la situazione di Sami da affrontare e, alla fine, ora aveva una famiglia molto migliore di quella che aveva creduto così perfetta.

Tranne per un ingrediente chiave mancante...

Il che la riportò dritta ai pensieri su Beckett.

«Dottoressa Bingham?» La sua capo tecnico veterinario, nonché buona amica, Sue, infilò la testa nella stanza. «Scusa se interrompo, ma ha chiamato la signora McCoy. Sembra che Lila sia entrata in travaglio prima che tutti si svegliassero stamattina. Non vuole spostarla per portarla qui per il parto. Si chiede se puoi andare a casa sua. Ha detto che Lila sta respirando più affannosamente di quanto si aspettasse.»

Jennifer gettò la siringa che aveva appena usato nel contenitore per oggetti taglienti sul muro e cercò lo stetoscopio nella tasca del camice. «Puoi liberarmi l'agenda?»

«Ho già iniziato.» Sue si appoggiò alla porta per tenerla aperta mentre Jennifer finiva con il signor Tillman e Buster, per poi uscire di corsa dalla stanza.

«Grazie, Sue. Sei una maga.» Jennifer ripassò mentalmente la lista di ciò che avrebbe dovuto portare con sé. Lila era alla sua sesta cucciolata, non proprio l'idea migliore alla sua età, ma Amy McCoy aveva voluto un'ultima nidiata di cuccioli dalla sua premiata cagnolina da esposizione.

Poteva anche essere l'ultima *cosa* di Lila, motivo per cui Jennifer aveva insistito perché Amy portasse la cagna in clinica per il parto. Ma, come al solito, Amy aveva preso le sue decisioni e ora Lila poteva essere in pericolo. Dio, odiava quando la gente non seguiva i suoi consigli. Era una bravissima veterinaria e sapeva il fatto suo.

«La maga sei tu, Dott.ssa. Io sono solo la tua assistente.» Sue le porse la borsa medica che Jennifer usava per le visite a domicilio, avendo già predisposto che le attrezzature di emergenza portatili fossero caricate nel retro del SUV di Jennifer. Era il primo passo del loro protocollo per situazioni come queste.

Afferrando la borsa, Jennifer si mise lo stetoscopio al collo. Era più facile allacciare la cintura senza averlo in tasca. «Ricordami di darti un aumento.»

«Dammi un aumento.»

«Simpatica. Voglio dire, quando torno.»

«Sarà fatto.» Sue spalancò la porta del parcheggio posteriore. «Buona fortuna con Lila.»

«Grazie. Ti chiamo quando ho notizie.»

«Beh, guarda chi si è finalmente degnato di farsi vedere.» Rob, il direttore della contabilità di Beck, bussò con le nocche alla porta del suo ufficio. «Ma non sei neanche abbronzato dalla tua vacanza.»

Beck inarcò un sopracciglio mentre staccava gli occhi dallo schermo del computer. «Abbronzato?»

«Immagino che tu non sia andato alle isole.»

«Di che stai parlando, Rob?» Non aveva tempo per i giochetti. Aveva provato a stare al passo con il lavoro d'ufficio da casa, ma le nottate al computer dopo una giornata di pulizie e una massa urlante di bambine non erano l'ideale per perdersi nei numeri come al solito. Il suo tocco era svanito e stava disperatamente cercando di ritrovarlo. Il giorno prima aveva perso l'esercizio di due opzioni azionarie chiave perché non le aveva automatizzate, dato che si aspettava di essere lì, e qualsiasi acquisto fulmineo pre-programmato all'ultimo minuto poteva ritorcersi contro se non lo avesse calcolato bene. Quelle erano le cose che non gli piaceva lasciare agli algoritmi. Il suo istinto lo tradiva meno degli algoritmi perché, alla fine, nessuno poteva prevedere cosa avrebbe fatto il mercato. Si poteva fare una stima, ma bastava un rapporto dell'ultimo minuto o un cambiamento del tempo o, diavolo, la morte del padre ricco di qualcuno, per cambiare le percezioni.

Beck era tutto incentrato sulle percezioni.

«Abbiamo fatto una scommessa. Io ho detto Bermuda. Un paio di altri hanno puntato sul Messico. Sarah ti ha dato più credito e ha votato per un weekend lungo a Parigi. Data la tua mancanza di abbronzatura, direi che lei ci è andata più vicina, se non fosse che un weekend a Parigi di solito include una bella gnocca e il servizio in camera, e con il tuo umore scontroso, immagino che o la gnocca non si sia presentata, o tu non ci sia andato.»

«Non ero a Parigi.»

«Ah, beh, dovrò dare la brutta notizia a Sarah.»

«Tu non dirai niente a nessuno. La mia vita privata è off-limits in questo ufficio.»

«Va bene, finché sei *in* ufficio. Come farai a impedire alla gente di parlare quando non ci sei? Telecamere di sicurezza?»

«Abbiamo già le telecamere di sicurezza.»

«Che non hanno l'audio. E servono a proteggere gli investimenti. Non mi ero reso conto che anche la tua vita privata avesse bisogno di essere protetta.»

Beck non gli avrebbe detto che in realtà non aveva una vita privata. Certo, era stato fotografato con donne a eventi mondani, ma non c'era nessuna di speciale. Non c'erano state relazioni a lungo termine. Diamine, non aveva mai nemmeno portato una donna nel suo attuale attico. Non aveva abbastanza zeri sul suo conto in banca per iniziare a pensare a quelle cose.

E anche quando ce ne fossero stati abbastanza — anche se, onestamente, cosa costituiva abbastanza? — non era così sicuro di volerli condividere con qualcuno.

«C'è uno scopo in questa visita oltre a darmi fastidio? Ho un sacco di lavoro da fare.»

Gli occhi di Rob si spalancarono.

Merda. Era suonato duro. Beck si vantava di essere un capo gentile. Non uno stronzo lunatico del tipo "guadagno più di te". Aveva lavorato per quel genere di persone e aveva scoperto che di solito significava che erano a malapena aggrappati al loro matrimonio, o che il mutuo divorava la maggior parte del loro stipendio, o che avevano il pene piccolo. O tutte le cose sopra. Nessuna delle quali si applicava a lui, quindi poteva permettersi di essere generoso.

«Scusa. Ho un sacco di cose per la testa. Avevi bisogno di qualcosa?»

Rob si riprese, ma Beck poteva vedere la diffidenza nei suoi occhi. «Stavo solo passando per darti il bentornato e aggiornarti. Non che ci sia molto da aggiornare. Fiona ha tenuto le redini dell'ufficio e non c'è niente di urgente nel bullpen.»

Aveva scelto personalmente la squadra del bullpen, selezionando le menti più brillanti, gli analisti più astuti e persone che avrebbero potuto vendere igloo agli orsi polari. Non si preoccupava mai delle loro prestazioni — o della loro etica — motivo per cui non si era eccessivamente preoccupato di prendere un giorno e mezzo di ferie per pulire la casa di Jennifer.

Il fatto che quella mezza giornata si fosse raddoppiata non era stato un problema, perché aveva potuto passarla con Jennifer, ma ora doveva tornare al suo vero mondo e fare un po' di pulizia per conto suo.

«Ottimo. Grazie. Sapevo di poter contare su tutti voi per mantenere gli ingranaggi oliati.»

«Qualche altra piccola scappatella di cui dovremmo essere a conoscenza?»

«Ora stai solo facendo il ficcanaso.»

Rob rise. «Sì, beh, non mi dispiacerebbe portare mia moglie al nuovo ristorante che ha appena aperto sul lago. Me lo sta suggerendo da un po', ma poi ho controllato il menu. Niente prezzi, quindi sai cosa significa. Posso dire addio alle nuove mazze da golf.»

Beck premette un pulsante del suo citofono.

«Ehi, capo.» Fiona insisteva a chiamarlo così e, sebbene desse a Beck un brivido segreto sentirsi chiamare in quel modo, gli metteva anche troppa pressione addosso. Gestiva la sua attività per riempire le proprie casse, ma non era riuscito a fare tutto da solo man mano che l'azienda cresceva, quindi era stato con una certa riluttanza che aveva aggiunto personale. Il pensiero di supervisionare delle persone gli faceva ancora venire l'orticaria, motivo per cui si assicurava di avere manager che potessero farlo.

«Ehi, Fi. Mi faccia un favore e prenoti a Rob e a sua moglie un tavolo da Chartiers. Lo metta sul mio conto.»

Rob fece un passo avanti. «Non c'è bisogn—»

«Stasera?» domandò lui, alzando un sopracciglio mentre guardava Rob.

Rob annuì.

«Sarà fatto, signore.» Fiona terminò la telefonata prima che potesse farlo lui.

Bene. Perché l'avrebbe chiamata a rapporto per quel "signore". E anche lei lo sapeva. Che era una delle ragioni per cui lo faceva.

«Davvero, Beck, non ce n'era bisogn—»

«Le mazze da golf di un uomo sono sacre. Il cibo non dovrebbe mettersi tra te e loro.» Fece un cenno verso la porta. «Ora, sparisci e va' a guadagnarmi abbastanza da coprire il costo.»

«Sarà fatto.»

Beck stava pensando di cambiare la mission aziendale in quello: Sarà. Fatto. Non si era reso conto di quanto lo dicesse finché tutti non avevano iniziato a imitarlo, all'inizio. Poi la cosa aveva assunto una sorta di alone mistico. Ma l'agenzia che aveva assunto per curare le sue PR, disegnare il logo e fare ciò che andava fatto per renderlo non solo legittimo ma anche prestigioso, aveva detto che una mission di due parole era troppo sfrontata. Troppo diretta. Troppo spavalda.

Ehi, se l'abito gli stava a pennello... Lo aveva portato fin lì.

«Ehm, Beck?» Lo chiamò di nuovo Fiona all'interfono, e il fatto che usasse il suo nome invece del suo sfacciato "capo" catturò subito la sua attenzione.

«Che succede?»

«Ha una chiamata. È... sembra una bambina.»

Lui guardò il telefono come se non capisse cosa Fiona stesse dicendo. Perché non capiva. Non conosceva nessuna bambina... be', non una che lo avrebbe chiamato al lavoro.

«Ha un nome?»

«Sami?»

«Passamela.» Beck si lasciò cadere sulla sedia. Poteva esserci una sola ragione per cui lo chiamava: doveva essere successo qualcosa a Jennifer.

Fiona ci stava mettendo una maledetta eternità a passargli Sami.

«Beck?»

«Sami, che c'è che non va? Riguarda tua madre?»

«Che non va? Perché? C'è qualcosa che non va con J... la mamma?»

Poteva sentire il tremito nella sua voce. «Sami, mi hai chiamato tu. Pensavo chiamassi per dire che era successo qualcosa a tua madre.»

«Oh. No. Sono al campo estivo e volevo sapere quando portiamo i giocattoli ai bambini, perché oggi andiamo a fare un'escursione e domani in canoa e devo far sapere se io e Cassie non ci saremo, così possono assicurarsi che tutti abbiano un compagno. Sai, il sistema del compagno?»

Beck si abbandonò contro lo schienale della sedia e si passò una mano sulla bocca, sentendosi come se avesse appena perso un paio d'anni di vita.

«Beck?»

«Sono qui.» Si schiarì la gola e si raddrizzò, con i gomiti appoggiati alla scrivania e il telefono schiacciato contro l'orecchio. «Oggi non posso consegnare i giocattoli, Sami, e non sono sicuro per domani. Ma dato che l'escursione e la canoa sono attività di squadra, probabilmente è una buona idea che tu preveda di farle. Possiamo consegnare i giocattoli un altro giorno.»

«Oh. Okay. Solo che non ero sicura di quando volessi vederci di nuovo, perché, sai, non vogliamo che i bambini aspettino troppo per i loro giocattoli. È da tanto che non li hanno, no? Scommetto che sono tristi. E penso ancora che a loro piacerebbe davvero avere quel castello giocattolo. Sarebbe come avere una casa tutta loro.»

C'era una forte corrente sotterranea nelle parole di Sami, ma Beck non ne capiva il motivo. Certo, suo padre era ovviamente un assenteista, ma lei viveva in casa sua e aveva una madre che la amava. Cosa non avrebbe dato lui perché sua madre si fosse fatta avanti anche solo per mettere il cibo in tavola, ma non ne era stata capace.

«Certo che voglio vedervi.» Inclinò la testa. Era vero; lo voleva. E non solo per via di Jennifer. «Ehi, Sami?»

«Sì?»

«Come hai avuto il mio numero?»

«L'ho cercato su Google.»

Dovette ridere. Come era cambiato il mondo. «Hai il permesso di usare il telefono al campo per chiamare chi vuoi?» Poteva capire che potesse chiamare sua madre, ma un tizio a caso che puliva casa loro?

«Uhm... sì.»

Già, come no. «Cosa gli hai detto, Sami?»

«Che vuoi dire?»

Riconosceva le tattiche diversive a un miglio di distanza. Ne aveva usate la maggior parte, prima o poi. «Chi gli hai detto che stavi chiamando?»

«Te, sciocchino.»

«E chi pensano che io sia?»

«Be', questa è una domanda sciocca. Pensano che tu sia Beck. Perché lo sei.»

«E chi dovrei essere per te?»

«Non capisco.»

Oh sì che capiva, altrimenti non starebbe facendo la finta tonta. Sami era una bambina intelligente. «Sami, chi pensano che io sia? Il tuo dottore?»

Lei ridacchiò. «Non sei un dottore.»

«Questo lo so io e lo sai tu. Loro lo sanno?»

«Non lo so.»

«Sì che lo sai. Devi avergli detto che stavi chiamando qualcuno. Non ti lasciano chiamare i tuoi amici per chiacchierare, vero? Specialmente con un'escursione in programma.»

«Ehm...»

«Sputa il rospo, ragazzina.»

Sospirò. Due volte. «Gli ho detto che tu sei... be'...»

Non gli sarebbe piaciuto. Lo sentiva. «Chi, Sami?»

«Che sarai il mio papà e che dovevo parlarti perché è importantissimo riguardo alla mamma e non posso parlarti quando c'è lei quindi dovevo fare la telefonata oggi e ti prego non essere arrabbiato con me ma non mi avrebbero lasciato parlare con te a meno che non fosse importantissimo e io penso che sia importante che quei bambini ricevano i loro giocattoli ma le educatrici qui forse non lo capiscono sai quindi ho dovuto dire una piccola bugia così potevo vedere cosa faremo e ti prego non essere arrabbiato Beck ti prego.»

Alla fine di quel soliloquio, quando la voce le si esaurì, prese un lungo respiro, ma Beck? Lui non riusciva a riprendere fiato. Gli era stato risucchiato via alla parola *papà* e non era sicuro che sarebbe mai più riuscito a respirare normalmente.

Si lasciò ricadere contro lo schienale della sedia. Due volte in una sola telefonata; non succedeva mai. Raramente era rimasto così spiazzato da una conversazione, ma un tornado in miniatura era riuscito a fare ciò che i capi di alcune delle più grandi aziende non erano riusciti a fare.

«Beck? Non sei arrabbiato, vero?»

Avrebbe dovuto esserlo. Si era sempre vantato della sua onestà e della sua reputazione, eppure ecco questa bambina che inventava storie su di lui—

Oh, al diavolo.

«Gli hai detto il mio nome, Sami?»

«Ehm... no. Be', potrei aver detto 'Beck,' ma nessuno conosce il tuo cognome.»

Poteva respirare un po' più facilmente... o almeno respirare un minimo. Almeno i media non sarebbero venuti a conoscenza di questa non-notizia per ricamarci sopra.

«Okay, ascolta molto attentamente, Sami. Prometto di non arrabbiarmi, ma solo se non dici a nessuno il mio cognome. Puoi farlo?»

«Certo. Ma perché? È un segreto?»

«Sì, in un certo senso lo è e preferirei davvero che nessuno lo sapesse per ora, okay?»

«Okay, Beck. O dovrei chiamarti in un altro modo? Posso chiamarti papà così penseranno che dicevo la verità?»

E, per la terza volta in meno di mezz'ora, Sami Bingham riuscì a rubargli ogni briciolo d'aria dai polmoni.

Papà.

La parola avrebbe dovuto spaventarlo a morte... ma non lo fece.

Riusciva a vedersi come il padre di Sami... e a vivere con sua madre.

Andare a letto con sua madre—

Oh, merda. Era nei guai fino al collo e la cosa stava prendendo velocità.

«Ecco il punto, Sami. Hai detto una bugia. È perdonabile, ma se continui a dirla o a ingigantirla, quando la verità verrà a galla — e succederà; succede sempre — la bugia può metterti nei guai. Per ora atteniamoci a Beck e se qualcuno chiede il mio cognome, digli che è Beckett, ed è per questo che mi chiami Beck, okay?»

Bello lui a parlare di bugie.

«Non ha senso. Perché dovrei chiamarti per cognome? Sarebbe come se tu chiamassi la mamma, Bingham.»

«Allora forse lo farò.»

«Non credo che le piacerebbe molto.» Un'improvvisa maturità invase il tono di Sami. Abbastanza da far suonare qualche campanello d'allarme nel cervello di Beck.

«Perché no? È il suo cognome.»

«No, è il cognome di Trent, e a lei lui non piace molto.»

Okay, tutta una nuova serie di dinamiche che non aveva idea di come gestire. E non voleva farlo. Per quanto la curiosità gli martellasse nel cervello, c'erano troppi segnali di pericolo tra Jennifer a cui non piaceva il cognome del suo ex marito, la loro figlia che lo chiamava per nome, e quella stessa figlia che diceva apertamente che usare il nome di questo tizio, Trent, avrebbe reso infelice Jennifer, quindi non voleva aprire quel vaso di Pandora. Perché aveva la sensazione che potesse esserci dentro anche qualcosa di marcio.

«Be', lascia perdere. Se qualcuno chiede, il mio cognome è Beckett ed è per questo che mi chiami Beck. È il mio soprannome.» Il che non sarebbe stata una bugia, se non avesse legalmente cambiato il suo cognome.

«Oh, ho capito. Come il mio soprannome Sami invece di Samantha.»

«Esattamente.»

«Ti piace il tuo soprannome, Beck?»

«Sì.» Lo aveva scelto lui stesso, quindi era meglio che gli piacesse. Era stato molto liberatorio diventare chi voleva essere. Si era reinventato sia professionalmente sia personalmente e il merito era tutto suo. Si era lasciato alle spalle la sua infanzia di merda, aveva superato la mancanza di sostegno da parte dei genitori, ed era riuscito ad avere successo da solo. Non c'era sensazione più grande al mondo.

«Vorrei comunque poterti chiamare papà.»

Tranne forse quella.

«Sami, ne abbiamo già parlato. Non è una buona idea. Ora, non hai un'escursione a cui andare?»

Sbuffò, con la frustrazione in ogni particella d'aria. «Sì. Mi stanno guardando strano dalla finestra.»

«Significa che vogliono che ti sbrighi e termini la chiamata. Quindi facciamolo, okay?»

«Ma non mi hai ancora detto quando andremo a dare i giocattoli ai bambini.»

Era il suo turno di sbuffare. I bambini erano estenuanti.

Toccò l'app del calendario sul suo schermo e spostò alcune cose. «Okay, che ne dici di domani pomeriggio, allora? Pensavo di finire le pulizie dopo pranzo, così possiamo partire quando torni dal campo.» Significava che avrebbe dovuto farsi la doccia a casa di Jennifer dopo aver pulito, ma finché non avesse usato la *sua* doccia, sarebbe andato tutto bene.

Pensa solo a quanto sarebbe bello se tu usassi *la sua doccia...*

Mise a tacere quel diavoletto rosso della tentazione che gli sussurrava all'orecchio. Era l'ultima cosa di cui aveva bisogno con Sami che tirava fuori il suo commento su "papà". Case con steccati bianchi e due figli e mezzo non facevano parte del suo vocabolario.

Né quelle con recinzioni in alluminio, una figlia e un paio di animali domestici disfunzionali.

«Okay. Dovremo chiedere alla mamma di Cassie se può venire con noi. Pensi che potremmo andare a cena fuori? Cassie non mangia spesso in ristoranti di lusso.»

«È un appuntamento.» Non poteva credere che quelle parole gli fossero uscite di bocca così in fretta, ma d'altronde, con una motivazione del genere, come poteva dire di no? In più, avrebbe avuto il bonus aggiuntivo di stare in compagnia di Jennifer.

«Non è un appuntamento, sciocchino. Io e te non possiamo avere un appuntamento. Devi chiederlo alla mamma.»

Il fuoco lo attraversò al pensiero. Un appuntamento. Solo loro due. Un bel ristorante, una bottiglia di vino, magari una passeggiata sul lungolago fuori dal suo palazzo, poi l'avrebbe portata a casa sua—

«Posso chiederglielo io per te, se vuoi. Sono sicura che vorrà venire.»

Lui non ne era così sicuro. Il loro bacio era stato fantastico, ma lei aveva detto che non poteva succedere di nuovo ed era entrata in modalità lavoro e mamma, quindi lui si era tirato indietro e l'avrebbe lasciata dettare le regole.

Anche se sembrava che Sami volesse essere quella a farlo. E dato che le idee di Sami erano in linea con il suo pensiero — be', più o meno — pensò, perché no? «Certo, Sami. Puoi controllare con lei per assicurarti che domani vada bene con i suoi impegni, poi mi farà sapere lei.»

«O posso farlo io.»

«O puoi farlo tu. Ma non dal campo. E a proposito, è meglio che tu vada. Non vogliamo ritardare l'escursione di tutti per i nostri piani.»

«Okay, Beck. Parlerò con la mamma quando mi viene a prendere e ti chiamo.»

Beck ascoltò Sami riattaccare e poi fissò il telefono. A proposito di un momento surreale della sua giornata. Non avrebbe mai pensato, quando Liam lo aveva sfidato con quella scommessa, che si sarebbe chiesto come sarebbe stato essere il padre di qualcuno.

Jennifer tamburellò sul volante mentre aspettava Sami nel parcheggio del campo estivo. Aveva finito prima con Lila... solo tre cuccioli, per fortuna, anche se non era sicura che Amy la vedesse allo stesso modo. Ma Jennifer le aveva fatto ben capire i rischi maggiori di altre cucciolate e l'aveva persino convinta a fissare un appuntamento per la sterilizzazione di Lila una volta svezzati i cuccioli. Con un po' di fortuna, Amy avrebbe mantenuto quell'appuntamento.

Jennifer si sgranchì le dita. L'ultimo cucciolo non era voluto uscire, quindi lei lo aveva dovuto aiutare. Meno male che l'aveva fatto, altrimenti l'esito avrebbe potuto essere diverso. Le meraviglie della nascita non smettevano mai di stupirla, tanto belle quanto potevano essere terrificanti.

Sami uscì di corsa dai cancelli del campo, trascinando Cassie con sé. Come ricordava bene la *sua* nascita, Jennifer. Andrea, grazie a Dio, era tornata in sé e si era messa in contatto con lei quando era ancora incinta, più per paura che per altro, ma Jennifer era solo contenta che l'avesse fatto. Aveva procurato alla sorella le cure prenatali ed era stata la sua coach in sala parto. Era stata la prima a tenere in braccio Sami, ed era un momento che non avrebbe mai dimenticato. Quindi, certo, magari non aveva portato lei in grembo Sami, ma la bambina era tanto sua quanto di Andrea, e Jennifer avrebbe fatto qualunque cosa in suo potere per assicurarsi che Sami crescesse in un ambiente normale e stabile. Aveva comportato un sacco di pianificazione e sacrifici, ma vedere il sorriso che la nipote aveva ora sul viso ripagava di tutto quello che aveva dovuto fare.

Quando Cassie corse verso sua madre, Jennifer scese dall'auto, prese Sami tra le braccia e la fece volteggiare finché i suoi piedi non si sollevarono dietro di lei, una cosa che non avrebbe potuto fare ancora per molto perché l'appetito di Sami era decisamente migliorato da quando era venuta a vivere con lei. «Ehi, tesoro! Sembra che tu abbia passato una bella giornata.»

«Sì! Abbiamo fatto un'escursione e abbiamo trovato un nido d'uccello vuoto con dentro dei bei gusci d'uovo blu. Sono uova di pettirosso, lo sapevi? E poi abbiamo trovato un ruscello e c'erano delle salamandre dentro. Mamma mia, come sono viscide. E abbiamo visto delle rane e credo un cervo, ma Mikey ha detto che i cervi hanno paura degli umani quindi è scappato via. Ma i cervi allo zoo non avevano paura di noi, quindi gli ho detto che si sbaglia. Poi lui mi ha fatto la linguaccia proprio mentre finiva in una ragnatela tra gli alberi ed è stato schifoso. Tutti hanno riso. Be', tutti tranne Mikey. Si è ritrovato la ragnatela anche tra i capelli. Meno male che il ragno è scappato perché era grosso e arancione e nero come una zucca a pois. Angelina l'ha chiamata Charlotte come quella del libro. Ti ricordi quando avevamo il ragno che aveva fatto la tela vicino alla finestra della cucina? Avremmo dovuto chiamarla Charlotte.»

Jennifer mise giù Sami e aprì la portiera dietro al sedile del conducente. «Hai insistito per Maizie.» Come l'uccello nel libro del Dr. Seuss. Non ne aveva capito la correlazione, ma era il libro preferito di Sami subito dopo essersi trasferita da lei, quindi Jennifer non aveva voluto turbare le acque cercando di ottenere una spiegazione sul perché un ragno dovesse avere il nome di un uccello.

«Maizie è comunque un nome forte, ma avrei dovuto scegliere Charlotte. Vabbè, per il prossimo ragno.»

Jennifer rabbrividì chiudendo la portiera dopo che Sami fu salita. I ragni non erano in cima alla lista delle sue cose preferite, veterinaria o no. «Allora, cos'altro hai fatto oggi, o è stata tutta un'escursione? E allaccia la cintura.»

«Lo sto facendo, sciocchina.» Sami fece una gran scena per farlo. «Abbiamo anche finito le nostre sculture. Le metteranno nel forno stasera così saranno tutte belle e dure da portare a casa domani. E abbiamo cantato la canzone sciocca degli alligatori verdi. Io dovevo fare le oche dal collo lungo.»

«L'oca.»

«Ma la canzone dice *oche*.»

Jennifer accese il motore e uscì dal parcheggio. «*Oche* è il plurale di *oca*. Quindi se ce ne sono tante, sono *oche*, ma una sola è un'*oca*.»

«Che strano.»

«È l'italiano. A volte non si può spiegare; devi solo imparare la regola.»

«E ho chiamato Beck.»

Jennifer per poco non finì contro l'albero alla fine della corsia, prima di inchiodare e fissare lo specchietto retrovisore. «Hai fatto cosa?»

Sami arricciò le labbra. «Io... ehm... ho chiamato Beck?»

«Come...?» Jennifer scosse la testa. «Perché mai l'avresti fatto?»

«Perché volevo parlare con lui.»

Jennifer mise il SUV in folle e si girò sul sedile. «Sami, non puoi semplicemente *chiamare* Beckett. Sta lavorando.»

«Lo so. Ma mi ha parlato, quindi non poteva essere così impegnato.»

Jennifer non sapeva se chiedere cosa stesse pensando Sami... o cosa avesse detto Beckett.

«Non era arrabbiato. E ha detto che possiamo portare i giocattoli ai bambini domani, dopo che avrà finito di pulire casa nostra.»

Le parole le entravano in testa, ma Jennifer faceva fatica a elaborarle. Perché Sami aveva anche solo *pensato* di chiamarlo, *come* le era stato permesso di farlo, e come aveva anche solo *saputo* come fare?

«Sei molto arrabbiata, mammina?» La sua voce era bassa, con quel tono spaventato che aveva quando era appena venuta a vivere con Jennifer.

Jennifer fece un respiro profondo. «No, tesoro, certo che no. Non hai fatto niente di male; sono solo sorpresa che tu l'abbia fatto.»

«Anche Beck era sorpreso. Ma ha detto che gli è piaciuto parlare con me.»

Certo che sì. Perché era quello che avrebbe detto. Era un bravo ragazzo con i bambini. Non se lo sarebbe aspettata prima della sera precedente, ma d'altra parte c'erano molte cose che non si sarebbe aspettata da Beckett...

Come quel bacio.

«E non aveva detto quando avremmo portato i giocattoli ai bambini e io ho pensato che dovessero averli, e visto che tutti i giocattoli se ne stanno lì nel nostro garage senza essere utili a nessuno, ho pensato che prima glieli portavamo e prima i bambini sarebbero stati felici, e io... be', sai, mi mancava e volevo sentire la sua voce.»

Il cuore di Jennifer saltò un paio di battiti. La verità viene dalla bocca dei bambini. Se solo lei potesse essere così spontanea e onesta da chiamarlo solo per salutarlo. E dirgli che le mancava.

Perché le mancava.

Era strano, in effetti. Era tornato nella sua vita da meno di una settimana – non che fosse mai stato veramente *nella* sua vita, ma comunque – e lei non riusciva a smettere di pensare a lui. E la cosa strana era che non pensava a lui come John Becker, il cattivo ragazzo. Dopo la sera prima, lui era Beckett Fields. Un ragazzo a cui non dispiaceva frequentare un paradiso di giochi per bambini, anche se non gli era piaciuto il rumore. Un ragazzo che aveva portato sua nipote e la sua amica a comprare giocattoli per altri bambini, con l'aggiunta premurosa di dar loro la possibilità di guadagnarsi i propri soldi. L'espressione sul viso di Cassie quando le aveva dato una banconota da cinque dollari valeva mille volte tanto. Soprattutto quando, mentre Sami era andata in bagno a casa, Jennifer aveva quasi sorpreso Cassie a lisciare la banconota sotto il cuscino. Jennifer era rimasta sulla soglia, con gli occhi che si riempivano di lacrime, e aveva deciso che avrebbe parlato con la madre di Cassie di un lavoro alla reception il prima possibile.

«*E* ha detto che possiamo portare i giocattoli domani dopo che avrà finito di pulire e noi avremo finito il campo estivo *e* ha detto che ci porterà in un ristorante elegante, anche Cassie. Un po' come un appuntamento.»

«Un appuntamento.» Fantastico. Ora Sami le organizzava la vita sentimentale.

«Sì, sai, tu e Beck perché siete grandi, e io e Cassie perché siamo bambine.»

Un punto per Sami: la sua definizione di appuntamento dipendeva dall'età, non dal genere o dal desiderio. Stava crescendo una bambina molto illuminata.

Jennifer scosse la testa. Illuminata *e* manipolatrice.

Anche se forse non avrebbe dovuto lamentarsi.

Ma non avrebbe nemmeno festeggiato. Una cena non faceva una relazione. Specialmente quando includeva due bambine, una delle quali si era già legata all'uomo in modi che Jennifer era sicura lui non avesse previsto. Dopotutto, Beckett Fields poteva avere qualsiasi donna volesse. Era il pacchetto completo: bello, di successo, affascinante... Non ci sarebbe stato alcun motivo per lui di legarsi a una donna che aveva un cane con tre zampe, un gatto tiranno e che stava crescendo la figlia di un'altra. Jennifer non si faceva illusioni sul tipo di pacchetto che *non* era, ma non c'era niente da fare. Sami veniva prima di tutto nella sua vita, e se mai fosse arrivato un ragazzo speciale, lui l'avrebbe capito.

«Oooh, mammina!» Sami indicò il finestrino del lato passeggero. «C'è la mamma di Cassie. Possiamo chiederle della cena di domani sera? Perché così possiamo chiamare Beck e farglielo sapere.»

Jennifer sospirò e spostò il piede sull'acceleratore. Sami con un'idea in testa era come Nerone con un piano: l'avrebbero abbandonato solo quando si fosse presentato qualcosa di meglio. Data l'infatuazione di Sami per Beck, Jennifer aveva la sensazione che ci sarebbe voluto molto tempo.

«Certo, tesoro. Tanto vale prendere due piccioni con una fava.»

«Mammina!» ansimò Sami. «Perché vorresti uccidere due uccelli? Pensavo che tu salvassi gli animali.»

Jennifer trasalì e si scostò una ciocca di capelli dal viso. «Scusa, Sami. È solo un modo di dire. Significa fare due cose con una sola azione.»

«Come salutare Cassie e chiedere a sua mamma?»

«Esatto.»

«Okay, allora. Uccidiamo quegli uccelli!»

Jennifer trasalì di nuovo mentre accostava l'auto a quella di Cassie che veniva verso di loro. Quella frase doveva essere eliminata dal loro vocabolario. Non aveva bisogno che Sami se ne uscisse con cose inappropriate davanti a chiunque.

«Ehi, Cassie! Vuoi venire a un appuntamento con me, la mammina e il mio nuovo papà?»

Ecco, appunto.

«Vi sposate?» La madre di Cassie sembrava scioccata quanto Jennifer.

«Ehm... no. Non so da dove Sami abbia preso quest'idea.» Jennifer stava cercando di afferrare il fatto che Sami potesse anche solo pensarlo, figuriamoci dirlo ad alta voce. E davanti ad altre persone.

«Non è bello dire le bugie, Sami. Io finisco nei guai quando lo faccio.» Cassie stava sfoderando un'aria di superiorità dal sedile posteriore del furgone di sua madre.

«Stavo solo scherzando, sciocchina. L'ho detto all'educatrice Mary così mi avrebbe fatto chiamare Beck oggi. Dobbiamo dare i giocattoli ai bambini, sai, e lui non aveva detto quando.»

Jennifer si pizzicò la radice del naso. «Ti prego, dimmi che non l'hai detto a Beckett.»

«Ehm...»

Oh, al diavolo. «Sami, faremo una lunga chiacchierata quando arriveremo a casa.»

«Evviva. Riguardo a cosa?» Sami sfoderò un'aria innocente, ma Jennifer vide oltre.

«Dopo.» Si rivolse alla madre di Cassie e menzionò la cena di domani sera, nonché il posto vacante nel suo studio. La donna colse al volo entrambe le opportunità, e la seconda offrì loro qualcosa per appianare l'imbarazzo della piccola dichiarazione di Sami.

«Ottimo, allora chiami Sue nel mio studio e fisserà qualcosa. Spero che la cosa funzioni per entrambe.» Jennifer porse alla madre di Cassie il suo biglietto da visita attraverso i finestrini aperti dal lato del conducente. «E domani andrò io a prendere le bambine al campo estivo e le riporterò la mattina dopo. Le va bene?»

«Sì.» La mamma di Cassie – Linda – sembrava un po' meno stressata e Jennifer fu contenta di poterla aiutare. «Grazie mille. So quanto si divertono le bambine insieme ed è bello prendersi una pausa. È così difficile essere un genitore single...» Linda piegò la testa. «Come immagino sappia già.»

«Lo so.» Ma grazie alla "piccola dichiarazione" di Sami, avrebbe pensato a *non* essere un genitore single per le ore successive.

Sbagliato.

Jennifer ci pensò molto più a lungo. Per tutta la notte, per l'esattezza, perché Beckett invase i suoi sogni. Continuava a vederlo a casa sua, a prendersi cura di Flopsy, al Fish Fry ad aiutare con i bambini, nel negozio di giocattoli ad aiutare le bambine a raggiungere i giocattoli sugli scaffali più alti... Beckett *poteva* essere l'uomo perfetto per riempire quel vuoto sia nella sua vita che in quella di Sami.

Il che era un pensiero pericoloso.

Lasciò Sami al campo estivo e fece una telefonata di follow-up con l'educatrice dopo la sessione di ieri sulla "piccola bugia" di Sami riguardo a Beck, poi chiamò il suo studio, bisognosa di qualcosa che la distraesse dai suoi pensieri. L'idea di lei e Beckett... Ridicolo.

Ma poi lui la chiamò.

Capitolo Dodici

Beck osservò la lancetta dei secondi scorrere sull'orologio da parete che aveva importato dalla Svizzera. Se non fosse stato di fabbricazione svizzera, avrebbe pensato che il meccanismo fosse guasto, perché ogni tic-tac sembrava durare molto più di un secondo. E ognuno di essi corrispondeva a uno squillo dall'altro capo del telefono.

Non avrebbe dovuto chiamarla così presto. Probabilmente era in sala operatoria. Aveva detto che li faceva la mattina presto. Quella telefonata poteva aspettare. Non era come se consegnare dei giocattoli fosse una notizia sconvolgente su cui decidere all'istante.

Aveva avuto intenzione di chiamarla la sera prima, ma gli era sembrato... non sapeva, forse un'invasione della sua privacy? Sami aveva detto che le avrebbe fatto chiamare da sua madre, e quando Jennifer non l'aveva fatto... Beh, aveva immaginato che lei avesse avuto una lunga giornata di lavoro, che poi avesse dovuto fare la parte del genitore e mettere a letto Sami, e che probabilmente dopo avesse avuto bisogno di un po' di tempo per sé. La tempistica per la consegna dei giocattoli poteva aspettare. O essere rimandata. Qualsiasi cosa andasse bene a lei.

Scosse la testa, quasi ridendo di sé stesso. Quand'era stata l'ultima volta che aveva lasciato che qualcun altro dettasse i suoi impegni? Persino i clienti erano stati persuasi con fascino ad adattarsi ai suoi piani, un'abilità che aveva affinato al punto che le persone non si rendevano nemmeno conto di essere state mani-polate per fare ciò che voleva lui. Era un suo dono speciale... e non uno di cui andasse particolarmente fiero, dato che affondava le sue radici nei suoi primi anni, quando aveva dovuto vivere d'ingegno.

E a proposito di ingegno... doveva essere impazzito per continuare a rima-nere in linea. Anche se, in realtà, erano stati solo quattro squilli. Probabil-mente al prossimo sarebbe scattata la segreteria...

«Pronto?»

«Jennifer?» Ebbe voglia di darsi una manata in fronte. Domanda stupida. Chi altri pensava che avrebbe risposto al suo telefono, dopo aver composto specificamente il suo numero?

«Beckett?»

«Ehm, sì. Volevo sentirti...»

«Bene, perché io volevo chiederti scusa.»

Questa non se l'era aspettata. «Chiedermi scusa?»

«Sì. Per Sami. Ieri. Cosa... cioè, *perché* ti ha chiamato dal centro estivo.»

Quel *cosa* diceva tutto. Sami aveva raccontato a sua madre *come* aveva convinto le animatrici a lasciarla telefonare.

Per la prima volta da che poteva ricordare, Beck sentì davvero un rossore salirgli sulle guance. «Ehm, non fa niente...»

«No, invece. Io e lei abbiamo fatto una lunga chiacchierata sui limiti, le bugie e il comportamento inappropriato. Ti chiederà scusa quando ti vedrà, ma volevo che sapessi che non approvo il suo piccolo, ehm, sotterfugio, e glie-l'ho detto. Non mi piace che sia disonesta con il personale e che menta per ottenere ciò che vuole. Quindi mi dispiace se ti ha messo in imbarazzo.»

In imbarazzo? Non si era sentito in imbarazzo. Si era sentito...

Speranzoso? Nostalgico?

E adesso era completamente pazzo. «Non c'è bisogno di scusarsi. Io l'ho trovato piuttosto ingegnoso.»

«È un modo carino per dire che è una brava bugiarda.»

«Beh, non posso confermarlo, dato che questa è stata la mia prima espe-rienza con quel suo lato, ma se lo dici tu.»

«Preferirei non doverlo dire, e spero che questa sia stata l'unica e ultima volta. Sono solo grata che solo un'animatrice abbia sentito che saresti il mio presunto fidanzato. Stamattina le ho parlato di nuovo e le ho chiesto di smet-terla di dirlo.»

«Grazie. Lo apprezzo.» E lo apprezzava davvero.

O no?

Beck scosse la testa. Certo che lo apprezzava. Non stava cercando di fare da padre a nessuno, e decisamente non voleva esservi costretto per il capriccio di una bambina di sette anni. Se mai fosse dovuto diventare suo padre – o di chiunque altro – gli sarebbe piaciuto essere lui a prendere quella decisione.

«E per quanto riguarda la cena... le ho detto che non può autoinvitarsi, quindi mi dispiace che ti abbia messo in difficoltà in quel modo. Possiamo certamente consegnare quei giocattoli ai bambini per cui li hai comprati, ma in un momento che vada bene a te. E non devi portare le ragazze a cena.»

«Beh, io avevo intenzione di portare a cena *tutti* voi. Dopotutto, non è che io sappia cosa fare con due bambine in un ristorante. Avrò bisogno di te per fare da cuscinetto.» *Fare da cuscinetto?* Doveva essere il modo più patetico con cui avesse mai invitato fuori una donna...

Porca miseria. Stava invitando a cena Jennifer Langston.

Correzione: Jennifer Bingham. Ma per lui era ancora Jennifer Langston.

E, sì, la stava invitando fuori. «Allora, stasera va bene per te? Ho detto a Sami che potevamo andare quando finivano il centro estivo, e poi a cena.»

«Non devi farlo.»

Oh, sì che doveva. «Ehi, io devo mangiare... voi dovete mangiare... tanto vale mangiare insieme.»

Seriamente, queste battute sarebbero finite in un libro delle peggiori frasi da appuntamento di sempre. *Tanto vale mangiare insieme.* Mamma mia. Dategli degli occhiali con la montatura spessa e lo scotch sul naso, un porta-penne nel taschino e i pantaloni tirati su fino alle costole.

«Sei sicuro?»

Talmente tanto che la cosa lo spaventava. «Assolutamente. Puoi prendere accordi con la mamma di Cassie?»

«L'ho già fatto. Cioè, beh, nel caso in cui tu volessi fare la consegna oggi, mi sono organizzata per andare a prendere le ragazze. Ma non dobbiamo per forza cenare.»

«C'è un motivo per cui non vuoi cenare con me?» Ed ecco che John Becker si faceva avanti con la sua indegnità.

Beck lo ricacciò negli angoli bui della sua mente, proiettando immagini mentali di tutte le ragazze con cui era uscito da quando era diventato Beckett

Fields. Quel tizio insicuro e permaloso poteva tornarsene nella sua scatola e restarci.

«No, è solo che non voglio che ti senta obbligato.»

«L'unica cosa che dovresti sapere di me, Jennifer, è che non faccio mai niente se non voglio.» Assolutamente; aveva lavorato troppo duramente per guadagnarsi quel diritto.

«Oh. Okay, allora. Grazie. Ci farebbe molto piacere venire a cena.»

«Bene. Perfetto allora. Quindi va bene se faccio la doccia da te?»

Il silenzio dall'altro capo del telefono lo costrinse a riascoltare mentalmente la sua ultima frase.

Gesù. Sul serio, quanti anni aveva? Quattordici? Neanche l'ombra di una mossa elegante. «Intendevo dire, visto che oggi pulirò casa tua, mi risparmierebbe un viaggio a casa per prepararmi.»

«Oh. Certo. Non c'è problema. Ci sono asciugamani puliti nell'armadietto della biancheria vicino al bagno del corridoio e i prodotti da bagno sono sotto il lavandino. Però mi dispiace. Probabilmente finirai per odorare di fragole. È il profumo preferito di Sami ultimamente.»

«Fragole sia. Ci sono profumi meno virili della fragola.»

«Oh, sono sicura che puoi trovarli anche quelli sotto il lavandino, se vuoi.»

«Allora ti sorprenderò.»

«Di certo lo fai... cioè...»

Beck sorrise. Non aveva avuto intenzione di lasciarsi sfuggire quelle quattro parole e, stranamente, lo fecero sentire... strano. In senso buono. Come se stessero diffondendo calore nelle sue vene.

Era una bella sensazione.

Okay, doveva darci un taglio con quella sensazione di calore e tenerezza. Non stava cercando di uscire con Jennifer Langston Bingham. C'erano semplicemente troppe cose che si portava dietro, cose per cui lui non era pronto nella sua vita. L'*idea* di essere un padre era decisamente migliore della *realtà* di esserlo davvero. Poteva fingere, ma la realtà era tutta un'altra storia.

E farebbe bene a ricordarselo. «Quindi finiscono alle tre, giusto? Il che significa che sarai a casa alle... tre e mezza?»

«Più verso le quattro. Devo passare in tintoria a ritirare un po' di cose, e devo prendere il latte alla fattoria vicino a casa.»

«Sto andando da te tra pochi minuti. Se vuoi, posso fermarmi io in entrambi i posti, visto che ci passo davanti.»

«Non devi...»

«So che non devo; mi sto offrendo di farlo. Ti farà risparmiare tempo a fine giornata e ci permetterà di andare alla casa-famiglia e poi cenare a un orario decente. Okay?»

«Certo. Okay. Grazie.»

«Bene, allora. Vi vedo quando tornate a casa. Buona giornata.»

«Anche a te, Beckett.»

Beck terminò la chiamata e poi fissò di nuovo quell'orologio. Erano passati sei minuti. Sei minuti che, di fatto, lo facevano pregustare le pulizie.

Era nella merda fino al collo.

«Allora, Beck è a casa, mamma?» fu la prima domanda di Sami quando saltò sul SUV dopo il centro estivo.

«Sì, Sami, è a casa.» Niente come avere una mente a senso unico... cosa in cui Jennifer poteva immedesimarsi completamente. Aveva pensato a Beckett e alla cena per tutto il giorno. Per fortuna, aveva avuto solo un intervento ed era stata una sterilizzazione di routine, poi si era concessa una rapida visita per controllare Buster ed era rimasta piacevolmente sorpresa dai progressi fatti da Mr. Tillman. La cosa l'aveva messa di buon umore e le aveva permesso di sognare a occhi aperti per il resto del tempo, a più non posso.

Il problema era che il suo cuore era stato un po' *troppo* felice di immaginare la cena.

«Ci porterà tutti a cena fuori?»

«Sì, tesoro.»

«Posso ordinare quello che voglio dal menù?»

«Vedremo. Entro certi limiti.» Jennifer superò la fila delle auto in attesa e si diresse verso casa.

«Cosa vuol dire 'limiti'?» chiese Sami.

«Vuol dire solo se tua mamma ha abbastanza soldi per pagarlo,» rispose Cassie prima che Jennifer potesse replicare.

Per fortuna, Sue e Linda avevano concordato un programma, così questo tipo di definizione non avrebbe dovuto più permeare la vita di Cassie a lungo. Linda, a quanto pareva, se la cavava bene in uno studio medico.

«Beh, se la mamma non ha i soldi, ce li avrà Beck.»

«Sami!» Jennifer le lanciò un'occhiata dallo specchietto retrovisore.

«Cosa?» I grandi occhi verdi di Sami si spalancarono. «Beck avrà i soldi perché è un appuntamento e paga sempre l'uomo, vero, mamma? È quello che dice Meredith.»

Ah, Meredith. La Saggia del cortile della scuola, la cui scuderia in continuo ricambio di "zii" manteneva lei e sua madre nel loro appartamento, sulla BMW e vestite firmate.

Jennifer svoltò a destra con il rosso al semaforo successivo, ringraziando l'universo che il dio del traffico fosse dalla sua parte quel giorno, così quella conversazione sarebbe finita il prima possibile. «Non deve pagare sempre l'uomo. Io guadagno quanto gli uomini. Forse di più.»

«Davvero?» Gli occhi di Cassie si spalancarono. «Vuol dire che anche la mia mamma sarà ricca, quando lavorerà per te?»

«Tu non sei ricca, vero, mamma?»

Passò con il giallo. A due isolati da casa. Che Dio la salvasse da quel tipo di discussioni.

«Io *sono* ricca, Sami. Perché ho te.»

E poi, forse, quel tipo di discussioni faceva bene, perché il sorriso che si allargò da un orecchio all'altro sul viso di Sami la rese ancora più ricca.

«Anche la mia mamma lo dice.» Cassie arricciò le labbra per qualche secondo. «Però noi non andiamo nei ristoranti di lusso come fai tu, Sami.»

«Beh, stasera ci andrete. E magari Beck ci porterà fuori di nuovo, quando lavoreremo per lui. Pensi che potrebbe, mamma?»

Non se avesse potuto evitarlo. Fare una buona azione era sufficiente, ma le speranze di Sami erano già alle stelle, e una relazione tra lei e Beckett non era nelle carte. Certo, tutti conoscevano la reputazione dell'azienda per cui lui puliva, la Manley Maids: tre dei ragazzi che lavoravano per l'azienda avevano finito per mettersi insieme alle loro clienti, ma quella serie di vittorie era destinata a finire con lei. Lei si presentava con una famiglia già pronta, e se c'era qualcuno che non era il tipo da famiglia già pronta, quello era Beckett.

Beck ispezionò il salone un'ultima volta. Aveva fatto un buon lavoro, sia nel pulire la casa *sia* nel contrastare il gatto.

Nero ce l'aveva avuta con lui più di quanto il tiranno ce l'avesse con il povero Flopsy, che era seduto sulla poltrona a dondolo reclinabile, con la coda che sbatteva all'impazzata e la lingua che pendeva dal lato sinistro della bocca, guardando Beck come se si aspettasse dei premietti.

«Mi dispiace, amico, ma non so dove li tiene e non ho molta voglia di andare a ficcare il naso negli armadi e nei cassetti di Jennifer.»

Ok, ritiro tutto. Non gli sarebbe dispiaciuto ficcarsi nei cassetti di Jennifer, ma non stava parlando di quelli con la ferramenta.

Sorrise tra sé e sé. Era stato un inferno pulire la camera da letto di lei. Per fortuna, l'aveva messa in ordine; aveva persino pulito un po' lei stessa, il che vanificava il motivo della sua presenza, ma poteva capirlo. Lui puliva casa sua prima che arrivasse Shannon, la sua Manley Maid. Stupido, lo sapeva, ma lo capiva. E in questo caso ne era felice. Non aveva voluto vedere i profumi di Jennifer, il suo trucco e tutte le altre piccole cose che gli urlavano *femminilità!*, mentre cercava di ignorare quel grande letto king-size nella sua stanza che lo tentava con troppe immagini mentali e pensieri di lunghi weekend persi tra le lenzuola.

Che non era proprio il pensiero che doveva avere quando lei aprì la porta d'ingresso.

Il sole era all'angolazione giusta per proiettare un'aureola di luce intorno a lei, evidenziando una figura che non avrebbe mai dovuto essere nascosta sotto un camice da laboratorio. E, per fortuna, non lo era.

Poi Sami e Cassie si precipitarono dentro, facendo quasi girare Jennifer su se stessa, e Beck intravide il sorriso che le spuntò sul viso quando i loro occhi si incontrarono, e qualcosa di caldo si irradiò a spirale dentro di lui. Ecco come doveva essere tornare a casa da qualcuno...

Oh, merda, no. Non pensarci nemmeno.

«Beeeeeeeeeeeeeeck!!!!!» Sami si lanciò come al solito tra le sue braccia, distogliendogli per fortuna la mente da dove non doveva assolutamente andare.

«Ehi, scricciolo.» La sollevò mettendosela su un fianco, poi si rese conto di quanto fosse naturale quel gesto.

La mise giù. In fretta. In realtà, la lasciò quasi cadere, ma riuscì a non farlo all'ultimo secondo.

Questa storia si stava facendo seria in fretta, dannazione.

Sami ridacchiò e alzò le braccia. «È stato divertente, Beck! Fammi cadere di nuovo!»

«Sami.» Jennifer chiuse la porta e scese i due gradini che portavano al salone. «Beckett ha avuto una giornata pesante. Lasciamo riposare la schiena di quel poveretto. E poi, non c'è qualcosa che vuoi dirgli?»

«Mi dispiace, Beck, per aver detto agli animatori del campo estivo che sarai il mio papà.»

Il suo cuore ebbe una fitta a quella parola, *papà*, ma fu un'altra parte di lui ad avere una fitta mentre Jennifer si avvicinava.

I suoi pantaloni capri celesti le avvolgevano le gambe come una seconda pelle, e la sua camicetta morbida le fasciava solo il seno, ma a lui bastava. La sua immaginazione partì per la tangente, pensando di far scivolare le mani sotto il tessuto e di sfilargliela dalla testa...

«Uhm, grazie, Sami.» Avendo bisogno di qualcosa su cui concentrarsi, oltre a dove le sue mani volevano essere, sollevò di nuovo Sami e la lanciò in aria. Niente era più efficace per far passare un'erezione che avere a che fare con i bambini.

«Siiiiii!» Gli batté le mani sulle braccia. «Ora fallo a Cassie!»

Cassie lo guardò con un sorriso timido e a Beck quasi si spezzò il cuore. Che razza di bastardo abbandonava sua figlia? Non l'avrebbe mai capito.

Lanciò in aria Cassie un paio di volte, felice di vedere il sorriso genuino che le provocava. Se solo qualcuno avesse mostrato a lui anche solo un decimo di quell'attenzione.

Ed era per questo che stavano andando in missione.

«Okay, gente,» disse, pronto a iniziare. «Ho fatto un po' più tardi del previsto, quindi devo farmi una doccia al volo.»

Le bambine ridacchiarono. «La mamma dice che non dovresti mai farlo. Potresti scivolare e cadere.» Cassie non riuscì a nascondere del tutto il sorriso nella voce mentre cercava di imitare sua madre.

«E poi dovremmo portarti all'ospedale, così non potremmo consegnare i giocattoli,» intervenne la bambina-in-missione. «Quando andiamo?»

«Appena esco dalla doccia.» Prese la borsa che aveva preparato quella mattina e salì le scale verso il bagno del corridoio.

Solo per trovare la vasca piena di sabbia.

Due giorni. Erano passati solo *due giorni* da quando aveva pulito quel bagno e Sami era riuscita a trasformarlo in un'isola paradisiaca per le sue Barbie.

Quindi ora avrebbe dovuto fare qualcosa che non voleva assolutamente fare. E se non avesse avuto un odore così forte per aver cercato di finire prima che tornassero a casa – cosa che non era successa grazie a Nero e alla sua passione per rovesciare le piante d'appartamento – avrebbe potuto saltare la doccia pur di non usare quella di Jennifer.

Guardò l'ora sul telefono. Già, non era un'opzione. Dovevano arrivare presto alla casa famiglia. Non aveva tempo di tornare a casa sua.

Certo, c'era sempre la pompa in giardino. Una doccia fredda gli avrebbe fatto bene.

Ma ciò avrebbe comportato troppe domande da parte di Sami – e forse un paio di sguardi complici da parte di Jennifer – quindi quell'opzione era fuori discussione.

«Uhm, Jennifer?» Si sporse dalle scale. «Ti dispiace se uso la tua doccia? Sembra che ci sia un torneo di beach volley in quella di Sami.»

Jennifer sporse la testa dietro l'angolo della tromba delle scale. «Cosa hai detto?»

Lui trasalì. Non voleva mettere Sami nei guai, ma quella sabbia non era spuntata dallo scarico. «C'è una spiaggia nella vasca di Sami. Ti dispiace se uso la tua? Ci vorrebbe troppo tempo per togliere la sabbia.»

«Sabbia? C'è sabbia nella vasca?» I capelli di Jennifer le volteggiarono intorno alle spalle mentre si girava per guardare Sami. «Cosa ci fa la sabbia nella vasca?»

Sami inclinò la testa e si morse il labbro inferiore mentre la punta della sua scarpa da ginnastica disegnava cerchi sul pavimento. «Uhm, le mie Barbie volevano andare in vacanza.»

«Da dove viene la sabbia?»

«Beh, uhm, non è proprio sabbia. È, uhm...»

«Samantha Renee, cosa hai usato?»

Beck trasalì sentendo i due nomi di Sami. Per esperienza, sapeva che non era mai un buon segno.

«Beh, la lettiera di Nero è tutta bella pulita e visto che a lui non serve ho usato il sacco di scorta perché è proprio come la sabbia e le mie Barbie volevano davvero andare in spiaggia e possiamo sempre comprarne altra al negozio per Nero, vero mamma?»

Beck dovette mordersi il labbro inferiore per non sorridere. Doveva ammettere che la bambina era piena di inventiva.

Jennifer espirò e si passò una mano tra i capelli. «Beckett, ci sono degli asciugamani nell'armadietto della biancheria e una saponetta nuova nel cestino sulla mensola sopra il water nel mio bagno.»

«Nessun problema. Ho il mio occorrente.» Sollevò la borsa. «Non ci metterò molto.»

Perché non aveva nessuna intenzione di passare nella doccia di Jennifer più tempo del necessario.

Ma quando entrò sotto il getto d'acqua e sentì l'odore del suo sapone o shampoo o qualsiasi cosa fosse, che profumava esattamente come ricordava dal loro bacio, pensò che forse sarebbe stato necessario indugiare, se non altro per far passare quella maledetta erezione.

Così si strofinò i capelli un po' più forte del necessario, aumentò la temperatura mentre si insaponava, poi la abbassò a un freddo scioccante per risciacquarsi.

L'effetto fu smorzato, ma non del tutto. Il che avrebbe reso le ore successive una specie di divertente inferno.

Capitolo Tredici

Jennifer si stava divertendo tantissimo. Quasi quanto Sami e Cassie. Di sicuro più di Beckett, comunque. Il ragazzo sembrava aver ingoiato quella saponetta di cui gli aveva parlato, e lei non ne capiva il motivo.

I bambini della casa famiglia, però, si stavano divertendo più di tutti. Era come un Natale a luglio, uno che non si aspettavano.

Beckett aveva indirizzato bene le scelte di Sami e Cassie per i giocattoli, così ogni bambino ricevette un regalo speciale "grosso" e alcuni più piccoli e "divertenti". E Sami e Cassie si sentivano molto orgogliose di sé mentre li distribuivano.

«Questa è stata un'idea grandiosa.» Jennifer aprì l'ultimo sacco di regali dopo che Beckett l'ebbe portato dentro dall'ingresso. Ce n'erano troppi per portarli tutti in una volta nella sala comune senza scatenare il finimondo, così, mentre Sami e Cassie facevano da Babbo Natale e consorte, lei e Beckett erano gli elfi industriosi al tavolo sullo sfondo.

«Grazie. Avevo pensato di farlo a Natale, ma quando ho visto quanto si divertivano le ragazze l'altra sera, mi sono detto, perché non farlo adesso? Tutti fanno qualcosa durante le feste, ma a questi ragazzini un po' di allegria natalizia farebbe comodo anche ora.»

«Non c'è da stupirsi che tu abbia così tanto successo nella tua carriera con idee così brillanti.» Diede a Sami e Cassie un nuovo giocattolo ciascuna da consegnare.

«Brillanti, eh? Mi piace come suona.»

Roteò gli occhi e gli diede una gomitata. «Non montarti la testa, Beckett. L'umiltà è una qualità molto più attraente dell'arroganza.»

«Attraente, eh? Pensi che io sia attraente?»

Tanto valeva mettersi un piede in bocca.

Jennifer lo guardò e scoppiò a ridere mentre lui agitava le sopracciglia. «Sei troppo forte.»

«Non hai idea, piccola.» Altre sopracciglia ammiccanti, un paio di sguardi lascivi, e Jennifer riuscì a ridere con lui perché stava rendendo il momento divertente, quando avrebbe potuto essere imbarazzante.

Dopotutto, era ovvio che fosse attraente. Ma non solo fisicamente, perché il John Becker sempre sulla difensiva che aveva conosciuto sembrava essere cresciuto abbastanza da smussare gli angoli, e quella sicurezza in sé era davvero sexy.

Si chinò accanto a lei per prendere l'ultima scatola grande dalla borsa, offrendo a Jennifer una visuale perfetta del suo fondoschiena.

Sì, era decisamente cresciuto. Ma d'altronde, anche lei. Sapeva benissimo cosa avrebbe fatto con quel fondoschiena se ci avesse messo le mani sopra.

Okay, era ora di concentrarsi su Sami e Cassie. O sugli altri bambini. O sul ventilatore a soffitto. La porta della cucina. Qualsiasi cosa tranne Beckett.

«Allora, dove andiamo a cena?» Lui si alzò e il suo bicipite le sfiorò la spalla, rendendole difficile concentrarsi su qualcosa che non fosse lui.

«Per me è uguale.»

«Potrebbe non esserlo per le ragazze, e dato che non conosco i loro gusti, cerco una guida.»

L'avrebbe guidato lei, altroché... «Uhm, be', a loro piace la pizza finta del Fish Fry, quindi direi che non sono poi così schizzinose.»

«Giusta osservazione.» Fece segno alle ragazze di avvicinarsi. «Ora fate attenzione con questo, signorine. Voglio che lo portiate a Chef Jim. Si sorprenderà di ricevere qualcosa. E quando vedrà cos'è... Forse è meglio che vi tappiate le orecchie.»

«Che bello!» Sami tese le mani. «Ci piacciono le sorprese, vero Cassie?»

«Basta che siano belle sorprese. Quelle brutte non mi piacciono.»

Cassie quasi fece cadere la scatola; Jennifer avrebbe voluto afferrarla, ma la cosa migliore per le bambine era dar loro fiducia in se stesse.

«Be', certo che non ti piacciono quelle brutte» disse Sami, mentre le due trasportavano a fatica la scatola verso lo chef. «Altrimenti non sono sorprese. Sono solo orribili.»

«Quella Sami.» Beckett scosse la testa e ridacchiò. «Ha un'opinione su tutto, non è vero?»

«Proprio così.» Anche se era la *sua*; aveva detto la stessa cosa a Sami circa una settimana prima. Bello vedere che Sami assimilava ciò che le insegnava.

Beckett le diede un colpetto. «Avrà preso da suo padre, immagino?»

«Ehi, anch'io ho le mie opinioni.» Jennifer distolse lo sguardo, la sua felicità per i passi avanti di Sami contrastata dalla menzione del padre. Jennifer odiava quando veniva fuori nelle conversazioni. Oh, la maggior parte della gente sapeva che Trent non era il padre di Sami perché sapeva che *lei* non era sua madre, ma stava cercando di tenere i problemi di Andrea fuori dai radar dicendo che era malata – il che, tecnicamente, non era una bugia. Finora, aveva funzionato. Ma sarebbe arrivato un momento in cui la sua incarcerazione sarebbe venuta a galla. Qualche ragazzino l'avrebbe scoperto e l'avrebbe sparso per la scuola con quella cattiveria tipica dei bambini, e allora Jennifer avrebbe dovuto gestire le conseguenze. Almeno Sami sapeva la verità, quindi non sarebbe stata una sorpresa, ma l'aspetto sociale... Jennifer non era impaziente di affrontarlo. E per quanto riguardava il dire a Beckett che non era la madre biologica di Sami... a questo punto, era anche necessario? Non era come se lui fosse destinato a restare a lungo, mentre Sami sì. E, di conseguenza, anche Jennifer. Inoltre, John Becker si sarebbe ricordato di Andrea dai tempi della scuola: Jennifer preferiva che i suoi ricordi di lei fossero di com'era un tempo, non di chi era adesso.

Sì, stava cercando di proteggere Andrea anche ora. Non era sicura del perché fossero diventate così diverse, ma Andrea era pur sempre sua sorella e le voleva bene. Un giorno, si sperava, sua sorella si sarebbe ripresa la sua vita.

«Ehi.» Beckett le afferrò il braccio – e una scarica elettrica le attraversò le terminazioni nervose. «Non stavo criticando. È solo che tu sei piuttosto alla mano, quindi pensavo che quella parte della sua personalità venisse da suo padre.»

«Come ho detto, ho le mie opinioni. Sono solo selettiva su quando le esprimo.» Jennifer si strinse nelle spalle per scrollarsi di dosso quella mano che le stava facendo pensare a ogni sorta di cose che non avrebbe dovuto, poi afferrò un grande sacco di plastica della spazzatura e lo piegò – un'azione inutile dato che non si potevano davvero piegare, ma le serviva qualcosa da fare per giustificare l'essersi allontanata.

Beckett alzò entrambe le mani. «Mi dispiace se ho toccato un nervo scoperto. Non volevo superare il limite.»

«Non l'hai fatto. Ho solo... reagito in modo esagerato. Scusa. Giornata impegnativa, poi un turbine quando sono tornata a casa... Sai com'è.»

«Se non lo sapevo prima, lo so adesso. Non so come tu faccia da genitore single. Il lavoro sembra già abbastanza difficile in due.»

«Lo è. Ma ha le sue ricompense.»

«Sì, è ovvio quanto Sami ti voglia bene. Non faceva che parlare di te quando mi ha aiutato a pulire l'altro giorno.»

Era proprio quello che Jennifer temeva. Sami non faceva mistero di volere Beckett in famiglia, e tessere le lodi di *lei* era il modo più semplice che una bambina di sette anni potesse escogitare per farlo accadere.

Posò la busta sul tavolo. «Uhm, a proposito di ieri. Quando Sami ti ha chiamato.»

Lui si passò una mano sulla nuca. «Sì, è stato, uh, interessante.»

«Mi dispiace molto che ti abbia messo in quella posizione imbarazzante. Non avrebbe mai dovuto disturbarti al lavoro, e la bugia che ha detto...» Jennifer scosse la testa, sentendo il rossore salirle sulle guance. Momento imbarazzante, se mai ce n'è stato uno, ma andava detto. «Mi dispiace molto. Ho cercato di spiegarle quanto fosse inappropriato, ma non sono sicura di quanto abbia recepito.»

Questa volta, quando lui le mise una mano sulla sua, era preparata alla scossa elettrica.

Il che non la rese meno potente, però.

«Va tutto bene. Capisco da dove viene. Ne ho parlato anch'io con lei e, be', non credo che lo farà di nuovo.»

«Chiaramente, non conosci Sami.»

«In realtà, penso di sì. Mi ricorda me stesso alla sua età. Il che non ha senso, visto che ha una madre amorevole, una casa stabile, amici, i suoi animali domestici, tutte quelle bambole Barbie che prendono il sole nel loro paradiso con Jacuzzi...»

«E tu no.» Ops. Avrebbe dovuto formularla come una domanda. Stava diventando sempre più difficile fingere di non conoscerlo. Anche se, onestamente, *non* lo conosceva. Non Beckett Fields. E in realtà non aveva mai conosciuto John Becker – aveva solo le sue fantasie adolescenziali su chi avrebbe voluto che fosse. La realtà era molto meglio della sua immaginazione.

«No. Sono stato nel sistema degli affidi finché non sono diventato maggiorenne. Parliamo di un brusco risveglio... e io che pensavo che stare *dentro* il sistema fosse dura. La vita reale ha un modo tutto suo di schiaffeggiarti in faccia.»

«Puoi dirlo forte.»

Inclinò la testa. «Sembra che anche tu abbia avuto i tuoi problemi.»

«Chi non ne ha avuti?» Non era la direzione in cui voleva che andasse la conversazione. «Ma stiamo andando avanti e verso l'alto, giusto?»

«Ci stiamo trasferendo?» Sami sbucò da davanti al tavolo.

«Samantha Renee, stavi curiosando?»

«Non ho curiosi addosso.» Sami si guardò i piedi. «Tu vedi dei curiosi, Cassie?»

Cassie gonfiò il labbro inferiore e scosse la testa. «Non siamo mica al circo.»

«Non ci sono curiosi, mamma.»

Come poteva rimanere arrabbiata con quel dolce visino che la guardava con tale innocenza e ingenuità?

Jennifer uscì da dietro il tavolo e strinse entrambe le bambine in un abbraccio. «Curiosare significa ascoltare quando non si dovrebbe.»

Sami si tirò indietro ma non uscì dal cerchio delle sue braccia. «Oooooh, come quando si dicono i segreti?»

«O qualsiasi altra cosa. Non dovresti ascoltare conversazioni a cui non sei stata invitata a partecipare. Non è buona educazione.»

«Oh.» Sami annuì solennemente. «Quindi significa che *non* ci trasferiamo?»

«No, tesoro. Non ci trasferiamo.»

«Uff!» Con una performance da Oscar, Sami si passò una mano sulla fronte. «Non mi voglio trasferire. Dove metteremmo tutta la nostra roba? E Flopsy sarebbe così confuso. Anche se...» Alzò lo sguardo con un sorriso calcolatore che Jennifer aveva visto troppe volte per cascarci. «Forse, se ci trasferissimo, potremmo prendere un castello giocattolo come quello del negozio di giocattoli, così potrei avere una casa tutta mia?»

«Noi *abbiamo* una casa nostra. E» Jennifer le picchiettò la punta del naso, «se non ricordo male, hai persino decorato il tuo bagno proprio come piace a te... con una spiaggia.»

Sami scosse la testa. «Non è la mia casa, è la *tua*, e visto che hai detto che devo pulire la lettiera del gatto, non è proprio mia, vero?» Si girò su se stessa, con le braccia tese. «Un giorno avrò una casa tutta mia e metterò la sabbia su tutti i pavimenti, così sarà come vivere su una spiaggia.»

«Che strano» disse Cassie. «Perché vorresti portare sabbia in tutta la tua bella casa? La sabbia deve stare fuori, non dentro.»

Sami incrociò le braccia imbronciata e mise il muso. «Quando sarà casa *mia*, potrò metterla dentro dove voglio.»

Cassie si strinse nelle spalle. «Sì, ma solo perché puoi, non significa che dovresti. È quello che dice sempre mia mamma.»

«Tua mamma non è il capo di me.»

«Bambine.» Jennifer intervenne prima che la discussione degenerasse. E prima che Sami crollasse, perché Jennifer vedeva che stava lottando per mantenere la calma.

Tutto per una casa.

Ne avevano discusso in terapia, della mancanza di stabilità di Sami durante l'infanzia, quando Andrea le aveva fatte spostare continuamente – c'erano stati un paio di periodi in rifugi per senzatetto e persino nella sua vecchia auto – ma Jennifer pensava che l'avessero superato. Che permettere a Sami di decorare la sua camera da letto come voleva e di mettere le sue cose in tutta la casa avrebbe contribuito molto a sviluppare quel senso di stabilità. Ma tutto era andato a farsi benedire con questa conversazione.

Jennifer espirò. Avrebbe potuto uccidere Andrea per il danno che aveva inflitto a loro figlia, ma ciò sarebbe stato ancora meno utile per Sami. «Ricordiamoci perché siamo qui, okay? E non è per parlare di case o traslochi o nemmeno di sabbia.»

Sami fece una linguaccia a Cassie prima di voltarsi di nuovo verso Jennifer. «Allora è Beck quello che si trasferisce?»

«Te l'ho detto, peste, nessuno si trasferisce.»

«Ma potrebbe, giusto? Perché è da solo e chi vuole vivere tutto solo?» Girò la testa così velocemente che Jennifer fu colpita in faccia da una massa di riccioli. «Beck, puoi venire a vivere da noi! Abbiamo due camere da letto in più! Mamma ne usa una per il suo ufficio, quindi puoi avere l'altra. Nonna Lois a volte ci dormiva, ma non le piace lasciare la sua casa di riposo, quindi ora possiamo sistemarla tutta per te.»

«Sami!» Almeno Sami non aveva proposto a Beckett di condividere il *suo* letto. «Ti ho detto che Beckett non si trasferisce, quindi non c'è bisogno di sistemare la stanza della nonna per lui.»

«Sì, ma *potremmo*. Sai, non si sa mai.»

«Nel caso di cosa? Che un orsacchiotto gigante blu si impossessi di casa mia?» Beckett si intromise e afferrò Sami per le ginocchia, poi se la mise in spalla, facendole così tanto solletico che lei strillò.

Dio, che suono meraviglioso.

Oh, lei e Sami ridevano insieme, ma quella risata di pancia, libera e senza freni che Sami stava facendo... quella era nuova. E benvenuta. E Jennifer doveva ringraziare Beckett per questo.

Accidenti. Nemmeno una settimana, e stava già avendo un grande impatto sulle loro vite.

Cosa sarebbe successo quando avrebbe finito il lavoro?

Non fasciarti la testa prima di essertela rotta. Aveva firmato per pulire la casa per un mese. Le sarebbe piaciuto sapere il *come* e il *perché*, ma, per ora, se lo sarebbe goduto per quello che era.

Il che non era quello che Sami sperava, e avrebbe dovuto farle capire che c'era una fine in vista, così non si sarebbe affezionata.

«Fallo di nuovo, Beck! Fallo di nuovo!» Sami saltellava su e giù con le braccia alzate quando lui la rimise in piedi.

Sembrava che l'attaccamento sarebbe stato difficile da spezzare.

Forse per tutti loro.

«Okay, gente, che ne dite di Roni's Pizza per cena?» Beck aprì la portiera posteriore della sua auto per far salire le ragazze, senza mai aver immaginato che la sua Mercedes sarebbe servita anche da auto di famiglia quando l'aveva comprata.

Sami si tuffò dentro, di testa. «Ah, davvero? Ancora pizza? Mangiamo sempre pizza. Voglio andare da un'altra parte.»

«Samantha Renee!» Jennifer ansimò al suo fianco. «Che maleducazione.

Quando qualcuno ti invita a cena fuori, non gli dici che vuoi andare da un'altra parte. Chiedi scusa immediatamente.»

«Perché? Ha chiesto cosa ne pensavamo e io non voglio la pizza. Io e Cassie vogliamo qualcos'altro. Vero, Cassie?»

Cassie cercò di scivolare sul sedile quando Sami la mise alle strette.

«Nessun problema, ragazze.» Beck raccolse le gambe di Cassie, la fece girare sul sedile e le porse la cintura di sicurezza. «Possiamo mangiare hamburger. Conosco un posto fantastico. *E* hanno la pizza. Nel caso tu cambiassi idea.»

«Ma pensavo che saremmo andati in un posto elegante. Cassie non è mai stata in un ristorante elegante.»

La povera Cassie stava cercando di sciogliersi nel sedile di pelle. Probabilmente ora non voleva andare nemmeno in un fast food; sembrava così mortificata.

«Ehi, sapete una cosa? Possiamo farlo. Conosco il posto giusto. Hanno pesce e bistecche. A chi piace la bistecca?»

Ci fu un lampo di qualcosa negli occhi di Cassie. Bene. Mercurio's sarebbe stato. E non avevano i prezzi sul menu, così né Jennifer *né* Cassie si sarebbero sentite a disagio. Sami... non avrebbe notato la differenza, ed era giusto così alla sua età.

«Beckett» Jennifer gli mise una mano sul braccio quando si sedette al posto del passeggero, «davvero, non è necessario...»

«Oh, ma io penso di sì.» Fece un cenno verso il sedile posteriore. «Pensi che voglia deluderle? Se te la senti, fa' pure. Ti ammiro. Io? Non ho intenzione di rischiare l'Ira di Sami.»

«Non puoi cedere a ogni suo desiderio.»

«Dice la donna che le ha portate a fare shopping sfrenato di giocattoli.»

Adorava quando arrossiva. Quel suo sorriso dolce e imbarazzato... Bastava a fargli fare le capriole allo stomaco, e quand'era stata l'ultima volta che era successo?

Probabilmente quando lei gli aveva chiesto se voleva aiuto con i compiti l'ultimo anno di liceo.

«Ci sono le cozze in questo posto?» disse Sami dal chiacchiericcio di sottofondo che lei e Cassie stavano facendo.

La guardò nello specchietto retrovisore. «Lo spero proprio, altrimenti nessuno avrà abbastanza muscoli per portare il cibo al tavolo.»

«Non quel tipo di muscoli, sciocco. Intendo il tipo di pesce. Quelle che si possono mangiare.»

Beck lanciò un'occhiata a Jennifer. «Davvero? Cozze? E mi dici tu che non devo viziarla? Non si può dire che le cozze siano un piatto normale per una bambina, come, che so, il polpettone e il pollo fritto.»

«Okay, l'ho portata in posti carini ogni tanto. Mi è permesso.»

«Non ho detto che non lo fosse. Ma se è permesso a te, perché a me no?»

«Be', tanto per cominciare, c'è il fatto che non sei suo padre.»

Un'ottima osservazione.

Aveva dimenticato che non si trattava di un'uscita di famiglia e che loro non erano una coppia. Perché sembrava proprio che lo fosse e che lo fossero. Non che lui potesse saperlo davvero, visto che non aveva mai fatto una cosa del genere prima, ma la sensazione era quella che aveva sempre pensato si provasse: battute interne, tante risate, chiacchiere sul sedile posteriore tra le bambine, discorsi da adulti davanti…

Che stava facendo? Questa non era la sua famiglia e lui non ne faceva parte. E, cosa più importante, non *voleva* farne parte. Era uno spirito libero. Padrone del proprio destino. In grado di saltare su un aereo in un istante e trovarsi in qualsiasi parte del mondo entro le successive trentasei ore. Quella era la vita che aveva sempre voluto. Quella per cui aveva lavorato così duramente. Quella che gli avrebbe dato sicurezza finanziaria prima di poter anche solo pensare di sistemarsi. Ma, dannazione, come anteprima delle cose a venire, questo pomeriggio non era stato affatto male.

«Allora, ci sono, Beck? Ne voglio prendere un po' per Cassie. Pensa che facciano schifo.»

Lui si voltò di nuovo a guardarle, questa volta incrociando gli occhi di Cassie. «In effetti, sembrano disgustosi. Come le vongole e le ostriche. Ma non le lumache.»

«Che schifo, le lumache!» cantarono le bambine all'unisono.

«Ehi, le lumache sono fantastiche. Un po' di burro, un po' d'aglio… non vi rendete nemmeno conto di cosa state mangiando.»

Jennifer si voltò sul sedile. «Questo perché senti solo il sapore del burro e dell'aglio, come è giusto che sia. Senza, le lumache sono solo dei grossi…»

«Ammassi di moccio!» Sami rise così forte che si incastrò con la cintura quando si sporse in avanti.

«Di *cosa*?» Beck guardò di nuovo nello specchietto. «Ti informo, signorina, che da Mercurio non è permesso un simile linguaggio. Se la parola *moccio* ti uscirà di bocca una volta che avremo messo piede nel locale, ci chiederanno di andarcene e di non tornare mai più.»

«Mai più?»

«Mai, mai più.»

«Oh, no. Sarebbe terribile.»

«Hai ragione, lo sarebbe.» Beck guardò nello specchietto retrovisore. «Quindi sai cosa dobbiamo fare?»

«Cosa?» Entrambe le bambine si sporsero in avanti fin dove le cinture di sicurezza lo permettevano.

«Dobbiamo tirare fuori tutti i *moccio* che abbiamo in corpo prima di entrare. Pronta? Uno... due... tre! Moccio, moccio, moccio, moccio, moccio, moccio!»

Presto, scatenò una festa di risatine sul sedile posteriore, in mezzo a un coro di «moccio!» che contagiò anche il sedile anteriore, tanto che, una volta entrati nel parcheggio di Mercurio, dovettero rimanere seduti per qualche minuto finché tutti non ripresero fiato.

«Okay, signorine.» Beck tenne aperta la portiera posteriore per le bambine mentre si slacciavano le cinture. «Ricordate, comportatevi bene. L'unica cosa che non vogliamo è essere buttati fuori dal ristorante.»

«Sì, sarebbe brutto» disse Cassie, con un'aria così solenne che Beck si preoccupò un po' di aver toccato un tasto dolente. O un brutto ricordo.

«Sta solo scherzando, Cass. Non ci butteranno fuori. Non devi preoccuparti.» Il commento di Sami confermò ciò che aveva pensato.

«Sì, sto solo scherzando, Cassie. Nessuno ci chiederà di andarcene. Anzi, ti garantisco che ci chiederanno di tornare.»

«Davvero? Perché?»

«Perché quando lasci una bella mancia, sono felici di farti tornare.»

«Cos'è una mancia?»

«Oooh, io lo so!» Sami saltellò sul posto con una mano alzata come se fosse a scuola. «Sono i soldi che lasci sul tavolo per ringraziare il cameriere. Gli fanno capire se ha fatto un buon lavoro. Vero, mamma? Non è quello che mi hai detto? Che si riceve una ricompensa se si è dei bravi lavoratori?»

«Esatto, tesoro.» Jennifer guidò le bambine verso l'ingresso con le mani sulla nuca. «Ora, stiamo attente ad attraversare il parcheggio, perché le persone non sempre vi vedono quando cercano un posto.»

«È una sciocchezza» disse Sami con uno sbuffo. «I posti sono vuoti e noi no. Come fanno a non vedere una persona in carne e ossa in un posto vuoto?»

«No, Sami» disse Cassie con autorità nella voce e le spalle indietro come se sapesse di cosa stava parlando. «La tua mamma intende dire che non ti vedono quando cammini per la strada perché stanno cercando i posti vuoti. Non stanno prestando attenzione.»

«Beh, questo non è guidare bene. La mia mamma è una brava guidatrice. Anche la tua. La gente non dovrebbe guidare se non è brava a farlo.»

La testa di Beck girava per la logica da settenne quando si sedettero al tavolo, dopo che lui aveva dato la mancia al maître per assicurarsi che chiedesse loro di tornare quando se ne sarebbero andati. Oh, il tizio l'avrebbe fatto comunque, ma Beck lo aveva pagato per venire personalmente al tavolo e fare una scenetta tale che la lezione di Jennifer a Sami sarebbe stata assimilata e la sua promessa mantenuta. L'unica cosa di cui si vantava era la sua parola. Ciò che diceva era affidabile. Troppe persone lo avevano deluso nella sua vita non mantenendo la parola data e lui non sarebbe mai stato quel tipo di persona.

«Si mangiano *davvero*?» Cassie si sporse in avanti sulla sedia dopo che il cameriere lasciò i piatti di frutti di mare sul tavolo.

«Certo, sciocchina. Guarda.» Sami prese una conchiglia e ne succhiò fuori la cozza. «Visto? Non devi nemmeno masticarla.»

«Che sapore ha?»

«Di cozza.»

«Sì, ma che sapore ha?»

«Uhm, è una specie di... è una via di mezzo tra un vermetto gommoso e un pesce.»

«Un pesce caramella?»

«Non quel tipo di pesce. Un pesce vero. Sai, quello viscido.»

Il naso di Cassie si arricciò e lei si tirò indietro. «Non credo di volerlo mangiare.»

«Dai, sono buone. Promesso.» Sami gliene porse una. «Provala.»

Il labbro superiore di Cassie si arricciò. «Non credo proprio.»

«Devi.» Sami le avvicinò ancora un po' la conchiglia.

«Ma non voglio.»

«Ma avevi detto che l'avresti fatto.»

«Non sapevo che avrebbero avuto questo aspetto. E non mi piace il pesce viscido. Mi piacciono solo quelli di caramella.»

«Beh, non puoi mangiare caramelle per cena. Non ti fa bene. Ti rovina i denti, vero, mamma?» I riccioli di Sami oscillarono quando guardò Jennifer.

Jennifer prese la conchiglia dalla mano di Sami. «È vero. Le caramelle non vanno bene per cena, ma Cassie non è obbligata a provare le cozze se non vuole. Possiamo ordinarle qualcos'altro. Magari una... bistecca?»

Cassie si raddrizzò, con gli occhi scintillanti e un sorriso che le spaccò il viso, per un istante. Poi si lasciò ricadere contro lo schienale e il suo viso si rabbuiò. «No, tranquilla, signora Bingham. Posso mangiare questo pane. Non deve comprarmi nient'altro.» Afferrò un panino dal cestino sul tavolo.

Comprare. Ecco di nuovo quella parola. La vita della povera Cassie ruotava attorno ai soldi, o meglio, alla loro mancanza. Il cuore di Jennifer si spezzò per quella povera bambina. E anche per sua madre, perché Jennifer sapeva in prima persona quanto fosse difficile crescere un figlio da sola, anche se lei, per fortuna, non aveva le preoccupazioni economiche che avevano Linda e Cassie. Cosa non avrebbe dato Jennifer per dare a queste due bambine un'infanzia normale. Nessun bambino dovrebbe preoccuparsi del costo del cibo, o se sua madre sarà troppo fuori di testa per dargli da mangiare.

«Beh, sai una cosa, Cassie?» Beckett picchiettò il coltello contro il piatto. «Sto pensando che, dato che a Sami piacciono così tanto tutte queste cose, potrebbe non essercene abbastanza per il resto di noi. Che ne dici se tu e io ci dividiamo quella bistecca?»

«*Io* voglio dividere la bistecca con te!» Sami tirò su le ginocchia sotto di sé sulla sedia.

«Sami...» Jennifer allungò una mano per impedire a Sami di saltargli addosso dall'altra parte del tavolo.

Beckett alzò la mano. «Tu e io ci dividiamo le cozze, Sami. Posso dividere con entrambe.»

Sami si tirò indietro e prese un respiro. «Promesso?»

«Promesso. E io mantengo sempre le mie promesse.»

Quattro giorni. Erano bastati solo quattro giorni a Beckett Fields per insinuarsi sotto le difese di Jennifer e farla innamorare un pochino di lui.

«Davvero?» Il viso di Sami si illuminò come se avesse appena vinto alla lotteria.

Okay, forse più di un *pochino* innamorata.

«Davvero.» La guardò. «Jennifer? Per te va bene?»

Jennifer sapeva che avrebbe dovuto rispondere ma, per la miseria, le parole non riuscivano a superare il nodo che aveva in gola.

«Jen?»

Normalmente, non le piaceva la versione abbreviata del suo nome, ma a quanto pareva la regola non valeva quando la usava Beckett.

Si schiarì la gola. «Io, uh, sì. Certo. Va bene.»

Beckett inclinò la testa e lei si stampò una specie di sorriso in faccia per mostrargli che andava tutto bene.

Nessuno dei due ci credette.

«Evviva! Cassie ha la bistecca e io tutte le cozze! Questa è la cena più bella di sempre!» Sami batté il cinque a Cassie e il sorriso di Cassie era il più sincero che ci potesse essere.

Il che rese sincero anche quello di Jennifer.

E le riempì anche il cuore di un'emozione che non avrebbe chiamato amore per Beckett perché non poteva essere innamorata di lui. Non dopo quattro giorni. Non poteva innamorarsi del cattivo ragazzo del liceo che non si ricordava nemmeno chi fosse. Forse... forse l'avrebbe chiamato amore per la bontà che era in lui. Per quanto rendeva felici Sami e la sua amica. Per la sua compassione, la sua gentilezza e la sua generosità...

Oh, ma chi voleva prendere in giro? Quel tipo era il Principe Azzurro per antonomasia e lei sognava cavalli bianchi, castelli e fate madrine.

Il che era ridicolo. Era una donna adulta. Una donna d'affari. Una madre. Era istruita. Ne aveva passate tante e sapeva che questa ondata di feromoni poteva mascherare così tante cose. Era stata innamorata di Trent e, per questo, lui era stato in grado di prendere la sua fiducia e il suo amore e usarli contro di lei. Il suo giudizio era stato offuscato da quell'ondata di sentimenti, e chi poteva dire che non sarebbe successo di nuovo? Quando era diventata all'improvviso così brava a giudicare le persone da sapere dopo solo quattro giorni – quattro giorni! – che Beckett poteva essere il suo Principe Azzurro?

Infilzò una delle lumache, ma la forchetta scivolò contro il guscio, facendola stridere sulla porcellana e facendo schizzare la lumaca fuori dal tavolo. Non aveva bisogno di nessun Principe Azzurro perché lei, decisamente, non era Cenerentola.

Beckett invece... Passa le sue giornate a pulire.

Jennifer non riuscì a trattenere uno sbuffo.

«Cosa c'è di così divertente, mamma?»

Jennifer cercò di controllarsi, ma l'idea di Beckett in una storia di Cenerentolo al contrario... Doveva persino vedersela con un gatto scontroso che cercava di mettere nei guai il cane, proprio come nella versione animata.

Le sfuggì una risatina. Almeno Beckett non era vestito di stracci.

La sua uniforme è un'opzione molto *migliore.*

Sbuffò di nuovo.

«Jen?» Beckett la guardò e un ricciolo nero gli cadde in mezzo alla fronte e lei desiderò riavviarlo all'indietro con le dita.

Poi affondarle nel resto dei suoi capelli e tirarlo verso di sé...

«Mamma? Hai ingoiato qualcosa?»

Jennifer si strozzò. Parecchio. E cercò di non ridere allo stesso tempo. Se solo Sami avesse saputo a cosa aveva pensato...

Beckett lo sapeva, o almeno lo sospettava perché i suoi occhi si strinsero e, mentre le porgeva un bicchiere d'acqua, Jennifer avrebbe potuto giurare che le sue dita indugiarono un po' troppo a lungo.

Bevve un sorso, si schiarì la gola, poi cercò con tutte le forze di scacciare dalla mente l'ultimo minuto circa. «Io... sto bene, tesoro.» Annuì per ringraziare Beckett, che aveva preso il proprio bicchiere d'acqua e ne aveva bevuto un sorso.

«Oh. Bene. Perché non vorremmo che Beck dovesse 'leccarti'.»

L'acqua sprizzò dalla bocca sua e di Beckett nello stesso momento.

«Che schifo!» Sami si pulì la maglietta e Cassie sembrava non capire cosa stesse succedendo.

Ma Jennifer, sì, lei capiva. E capiva che Beckett capiva. E se quello non le faceva venire voglia di nascondersi sotto il tavolo, non sapeva cosa potesse farlo.

Sami sbirciò da sopra il tovagliolo. «*Dovrebbe* 'leccarti'?»

Okay, forse *quello* poteva farlo.

Jennifer fece un respiro profondo e girò la testa verso Sami così tanto che Beckett non era nemmeno lontanamente nella sua visione periferica. Si schiarì la gola. «Credo che tu intenda la manovra di 'Heimlich', e no, Beckett non ha bisogno di farmela.»

Sami posò il tovagliolo e lo appiattì con dei colpetti. «È quello che ho detto. 'Leccarti'.»

Jennifer prese il tovagliolo e si prese il suo tempo per piegarlo. Non avrebbe guardato Beckett. «C'è un 'Heim' prima di quello.»

«Cos'è un Heim?»

Lisciò la stoffa, raddrizzando i bordi, cercando in tutti i modi di fingere che quella non fosse una delle conversazioni più imbarazzanti di sempre. «È il nome dell'uomo che ha inventato la manovra di Heimlich.»

«Che razza di nome è Heim? È sciocco.» Sami afferrò altre due cozze e si appoggiò allo schienale.

Jennifer non si prese la briga di spiegare. Non c'era bisogno di prolungare la conversazione più del necessario, e non lo era.

«Allora.» Si schiarì la gola e, *di nuovo*, non guardò Beckett. «Che tipo di bistecca ti piace, Cassie?»

Gli occhi di Cassie si spalancarono e si guardò intorno al tavolo. «Non lo so. Bistecca.»

Oh. Giusto. Come avrebbe potuto una bambina di sette anni conoscere la differenza tra costata, controfiletto e il resto? Bel modo di mettere a disagio la bambina.

Il che rendeva Sami l'unica a non esserlo.

La verità esce dalla bocca dei bambini.

Beck stava facendo del suo dannato meglio per togliersi dalla mente l'idea di lui che leccava Jennifer, ma, *Cristo*, non se ne andava. Grazie a Dio non aveva ordinato ostriche perché c'era già una festa in corso nei suoi pantaloni che non aveva nulla a che fare con i frutti di mare, quindi non c'era bisogno di afrodisiaci.

Leccarla. Santo cielo, se solo Sami avesse saputo cosa aveva detto.

Anche se, doveva ammettere, gli piaceva il modo in cui il rossore di Jennifer le era salito sul petto e sul collo, per poi colorarle il viso di una bellissima sfumatura di rosa che metteva in risalto l'azzurro dei suoi occhi.

Sì, era uno stronzo anche solo a pensarlo. Ma diavolo, non poteva farci niente. La donna dei suoi sogni era seduta proprio accanto a lui e sua figlia gli stava inavvertitamente mettendo in testa immagini a luci rosse. Era un maschio fatto e finito, per l'amor di Dio. Un uomo vivo e vegeto che non faceva sesso da... merda, erano passati sei mesi? Una storia sentimentale piuttosto patetica, se poteva dirlo lui stesso. E ciò lo rendeva suscettibile a immagini come quella di Jennifer sdraiata sull'isola della sua cucina con addosso solo un grembiule, uno che lui avrebbe slacciato lentamente, facendo scivolare i lacci lungo la fessura del suo sedere...

«Cosa desidera, signore?»

Jennifer.

Grazie a Dio non lo disse ad alta voce alla domanda del cameriere. «Uh, prenderemo, uh, una costata, cottura media, per favore. Con, uh, un contorno di funghi saltati.»

«Molto bene, signore.» Il cameriere si voltò con precisione militare e Beck quasi lo ringraziò per il complimento, ma non lo fece perché il tizio non stava commentando la capacità di Beck di *non* gemere il nome di Jennifer ad alta voce.

Beck sospirò e scosse la testa. Totalmente inappropriato in presenza di due bambine di sette anni.

«Uh, signor, uh, Beck?» Cassie giocherellò con la forchetta.

«Sì, Cassie?»

«Io, uh... Beh...»

«Cosa c'è, piccolina?» Anche lei gli faceva tenerezza. Quelle due bambine potevano farlo a pezzi con le emozioni, se glielo avesse permesso.

«È solo che, uhm, io... non credo di voler mangiare degli occhi.»

«Uh... *cosa?*»

Il commento della bambina convinse Jennifer a guardarlo, e senza l'imbarazzante questione del "leccare" tra di loro. Non aveva idea di come avrebbe dovuto rispondere.

«Credo che si riferisca alla bistecca *rib eye* che hai ordinato.»

«Ah.» Uff. A questo poteva rispondere. «È un tipo di bistecca, Cassie. Non ha niente a che vedere con gli occhi.»

«Allora è un nome sciocco» intervenne Sami. «Come gli hot dog. Perché si chiamano così se non sono cani?»

«Sono contenta che non siano cani. Non potrei mangiare un cane, tu potresti?» chiese Cassie.

Sami scosse la testa mentre Beck cercava di seguire la logica da settenne.

«Certo che no. Ma non ci sono cani negli hot dog. Così come non ci sono le dita dei polli nei chicken fingers.»

«O bufali nelle alette di bufalo.»

«O maialini nei maialini in coperta.»

«E niente cotone nello zucchero filato.»

«O prosciutto in un hamburger.»

«O mais in un corn dog.»

«O zampe d'orso in una pasta zampa d'orso.»

«O dita di donna nei savoiardi» aggiunse Jennifer.

«Che schifo!»

«O ostriche nelle ostriche delle Montagne Rocciose... ehm...» Beck si tappò la bocca. L'anatomia personale dei tori non era qualcosa di cui avrebbe dovuto discutere con delle settenni.

«Cosa sono?» Sami lo guardò.

Proprio per questo motivo. Guardò Jen perché lo tirasse fuori da quella situazione, ma lei scosse la testa e alzò le mani.

«Te la sei cercata.»

Sami e Cassie lo guardavano con aria speranzosa.

Beh, diavolo. Non poteva dire loro la verità, quindi avrebbe dovuto inventarsi qualcosa in fretta. Si picchiettò il labbro. «Sono, uh, ostriche che vengono dal, uh, fiume Colorado.»

«Quindi *sono* ostriche. E il fiume è in montagna, giusto?» Sami inclinò la testa di lato, i riccioli che le rimbalzavano intorno al viso.

«Sì.» Si scostò un ricciolo dalla fronte. Aveva bisogno di un taglio di capelli. Quei dannati riccioli, che le mamme adoravano quando era un bambino e le ragazze quando era cresciuto, erano una vera seccatura. Lo facevano sembrare una ragazza quando diventavano troppo lunghi.

«Beh, allora, sono quello che dicono di essere.» Sami si appoggiò allo schienale. «Hai perso.»

«Ho perso? Non sapevo che stessimo giocando.»

«Certo che stavamo giocando, sciocco. Vero, Cassie?»

«Uh huh.» Cassie annuì facendo rimbalzare i riccioli sulle spalle.

Jennifer era l'unica al tavolo senza riccioli. Hmm... Il padre di Sami doveva averli allora, e maledizione se non si mise a pensare a quel tizio. Che razza di stronzo rinunciava a una moglie intelligente, splendida e generosa e a una figlia amorevole che voleva solo significare qualcosa per qualcuno? Quella qualità era evidente come il naso sul viso di Sami. Lo sapeva; una volta anche lui aveva avuto quello stesso sguardo.

Accidenti, non pensava alla sua schifosa infanzia da molto tempo, ma quattro giorni con Jennifer e Sami ed era tutto ciò su cui riusciva a concentrarsi. Doveva smetterla. La sua vita era nel presente e nel futuro. Il passato era finito e non c'era nulla che potesse cambiare o controllare al riguardo. Ma ora, questo, qui... Aveva il controllo. Decideva lui cosa fare, dove andare, come vivere. La sua vita era sul binario giusto, proprio come l'aveva pianificata. Sami, per quanto adorabile, e Jennifer, per quanto sexy, *non* facevano parte di quel piano.

Capitolo Quattordici

«Perché Beck non viene stasera?» chiese Sami, per la quinta volta.

«Per lo stesso motivo che ti ho detto le altre quattro volte che me l'hai chiesto. Sta lavorando e dopo ha una cena di lavoro.»

«Con nonna Lois. Ma lei non può fare molto tardi. Può venire dopo.»

«Sono sicura che Beckett chiacchiererà con altri uomini d'affari per molto tempo stasera. È quello che si fa a un simposio.»

«Beh, lo vedremo domani?»

«Sami, domani è sabato. È il suo giorno libero.»

«Bene, così può venire. Chiamiamolo.»

«Ehi, calma, tesoro.» Jennifer diede un colpetto sulla spalla alla nipote prima che scattasse verso il telefono. «Beckett non è un tuo giocattolo personale. È un adulto con cose da adulti da fare e una vita che non ci include.»

«Ma perché? Perché non può includerci? Siamo simpatiche. Non gli piacciamo?»

«Sono sicura di sì, ma non è questo il punto.»

Sami incrociò le braccia e mise il broncio. «Beh, allora perché non può includerci? Siamo simpatiche e lui ci piace e noi gli piacciamo. Perché non ci vuole?»

Fu quel «vuole» a colpire Jennifer. Sami l'aveva chiesto spesso riguardo a sua madre, quando Andrea era andata in prigione. Sami non era riuscita a capire perché sua madre non avesse voluto portarla con sé. Elizabeth, la loro terapista di famiglia, aveva avuto il suo bel da fare, e Jennifer pensava che avessero superato il problema. Ma, a quanto pareva, quando la madre di un bambino «va via», tutto ciò che il bambino sente è: sta andando via. Era lì che l'amore di Jennifer doveva colmare il vuoto.

Aprì le braccia. «Vieni qui, tesoro.»

Sami fece qualche passo incerto verso di lei, senza protestare di non volere un abbraccio. Era così con Sami: voleva sempre un abbraccio. Jennifer doveva assicurarsi di continuare a darglieli, impedendo al tempo stesso che Sami ne diventasse dipendente e appiccicosa. Finora, erano riuscite a mantenere un buon equilibrio, ma la stretta con cui Sami si aggrappava alla schiena della maglietta di Jennifer diceva che quel giorno le regole erano saltate.

Forse non avrebbe dovuto far tornare Beckett per le pulizie. Se Sami era già così attaccata, come sarebbe stata alla fine del mese?

«Mi manca, mammina.»

Jennifer accarezzò i riccioli morbidi di Sami. «Tornerà, tesoro. Ne abbiamo parlato. Solo perché qualcuno va via non significa che sia per sempre.»

«Ma sembra così tanto tempo.»

«Lo so. Ma sarà qui tra qualche giorno.»

«Quanti?»

Accidenti. Non avevano discusso del programma della settimana successiva. Principalmente perché non aveva previsto di incontrarlo di nuovo. La maggior parte delle persone non vedeva mai il proprio servizio di pulizia; venivano mentre i proprietari di casa erano al lavoro. «Non ne sono sicura, Sami. Non ne abbiamo parlato.»

«Allora devi chiamarlo e scoprirlo.»

Jennifer le sfiorò la fronte con la sua e le tenne i riccioli lontani dagli occhi. «Non posso chiamarlo. È alla riunione e sta tenendo dei discorsi. Quanto sarebbe sciocco se il suo telefono squillasse mentre sta parlando?»

Sami ridacchiò. «Piuttosto divertente, immagino.»

«Lo so. Quindi...» Le sistemò i riccioli dietro le orecchie, i quali, ovviamente, non rimasero al loro posto. «Dobbiamo portare te e Cassie al centro estivo e poi stasera faremo qualcosa di divertente. Solo tra ragazze.»

«Possiamo portare Cassie?»

Una parte di Jennifer voleva Sami tutta per sé per assicurarsi che stesse bene e si sentisse amata e al sicuro, ma all'altra parte piaceva che Sami volesse stare con la sua amica. L'amicizia era ancora agli inizi, per quanto Sami volesse far finta di no, ma Cassie era la prima bambina che non aveva giudicato Sami, quindi Jennifer nutriva grandi speranze che durasse.

«Certo. Cosa vuoi fare?»

«Possiamo guardare un film con i sacchi a pelo e i popcorn?»

«Vuoi fare un pigiama party?»

«Sì, possiamo?»

«Assolutamente. Lascia che chiami la signora Mumford per vedere se è d'accordo. Può preparare la borsa di Cassie e portarla in ambulatorio.»

«Oh, mammina! Sei la migliore del mondo!» Un rapido abbraccio alle ginocchia di Jennifer, e poi Sami volò fuori dalla stanza. «Devo andare a dire a Nero che Cassie viene stasera! Sarà così felice!»

Jennifer roteò gli occhi e rise mentre si risistemava i pinocchietti sulle ginocchia. Nero non sarebbe stato affatto felice di sapere che il suo posto nel letto di Sami sarebbe stato di nuovo usurpato.

«Jennifer, non posso andare alla cena. Devi andarci tu.»

Nonna Lois non si prese nemmeno la briga di salutare. Jennifer aveva solo visto Sue affacciarsi in una sala visite per dirle che c'era una telefonata urgente da parte di sua nonna, e il cuore le aveva preso a battere all'impazzata mentre correva a rispondere nel suo ufficio.

«La cena? Mi chiami per una cena?» sprofondò sulla sedia della scrivania. «Caspita, nonna, pensavo fossi caduta quando hanno detto che era un'emergenza.»

«*È* un'emergenza. Ho dovuto lasciare il simposio e non potrò tornare. La mia artrite si è riacutizzata e non posso dare buca. Non farebbe una bella figura. Devi andare al mio posto.»

Certo. Jennifer non era nata ieri. Capì subito le bugie della nonna. «Non posso andare stasera. Io e Sami abbiamo già dei piani.» Sfogliò il calendario con i gattini sulla sua scrivania. Troppi mesi prima che il contratto governativo all'estero di suo padre finisse e i suoi genitori potessero tornare a casa per intrattenere nonna Lois. Naturalmente, quella era una ragione sufficiente per loro per filarsela subito verso un altro progetto in un'altra parte del mondo. A volte era una scocciatura essere l'unico membro della famiglia a cui la nonna si degnava persino di *fingere* di dare ascolto.

«Che piani? La bambina vive con te. Fallo un'altra sera. È molto importante essere rappresentati a questa cena. Sai, mi hai chiesto di non ricordare a tutti che non è veramente tua figlia, ma devo ricordarlo *io* a te? Ti è permesso averne una tutta tua, sai. Ma, per farlo, devi uscire e trovare qualcuno.»

Qualcuno che era Beckett Fields. Se non avesse capito prima il piano della nonna, quella frase mise tutte le carte in tavola. Ma Jennifer non ci sarebbe cascata. «Nonna, è solo una cena. Nessuno noterà la tua assenza.»

Trasalì; non era proprio la cosa più carina da dire a sua nonna, che era invisibile.

«Sciocchezze. Ho detto a quel simpatico signor Fields che ci sarei stata e se non mi presento, beh, che figura ci faccio?»

Jennifer roteò gli occhi. Sua nonna non poteva davvero pensare che fosse così ingenua... «Beckett capirà.»

«Capirà che sono una vecchia rimbambita senza un briciolo di buonsenso in testa e non vorrà parlare di mercato con me. E io che contavo tanto di avere il suo parere sul mio portafoglio.»

«Quindi ora vuoi che vada a discutere del tuo portafoglio con lui?» Jennifer si tirò indietro una ciocca di capelli sfuggita dalla coda di cavallo, poi aprì il cassetto inferiore della scrivania per prendere la borsa.

«Sciocchezze. Posso farlo benissimo da sola. È il *mio* portafoglio. No, voglio solo che tu ti sieda al mio posto. Conversa un po' con lui, così non si dimenticherà di me.»

«Nonna, non si dimenticherà di te. Lui...» Si morse la lingua. Aveva quasi detto che avrebbe pulito casa sua per le tre settimane successive.

«Non sono una bellezza giovanile, Jennifer, per quanto lo sia stata. Certo che non si ricorderà di me. Ma tu... di te si ricorderà. Ho bisogno che tu lo faccia, Jennifer. Per la tua nonna.»

Ah, il senso di colpa. «Nonna, non posso. Ho già organizzato un pigiama party per l'amica di Sami.» Appoggiò la borsa sulla scrivania per cercare le chiavi della macchina.

«Allora falle dormire a casa della sua amica. Anche quella bambina ha una camera da letto.»

«Nonna, non posso semplicemente disdire...»

«Jennifer, sono vecchia. Potrei non essere qui ancora per molto. Vuoi davvero che i nostri ultimi ricordi siano di come non hai potuto fare qualcosa per me?»

Jennifer tirò fuori le chiavi e dovette stringerle nel palmo per non farle tintinnare; era così arrabbiata che stava tremando. «Nonna, questo è proprio sbagliato. Non cercare di farmi sentire in colpa per farti questo favore. Devo pensare a Sami.»

«A Sami non importerà se dormirà a casa tua o della sua amica. Hai solo paura.»

«Di *cosa*?»

«Del signor Fields.»

Lasciò cadere le chiavi sulla scrivania. Paura non era la parola giusta per descrivere ciò che provava quando era vicino a Beckett. «È ridicolo.»

«Dimostralo.»

Il suo palmo colpì la scrivania accanto alle chiavi. «Non cadrò nemmeno in questa tattica, nonna.»

Sua nonna sospirò, a lungo e forte. «Bene. Cosa ci vuole perché tu lo faccia per me?»

Niente. Non avrebbe passato una serata con Beckett. Era una tentazione di cui non aveva bisogno. Sfortunatamente, la nonna era decisa a far sì che accadesse.

C'era solo un modo per gestire la situazione e mettere sua nonna al suo posto.

Jennifer si appoggiò allo schienale e tamburellò le dita sulla scrivania. «Cosa ci vorrebbe? Ok, nonna, ecco l'accordo. Se insisti tanto che io faccia qualcosa per te, devi fare tu qualcosa per me.» Stava solo aspettando il sonoro *no* che sarebbe seguito a questa affermazione. «Tu stai da me con Sami e la sua amica, e io andrò a cena con Beckett.»

Ci fu un silenzio totale dall'altra parte del telefono. «Nonna?»

«Ti ho sentita.»

Jennifer represse un sorriso mentre aspettava la sfuriata. Per una volta, aveva fregato la nonna.

«Bene. Ma dovrai venirmi a prendere per portarmi lì. La navetta non passa dal tuo quartiere.»

In-*credibile*. La nonna aveva visto il suo bluff.

Jennifer non sapeva se essere arrabbiata, stupita o contenta.

Forse tutte e tre le cose.

Aveva un po' di tempo per capirlo, *non* che sarebbe importato. La nonna aveva accettato le sue condizioni, quindi avrebbe cenato con Beckett Fields.

Le farfalle che avevano spiccato il volo quando lui era apparso a casa sua spiegarono di nuovo le ali.

«Ok, ma portati dei vestiti per fermarti a dormire, perché non potrò lasciare le bambine qui addormentate per riaccompagnarti a casa quando torno.»

Un altro lungo e forte sospiro dall'altro capo del telefono.

«Oppure, puoi andare tu stessa a cena con Beckett.» L'ultimo disperato tentativo di Jennifer.

«No, no. Va bene. Stavo solo... pensando a cosa portarmi. Non dovrò cucinare per loro, vero?»

«No. Ordinerò una pizza. E vogliono i popcorn. Prenderò un sacchetto tornando a casa.» Scrisse un appunto per non dimenticarsene, perché questa conversazione le stava un po' sconvolgendo la mente.

«E cosa proponi che mangi *io* per cena? La pizza non fa per me.»

«Ordineremo quello che vuoi e te lo farò consegnare. C'è un ottimo ristorante italiano che fa consegne a domicilio. Il loro pollo alla fiorentina è fantastico.» Aggiunse anche quello alla lista.

Sue mise la testa nell'ufficio di Jennifer. «Emergenza in sala 2. Un cocker si è impigliato in una brutta esca da pesca a tre ami. Nel labbro.»

Jennifer annuì e posò la matita. «Nonna, devo andare. È appena arrivata un'emergenza. Passo a prenderti quando vado a prendere le bambine al centro estivo. Ci vediamo dopo.»

«Va bene, va bene. Assicurati solo di avere qualcosa di carino da mettere per cena. Lascia a casa il camice da laboratorio.»

Beck quasi non riconobbe Jennifer.

Quella donna si era tirata a lucido. Davvero per bene.

Non che dovesse essere una sorpresa, ma vederla con i suoi abiti di tutti i giorni non era niente in confronto a lei in un vestito verde scintillante che sarebbe dovuto sembrare semplice per la mancanza di sfarzo e lustrini, ma poiché le scivolava addosso — su *quel* corpo — non c'era niente di *semplice*. Un tubino dritto fino a metà coscia, che poi si allargava svasato fin sotto le ginocchia. Indossava un paio di tacchi color carne che erano quasi della stessa tonalità della sua pelle, quindi era tutta gambe, e le gambe di Jennifer erano sempre state stupende.

Aveva i capelli sciolti, non raccolti nella solita coda di cavallo, e il trucco le faceva risaltare gli occhi azzurri.

Jennifer Langston Bingham era stupenda in una giornata qualunque; quella sera era assolutamente spettacolare.

«Che fine ha fatto tua nonna?» Doveva mantenere la conversazione su un tono informale con le altre otto persone al tavolo e, dopo una giornata passata a parlare di lavoro, era contento di poterlo fare. Ma con lei vestita in quel modo e dato quello che aveva sempre provato, mantenere un tono informale sarebbe stato più difficile che parlare di lavoro.

«La sua, ehm, artrite si stava facendo sentire e ha qualche dolore. Ma ha insistito che venissi così tu, e cito, "non ti saresti dimenticato di lei".»

Lui dovette ridacchiare. Jennifer non credeva a quella scusa più di quanto ci credesse lui. «E tu te la sei bevuta?»

Jennifer scrollò le spalle. «Nonna Lois ha delle opinioni molto... forti. Quindi l'ho sistemata sul divano di casa mia con una borsa dell'acqua calda, un po' di ghiaccio e il telecomando... e le ho messo il film che Sami e Cassie volevano guardare per il pigiama party di stasera.»

«Ah.» Lui annuì. «Quindi tu fai l'adulta e vai a cena fuori mentre lei fa da babysitter?»

«Qualcosa del genere.»

«Sapeva del pigiama party prima o dopo che la sua artrite si facesse sentire?»

«Secondo te?»

«Credo che tu sia una donna molto furba, Jennifer L... Bingham.» Dannazione, per poco non mi tradivo. Solo John Becker l'avrebbe conosciuta come Jennifer Langston e lui non voleva che lei lo riconoscesse come il nomade scontroso con cui era in classe. Se doveva interessarsi a lui, doveva essere interessata a Beckett Fields. Che, in ogni caso, era più interessante.

Alla fine risultò che lei *sembrava* davvero interessata a Beckett. Gli fece domande sul simposio e sulle sue presentazioni. Parlò con gli altri al tavolo, che lui conosceva tutti tramite il settore. Jennifer era piuttosto ferrata nel gergo del mercato e aggiunse una prospettiva interessante su alcuni dei titoli di cui si stava discutendo.

Anche se non sapeva perché ne fosse sorpreso. Quella donna aveva frequentato la facoltà di veterinaria; aveva un cervello in quella testa. Ma erano la sicurezza con cui parlava, la sua conoscenza di qualcosa del suo mondo e il suo fascino naturale sia con gli uomini che con le donne al tavolo che gli fecero provare per lei un apprezzamento tutto nuovo.

Stava trovando la Jennifer-adulta ancora più attraente della Jennifer-adolescente che ricordava.

Avrebbe dovuto accettare la sua offerta di aiutarlo con i compiti quando erano a scuola. Dove sarebbero stati oggi, se l'avesse fatto?

Sami avrebbe potuto essere tua.

Il pensiero gli attraversò il cervello così violentemente da farlo trasalire.

«Beckett? Stai bene?» La preoccupazione intrideva la voce di Jennifer, il che non aiutò quando gli toccò il braccio, perché quello gli scatenò qualcos'altro addosso.

«Uh, sì. Sto bene.» Afferrò il bicchiere d'acqua e lo svuotò quasi del tutto. Da dove diavolo era venuto quel pensiero su Sami? Lui non voleva figli. Non sapeva che farsene. Non erano mai stati nei suoi piani. Certo, immaginava che un giorno si sarebbe sposato, ma con una donna che non voleva figli. Una donna in carriera sarebbe stata la scelta perfetta, ma Jennifer era una donna in carriera che gestiva un'attività di successo, eppure in qualche modo era riuscita a crescere una figlia da sola.

Voleva ancora scoprire cos'era successo al padre di Sami.

Ma *lui* non ne sarebbe diventato uno. Assolutamente no. Mai. Quella... quella era una responsabilità troppo grande. Troppo da perdere.

Troppi danni da infliggere.

Le sue gomme erano a terra.

Gomme. Al plurale.

Cioè, non una, ma *due*.

Che era una in più del numero di ruote di scorta che aveva.

Quella stupida deviazione all'andata; era disseminata di sassi e detriti.

Dannazione. Era il karma che gliela stava facendo pagare per aver cercato di fregare sua nonna.

Beckett diede un calcio a una delle gomme. «Ti porto a casa io e domattina puoi chiamare il meccanico.»

D'altra parte... forse era la sua ricompensa?

Scosse la testa. Passare altro tempo con lui non era qualcosa che avrebbe dovuto fare. Vederlo nel suo elemento quella sera le dava una ragione in più per essere attratta da lui, e non lo voleva. I bisogni di Sami dovevano venire prima di tutto e far sfilare uomini per casa non era il miglior modello genitoriale, come aveva dimostrato Andrea. «Non ti preoccupare, Beckett.» Estrasse la chiave dalla serratura. «Ho l'assistenza stradale inclusa nell'assicurazione. Tanto vale usarla.»

Lui appoggiò una mano dove la portiera incontrava il tettuccio, abbastanza vicino da farle pensare di accettare la sua offerta. «Ma quando ritireranno l'auto dovranno portarti in officina, e poi qualcuno dovrà comunque riportarti a casa. Tanto vale che ti faccia io questo favore, così non starai qui seduta ad aspettare per un'altra ora o più. Sono sicuro che sarai stanca dopo aver lavorato tutto il giorno e poi essere venuta qui.»

Stanca — specialmente quando lui le mise una mano sulla parte bassa della schiena — *non* era come si sentiva.

Davvero, avrebbe dovuto solo tirare fuori il telefono e chiamare un carro attrezzi—

«E non mi piace l'idea che tu aspetti qui da sola, quindi non me ne vado. La mia macchina è lì.»

«Beckett, davvero—»

«Jennifer, davvero.» Le sorrise e quel sorriso la riportò dritta a quello sguardo da cattivo ragazzo che aveva al liceo.

Solo che... le farfalle nello stomaco potevano essere da liceale, ma l'improvvisa umidità tra le sue cosce era del tutto adulta.

Wow. Non succedeva da... troppo tempo perché volesse anche solo pensarci. Il che era una ragione in più per concludere la serata subito, ma lui non glielo stava permettendo, mentre la guidava verso la sua macchina.

Ma continuare a discutere avrebbe reso la cosa più importante di quanto non fosse. Poteva sopravvivere a un passaggio in auto senza saltargli addosso, per l'amor del cielo. «Va bene. Grazie, Beckett.»

«Piacere mio.»

Oh, gliel'avrebbe dato lei il piacere...

Non lo guardò nemmeno quando lui le tenne aperta la portiera, poi si allacciò la cintura mentre lui faceva il giro dal retro dell'auto, e infine si sedette il più vicino possibile alla portiera senza darlo a vedere.

«Allora, com'è andata la tua giornata nel regno animale?» le chiese lui, avviando il motore.

A quella domanda lei sorrise, il suo fascino naturale che la metteva a suo agio; be', per quanto fosse possibile, dato che era confinata in uno spazio ristretto con lui. Uno spazio bello, lussuoso, ma comunque non poteva fare a meno di notare il modo in cui le sue dita stringevano il volante, il gioco dei muscoli sotto la camicia mentre cambiava marcia. Il profumo del suo dopobarba che riempiva l'aria intorno a lei...

«Oh, sai com'è. Una vita da cani.»

Lui rise e la guardò di sottecchi. «Immagino che tu sia abituata a tutti i giochi di parole.»

«Probabile, ma questo non li rende meno divertenti. E a volte abbiamo bisogno di un po' di divertimento nella nostra giornata.» Sospirò; togliere quell'amo da pesca dal labbro di Vixen era stato doloroso per lei tanto quanto per lo spaniel.

«Immagino tu veda un sacco di sofferenza.»

«Sì, è dura quando dobbiamo praticare l'eutanasia al bimbo peloso di qualcuno.» Guardò fuori dal finestrino, volendo concentrarsi sulle scene all'esterno invece che su quelle nella sua testa.

«È un termine interessante.»

Inclinò la testa. «Cosa, bimbo peloso? È la verità. Per i padroni responsabili, gli animali domestici sono membri della famiglia, proprio come i loro figli. Immagino che tu non abbia animali domestici?»

Lui picchiettò sul volante. «Non è compatibile con il mio stile di vita. Mi piace poter fare le valigie e partire quando mi prende il momento.»

«Deve essere bello.»

Esatto, Jennifer. Lui fa le valigie e parte.

Proprio come avrebbe fatto tra tre settimane, quando avrebbe finito di sistemare la casa. I ragazzi come Beckett non volevano essere impantanati nella vita domestica. Gatti, cani e bambine di sette anni *gridavano* "vita domestica", quindi doveva toglierselo dalla testa, e in fretta. Con i problemi di stabilità di Sami, lui era l'ultima persona che avrebbe dovuto portare a casa.

«Vuoi che riaccompagni a casa tua nonna quando ti lascio? Ti risparmierebbe un viaggio.»

Il calore le si diffuse dentro per la sua premura. «Grazie, ma si ferma a dormire da me. Non avrei svegliato le bambine per riportarla a casa. Inoltre

—» No, non l'avrebbe detto. Avrebbe aperto un vaso di Pandora che non doveva essere aperto.

«Inoltre...?» Beckett sollevò un sopracciglio.

«Non è niente.»

«Oh, non credo proprio.» Le prese la mano. «Inoltre cosa?»

Quando il pollice di lui disegnò cerchi pigri sul suo palmo, Jennifer fece fatica a ricordare quale fosse l'*inoltre*... e perché non avrebbe dovuto dirlo.

«Ehm, inoltre... le sta bene per lo scherzetto che ha combinato stasera.»

«Ah, sì. La faccenda del "mettiamoli insieme".»

Lei trasalì e distolse lo sguardo. «Vorrei che non l'avessi capito.»

«Piuttosto difficile non notarlo.»

«Lo so. E mi dispiace.»

«Dispiace? Per cosa? Che tua nonna stia solo agendo in base a quello che penso io?»

A quelle parole, la sua testa scattò verso di lui. «Co... *cosa*?»

Le sue labbra si tesero per un secondo, così come la sua mano su quella di lei. «Ammettiamolo: c'è sicuramente un'attrazione.»

Riuscì a malapena ad annuire; figurarsi rispondergli.

«E... be'...» Mise la freccia, poi svoltò nella prima strada laterale, accostando l'auto al marciapiede.

Si voltò, appoggiando l'avambraccio sinistro sul volante. «Non riesco a toglierti dalla testa.»

Jennifer deglutì. Non poteva dirlo più chiaramente di così.

«Jen? Un piccolo aiuto, qui?»

Era... nervoso?

Lui sorrise. Un sorriso tirato.

Oh, wow. Era *davvero* nervoso.

Per cosa doveva essere nervoso Beckett Fields? Era praticamente perfetto. Aspetto, cervello, carisma, soldi, prestigio... Beckett era il pacchetto completo.

Espirò. «Dannazione. Non avrei dovuto dire niente.» Si voltò di nuovo sul sedile, ritraendo bruscamente la mano, e fece per ripartire nel traffico.

Finché lei non gli mise una mano sul braccio. «Aspetta.»

Lui inchiodò, mise la retromarcia, indietreggiò, poi mise in PARCHEGGIO e spense il motore.

I suoi occhi la trafissero. «Cosa?»

«Io...» Caspita, era più difficile di quanto avrebbe dovuto essere. Era un'adulta, santo cielo. Poteva dire a un uomo che era attratta da lui.

Ma questo era *John Becker*, il ragazzo del liceo con cui aveva già provato e fallito. E non importava il suo successo da allora, le sembrava davvero che chi era stata al liceo definisse chi era adesso.

Be', allora... Quella ragazza era stata abbastanza coraggiosa da avvicinarsi a lui allora — anche senza alcun segnale da parte sua — e il suo «Non riesco a toglierti dalla testa» era più di un segnale. Era un vero e proprio invito.

Fece un respiro profondo e si buttò. «Non riesco a smettere di pensarti neanche io...»

E un attimo dopo lui la baciò.

E lei lo ricambiò.

E la stupida console tra i sedili era una vera rottura di scatole. O di costole, per essere precisi.

Riemersero in cerca d'aria e lui grugnì. «Questa maledetta macchina non è fatta per pomiciare.»

A quell'affermazione dovette sorridere. C'era un lato positivo nell'essere poveri studenti del liceo costretti a guidare le vecchie auto dei genitori, che di solito erano così datate da non essere state progettate con cose come console o braccioli. I sedili anteriori unici avevano un sacco di vantaggi.

«Immagino che il costruttore pensasse che i proprietari di queste auto fossero troppo sofisticati per fare una cosa comune come pomiciare.»

«Allora quella gente dovrebbe farsi visitare da uno bravo. Si preoccupano tanto di progettare un'auto elegante e lussuosa che grida *sexy* e poi non ci lasciano lo spazio per metterlo in pratica.»

«Oh, non direi, Beckett. Mi sembra che tu ci stia riuscendo benissimo.»

Oh, Dio, l'aveva detto ad alta voce? Dov'era finito il suo filtro? Le sue inibizioni?

A quanto pareva, erano nella sua bocca e lei stava andando in esplorazione mentre lui le tirava la nuca verso di sé per un altro bacio.

Dio, che buon sapore che aveva. E il modo in cui le teneva la testa tra le mani... Si sarebbe sciolta se l'aria condizionata non avesse rinfrescato l'auto.

Poi lui inclinò la testa di lato, il suo pollice le sfiorò la mascella e, sì, si stava sciogliendo.

. . .

Pochi minuti – o erano ore? – più tardi, si staccarono.

«Ti rendi conto che abbiamo appannato i finestrini?» le disse Beckett, passandole il pollice sul labbro inferiore.

Lei guardò il finestrino del lato guida dietro di lui, poi sorrise. «Meno male che non è passata la polizia. Sarebbe stato un po' imbarazzante.»

«Imbarazzante? Non credo. L'agente mi avrebbe dato una pacca sulla schiena dicendomi di continuare.» Le fece scivolare le dita lungo la guancia, tra i capelli. «Sei una donna spettacolare, Jennifer Bingham.»

Si sentì arrossire. Quando era stata l'ultima volta che le era successo? D'altronde, quando era stata l'ultima volta che aveva pomiciato con un ragazzo da urlo in un quartiere a caso?

«Nemmeno tu sei niente male, J... Beckett Fields.» Doveva davvero pensare a lui come Beckett. Era *lui* il ragazzo da cui era attratta, e che era attratto da lei. John era solo un ricordo. E, Dio solo sapeva, lei non voleva vivere di ricordi. Non ora. Non dopo quello.

«Allora» le disse, scostandole i capelli dal viso. «Dove andiamo da qui?»

Era la stessa domanda a cui lei voleva una risposta. «Io... io non lo so. C'è Sami da considerare.»

«Non deve sapere niente.»

«Dici sul serio? Ci spera già. Se tu e io cominciassimo a vederci più spesso delle poche volte in cui le nostre strade si incroceranno nelle prossime tre settimane, si metterà a organizzare il matrimonio.»

«Allora possiamo vederci quando lei va a trovare il tuo ex.»

«Trent non fa parte della vita di Sami.» Ecco un modo perfetto per rovinare l'atmosfera. Ma era la conversazione giusta da avere. Se la cosa doveva andare da qualche parte – e doveva pensare di sì, date le loro reazioni reciproche – era meglio tirare fuori il discorso del suo ex prima che dopo.

Sfortunatamente, odiava dovergli parlare di Trent. Di quanto fosse stata stupida a credere in lui. A fidarsi di lui. A essere cieca di fronte ai segnali.

Ma Beckett la lasciò parlare. Non la giudicò. E quando finì, le prese le mani.

«Sei una donna incredibile per essergli rimasta accanto così a lungo. Non so se io ci sarei riuscito.»

Lei fece spallucce. Essere incredibile non era stato così bello, all'epoca. E non lo era neanche adesso. Trent avrebbe dovuto essere ciò che le aveva promesso quando l'aveva sposato. «Avevo preso un impegno con lui. Avevo pronunciato quelle promesse. In salute e in malattia, nella buona e nella cattiva sorte. Ma quando ho scoperto che mi stava derubando, mettendo a rischio la mia reputazione, la mia attività, la mia *stessa vita*, senza rimorso e senza intenzione di smettere, ho dovuto andarmene. Dovevo pensare a me stessa. L'impegno è una cosa, ma se non è condiviso da entrambe le parti, allora significa solo essere uno zerbino. Essere usata. E avevo lavorato troppo duramente per lasciare che distruggesse tutto.»

«E avevi Sami a cui pensare.»

Quello era il momento in cui avrebbe dovuto vuotare il sacco su Sami, ma non poteva. Non ancora. Un ex marito tossicodipendente era abbastanza per una sera; non c'era bisogno che sapesse anche di una sorella criminale. In più, avrebbe potuto sentire "nipote" e pensare che lei le facesse solo da babysitter. Che non fosse davvero il genitore di Sami. Ma lei lo *era*. Erano un pacchetto completo. Se mai ci fosse stato qualcosa tra lei e Beckett, lui avrebbe dovuto considerare Sami come parte di quel pacchetto.

Sì, era una prova. Forse ingiusta, ma il benessere di Sami veniva prima di tutto e di tutti. Persino della sua potenziale felicità.

«Non potevo permettere che Sami vedesse i problemi di Trent.»

«Quindi lui non ha *nessun* contatto con lei?»

«Nessuno.» Non che l'avrebbe voluto, comunque. L'unica ragione per cui aveva tollerato la presenza di Andrea era la loro connessione per la droga. Jennifer non se n'era accorta fino a più tardi, un'altra cosa di cui non andava fiera. Come aveva fatto a non vederlo in due delle persone che aveva amato di più al mondo?

Perché non aveva voluto vederlo. Non aveva voluto credere che Trent fosse capace di una cosa del genere. E poi, quando se n'era resa conto... era stato troppo tardi. Il suo matrimonio era finito, Andrea era in caduta libera e Sami era la vittima innocente.

Così, nell'arco di cinque giorni, Jennifer aveva riorganizzato la vita di tutti. Aveva cacciato Trent, aveva accolto Andrea e Sami, e poi aveva sistemato le pratiche per la custodia nelle due settimane prima che Andrea fosse processata. Nel frattempo, aveva perso il conto delle udienze di Trent, tranne quella in cui aveva chiesto il divorzio.

Quella era l'unica a cui lui non si era presentato.

«Che idiota abbandona sua figlia?» disse Beckett quasi sottovoce, poi la guardò. «Scusa.»

«Non devi scusarti. Non sei stato tu.» E nemmeno Trent, perché non era il padre di Sami.

A meno che non lo fosse...

Oh, mio Dio. Quel pensiero non era mai venuto in mente a Jennifer fino a quel preciso istante.

Poteva essere possibile. Andrea e Trent avevano avuto tutta quella faccenda della droga alle sue spalle; perché non avrebbero potuto avere anche una relazione? Forse era *quello* il motivo per cui Andrea non aveva mai vuotato il sacco sul padre di Sami.

A Jennifer venne la nausea. I pezzi del puzzle combaciavano, ma non c'era modo di scoprire la verità se non chiedendolo ad Andrea.

O facendo un test del DNA. Che avrebbe funzionato solo se avesse avuto il DNA di Trent.

No. Non voleva saperlo. Sami era sua e quella era l'unica cosa importante. Perché anche se Trent *fosse stato* il padre, il DNA non lo rendeva un vero padre. E non era come se lui potesse o *fosse in grado* di pagare gli alimenti; a malapena tirava avanti in quel periodo, dopo il suo ultimo ciclo di riabilitazione; non pensava che sarebbe stato capace o *disposto* a mandarle dei soldi per una bambina di cui non sapeva nulla. Diavolo, avrebbe potuto persino *chiedere* dei soldi per rinunciare ai suoi diritti paterni. E come si sarebbe pronunciato un giudice su un'eventuale contestazione di quei diritti da parte di Jennifer?

Non era un rischio che voleva correre.

«Wow. Un bel modo per rovinare l'atmosfera, eh?» Beckett si appoggiò allo schienale e si sforzò di sorridere.

Un sorriso che non gli arrivò agli occhi.

Lei gli mise una mano sulla guancia, non lasciando che si allontanasse troppo. «Quello è il passato. E il passato è ciò che ci ha portati dove siamo oggi. Quindi che ne dici se semplicemente non ci pensiamo e andiamo avanti? È tutto ciò che possiamo fare, a meno di non voler sguazzare nel fango, e, onestamente, Trent non è uno per cui valga la pena sguazzarci. Per te va bene?»

Beck non avrebbe potuto essere più d'accordo.

Le tolse la mano dalla guancia e le baciò le nocche, richiudendole le dita tra le sue. «Non vorrei altro, Jennifer, ma dovrai dirmi come fare, dato che dobbiamo considerare Sami. Capisco il tuo punto di vista sul non volerle far sfilare davanti una sfilza di uomini. Devo dire che sono assolutamente d'accordo, ma per ragioni del tutto egoistiche.»

Dio, adorava quando arrossiva. Era una donna adulta, che aveva cresciuto una bambina, eppure arrossiva ancora. Era sempre stata la ragazza della porta accanto, e l'età non l'aveva cambiata.

«Allora come facciamo?»

«Definisci *come facciamo*.» Lei sfilò la mano dalla sua e se la mise in grembo. «Ho bisogno di sapere esattamente di cosa stiamo parlando perché, hai ragione, devo tenere conto di Sami.»

«Beh, a parte il fatto ovvio che voglio baciarti, cominciamo con una cena.» Beck si sentì pronunciare le parole, ma non riusciva a credere di essere stato lui. Non voleva figli. Non era interessato a stare con qualcuno che li avesse. Eppure era interessato a Jennifer, e proprio per questo non gli importava che avesse una figlia.

Anzi, sua figlia gli piaceva davvero.

Sei nella merda fino al collo, Beck.

Se ne rendeva conto. Nel giro di pochi baci appassionati, aveva messo da parte le sue convinzioni sui figli e stava attivamente cercando una relazione con una donna che ne aveva uno.

Forse era il fatto che Jennifer era quella che si era lasciato scappare. La sua principessa sul piedistallo. Quella che non si era concesso perché ai tempi del liceo non si sentiva degno di lei. Ma ora che aveva messo la testa a posto e aveva fatto carriera, poteva finalmente uscire con lei.

Accidenti, uno psicologo si sarebbe divertito un mondo con questo ragionamento, ma se c'era una cosa che Beck aveva imparato negli anni, era che se non fosse stato onesto con se stesso, avrebbe continuato a commettere gli stessi errori senza arrivare da nessuna parte. Un'analisi sincera di se stesso e di ciò che voleva dalla vita lo aveva messo su quella strada e guardate com'era andata a finire. L'aveva baciata e le aveva chiesto di uscire... e lei non lo aveva respinto.

«Ho già cenato.»

Lui sorrise alla sua battuta. «Domani sera, allora?»

«Devo vedere se la mamma di Cassie può tenere Sami prima di poterti dire di sì.»

«Immagino che tua nonna sarà troppo stanca.»

«Non se le dicessi che esco con te, ma non è una cosa che dovrei incoraggiare. Sami non deve venire a sapere di noi.»

Per quanto avrebbe dovuto *voler* sentire che lei non stesse raccontando favole a lieto fine a sua figlia, per qualche ragione, quell'affermazione lo ferì.

E se quella non era ironia, non sapeva cosa lo fosse.

Ingoiò il rospo e si concentrò sul presente. La capacità di farlo era ciò che lo aveva portato fin lì, e, dal suo punto di vista, *lì* era un posto piuttosto piacevole dove stare.

«Va bene. Chiamami domani e fammi sapere se abbiamo un appuntamento.» La guardò, dai suoi splendidi occhi blu a quella bocca che aveva un sorriso così bello e che poteva incendiarlo e metterlo in ginocchio allo stesso tempo. *Lì* era un posto *così* piacevole che aveva quasi paura che fosse un sogno. «Sarà meglio che ti riporti a casa prima che tua nonna pensi che siamo scappati per sposarci.»

«*Speri*, vorrai dire.»

Lui rise con lei, ma dentro... non trovava la battuta poi così divertente.

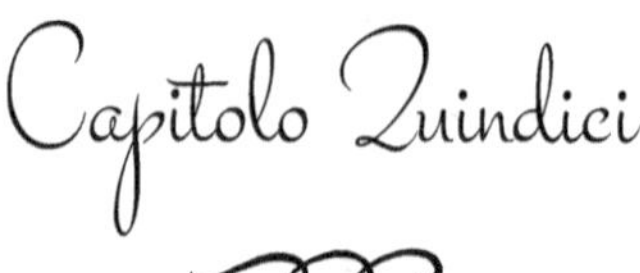

Capitolo Quindici

Aveva un appuntamento.

Con Beckett.

Di nuovo.

Jennifer tirò fuori la chiave di casa avvolta in una nebbia, come quella che avevano appena creato nell'auto di Beckett, a limonare come due adolescenti.

Si era sentita proprio come una di loro.

E poi tutto era diventato reale. Adulto. Pesante. Trent, Andrea, Sami... Tutte le figure di contorno nella sua vita che non c'erano state quando aveva desiderato per la prima volta baciare Beckett.

Adesso c'erano. Facevano parte della sua realtà. E non poteva voltare loro le spalle.

Ma non poteva voltare le spalle nemmeno a lui.

Avrebbe dovuto. Iniziare una storia con lui cercando di tenerla segreta a Sami e a sua nonna...

Spinse lentamente la porta d'ingresso. Era solo per altre tre settimane. Dopodiché, lui sarebbe uscito dalle loro vite quotidiane, dalla vita quotidiana di Sami, e sarebbe stato presente solo nella sua, dopo il lavoro e per appuntamenti clandestini, se avessero continuato a vedersi.

A meno che...

No. Era troppo. Troppo inverosimile. Non poteva pensare che Beckett volesse che questa storia *andasse* da qualche parte. Nel senso di lungo termine. Permanente.

Una famiglia.

Scosse la testa. Stava correndo *troppo* con la fantasia. Era solo un appuntamento. Okay, due. E forse altri ancora. Ciò non significava che ci fosse un lieto fine ad attenderli. Potevano solo uscire insieme. Dio solo sapeva quanto avesse bisogno di un appuntamento o due.

Chiuse la porta dietro di sé il più silenziosamente possibile, per non svegliare nessuno, perché poi Sami sarebbe rimasta sveglia per ore e la nonna avrebbe fatto domande.

«Allora, com'è andato?»

Tanto valeva.

Jennifer spiacciò un sorriso sulla sua smorfia mentre si voltava per vedere sua nonna in vestaglia, pantofole e bastone, in piedi nel corridoio che portava alla camera degli ospiti.

Jennifer lanciò un'occhiata al soggiorno. Le bambine non c'erano.

«Le ho mandate in camera loro quando è finito il film.» La nonna entrò strascicando i piedi. «Sapevo che avrei avuto questa conversazione con te e non volevo che ti preoccupassi che potessero sentirci.» Afferrò il bracciolo della poltrona e puntò il bastone verso Jennifer. «Vieni qui. Non te la caverai.»

Per una frazione di secondo, Jennifer prese in considerazione l'idea di salire le scale. Ciò avrebbe messo fine alla conversazione, perché la nonna non faceva le scale.

Ma non poteva farglielo. Questa conversazione sarebbe dovuta avvenire prima o poi; era meglio quando Sami non era sveglia per sentirla. La nonna era abbastanza grande da poter accettare la notizia che una relazione permanente tra sua nipote e Beckett non ci sarebbe stata; la notizia avrebbe spezzato il cuore di Sami.

Jennifer scese i gradini per entrare nella stanza, lasciando cadere la borsa e le chiavi sul tavolino dietro al divano. «È andato molto bene.»

La nonna si calò sulla sedia. «"Bene" si dice per le partite di bingo e mahjong. Una cena in quel posto sarebbe dovuta essere emozionante, istruttiva e stimolante.»

«Nonna, abbiamo parlato di azioni e investimenti. Numeri e date.» Jennifer si sedette all'estremità del divano più vicina alla nonna per poter tenere bassa la voce. «Non sono esattamente in cima alla mia lista di argomenti di conversazione scintillanti per una cena.»

«Smettila, Jennifer. Non sei stupida e io, più di chiunque altro, dovrei saperlo. Hai preso il tuo cervello da me. Anche se non il tuo gusto in fatto di mariti, che Dio abbia in gloria l'anima di tuo nonno.»

Nonno Jack era stato un santo, a sentire sua nonna. La madre di Jennifer, la figlia di Jack, aveva altre descrizioni per suo padre. Testa dura, inflessibile, tiranno... Era per questo che aveva sposato un militare: papà aveva una carriera che nonno Jack non poteva sminuire e che li aveva portati in giro per il mondo. In quel momento, si trovavano da qualche parte dall'altra parte del globo, ma Jennifer non aveva un'autorizzazione di sicurezza abbastanza alta per sapere dove.

Ciò aveva reso la gestione della situazione di Andrea sia difficile che facile. Difficile perché Jennifer aveva dovuto fare tutto da sola, ma facile perché poteva risparmiare ai suoi genitori il dolore di vedere Andrea in prigione e riferire solo notizie positive dopo le sue visite.

«Allora, lo rivedrai?»

Jennifer sospirò. Doveva vuotare il sacco.

L'ironia la fece sorridere.

«Aha! Sapevo che voi due sareste andati d'amore e d'accordo.» La nonna batté il bastone sul pavimento. «Te l'avevo detto che ci so fare.»

«Ehi, frena un attimo. Non è una corsa di cavalli. E per favore, fai piano.» Jennifer si appoggiò allo schienale ed espirò di nuovo. «Lo rivedrò... perché pulisce questa casa.»

Per una volta, Jennifer lasciò sua nonna senza parole. C'era una certa soddisfazione in questo.

«Tu... tu stai... stai cercando di convincermi a usare un apparecchio acustico, non è vero?» chiese la nonna, a bocca aperta. «Potrei giurare che hai detto che pulisce casa tua.»

«Purtroppo, anche se *vorrei* davvero che li usassi, mi hai sentita perfettamente. Beckett è il mio domestico. Per un mese.»

La bocca spalancata della nonna si chiuse di scatto. «Allora che diavolo ci faccio io a organizzare un appuntamento per voi due quando lo vedi tutti i giorni? A casa tua, per giunta.»

«Sono solo tre giorni a settimana e io sono al lavoro quando lui è qui.»

«Così può dare un'occhiata al cassetto della tua biancheria intima senza essere sorvegliato.»

E ora era il turno della nonna di lasciare Jennifer senza parole.

«Ben fatto, ragazza. Non pensavo ne fossi capace.» Batté di nuovo il bastone sul pavimento.

«Capace di *cosa*?» Jennifer aveva perso il controllo dell'intera conversazione.

«A mettergli le briglie. Niente come lasciarlo curiosare tra i tuoi indumenti intimi per stuzzicare l'appetito di un uomo.»

Jennifer scosse la testa e si sporse in avanti. «Primo, *di nuovo*, non è una corsa di cavalli. Non c'è da mettere le briglie a niente e a nessuno. E secondo... *sul serio*? Pensi davvero che Beckett Fields andrà a frugare nel cassetto della biancheria di qualcuno?»

«Beh, non pensavo nemmeno che Beckett Fields, *il* Beckett Fields, si sarebbe mai messo a pulire la casa di qualcuno, quindi questo dimostra che tutto è possibile. Anche se, immagino, non dovrei fare nessuna mossa nel mio portafoglio dato che, chiaramente, quell'uomo ha perso il suo tocco se è costretto a pulire case per vivere.»

Jennifer si pizzicò la radice del naso. Era esattamente per questo che non aveva voluto dire niente a sua nonna. Lois aveva una mente analitica, ma Jennifer si domandava se non ci fosse una qualche forma di demenza senile in arrivo quando giungeva a questo tipo di conclusioni.

«Non pulisce case per vivere, nonna. Sta aiutando un'amica. È lei la proprietaria dell'azienda e avere domestici maschi è la sua nuova strategia di marketing. Per lei sta funzionando. Penso sia ammirevole che voglia aiutare un'amica.»

La nonna fece un gesto noncurante con la mano. «Io penso che sia l'Occasione che bussa alla tua porta. Letteralmente. Devi fare qualcosa perché quel ragazzo voglia restare qui. E avere quella bambina in giro non aiuta.»

«Quella *bambina* è la tua pronipote.» Jennifer sentì la rabbia montarle dentro. Odiava questa conversazione, eppure saltava fuori più spesso di quanto le piacesse.

«Quella ragazza non è mia parente finché sua madre non deciderà di darsi una regolata e comportarsi come una madre. Come un'adulta responsabile che può prendersi cura di una bambina. Fino ad allora, quella ragazza è solo una zavorra al tuo collo. Scommetto che Beckett ti avrebbe già trasferita nel suo attico se non avessi lei tra i piedi.»

«Nonna!» Jennifer lanciò un'occhiata verso le scale, poi abbassò la voce. «Senti, parleremo di questo, ma non stasera. Siamo entrambe stanche e Sami tocca molti tasti dolenti per entrambe. Penso che dovremmo andare a letto e discuterne quando saremo più lucide.»

«Tu sposati con quel ragazzo e allora sarò più lucida io.»

«Non succederà, nonna.»

«Peccato. Non vorrai mica finire vecchia e sola, vero?»

Jennifer dovette fare appello a tutta la sua forza per non dire: «Come te». Ma non lo fece.

Perché forse, solo forse, con l'interesse di Beckett, non lo sarebbe stata.

* * *

«Oh, Je-enniferrrrrrrrrrrrrrr...»

La voce cantilenante di Sue strappò Jennifer dalla sua nebbia la mattina seguente. «Scusa. Cosa hai detto?»

«Stavo chiedendo se era Parigi o Roma.» Sue aveva un sorriso malizioso.

Jennifer si girò sullo sgabello. «Parigi o Roma?»

«Sì.» Sue sfilò la cartella clinica dalla mano di Jennifer. «Stai fissando il fascicolo di Luna da così tanto tempo che ho pensato fossi andata da qualche altra parte, e quello sguardo sognante sul tuo viso dice che non è al supermercato.» Sue si mise una mano sul fianco e si picchiettò le labbra con la cartella. «Come si chiama?»

Jennifer non riuscì a trattenere un rossore. Il che non fece altro che gettare benzina sul fuoco bonario di Sue.

«Oh mio Dio, è *davvero* un uomo. Stavo solo scherzando.» Sue trascinò un altro sgabello vicino al tavolo da preparazione, poi sfilò la matita dallo chignon e la puntò contro Jennifer. «Sputa il rospo.»

«Non c'è niente...»

«Stronzate. Siamo amiche da troppo tempo perché tu possa provare a farmi una cosa del genere. Chi è, come si chiama e dove ti porta?»

Jennifer non poté fermare la piccola scossa che la attraversò quando pensò a lui.

«Oh, ragazzi. Se quello sguardo dice qualcosa, ti ha già portata da qualche parte, non è vero?»

Sue non intendeva un luogo fisico.

Jennifer espirò. «Okay, sì, è un uomo. È una persona che...» No, non avrebbe detto che lo conosceva da tempo. C'era la possibilità che Sue lo incontrasse e, beh, non c'era bisogno che quella cosa venisse fuori.

«Una persona che... cosa? Che stavi inseguendo? Con cui sei andata a letto? Che conoscevi in una vita precedente? Cosa?» Agitò la matita come una bacchetta magica.

«Penso che tu abbia letto troppi romanzi rosa.»

Sue le puntò la matita contro come una spada. «Non si leggono mai troppi romanzi rosa. In quelli, la ragazza conquista sempre il ragazzo. A chi non piace un lieto fine con un bel fusto che cade ai piedi dell'eroina?»

L'idea non era male, ma, sfortunatamente, nell'esperienza di Jennifer, se il presunto Principe Azzurro cadeva ai piedi dell'eroina era perché aveva messo le mani nel suo armadietto delle medicine.

Riprese il fascicolo di Luna, poi lo posò sul tavolo, giocherellando con il bordo della cartellina manila. «In realtà, sta, ehm, facendo dei lavori a casa mia.»

La matita cadde sul tavolo da visita in metallo. «Oh mio Dio, te la fai con il ragazzo della piscina.»

Jennifer alzò lo sguardo. «Non ho una piscina.»

«Il tuttofare, allora. Dimmi, è molto abile con le mani?» Sue si stava godendo fin troppo l'allusione.

D'altra parte, a Jennifer non sarebbe dispiaciuto scoprire quanto fosse *abile con le mani* Beckett. Ma, comunque, non c'era bisogno di far sapere a nessuno che fosse una cosa seria. «Sue, stai esagerando. Ho solo un appuntamento con lui.»

«Ah ah. Solo un appuntamento non fa venire quello sguardo sul viso di una ragazza. Parla.» Sue si appoggiò il mento sul palmo della mano.

Se non avessero lavorato insieme per anni e non fossero diventate amiche, questa conversazione sarebbe stata del tutto inappropriata, ma Sue era abbastanza intelligente da non spifferarlo al resto dello staff. O a nonna Lois.

«Si chiama Beckett e, be', è una storia lunga, ma sta facendo dei lavori a casa mia e mi ha chiesto di uscire.»

«Tutto qui? Niente fuochi d'artificio, niente bombe che esplodono in aria?»

«Beh, okay. Ci siamo, ehm, baciati.»

Sue prese la matita e gliela puntò di nuovo contro. «Tesoro, quella non è l'espressione di chi ha dato *un bacio*. Quella è senza mezzi termini l'espressione di una che vuole saltargli addosso. E spero che tu ne abbia l'occasione. È passato un bel po' di tempo per te, vero?»

«Non c'è stato nessuno di serio da... be', da allora.»

Sue era stata proprio dietro di lei quando aveva sorpreso Trent a saccheggiare l'armadietto dei medicinali.

«Allora vacci piano.» Sue si rimise la matita nello chignon. «Ma non troppo piano. Questo tizio, Beckett, dev'essere dannatamente bello per farti arrossire, e io sono tutta a favore di alleviare un po' di tensione, se capisci cosa intendo. Però non voglio che tu soffra. Assicurati che si comporti bene con la mia ragazza e con Sami, hai capito?»

«Ho capito. E lo farà. Insomma, è un bravo ragazzo.» Jennifer prese la cartella e ne batté il bordo sul tavolo.

«Doveva esserlo per forza, perché tu ti interessassi a lui.»

«Davvero?» Sbuffò mentre agitava la cartella. «Perché, se ti ricordi, ero interessata a Trent.»

Sue le afferrò il braccio. «Non lasciare che le pessime decisioni di Trent ti condizionino. Non eri più responsabile tu di quanto lo fossi io. Ha scelto lui la sua strada. Tu sei stata solo abbastanza furba da toglierti di mezzo.»

«Allora perché non mi sento furba? Come ho potuto non vedere i segnali?» Scese dallo sgabello e si diresse al lavandino nell'angolo. «Come ho potuto lasciare che mi usasse in quel modo?»

Sue la raggiunse al bancone e vi si appoggiò. «Perché ti fidavi di lui, che è quello che si fa quando si ama qualcuno. È stato lui ad abusare della tua fiducia. Non dare la colpa a te. La colpa è sua. E lui sta sguazzando nel fango per i suoi errori, mentre tu vivi in quella casa meravigliosa con la tua splendida nipote e esci con un uomo bellissimo.» Le accarezzò il braccio. «Hai già dato, Jen. Goditi la tua ricompensa.»

Di Beckett se ne sarebbe decisamente goduta.

La mamma di Cassie era stata felice di ospitare le bambine, Sami era stata felice di andare da lei e Cassie era al settimo cielo all'idea di avere un'amica a casa sua. Al punto che tutti volevano che Sami restasse fino a lunedì mattina, quando la mamma di Cassie le avrebbe portate al campo estivo, regalando a Jennifer le prime quarantotto ore da sola che avesse avuto da anni. E sebbene avrebbe dovuto usare quel tempo per fare delle cose in casa — il giardino aveva un disperato bisogno di essere risistemato — non avrebbe fatto la cosa responsabile. Stavolta, avrebbe fatto la cosa divertente.

«Sei stupenda.»

Proprio come si stava godendo il complimento di Beckett. «Grazie.» L'abito blu navy era stato nascosto in fondo al suo armadio. Era un semplice tubino che le arrivava alle ginocchia, ma metteva in risalto il colore dei suoi occhi ed era una delle poche cose nel suo guardaroba che non aveva mai indossato. Da quando Trent se n'era andato, fare shopping non era stato nella sua lista di cose da fare, perché non avrebbe avuto nessun posto dove indossare i vestiti nuovi. «Anche tu stai bene.»

Non che Beckett non stesse bene con qualsiasi cosa, ma la polo verde smeraldo faceva miracoli con i suoi occhi, per non parlare del modo in cui avvolgeva le sue spalle, il petto e gli addominali, infilata elegantemente nella vita dei pantaloni neri.

«Grazie.» Le porse lo scialle che lei aveva gettato sullo schienale del divano. «Spero ti piacciano i frutti di mare, perché c'è un ottimo posto sul fiume che serve le migliori capesante della zona.»

«Adoro le capesante. Lasciami solo mettere il cancelletto per tenere Flopsy in cucina e possiamo andare.»

Lui la seguì in cucina. «Perché il povero cane viene rinchiuso? È il gatto il criminale.»

«Hai mai provato a confinare un gatto?» Si voltò a guardarlo. «Nero si strapperebbe tutti i peli se lo chiudessi in un trasportino.»

«E perché sarebbe una cosa brutta? Gli insegnerebbe un po' di umiltà.»

Lei prese il cancelletto dalla dispensa. «I gatti non conoscono e non conosceranno mai il significato di quella parola. E poi mi ritroverei solo ad avere a che fare con un animale nevrotico.»

«Vuoi dire *più* nevrotico.» Le prese il cancelletto di mano e lo incastrò sulla soglia. «Cosa gli impedirà di torturare il povero Flopsy qui dentro? Mi sembra che le opzioni per Flopsy saranno limitate.»

Lei sollevò una bottiglia dalla dispensa. «Ho messo una striscia di olio d'oliva lungo il bancone della colazione e sulla soglia. Nero odia l'olio d'oliva. Funziona meglio delle strisce chiodate che usano per bucare le gomme per tenerlo lontano dai posti. La cucina è il luogo più facile da pulire e dove confinare il cane. Vedi?» Fece un gesto verso il punto in cui Flopsy riposava comodo nella sua cuccia con un giocattolo da masticare, poi verso Nero che lo guardava torvo dall'alto della libreria nel salone.

«Sembra una specie di barriera invisibile che sta cercando di aggirare.»

Lei chiuse il cancelletto. «L'olfatto è un senso molto potente per i gatti. Sa che l'olio è lì e non si avvicinerà.»

Lui le porse lo scialle. «E come hai scoperto quest'arma segreta? Gli hai offerto un'insalata, una volta?»

Jennifer si liberò i capelli dallo scialle e poi si voltò verso di lui. «In realtà, l'ha scoperto Sami. Un giorno ha voluto, ehm, impomatargli i capelli.» Alzò gli occhi al cielo. «Hai mai provato a catturare un gatto indemoniato? Non so chi fosse più insanguinato, lui per aver provato a grattarsi via quella roba dalla pelliccia, o io per aver tentato di prenderlo e poi di fargli il bagno. Inutile dire che Sami non prova più a vestire Nero con gli abiti delle bambole.»

«Ben gli sta a quel terrore.»

«Non ti piace proprio, vero?»

Beckett si strinse nelle spalle. «Ce l'ho con i bulli, e lui stava facendo il bullo con il povero Flopsy.»

Lei afferrò la borsa dal mobiletto. «Stavano solo stabilendo la gerarchia qui. Sfortunatamente, nel regno animale, c'è sempre un alfa e, in questo caso, è Nero.»

«Che non si rende conto che Flopsy è così beta da essere quasi omega.»

«La fine dell'alfabeto? Povero Flopsy. Non vuole essere l'ultimo nel libro di nessuno.»

«Chi mai lo vorrebbe?»

Sentì la sua infanzia dietro quelle parole, ma non glielo fece notare. Se avesse voluto dirle chi era — chi era stato — l'avrebbe fatto. Ma ciò avrebbe significato che la loro relazione sarebbe stata qualcosa di più di quello che lei pensava lui stesse pianificando.

Ed era proprio *questo* che doveva ricordare: questa era una cena, non un per sempre. Uscire con qualcuno non doveva per forza significare staccionate bianche e piani pensionistici. *Vai e divertiti, e basta. Non analizzare troppo.*

· · ·

La cena si rivelò decisamente un bel momento. Il ristorante era carino, il vino eccellente e le capesante da morire. E il suo accompagnatore? Era bello da mangiare e, dopo quelle capesante, era tutto dire.

«Caspita, Sami ti ha davvero tenuta sulle spine, eh?» Beckett allungò la mano verso il suo bicchiere di vino. «Sono stupito di come tu riesca a crescere da sola una bambina così equilibrata *e* a gestire il tuo studio. Scommetto che sei felice di prenderti una pausa ora che Sami sta da Cassie.»

«Lo *sono*, in effetti. Apre un sacco di... *possibilità.*»

E proprio così, l'atmosfera cambiò. Diventò più profonda. Più pesante. Non furono dette parole perché non ce n'era bisogno, ma non si poteva negare ciò che entrambi stavano sottintendendo.

Aveva la casa tutta per sé. Nessuno l'avrebbe mai saputo. Sami non si sarebbe illusa, e Jennifer... be', avrebbe potuto godersi uno dei vantaggi dell'essere single, se davvero lo voleva.

Lo voleva davvero.

Avrebbe dovuto scioccarla; non era il tipo di donna da avventure occasionali, ma con Beckett...

Okay, sì, sapeva che lui non era un tipo permanente — non riusciva nemmeno a impegnarsi con il suo stesso nome — quindi ci sarebbe entrata a occhi aperti.

Tanto meglio per vederti, tesoro mio.

Beckett la fissò, gli occhi che la trapanavano mentre sorseggiava lentamente il suo vino... poi si passò la lingua sul labbro inferiore quando allontanò il bicchiere.

Jennifer si bagnò.

Santo cielo.

«Possiamo *forse* spostarci in un ambiente più... intimo?» Beckett posò il bicchiere sul tavolo, senza mai staccarle gli occhi di dosso.

Era come se l'avesse toccata. Le sue terminazioni nervose fremettero, e il suo stomaco... Le farfalle si erano risvegliate e sfrecciavano lì dentro come se avesse avuto un'iniezione di caffeina.

O un'iniezione di Beckett.

Non ancora.

Oh, Dio, arrossì davvero a quel pensiero.

«*Cosa* sta succedendo in quella tua bellissima testa?» Beckett si sporse verso di lei, i gomiti sul tavolo, lo sguardo così scuro che si sentì come risucchiata in un buco nero.

Uno da cui non voleva uscire.

«Mi stavo chiedendo in quale ambiente intimo dovremmo spostarci.» Gli restituì le sue stesse parole, troppo concentrata su quel momento per trovarne di sue.

Lui alzò un dito e il cameriere si presentò al loro tavolo quasi all'istante.

«Posso aiutarla, signore?»

«Il conto.» Tirò fuori il portafoglio e diede la carta al ragazzo. «In fretta.»

«Sissignore.»

Il cameriere, probabilmente riconoscendo esattamente cosa stava succedendo tra loro — non che fosse difficile da capire, dato che la tensione sessuale era così spessa da poterla tagliare con un coltello — si affrettò ad andarsene.

Beckett si alzò e le tese la mano.

Lei la prese, preparandosi al suo tocco.

Fu tutto ciò che pensava... e di più. «Non devi firmare...»

«Ho un accordo con la mia banca. Non c'è bisogno di firmare sotto un certo limite e vengo qui abbastanza spesso da far sì che il personale lo sappia. Avranno la mia carta all'uscita.»

GrazieaGesù, perché se fosse dovuta rimanere in quel ristorante un minuto di più, sarebbe potuta esplodere spontaneamente.

Certo, quando lui le spostò la mano sulla parte bassa della schiena mentre si dirigevano verso l'uscita, non ci fu nulla di *spontaneo*. Beckett stava accendendo un fuoco lento ma potente dentro di lei, le fiamme che si alzavano a ogni passo — ehm, probabilmente non era un'immagine di cui aveva bisogno mentre cercava di uscire dal locale con le proprie gambe. E, caspita, se ci stava riuscendo...

«Buona serata», disse il maître mentre porgeva a Beckett la sua carta.

«Grazie. Lo sarà.»

Buona? Avrebbero passato una *buona* serata? Hmmm... Come sarebbe stata una serata *straordinaria* se lui definiva questa *buona*? Jennifer aveva la sensazione che avrebbe superato di gran lunga il termine *buona*.

Non dissero una parola mentre si dirigevano verso la pensilina. Il servizio al ristorante era stato impeccabile e non ne era stata così contenta dentro come lo era adesso che l'auto di Beckett stava già arrivando mentre si avvicinavano al parcheggiatore.

Beckett le tenne la portiera mentre saliva, poi si sedette al suo posto proprio mentre lei finiva di allacciare la cintura di sicurezza.

Le sue dita si fletterono sul volante per un secondo o due prima che la guardasse. «Da te? Immagino che gli animali avranno bisogno di attenzioni.»

Dipende di quale animale stia parlando...

«Grazie. Molto premuroso da parte tua.»

«No, è molto egoista.»

Lei inclinò la testa. «Oh?»

«Così non dovrò riaccompagnarti a casa per farli uscire. Potrò godermi la tua... compagnia molto più a lungo.»

Una parte di lei voleva arrossire per l'intensità del suo sguardo; l'altra voleva fargli ciò che lui stava facendo a lei.

«Allora penso che forse dovresti... scaldare il motore.»

Le sue labbra si contrassero in un sorriso. «Ben giocata.»

«Non ancora...»

Beckett sfrecciò fuori dal parcheggio.

Capitolo Sedici

Sul serio, erano tornati adolescenti?

Corsero alla sua porta d'ingresso non appena lui ebbe parcheggiato nel vialetto, armeggiando con la chiave mentre cercavano di aprire quella dannata porta.

A Jennifer parve di essere piombati nell'ingresso come in una scena da film comico, ma quello che provava non aveva nulla di divertente.

Beckett si chiuse la porta alle spalle con un sonoro, molto eloquente *clic* del catenaccio.

Jennifer era ai piedi dei due gradini che portavano al suo salone e si voltò di scatto a quel suono.

Beckett stava in cima ai gradini, sopra di lei, con un'aria prontissima a saltarle addosso.

E lei voleva che lo facesse.

«Non devi far uscire gli animali?»

«Assolutamente.» Non si riferiva a Flopsy—

Oh, povero Flopsy.

Sollevò un dito. «Aspetta un attimo.»

«Credimi, Jen, non mi uscirà dalla testa.»

Lei annuì, poi si voltò per occuparsi del suo cane.

Flopsy, ovviamente, pretese la sua dose di coccole prima di uscire. Per fortuna, stavolta, non ci fu nessuna pipì per l'emozione da pulire, ma poteva decisamente capire la sua coda scodinzolante.

Gli agganciò il guinzaglio: non voleva che scegliesse proprio *quella sera* per andare a esplorare il giardino come faceva a volte. Quella non era la sera adatta per una passeggiata di mezz'ora.

«Torna presto» disse Beckett dalla soglia con un suono che sembrava molto un ringhio, e la fantasia di lei partì per la tangente.

Flopsy, per fortuna, aveva la sua stessa fretta di sbrigare i suoi bisogni, e finì a tempo di record.

Lo ricompensò con qualche biscottino di troppo, ma voleva che fosse abbastanza distratto da non rendersi conto che l'avrebbe lasciato in cucina per la notte, cosa che non faceva mai.

Quella notte si preannunciava piena di un sacco di cose che-non-faceva-mai.

Uscì dalla cucina e andò in salone. Beckett era appoggiato alla colonna che reggeva la pianta aperta della casa, con le braccia incrociate, un piede sull'altro, e uno sguardo che le fece venire i brividi.

Brividi di piacere.

«Vieni qui, Jen.»

Si prese il suo tempo per raggiungerlo, concedendosi il lusso di godersi l'attesa. Lasciando che crescesse. Lasciando che il suo desiderio aumentasse.

Lui non si mosse finché lei non fu quasi di fronte a lui.

Poi le fece scivolare una mano dietro al collo e se la tirò addosso, baciandola così intensamente, rapidamente e a fondo che non ci fu transizione; un attimo prima lo stava guardando e l'attimo dopo era completamente avvolta da lui.

Le sue labbra la bruciarono, poi percorsero la linea della sua mascella finché non si annidarono nell'incavo sotto il suo orecchio; il suo respiro caldo le fece correre brividi per tutto il corpo, le sue mani le esplorarono la schiena, una scivolò giù per stringerle una natica e tirarla ancora più vicina a sé.

Oh, sì, la voleva. La prova fisica — se quel bacio non era stato sufficiente — premeva contro il suo addome, e lei sentì un dolore corrispondente tra le cosce.

«Ti desidero da tanto tempo» ringhiò lui, poi si fermò.

Tanto tempo? Era passata a malapena una settimana.

Non poteva... non poteva intendere *da più tempo*, vero? Dal liceo? Sapeva chi era?

Era ridicolo. Quella era la sciocca romantica dal cuore tenero in lei, che era stata disposta a credere nella bontà del suo ex marito perché voleva il suo "e vissero per sempre felici e contenti". Anche se Beckett *avesse* saputo chi era, di certo non si era struggente per lei dal liceo. Diavolo, l'aveva respinta senza mezzi termini, quindi no, doveva intendere che la desiderava da quando si erano incontrati e che gli sembrava un'eternità.

Perché a lei sembrava così. Ma era perché lei lo desiderava fin dai tempi del liceo. E ora, per Dio, se lo sarebbe preso.

«Di sopra, Beckett.» Doveva rimettere in moto quel treno. Qualunque crisi di panico stesse avendo per ciò che aveva detto, non gli avrebbe permesso di fermarlo. Aveva la casa tutta per sé, cosa che non le succedeva da più di due anni e che probabilmente non sarebbe successa più per molto tempo. Avrebbe colto l'attimo.

Lui la sollevò tra le braccia.

Lei strillò e si aggrappò a lui per non cadere. «Che stai facendo?»

«Non ho intenzione di lasciarti andare, donna.»

Le piaceva il suono di quelle parole.

Beckett attraversò il salone fino alle scale, salendole a due a due — un'impresa non da poco con lei in braccio — e non aveva nemmeno il fiatone quando arrivò in camera sua.

Lei, d'altra parte, faceva una gran fatica a riprendere fiato.

Soprattutto quando lui le lasciò andare le gambe e la fece scivolare lungo il suo corpo.

Poi la strinse al suo petto con una mano, le sollevò il mento con l'altra e la baciò fino a farle perdere il senno.

Santo cielo, stava baciando Jennifer Langston. Avrebbe fatto l'amore con lei. Lui — John Becker, il ragazzino sfigato del liceo con cui nessuno voleva avere niente a che fare — avrebbe finalmente avuto la ragazza.

Lei voleva avere a che fare con te allora, idiota, ma tu eri troppo segnato per cogliere l'occasione.

Beh, aveva riparato quel danno e niente l'avrebbe fermato ora.

Jennifer miagolò in fondo alla gola e gli avvolse le braccia intorno al collo, premendo il seno contro di lui e sì, non aveva intenzione di fermarlo.

Le fece scivolare giù la cerniera sulla schiena, il suono quasi gridava al mondo le sue intenzioni.

Ah, beh, se non l'aveva capito prima, di sicuro lo capiva adesso.

E lei non lo stava fermando.

Le fece scivolare le mani lungo le braccia fino a dove lei aveva intrecciato le dita dietro la sua testa e gliele sciolse per intrecciarle con le sue. Poi le portò lungo i suoi fianchi.

Il vestito scivolò di un paio di centimetri sulle sue spalle.

Non era abbastanza.

«Ondeggia per me, Jen.»

Lei arrossì per un secondo, ma poi i suoi occhi brillarono e si gettò i capelli all'indietro.

E ondeggiò.

Il vestito le scivolò via, impigliandosi sulle sue curve finché non ondeggiò un po' più forte. Il che fece solo ondeggiare tutto in modo molto piacevole finché lui non le lasciò le mani in modo che l'abito potesse cadere in una pozza intorno ai suoi tacchi sexy.

La lussuria lo attraversò, sfrecciando nelle sue vene come in un flipper, con campanelli, fischi e luci lampeggianti come non aveva mai provato prima.

«Porca...» Dovette deglutire per avere abbastanza saliva in bocca da poter parlare. «Miseria. Sei stupenda, Jennifer.»

Il suo reggiseno di pizzo e le mutandine abbinate erano quasi inesistenti, tentandolo a scoprire cosa nascondessero.

Chi diavolo stava prendendo in giro? Avrebbe potuto indossare una tuta da sci e lui avrebbe comunque voluto scoprire cosa c'era sotto.

«Tocca a te.» Lei uscì dal vestito, poi gli sfilò la camicia dai pantaloni e fece scivolare le mani sotto di essa.

Lui la strinse a sé, sentendo il bisogno di baciarla quando la pelle di lei entrò in contatto con la sua.

Il fuoco gli corse lungo le terminazioni nervose, calore liquido dove lei tracciava con le dita una linea sui suoi fianchi, poi intorno alla schiena, trascinando con sé la camicia.

Doveva toglierla.

Portando le mani dietro la nuca, si sfilò la maglietta, interrompendo il bacio solo per un battito di ciglia fulmineo prima che le sue labbra fossero di nuovo sulle sue e i suoi seni fossero schiacciati contro il suo petto.

Dio, amava la sensazione di una donna contro di lui. Amava la loro morbidezza, il loro profumo, il modo in cui si incurvavano contro di lui, il ventre che cullava la sua erezione, le loro dita che gli scivolavano sul sedere—

Che c'entra "loro"? Questa è Jennifer Langston; non c'è nessun "loro". Solo lei. La ragazza che hai sempre desiderato.

E ora l'aveva. L'avrebbe avuta.

A quel pensiero, il sangue gli affluì al cazzo, rendendolo così duro da fare male.

Ma non gli importava. Il suo cervello poteva anche essere entrato in modalità cavernicolo, desideroso di caricarla in spalla, gettarla sul letto e affondare dentro di lei, ma si sarebbe goduto ogni secondo e si sarebbe assicurato che anche lei lo facesse. Portarli sull'orlo del baratro solo per prolungare l'attesa e farli aspettare. Costruire l'anticipazione in modo tale che non sarebbero stati in grado di pensare al momento finale.

«Sei piuttosto sicuro di te, vero?» Lei ritirò le mani dalle sue tasche posteriori.

L'unica cosa di cui era sicuro in quel momento era che il suo cervello stava andando in cortocircuito con le mani di lei sul suo sedere.

«Beckett?»

Ci mise un secondo a rendersi conto che lei stava aspettando che rispondesse. «Uh, cosa?»

Lei gli mostrò qualcosa davanti al viso. «Quanti di questi pensi che ci serviranno?»

«Tutti.» Le parole gli uscirono di bocca prima che si rendesse conto delle implicazioni di quella risposta.

Aveva una dozzina di preservativi nelle tasche dei pantaloni.

Lei rise. «Almeno sei preparato. Grazie a Dio.»

Beckett le piantò le mani sul sedere e la tirò più vicino. «*Lui* non c'entra niente. Sono stato io a fermarmi al minimarket.»

Lei inclinò la testa e si passò la lingua sulle labbra. «Molto conveniente.»

«Lo sono, non è vero?»

Lei impiegò un paio di battiti di cuore per rispondere — ok, cinque; li contò. «Sì, lo sono. Immagino che dovremo vedere quanti ne riusciremo a usare.»

Fece un passo indietro, calciando via il vestito, con lo sguardo fisso su di lui, poi lanciò i preservativi sul letto. «Pronto?»

Dal giorno in cui l'aveva vista per la prima volta. «Non è la mia battuta?»

«Niente battute, Beckett. Qualunque cosa sia, deve essere reale, ok? È quello che è e lo accetto per questo. Non roviniamo tutto con le bugie.»

«Niente bugie. Capito.» Le omissioni non contavano. Dopotutto, se lei non lo riconosceva come John Becker, John non era stato così importante per lei, quindi non c'era bisogno di menzionarlo.

Lei gli posò il palmo della mano piatto sullo sterno.

E spinse.

La portò giù con sé mentre cadeva di buon grado sul letto di lei, tutti i pensieri sulla sua vita precedente vennero cacciati in fondo al suo cervello. La sua realtà era lì. Adesso. Il presente.

«Ooof!» disse lei atterrandogli sopra. «Avevo intenzione di farlo con un po' più di grazia.» Si scostò i capelli dal viso.

«Al diavolo la grazia.» Lui l'aiutò a toglierli di mezzo, ma solo per poterli afferrare dietro il suo collo. «Voglio la tua reazione sincera.»

Lei lo fissò per lo spazio di tre battiti di cuore, questa volta.

Poi lo baciò.

Con forza.

Premette le labbra contro le sue; lui non ebbe nemmeno bisogno di tirarla più vicino. Lei lo baciò a fondo, la sua lingua chiese un ingresso che lui fu fin troppo disposto a concederle.

«Abbastanza sincera per te?» Si leccò le labbra gonfie quando riemerse per prendere aria qualche minuto dopo.

«Sincera, sì. Abbastanza? No.»

Li fece rotolare in modo da poterla bloccare sul materasso, e le prese la testa tra le mani, le dita che le attraversavano i capelli. «Ho voluto averti sotto di me fin dalla prima volta che ti ho vista.»

Lascia che pensi che intendesse lunedì; lui parlava di *anni*. Anche quando era a letto con Andrea, si era permesso di fingere che fosse Jennifer.

Sì, era stato piuttosto meschino da parte sua, ma almeno era onesto con se stesso. Jennifer era stata la donna che aveva sempre desiderato.

E ora, eccoli qui.

«Senti cosa mi fai, Jen?» Le premette l'inguine contro di lei, senza che ci potesse essere alcun dubbio sul suo significato. Era così fottutamente duro che voleva solo seppellirsi dentro di lei finché il dolore non fosse scomparso.

Aveva la sensazione che non sarebbe stato così facile.

«Lo sento.» Lei fece scivolare i talloni sui polpacci di lui e gli strinse i fianchi con le cosce, strusciandosi contro di lui. «E questo è quello che tu fai a me.»

«Voglio fare molto di più.»

«Non ti sto fermando.»

«Ma questo sì.» Ringhiò e si mosse, tirandole le spalline del reggiseno giù per le braccia. Le coppe si aprirono, dandogli un assaggio di ciò che stava per arrivare.

Lei inarcò la schiena. «Riesci a slacciarlo? È dietro.»

«Che fine hanno fatto le chiusure sul davanti? Erano il dono di Victoria agli uomini.»

«E la mia schiena inarcata non lo è?»

Le lasciò un bacio tra i seni, inspirando il profumo dolce della sua pelle. «Non hai tutti i torti.»

«Ne ho due che puoi benissimo succhiare, se riesci a togliermi questa cosa di dosso.»

Lui sorrise al tono della sua voce. «Frustrata?»

«Solo un pochino.»

«Beh, non possiamo permetterlo, no?» Le fece scivolare una mano sotto la schiena e trovò il gancetto.

Un solo gancio. Un gioco da ragazzi. Ci era diventato un maestro in seconda media con un'impaziente ragazza più grande di lui. Già allora aveva grandi sogni.

Ma nessuno era più grande di quello di stare con Jennifer.

Il suo reggiseno scivolò via e Beck trattenne il respiro. Nessun sogno si era mai neanche lontanamente avvicinato alla realtà.

«Mio Dio, Jen. Sei bellissima.»

Un sorriso timido le spuntò sul viso e distolse lo sguardo.

«Non sai quanto sei bella, vero?»

«Sono solo seni.»

«Che è come dire che il Taj Mahal è solo una casa.» La baciò scendendo dalla spalla alla punta di un seno, prendendosi il suo tempo, facendolo roteare con la lingua, succhiandolo, mordicchiandolo delicatamente, finché lei non si ritrovò ad ansimare.

Poi passò all'altro.

Il suo respiro uscì in un sibilo quando lui le prese anche l'altro in bocca, leccandolo e poi sfiorandolo con i denti. Lei si inarcò ancora di più contro di lui e Beck faticò a non sorridere mentre lo faceva.

I suoi fianchi strusciarono contro i suoi finché lui finalmente non lasciò la presa.

La sua pelle era arrossata e lo sguardo nei suoi occhi... Dio, amava quello sguardo su una donna... specialmente su *di lei*. Leggermente sfocato, sognante, come se avesse quasi intravisto un altro piano dell'esistenza, prima che lui la riportasse a questo.

Sarebbe stato così facile portarcela.

Ma era troppo presto. Chissà quando, e *se*, questa notte con Jennifer si sarebbe mai ripetuta, e lui voleva farla durare. Voleva ricordi che durassero per il resto della sua vita.

Scivolò lungo il suo corpo, le sue labbra che marcavano ogni centimetro.

Il suo stomaco ebbe un fremito quando lui la baciò appena sopra l'ombelico.

Fremette quando lui scese più in basso.

E quando scese ancora...

«Beckett...»

Il suo nome era per metà un gemito, per metà un sospiro di piacere, e Beck dovette sorridere.

Ma non si fermò.

Diede a Jennifer tutto il piacere che poteva sopportare. E anche di più. Finché lei non pulsò contro la sua lingua, le sue gambe che tremavano mentre le sue spalle le tenevano divaricate, e ondate di piacere la travolsero, le sue mani che gli afferravano i capelli, i suoi fianchi che si contorcevano finché lui non dovette tenerli fermi, per poterle strappare ogni ultima sensazione.

Il suo respiro era l'unico suono. Aspro, pesante, come se lui le avesse tolto tutta l'aria dai polmoni.

Lui sorrise di nuovo. Era quello il suo obiettivo.

Le si arrampicò sopra, depositandole baci sullo stomaco, la sua testa che si scuoteva a ogni solletico delle sue labbra. Le sfuggì un lamento, ma Jennifer non aprì gli occhi.

Molto probabilmente, non ci riusciva.

Beck sorrise di nuovo. Adesso non l'avrebbe mai dimenticato.

E dato che lui non l'aveva mai dimenticata, erano pari.

Aprì un occhio quando le ginocchia di lui furono accanto ai suoi fianchi e i suoi palmi vicino alle sue spalle.

«Non è stato leale» sussurrò lei.

«Non mi ero reso conto che stessimo tenendo il punteggio.»

«Non puoi semplicemente mandarmi fuori di testa e non ricevere niente in cambio. Dammi qualche minuto per riprendermi e poi sarà il tuo turno.» Lasciò ricadere una mano sopra la testa, dove i suoi capelli si erano aperti a ventaglio dietro di lei.

Lui rotolò su un fianco e si puntellò la testa con il palmo della mano. «Non è uno scambio alla pari, sai. Mi è davvero piaciuto darti piacere. Ne ho tratto molto.»

«Beh, può essere uno scambio alla pari. E trarrai ancora più piacere da quello che sto per farti.» L'altro suo braccio ricadde all'indietro. «Non appena riuscirò a muovermi.»

Lui ridacchiò. «Fai con comodo, dormigliona. Abbiamo tutto il fine settimana. Non ho impegni; e tu?»

Lei aprì di nuovo un occhio. «Se non lo erano prima, lo sono adesso. Mi chiedo se possiamo farci consegnare cibo da asporto direttamente a letto. Al diavolo la porta d'ingresso.»

Lui le passò una mano sullo stomaco, sentendosi molto orgoglioso quando fremette... E sentendo il suo cuore andare quasi in tachicardia quando le sfiorò un capezzolo. «Andrò io alla porta. Tu puoi restare a letto. Ho intenzione di sfiancarti a tal punto che non riuscirai a camminare.»

«Oh, merda.» Si mise a sedere sui gomiti.

«Non è esattamente la reazione che speravo.»

Lei scosse la testa, i capelli le ricaddero sulle spalle in un modo che gli fece venire voglia di rifarle quello che le aveva appena fatto.

«Mi sono appena ricordata.» Si sollevò un po' di più sui gomiti, avvicinandogli così i seni. «Domani devo andare in clinica.»

«Di domenica?»

«Ho un paio di interventi che non si possono rimandare. È l'unico giorno in cui siamo riusciti a inserirli, dato che devono essere fatti al più presto.»

Dannazione. Seni allettanti a parte, non poteva ignorare le esigenze del suo lavoro. Lui, più di chiunque altro, sapeva quanto fosse importante avere un'etica del lavoro e rispettarla.

Sospirò in segno di accettazione. «Quindi devo mandarti a letto a un'ora decente, è questo che mi stai dicendo?»

«Sì. Perché devo alzarmi a un'ora indecente.» Sospirò lei, ma con rammarico.

Beck socchiuse gli occhi e trasformò il suo sorriso in un ghigno sexy. Sapeva bene come prendere le avversità e farle funzionare a suo favore.

Rotolò di nuovo a quattro zampe sopra di lei. «Allora sarà meglio assicurarci che non sia l'unica cosa indecente che farai.»

Jennifer non poteva credere a dove si trovasse e a cosa stesse accadendo. Questa decisione improvvisa di portarselo a letto non era affatto da lei. Lei era la gemella che soppesava le conseguenze di ogni cosa prima di farla. Era quella che non era mai spontanea, probabilmente perché Andrea lo era sempre stata e a lei toccava rimettere a posto i cocci.

Ma stasera, questo... Era così completamente fuori dal suo carattere che non riusciva nemmeno a chiedersi come o perché l'avesse fatto. Sapeva solo che non si sarebbe lasciata sfuggire l'opportunità, al diavolo le conseguenze.

Fortunatamente, i preservativi si occupavano delle conseguenze fisiche, quindi avrebbe dovuto preoccuparsi solo di quelle emotive.

Ma non ce ne sarebbero state. Non si sarebbe legata emotivamente a Beckett perché lui le faceva provare cose che non aveva mai provato prima. Perché la toccava e la baciava e la faceva sentire l'unica donna al mondo, una che avrebbe significato per lui più di una manciata di pillole e di uno sballo che poteva durare per giorni... «Oh, wow.»

Lui si sollevò su un gomito, dandole un colpetto sul fianco. «Wow è un buon segno. Ti ha riportata indietro da quel piccolo viaggio che avevi intrapreso.»

Le passò una mano lungo le costole e sulla curva del fianco.

Jennifer scosse la testa. Forse per schiarirsi le idee dal pensare a Trent e a come Beckett, anche solo per questa notte, fosse molto più uomo di quanto suo marito fosse mai stato.

Non poteva permettere che fosse di più. Quella strada portava al crepacuore. Lei era un pacchetto completo, e Beckett Fields, *John Becker*, non poteva significare così tanto per lei. «Scusa. Mi stavo solo prendendo un momento per riflettere su come siamo arrivati a questo punto.»

«Come ci siamo arrivati?» Sottolineò la parola *arrivati* sfiorandole con la mano la curva della vita, poi la pancia piatta, e poi... più in basso.

Lei gemette.

«Ah, ora ricordo. Aveva a che fare con quel suono. Quello che fai in fondo alla gola.» Si chinò. «Proprio qui.»

Rabbrividì prima ancora che le sue labbra la toccassero, perché sapeva che l'avrebbero fatto. E perché sapeva che sensazione davano. E cosa *lei* avrebbe provato quando l'avessero fatto.

La realtà superava ancora i suoi ricordi.

Dio, poteva restare lì e lasciare che glielo facesse di nuovo. Oppure...

Rotolò via da lui e poi si mise in ginocchio prima che lui potesse protestare.

E quando gli baciò il collo, e poi la spalla, e poi il capezzolo, e poi, beh, non ci furono più proteste.

Jennifer esercitò la sua personale magia sul corpo di Beckett, amando in lui le stesse reazioni che lui aveva suscitato in lei.

Amò quando lui strinse il lenzuolo tra i pugni e ringhiò qualcosa di gutturale. Probabilmente il suo nome, ma non avrebbe provato a decifrarlo. Le piaceva quando era incoerente.

Cosa che divenne sempre di più man mano che le sue labbra scendevano lungo il suo corpo.

«Oh... Dio... Jen...»

Furono le ultime parole, le ultime coerenti, comunque, che fu in grado di pronunciare per un bel po'.

I suoi occhi verdi si aprirono quando lei si sdraiò accanto a lui, con la testa appoggiata sul braccio piegato, dato che i cuscini erano stati in qualche modo spinti per terra e lei era troppo sfinita per prenderli. Troppo sfinita, ma oh, così sazia.

Eppure... non del tutto.

«Non credo di potermi muovere.» Le sue gambe si mossero e i peli ispidi dei suoi polpacci le sfiorarono la pelle in un modo che le fece venire la pelle d'oca.

Simile a quando la sua barba di un giorno le aveva sfiorato le cosce.

«Non muoversi potrebbe essere un problema, Beckett.»

«Oh?» Riuscì comunque a inarcare un sopracciglio.

«Beh, sì, sai...» Tirò fuori un preservativo da sotto il fianco. «Pensavo che li avremmo consumati tutti.»

«Consumare non è esattamente quello che vuoi fare con quelli. E di certo non vuoi che qualcosa li attraversi.»

Dio, era così sexy quando sorrideva.

Jennifer non resistette all'impulso di passargli il palmo sulla guancia e poi lungo la mascella.

«Per cos'era?» Lui le afferrò le dita e se le portò alle labbra, baciandogliele una a una.

Sembrava che ora fosse pronto a muoversi. Il che era un buon segno per lei. «Ho bisogno di un motivo?»

«No.» Le baciò il palmo. «Ma mi piace sapere cosa l'ha scatenato.»

«Che ne dici del fatto che mi piace toccarti? Motivo sufficiente?»

«Il migliore che ci sia.» Le prese l'indice in bocca e *qualcosa* su di lui si mosse.

Lui sorrise. «Non ci vorrà molto, adesso.»

«Beh, questo è un vero peccato.»

Beckett rise mentre le lasciava la mano e rotolava in avanti, il suo petto sopra di lei, le labbra vicinissime alle sue. «Questa è una sfida.»

«Sei all'*altezza*?» Accennò un sorriso sexy. Dio, era divertente. Non c'era angoscia nascosta tra loro. Nessuna bugia che lui cercasse di nasconderle. Nessun motivo per lei di fingere di non sapere che stava nascondendo qualcosa...

Oh. Aspetta. C'era eccome: *chi* era lui. *E* che lei lo sapeva.

«Qualcosa non va?»

C'era?

Jennifer scosse la testa. Quel ragazzo non le aveva chiesto di sposarlo, per l'amor del cielo. Non si erano fatti promesse per quella notte. Su cosa avrebbe significato o se ce ne sarebbe stata un'altra. Era sesso per il puro piacere di farlo e sarebbe stata una stupida a lasciare che una piccolezza come la sua precedente identità glielo rovinasse.

Ora, però, se lui avesse voluto che andassero avanti, che questo rapporto portasse a qualcosa, *allora* sarebbe stato un problema. Ma adesso?

«Niente. Assolutamente niente. Beh, a parte questo.» Mostrò di nuovo il preservativo. «Hai detto che li avremmo usati tutti.»

«Ho detto che ci avremmo provato.» Glielo prese. «E io sono pronto a provare, se lo sei anche tu.»

«Fatti sotto.»

Capitolo Diciassette

Oh, se gliel'avrebbe fatta vedere. E anche di più.

Le prese il preservativo, con i denti.

Il che in teoria suonava bene, ma non c'era modo di aprire l'involucro in quella maniera.

Fregato dall'involucro. Addio fascino.

Beck scavalcò il fianco di lei con una gamba, mettendosi a cavalcioni per bilanciarsi e poter strappare quella dannata bustina.

Poi tentò di srotolarlo sul proprio pacco.

E fallì miseramente, dato che le mani gli tremavano da morire.

Tremavano.

Non gli tremavano mai così. Non ora. Non in un momento del genere.

D'altronde, non aveva mai davvero vissuto *questo* momento, no?

E adesso stava mandando tutto all'aria.

«Bisogno di aiuto?»

«Ho bisogno di qualcosa» borbottò lui mentre il preservativo gli scivolava di lato.

Jennifer ridacchiò, il che avrebbe dovuto imbarazzarlo o infastidirlo, ma dato che lo stomaco di lei gli sfiorò la parte inferiore dei testicoli in un modo che lo mandò a fuoco, non aveva intenzione di lamentarsi.

Lei afferrò il preservativo e lo posizionò sulla punta.

Poi lo srotolò su di lui con un gesto lungo, estenuante, che gli elettrizzò ogni nervo.

La sua testa cadde all'indietro mentre si sedeva sui talloni, tenendo il suo peso lontano da lei finché la lucidità glielo permise.

«Così ti piace?»

«Mmmmm uh.» Nella sua testa, era un sonoro *sì*.

«Immagino che allora ti piacerà anche questo.» Gli avvolse la mano attorno al membro.

«Uhhhhhh.» Sì, gli piaceva. Se ne sarebbe resa conto, vero?

«E questo?» Gli prese i testicoli con l'altra mano.

DolceGesù, non ce la faceva. Un altro paio di pompate e sarebbe esploso.

Nessuna finezza.

Fu il pensiero di venire prima ancora di essere dentro di lei a farlo muovere.

Per fortuna, non doveva andare lontano.

Crollò in avanti sulle mani, godendosi i palmi di lei che gli scivolavano lungo il membro, poi fece passare prima una gamba e poi l'altra tra quelle di lei, strofinandosi proprio contro il punto che le avrebbe strappato di sicuro una reazione.

O almeno un gemito.

Cosa che le riusciva così bene.

«Ti piace *così*?» Almeno era coerente.

«Mmmmm.» La testa di lei oscillò e si dibatté allo stesso tempo.

Bene.

«Ti desidero così tanto, Jennifer.» Le parole gli uscirono dalla bocca naturali come il respiro.

Anzi, *più* naturali del respiro, dato che respirare gli sembrava un concetto difficile al momento.

Ma non difficile quanto qualcos'altro.

«Io...» Si tirò un po' indietro. «Ho bisogno di essere dentro di te.»

Di nuovo, naturale come respirare.

E così fu scivolare dentro di lei.

«Oh...» Il suo gemito ansimante lo sfiorò mentre il calore di lei lo avvolgeva.

«Dio, sei fantastica.»

«Sì...» Il suo respiro era affannoso e pensò che avesse gli occhi aperti. Almeno un po'.

«Guardami, Jen.» *Doveva* guardarlo. Doveva *vederlo*.

Ne aveva bisogno.

E se non fosse stato immerso fino ai testicoli nella sensazione di essere dentro di lei, quel pensiero lo avrebbe terrorizzato.

Ma in quel momento, niente poteva farlo. Niente poteva toccarlo.

Beh, tranne l'elettricità che lo attraversò quando lei affondò i talloni nel suo sedere.

«Beckett.» Lei gli afferrò le braccia, tirandolo giù verso di sé.

Lui obbedì.

Dio, era incredibile sotto di lui. Perfetta. Meravigliosa. Non c'erano abbastanza parole, o quelle giuste, in lingua inglese per descrivere la sensazione che gli dava.

Scivolò sui gomiti, poi le prese la testa tra le mani. «Guardami, Jen.» Trattenne il supplichevole *per favore* in fondo alla gola. Non poteva mettersi a nudo davanti a lei. Un uomo doveva tenere qualcosa per sé.

Ecco perché sei single.

Zittì la vocina saputella nella sua testa e si concentrò su quello.

Su di lei.

I suoi occhi si aprirono fremendo e, Dio, lo stava guardando come se potesse vedergli fin dentro l'anima.

E quello stesso Dio sapeva che lui la sentiva lì.

«Sì, Beckett.»

Non sapeva a cosa stesse rispondendo, non riusciva a pensarci abbastanza da curarsene in quel momento. Tutto ciò che sapeva era che il suo *sì* gli dava un permesso di cui aveva bisogno.

Avrebbe capito per cosa più tardi.

In quel momento, doveva muoversi. Doveva sentirla intorno a lui. Contro di lui. Sotto di lui.

La baciò, senza mai staccare gli occhi dai suoi. Nemmeno mentre lei gli avvolgeva le gambe attorno ai fianchi. Mentre si inarcava contro la sua spinta. Mentre faceva scivolare le mani lungo la sua schiena, le unghie che gli graffiavano la pelle, finché non gli raggiunse il sedere e lo afferrò. Forte.

Pompò i fianchi, combattendo l'impulso di affondare dentro di lei. Era una guerra dentro di lui, questo voler rivendicare il suo possesso e impadronirsi dei suoi sensi, ma anche sentire ogni singolo movimento, ogni sensazione. Farla durare tra loro per sempre.

Stava facendo l'amore con Jennifer Langston. Se le sensazioni non si stessero impadronendo del suo corpo, l'assoluta impossibilità di essere con lei avrebbe potuto bloccare tutto.

Aveva avuto una cotta per lei da sempre.

E dopo questa settimana...

Il suo cervello *bloccò* quel pensiero, proprio mentre lei si stringeva intorno a lui. Dio, la pressione, la contrazione dei suoi muscoli interni contro ogni terminazione nervosa che contava nel suo corpo...

«Più... più forte.»

Le sue parole furono sommesse, ma la promessa che offrivano lo indusse a seguire le sue istruzioni alla lettera.

Non ne aveva mai abbastanza di lei. Dentro, fuori, dentro... scivolando lungo la parte più intima del suo corpo...

Nulla lo aveva preparato a come sarebbe stato fare l'amore con Jennifer: non nessun'altra donna, non la sua gemella, né alcuna fantasia che avesse mai avuto.

Questa era, pura e semplice, l'esperienza più incredibile della sua vita.

Jennifer affondò le unghie nel sedere di Beckett. Voleva di più. Lui doveva essere più vicino. Doveva essere più dentro di lei. Più intorno a lei. Più... qualcosa.

«Avvolgi le gambe intorno alla mia vita.»

Come se lui l'avesse sentita, e forse era così, avrebbe potuto dirlo ad alta voce per quanto ne sapeva in quel momento, Jennifer fece come diceva e, sì!, lui le diede di più.

Ma non era abbastanza.

Non mentre lui affondava in lei, non mentre il suo corpo scivolava contro il suo, ogni cellula della pelle viva con la consapevolezza del piacere che le stava dando, non mentre lui seppelliva il viso nel suo collo, la sua lingua e le sue labbra che le scatenavano un'altra ondata tumultuosa di sensazioni, portandoli entrambi a quel momento finale in cui tutto si schiantava intorno a loro come onde sulla riva... non era abbastanza.

Non sarebbe mai stato abbastanza.

Jennifer sentiva le parole martellarle in testa insieme al polso, il ritmo che rallentava mentre il suo respiro rientrava nei limiti della normalità, ma il messaggio non era meno forte.

Non sarebbe mai stato abbastanza.

La fiamma che aveva nutrito per John Becker ardeva ancora brillante e forte come ai tempi del liceo.

Ma, ora, c'era molto di più.

È solo sesso.

Qual era l'analogia che aveva usato? Come se il Taj Mahal fosse solo una casa. Già, quella.

Il sesso era quello che avevano fatto; quello che stava provando era qualcos'altro.

Non voleva esaminare *quello* troppo a fondo. L'aveva fatto una volta e guardate com'era finita.

Beckett non è Trent.

Vero, ma aveva lasciato che i suoi sentimenti per Trent sopraffacessero il suo buon senso una volta; non aveva intenzione di rifarlo. Soprattutto con Sami da considerare.

Quest'ultimo pensiero, non quello sull'autoconservazione, ma quello sulla protezione dei sentimenti di Sami, riportò il suo cervello nel regno della realtà. *Era* solo sesso e farebbe meglio ad accettarlo per poterselo godere.

Perché questo fine settimana era tutto ciò che avrebbe ottenuto.

«Oh mio Dio, quello... tu... Incredibile.» Il respiro di lui tremò sulla sua pelle umida, il bacio che le posò sulla clavicola non fece che aiutare.

Represse un gemito. Tutto ciò che voleva era cedere a questi sentimenti. Lasciare che la travolgessero e vedere dove l'avrebbero portata.

Ma c'era Sami. E il suo curriculum sentimentale.

E questo era John Becker, un uomo che le nascondeva chi era.

Giusto. Quello. Poteva fingere che non fosse un grosso problema, ma alla fin fine, l'onestà era l'unico modo in cui una relazione poteva funzionare e finché lui non fosse stato onesto, non ci poteva essere alcuna relazione.

Oh, per l'amor del cielo, sta' zitta e goditi il fine settimana. Non devi mica sposarlo.

Non che lui lo stesse chiedendo.

Scosse la testa. Giusto. Nessun matrimonio. Solo un fine settimana di divertimento.

Quello, poteva farlo.

L'avrebbe presa alla leggera. Non avrebbe permesso che diventasse tutto pesante e carico di emozioni. Era un fine settimana di sesso; sarebbe stata una stupida a immaginare che potesse essere qualcosa di più.

Sarebbe stata una stupida a *desiderare* che fosse qualcosa di più.

Così si stampò un bel sorriso in faccia quando i loro occhi si incontrarono e staccò un'altra bustina di preservativo dalla sua coscia. La sollevò. «Uno andato, ne mancano altri undici.»

Capitolo Diciotto

«Sveglia, dormigliona.» Il mattino dopo, Beckett la spronò con un colpetto del ginocchio sulla coscia.

Lei gli aveva detto di *farsi sotto*, e lui l'aveva fatto. Non avevano usato tutti i preservativi, ma avevano fatto un bel buco nella scorta.

Sbadigliò. «Sono sveglia, ma non riesco ad aprire gli occhi. Troppo stanca.»

«Oh, andiamo. Il lavoro pesante l'ho fatto tutto io, stanotte.»

Lei socchiuse un occhio. «Ti faccio presente che sei orgasmi sfiancano un corpo.»

«Ti stai lamentando?»

«Nessuno ha parlato di lamentele. Sto solo constatando un fatto.»

«Sì, be', erano sette. Hai perso il conto.»

Stirò le braccia sopra la testa per sciogliere qualche muscolo indolenzito. «In quanto beneficiaria di quei sette orgasmi, invoco il mio diritto di aver perso il conto. Credo che dopo il quarto sia concesso.»

Lui ringhiò e le strofinò il viso sul collo. «Qualcosa te la do io, non ti preoccupare.»

E lei gliel'avrebbe permesso, se non fosse stato per gli interventi che doveva eseguire quella mattina.

Gemette e lo spinse sul petto. «Okay, okay, mi alzo.»

«Anch'io.» Sollevò la testa, con una risata negli occhi.

Lei guardò verso il suo inguine. «Non stai scherzando.»

«Ovviamente.» Fletté le cosce. «Ora la domanda è: cosa intendi farci?»

«Semmai, cosa intendi farci *tu*? *Io* devo andare a lavorare.» Per quanto fosse forte la tentazione di restare e mostrargli esattamente cosa le sarebbe piaciuto fare con quel piccolo... no, *grosso*... numero di danza che aveva in corso laggiù, lei aveva degli obblighi, e se c'era una cosa che Jennifer conosceva bene, erano gli obblighi. «Se vuoi tenere a bada quel, ehm, *pensiero* finché non torno, ti mostrerò io.»

Lui si avvolse le dita intorno al membro. «Terrò a bada qualcosa. Sarà qui quando tornerai.»

Santo cielo, quell'uomo avrebbe potuto tentare una santa. E dopo la notte precedente, lei non lo era di certo.

Si diresse verso il bagno prima che la sua etica professionale facesse un bel salto fuori dalla finestra. «Tu, signor Fields, sei una tentazione troppo grande.»

Bene. Voleva tentarla. Perché lei lo stava tentando con ogni sorta di pensiero che non aveva mai avuto prima per una donna.

La doccia si accese e così fece lui. Dannazione. Il suo cazzo schizzò su come un razzo, più duro della pietra, e per poco non si alzò dal letto per raggiungerla in quella stanza umida, calda e piena di vapore per un po' di pelle contro pelle insaponata... ma lei doveva andare a lavorare. Non poteva ritardarla, per quanto lo desiderasse.

Era sbalordito da quanto *lo* desiderasse. Oh, certo, l'aveva desiderata per anni, ma aveva pensato che, come un prurito, una volta grattato, sarebbe stato a posto. Niente più brama.

Cavolo, quanto si era sbagliato. Un solo tocco aveva solo portato a volerne un altro. E un altro ancora. Certo, l'aveva *toccata* parecchio la notte prima, ma non era stato abbastanza. Ogni volta che lei si era sciolta tra le sue braccia, con quei gemiti-lamenti così sexy, lui aveva desiderato sentirli ancora. Guardarla di nuovo. Portarla sull'orlo e tenerla stretta mentre cadeva nel baratro.

Senza contare che i suoi orgasmi — sì, al plurale — erano stati i migliori della sua vita, lui aveva voluto darle di più. Più piacere, più urla, più sospiri, più tremiti e venire e pulsare tutto intorno a lui. Dio, era bellissima quando veniva. Cavolo, era bellissima in ogni caso, ma c'era qualcosa nello stare con Jennifer in quel momento, nell'essere la ragione per cui lei stava precipitando oltre il limite, che lo eccitava come nessun'altra donna aveva mai fatto.

Dannazione, voleva essere di nuovo dentro di lei.

Si mise a sedere, scuotendo la testa. «Sei un bastardo arrapato,» borbottò. «Comportati da adulto, idiota, non come un adolescente con la sua prima ragazza.»

Ma lei è la tua prima ragazza. La prima che tu abbia mai voluto per più di una sveltina. La prima con cui non eri riuscito a parlare.

Quello l'aveva sorpreso al liceo. Aveva fantasticato su di lei dal primo momento in cui l'aveva vista e aveva desiderato parlarle. Ma ogni volta che lei lo guardava, lui si bloccava. E gli sudavano le mani. Era stata la sensazione più strana, con la lingua legata — e non in senso buono — e incapace di formulare un pensiero coerente. L'aveva spaventato a morte, tanto che quando lei finalmente gli aveva rivolto la parola, era stato così preoccupato di ciò che avrebbe potuto spifferare che aveva tenuto la bocca chiusa.

E lei l'aveva interpretato come un rifiuto. L'aveva capito nel momento in cui si era resa conto che lui non le avrebbe risposto. La scintilla era svanita dai suoi occhi e gli angoli della sua bocca, prima sollevati, si erano appiattiti.

Si era sentito come se avesse preso a calci un cucciolo, ma si era anche sentito come se fosse stato preso a calci lui. Non c'era stato modo di dire nulla e, a quel punto, il momento era svanito nel nulla. Per colpa sua. Per la sua reazione a lei.

Più tardi, quel giorno — dopo essersi preso a calci mentalmente per circa quattro ore — aveva giurato che non sarebbe mai più rimasto in silenzio con Jennifer, se ne avesse avuta l'occasione.

Quell'occasione non era mai arrivata.

Così quando Andrea gli si era fatta avanti—

Non voleva pensare ad Andrea. Non ora. Non lì. Lei non era Jennifer, e dopo la notte precedente si rese conto che avrebbe dovuto sapere una cosa fin dall'inizio: nessuna era Jennifer. E nessuna avrebbe mai potuto esserlo.

Beck si appoggiò alla testiera del letto. Gesù. Stava pensando quello che credeva di pensare?

Voleva qualcosa di più con Jennifer? Forse anche... permanente?

L'acqua in bagno si spense.

Fantastico. Ora aveva l'immagine del suo corpo nudo e bagnato avvolto in un asciugamano. Uno che gli sarebbe piaciuto scartare.

Con i denti.

Scosse la testa. Erano pensieri come quello che creavano l'idea di permanenza. E mentre lui, a quanto pareva, non era poi così male a breve termine, era facile che andasse bene quando non c'era di mezzo un impegno per la vita. Quando qualcun altro non contava su di lui per la stabilità emotiva.

«Non ti sei mosso.» Jennifer si appoggiò allo stipite della porta, passando un secondo asciugamano tra i capelli.

«Certo che mi sono mosso. Mi sono messo a sedere.»

Lei inarcò un sopracciglio. «Questo sarebbe muoversi?»

Scrollò le spalle. «I muscoli sono stati coinvolti, quindi, sì, per me è un movimento.»

Mosse un muscolo in particolare.

Lei se ne accorse. «Sei incorreggibile.»

«Pensavo di essere stato piuttosto bravo in auto.»

Lei alzò gli occhi al cielo. «Questa era pessima. Molto pessima.»

«Non se ricordo bene. Sono sicuro che ieri sera, nella mia auto, provenivano dei gemiti da parte tua. Che erano suoni molto, molto belli da fare.»

Scosse la testa. «Devo vestirmi.»

«Peccato.»

Entrò nella sua cabina armadio con un'occhiata all'indietro sopra la spalla—

Poi lasciò cadere l'asciugamano e rimase in quel punto per circa un secondo prima di scomparire dietro l'angolo.

Dannazione, quella donna aveva un fondoschiena da urlo.

Beck si tirò un po' più su contro la testiera. Pensò di coprirsi il grembo con un lenzuolo, ma pan per focaccia, quindi le avrebbe lasciato vedere cosa si sarebbe persa mentre lo lasciava per andare in ufficio.

Sorrise. Dio, sembrava un bambino capriccioso a cui non era permesso entrare nel negozio di caramelle.

Riapparve sulla soglia, ora vestita con un paio di pantaloncini di jeans e una canottiera.

E quanto è dolce.

«Davvero non ti alzi dal letto?»

«Non penso sarebbe saggio al momento.» Fece un cenno verso il suo inguine. «Pensavo volessi andare a lavorare.»

«Infatti. Be', non è che *voglio*; devo.» Raccolse l'asciugamano e tornò in bagno, offrendogli una vista a 180 gradi di quell'outfit e l'angolazione perfetta sulle sue splendide gambe. Tutti i millemila chilometri di gambe.

Che erano state avvolte intorno a lui—

«Un completo piuttosto, ehm, sexy per andare in ufficio.» Ma gli piaceva. Gli piaceva davvero. Riusciva a vederla indossarlo con i capelli raccolti in una coda di cavallo e un cappellino da baseball, e sarebbe stata la mamma più bella del parco.

Dio, se n'era dimenticato. Lei era una mamma.

Il suo corpo, però, non ne mostrava alcun segno. Sodo, tonico e piatto... Jennifer aveva il corpo perfetto per portare in grembo un bambino.

Il tuo?

Oh, al diavolo. Quella voce doveva chiudere quella cazzo di bocca.

Ma almeno serviva a far calmare la sua erezione.

Uscì dal bagno, questa volta senza l'asciugamano. «Avrò il camice e mi piace stare comoda quando opero. Non ci saranno clienti umani a vedermi e il mio staff sa che bisogna stare comodi per gli interventi consecutivi.»

«Interventi consecutivi?» Lui voleva essere petto contro petto.

«Operazioni.» Inarcò un sopracciglio. «Una dopo l'altra?»

«Oh. Giusto.»

«La tua mente è andata in un posto sconcio, non è vero?»

«La mia? E perché me lo chiedi? Sembra che sia stata la *tua*, visto che hai fatto la domanda.»

Sorrise mentre prendeva la borsa dal comò. «Sai rigirare qualsiasi cosa, vero?»

«Ti ho messa in un paio di posizioni divertenti ieri sera, se ricordi.» Lui di certo le ricordava.

Tirò fuori le chiavi dalla borsa. «Dannazione, Beckett, smettila di tentarmi. Devo andare a tagliare le palle a Freddy.»

«Povero Freddy.»

Il suo sguardo indugiò su ogni parte del corpo di lui e Beck non poteva credere quanto questo lo rendesse duro.

I suoi occhi si spalancarono quando arrivò a quella parte della sua anatomia.

«Semmai, povera la ragazza di Freddy.» Il suo sguardo scattò di nuovo a incrociare quello di lui e si mise la tracolla della borsa in spalla. «Ci vediamo tra qualche ora. Cerca di tenerti, ehm, occupato.»

Non poté farne a meno, ma la *salutò*. E non con la mano. «Sarà fatto, capo.»

Lei alzò gli occhi al cielo, gli fece la linguaccia, poi si diresse fuori dalla porta.

«Non tirare fuori quella cosa a meno che tu non abbia intenzione di usarla!» le gridò dietro mentre il suo bel fondoschiena scompariva dalla stanza.

«Chi dice che non sia così?»

A volte, era una buona cosa lasciare che una donna avesse l'ultima parola.

Capitolo Diciannove

Per quanto Beck avesse desiderato tenere Jennifer a letto per tutto il fine settimana, voleva anche fare delle cose con lei. Cose non sessuali.

Il che era una prima volta.

Sul serio, quando era uscito con delle donne con l'intento di finirci a letto, era stato con l'idea di *non* dormire insieme. Un mordi e fuggi, per dirla nei termini più essenziali — e forse, direbbero alcuni, volgari. Ma era quello che era. Le donne sapevano come stavano le cose. Diamine, non era certo un ripiego qualunque da avere come accompagnatore a un evento. Le loro erano state unioni reciprocamente vantaggiose per una notte o un fine settimana, o in rare occasioni, una settimana, ma non aveva mai pianificato attivamente di portare una donna a fare trekking o kayak o al cinema solo per il puro piacere di vivere quell'esperienza con lei, come invece stava pensando di fare con Jennifer.

Voleva fare delle cose con lei, trascorrere del tempo con lei, stare con lei come la gente stava con gli amici.

Non aveva molti amici. Aveva persone per le quali faceva soldi e che, a loro volta, facevano soldi per lui. Reciprocamente vantaggioso.

Aveva colleghi di lavoro che poteva portare alle partite o a eventi per fare networking, ma Liam e la sua banda erano praticamente i suoi unici veri amici. Ma persino loro non si frequentavano molto. Beck era sempre stato troppo impegnato a garantirsi un futuro e a rimpinguare il suo conto in banca per volersi prendere del tempo per godersi la vita, per così dire. O per andare allo stadio o a giocare a biliardo, o semplicemente passare del tempo a casa di qualcuno. Con il passare degli anni, lui e Liam si erano visti sempre meno. Diavolo, la partita di poker era stata la prima volta che passava del tempo con qualcuno che non fosse Liam da più tempo di quanto riuscisse a ricordare.

E pensare che aveva maledetto la sua sfortuna per aver perso. Ah. Se stare seduto nudo nel letto di Jennifer era una conseguenza della sconfitta, avrebbe dovuto perdere di proposito a carte anni prima. Bastava pensare a tutto il tempo che avrebbe potuto trascorrere con lei.

A proposito di questo... Lui voleva *davvero* passare del tempo con lei e fare *davvero* delle cose con lei. Cose non sessuali. La domanda era: cosa avrebbero dovuto fare? Cosa le piaceva fare?

Fece qualche ricerca su Internet, poi finalmente tirò su il culo dal letto, gettò le lenzuola in lavatrice e rifece il letto, si fece la doccia e si vestì. Poi scese di sotto per dare al povero Flopsy un lasciapassare per la cucina e cercò altre opzioni sul telefono per capire come lui e Jennifer avrebbero potuto trascorrere la giornata.

Sapeva come avrebbero passato la notte.

* * *

«Immagino che tu abbia cambiato idea sul trasferirti, eh?»

La porta d'ingresso si aprì e Jennifer apparve sulla soglia con una mano sul fianco.

«Sembri delusa.» Beck sorrise mentre lo diceva; la voleva delusa dal fatto che non fosse di sopra ad aspettarla. Ma non aveva intenzione di deluderla quando sarebbero tornati di sopra.

«Più che altro sorpresa.» Chiuse la porta e gettò la borsa sul tavolo vicino alla parete nel grande salone.

«Perché? Pensi che io ti voglia solo per il tuo corpo?»

«Non è così?»

Merda. Come si era cacciato in quel guaio? «Non so come rispondere.»

«Hai fatto tu la domanda.»

«Era più che altro retorica.»

Flopsy le trotterellò incontro e Jennifer si inginocchiò per riempire di coccole il cane.

Era assolutamente ridicolo che Beck fosse geloso di un cane.

«Allora, che cosa hai in mente per noi, oggi, signor Fields?»

Lei lo guardò dal basso, in ginocchio, e Beck dovette schiarirsi la gola per mandare giù il groppo che gli si era formato. «Così mi fai sembrare il tuo insegnante.»

«Vuoi giocare alla scolaretta?»

Il fiato gli si bloccò nei polmoni mentre *quell'*immagine gli balenava in testa.

«Oh mio Dio, non ci starai pensando sul serio, vero?» Il suo viso divenne di un rosso acceso.

«No. No. Certo che no.» Perché sarebbe stato sbagliato. Giusto? Non poteva desiderare che si vestisse con una gonnellina da uniforme e una camicetta bianca abbottonata, mentre picchiettava una bacchetta nella mano—

«Oh mio Dio, ci stai pensando!» Scattò in piedi.

«No, davvero. Non ci sto pensando. È solo che...» Doveva tirarsi fuori da quella fossa che si era scavato. «È solo che... non mi aspettavo che dicessi una cosa del genere. Mi hai un po' spiazzato, sai?»

In più modi di quanti volesse farle sapere.

«Oh.» Appoggiò quel suo bel sedere sul bordo del divano. «Okay. Non sei un tipo da strane fantasie, vero?»

«La mia unica fantasia sei tu, Jen.»

Oh, merda. L'aveva detto ad alta voce.

Jennifer sembrava sbigottita quanto lui.

«Voglio dire... Ieri notte è stato fantastico. Roba da fantasie. I ricordi mi faranno pensare a te per molto tempo.»

Oh, brillante, genio. Stai già mettendo fine a questa cosa prima ancora che inizi e a ogni donna piace sapere che sarà un bel ricordo... Non hai davvero la minima idea di come si gestisca una relazione. Buona fortuna con questa.

«Immagino ci sia un complimento da qualche parte lì in mezzo.» Si alzò e lui non poteva biasimarla. Anche lui avrebbe voluto allontanarsi da se stesso, se avesse potuto. «Ehm, mi è uscito male. Senti, quello che voglio dire è—»

«Va tutto bene.» Lei gli diede una pacca sulla spalla. «Sono solo un po' sfinita dopo essere stata in piedi a concentrarmi così intensamente per tanto tempo. Ho bisogno di un po' di tempo per decomprimere.»

Merda. Non aveva pensato a quello che lei aveva fatto davvero quella mattina. Che sarebbe stata stanca. Era così impegnato a non riuscire a staccare il cervello dai pantaloni per pensare a qualcosa da fare insieme che non avesse a che fare con un letto, che non aveva neanche considerato lei e come si sarebbe sentita dopo aver lavorato.

Gesù, era uno stronzo egoista.

Scivolò fino all'estremità del divano e batté la mano sul posto accanto a sé. «Vieni qui. Siediti. Ti faccio un massaggio ai piedi.»

I suoi occhi quasi le schizzarono fuori dalle orbite. «Stai scherzando, vero?»

«No. Non sto scherzando.» Sorpreso lui stesso di non esserlo, ma il suo istinto non lo aveva mai tradito negli affari, e dato che quello stesso istinto gli aveva fatto uscire di bocca l'offerta del massaggio, non aveva intenzione di metterlo in discussione. «Qui. Siediti.»

Lei lo guardò un po' di sbieco, ma si lasciò cadere sul cuscino. «Beh... se sei sicuro...»

Quando le sue dita si chiusero intorno alla pelle liscia come seta del suo polpaccio, ne fu sicuro.

Le sfilò le sue pratiche Crocs e poi fece roteare il pugno sull'arco del suo piede sinistro.

«Oh, wow, che meraviglia.»

La sua testa ricadde all'indietro e lui sentì di nuovo quel piccolo gemito nel fondo della sua gola che aveva fatto la notte prima.

Okay, forse questa non era stata la migliore delle idee.

Flopsy si sistemò sul pavimento accanto al divano mentre Beck massaggiava le delicate ossa dei piedi di Jennifer. Dovette concentrarsi molto duramente per non eccitarsi ai suoni che lei emetteva, perché la pianta del suo piede era praticamente premuta contro il suo inguine, e se gli fosse venuto duro, avrebbe mandato a monte i piani che aveva per loro.

Quali piani?

Quelli che stava cercando di elaborare. Ma se lei avesse continuato a gemere in quel modo e a inarcare la schiena in quel modo, non pensava che si sarebbero mossi da quel divano, figuriamoci uscire dalla porta per fare qualcosa di divertente.

Potresti divertirti un mondo proprio qui.

Sì, quello l'aveva capito. Solo che non voleva che quello fosse l'*unico* modo in cui lui e Jennifer stavano insieme.

«Allora, ehm, cosa ti piace fare? Stavo cercando di organizzare qualcosa, ma poi mi sono reso conto che non so cosa ti piace. Vuoi andare a fare trekking, o kayak? Shopping? Fuori a cena? Un film?»

Lei aprì un occhio. «Ma guarda, Beckett Fields, mi stai chiedendo di uscire per un appuntamento?»

«Ehm, sì. È quello che sto facendo.»

«Ah, che dolce. Ma sai, non devi comprarmi la cena o altro. Sapevo a cosa acconsentivo quando ho accettato.»

Le sue dita si fermarono sul suo piede. Wow. Non si era reso conto di quanto le parole potessero ferire. «Non volevo passare il fine settimana con te solo per portarti a letto, Jennifer. Speravo di conoscerti meglio. E che anche tu volessi conoscere me.»

L'altro occhio si aprì e Jennifer si raddrizzò un po' a sedere. «Davvero?»

«Davvero.»

Si scostò dei capelli dalla fronte. «Beh, ehm, in tal caso... Sì. Certo. Mi piacerebbe molto uscire per un appuntamento. Fare qualcosa. Ma cosa?»

«Beh, è qui che sono in difficoltà. Era molto più facile quando eravamo ragazzi. Allora, non avevamo molte opzioni. Cinema, centro commerciale o fast food. A volte tutti e tre se erano nello stesso posto. Ma adesso... potremmo andare ovunque. Fare qualsiasi cosa. Potremmo perfino andare a comprare quel castello giocattolo per Sami e montarlo in giardino, se vuoi.» Stava vaneggiando. Montare un castello giocattolo? Era *pazzo*?

Si zittì.

Lei inarcò un sopracciglio verso di lui. «Lavori di costruzione? Ti senti bene?»

«Cosa c'è di sbagliato in un po' di duro lavoro?»

Lei sospirò e si massaggiò la fronte. «Ho appena *finito* di fare un duro lavoro. Preferirei rilassarmi. Sami non ha bisogno di un castello giocattolo oggi.»

«Va bene, allora cosa vuoi fare?»

«Onestamente, non ne ho idea. I miei piani di solito ruotano attorno a Sami e a quello che piace fare a lei. Sai, lo zoo, il cinema, il parco. Cosa fanno gli adulti insieme?»

Lui ammiccò con le sopracciglia. «Credo che a quella domanda abbiamo risposto ieri notte.»

Lei gli diede uno schiaffetto e sfilò i piedi dal suo grembo, per poi piantarli sul pavimento. «Pensavo che volessi fare qualcosa di *diverso*.»

«Vero.» Le sfregò il palmo lungo la coscia per afferrarle il ginocchio, per impedirsi di far scivolare le dita da qualche altra parte. «Beh, c'è un festival musicale in centro, sul lungomare. Vuoi andarci? Potremmo prendere qualcosa da mangiare, un paio di drink, ascoltare un po' di musica. Fare qualsiasi cosa.»

«Sembra divertente.» Grattò la testa di Flopsy e poi si alzò. «Mi metto le scarpe da ginnastica e poi possiamo andare.»

Chi voleva prendere in giro? Non aveva bisogno delle scarpe da ginnastica. Salì le scale di corsa come se non fosse stata in piedi per quattro ore di fila quel giorno, perché il pensiero di passare la giornata con Beckett la rinvigoriva.

Si bloccò di colpo appena entrata in camera da letto. Non era un bene, quella sensazione di avere bisogno di stare con lui. Non poteva portare a nulla di buono.

Ma era impotente, non riusciva a fermarla. Quella era la sua fantasia adolescenziale che si avverava; sarebbe stata un'idiota a non lasciarla andare fino in fondo. Dio solo sapeva che il suo ex l'aveva già ferita in modi in cui Beckett non avrebbe mai potuto ferirla, perché a lui non aveva giurato amore eterno, quindi non era come se stesse cercando il per sempre. Era solo un fine settimana; doveva goderselo.

Il suo telefono squillò. Sami.

Oh, cavolo. Non aveva nemmeno pensato di chiamare sua nipote dopo il lavoro, oggi. E non era un bene. Beckett non poteva essere più importante di Sami per lei.

«Ehi, Sami.»

«Ciao, mamma.»

Mamma. Quello era nuovo. Fino a quel giorno, era sempre stata mammina.

«Che succede?»

«La mamma di Cassie ci porta al cinema, ma ha detto di chiedere prima a te perché è un film sconsigliato ai minori di 13 anni e non sa se ho il permesso di vedere questo tipo di film. Posso?»

Jennifer discusse del film con Sami e poi con Linda, mentre si cambiava le scarpe e cercava di non notare che il suo letto non solo era stato rifatto, ma che erano state cambiate anche le lenzuola. «Divertiti, tesoro.»

«Lo farò, mammina.»

Il cuore di Jennifer sussultò a quel vezzeggiativo affettuoso. Le sarebbero mancati quegli anni, una volta che Sami fosse cresciuta. Sperava solo che sua nipote non diventasse come Andrea. E non importava quanto Jennifer cercasse di crescerla bene, sapeva che tutto si sarebbe ridotto alle scelte che Sami avrebbe fatto, motivo per cui doveva insegnarle a fare quelle giuste. Ma anche in quel caso, sarebbe dipeso da Sami. Le bastava guardare se stessa e Andrea. Cresciute nella stessa casa dagli stessi genitori, una era andata alla facoltà di veterinaria e l'altra... non stava andando da nessuna parte.

A proposito di non andare da nessuna parte... Jennifer si affrettò a scendere le scale. Metà della giornata era già passata.

«Tutto bene?» Beckett si alzò e si spazzolò via i peli di cane dal ginocchio.

Quel ragazzo aveva accarezzato il suo cane.

«Pensavo di dover venire a prenderti.»

«Non mi sarei lamentata.» Accidenti, la sua bocca aveva superato il cervello.

Lui le rivolse quel suo sorriso sexy. Si allargava un po' di più sul lato destro e i suoi occhi assumevano quello sguardo fumoso da camera da letto.

O forse stava solo proiettando i suoi desideri su di lui.

In entrambi i casi, non era così sicura che non dovessero semplicemente lasciar perdere il festival musicale e rimanere lì a comporre la loro musica.

«Uh, sì, beh...» Beckett si schiarì la gola. «Sai, stai rendendo la cosa difficile.»

«Definisci *la cosa*.»

Beckett Fields arrossì davvero. Non ci avrebbe creduto se non l'avesse visto con i suoi occhi.

Jennifer si sentiva più che un po' orgogliosa di sé per essere riuscita a farglielo fare.

«Jen, sto cercando di essere un gentiluomo, qui. Di fare la cosa giusta e non di buttarti sopra la mia spalla e fare di te quello che voglio fino a dieci secondi prima del ritorno di Sami. Puoi collaborare, per favore?»

«Mmm, suppongo che qualcuno non sopporti le prese in giro. Dovrò prenderne nota.» Si picchiettò la tempia. «Okay, Beckett. Andiamo, prima che ti faccia fare qualcosa di cui ti pentirai.»

* * *

L'unica cosa di cui si sarebbe pentito era averla fatta uscire di casa.

Seriamente, che diavolo gli era saltato in mente? Lei gli aveva praticamente offerto un pomeriggio di sesso senza impegno, e lui lo stava rifiutando per portarla a un festival musicale dove c'erano centinaia di altre persone, il cibo era unto, la birra stantia e il caldo avrebbe fatto ansimare un cammello.

Ci sei cascato in pieno, amico.

Non si sarebbe chiesto cosa fosse quel "qualcosa". Anzi, non si sarebbe chiesto proprio niente. Era lì con la ragazza dei suoi sogni, avevano già fatto l'amore e ora poteva passare altro tempo con lei. Se il suo io del liceo avesse avuto la minima idea di cosa sarebbe successo una quindicina d'anni dopo, forse avrebbe aperto bocca e le avrebbe parlato, allora.

Ma era contento che lei non sapesse chi fosse. Certo, era deluso che non lo riconoscesse, ma non poteva biasimarla. A quei tempi, era scontroso e lunatico e teneva la zazzera di capelli sugli occhi. Stava con le spalle curve e cercava di essere invisibile in mezzo a tutti i ragazzi che avevano davvero una vita. Una famiglia. Un futuro.

Ma era quello che era oggi per via del ragazzo che era stato allora, e non aveva intenzione di trovare scuse o chiedere perdono. Ma, per fortuna, dato che Jennifer non sapeva chi fosse, non doveva farlo.

Le tenne la portiera dell'auto, cogliendo un profumo mentre lei si lasciava sprofondare nel sedile di pelle. Peli di cane e di gatto; gliel'avrebbero ricordata per sempre. Molto diverso dal leggero profumo floreale che portava al liceo. Quello che portavano tutte le ragazze. *Baby's Breath* o qualcosa di simile che, sorprendentemente, aveva un odore piuttosto buono. Molte ragazze se ne inondavano, ma Jennifer ne aveva solo un profumo persistente – tutto ciò che aveva colto nei trenta secondi che le erano serviti per chiedergli se volesse aiuto e poi andarsene quando si era resa conto che non avrebbe risposto. Perché non era riuscito a tirare fuori le parole, non perché non avesse voluto.

Aveva conservato quel profumo, quel ricordo, con sé per tutti quegli anni. Si diceva che l'olfatto fosse il senso più potente per i ricordi. Il che significava che non avrebbe mai preso un animale domestico, perché non aveva bisogno del costante ricordo di lei quando se ne fosse andato da lì.

«Avrei dovuto fare la doccia,» disse lei quando lui salì in macchina.

«Stai benissimo così come sei.»

«Se non fosse che sono sicura di puzzare di sala operatoria e pelo di animali. Non possono essere gli odori più attraenti.»

Lui appoggiò l'avambraccio sinistro sul volante e si voltò verso di lei. «Fidati, Jen, sei molto attraente, peli di cane e tutto il resto.»

Gli piaceva quando arrossiva. Era sorpreso che lo facesse, dato quello che avevano fatto la notte prima.

«Andiamo, devi sapere che ti trovo splendida. Insomma, ti ricordi la scorsa notte?»

«Beh, certo, ma comunque... Non devi pensare che una persona sia splendida per andarci a letto.»

«Cosa? Pensi che faccia così con ogni donna a cui pulisco casa?» Era più che un po' arrabbiato che lei pensasse questo di lui.

«Per quante altre donne hai pulito casa?»

«Nessuna.»

«Quindi sono l'unica?»

«Sì.»

«E sei venuto a letto con me?»

«È una domanda?»

«Quindi hai pulito casa di una donna e sei andato a letto con una donna. Andiamo, Beckett. Hai a che fare con i numeri tutto il giorno. Facendo i conti, direi che sei al cento per cento, da cui la mia domanda.»

Lui la fissò, cercando di capire se fosse seria.

Ma poi colse la scintilla nei suoi occhi e il sorriso che aleggiava all'angolo della sua bocca e dovette sporgersi e baciarla.

Fu veloce, fu intenso, e finì troppo presto, ma se non fossero usciti dal vialetto in quel momento, non l'avrebbero fatto per il resto della giornata.

Ingranò la retromarcia e uscì prima che lei avesse la possibilità di dire qualcosa.

Ma poi, non ce ne fu bisogno. Lei si appoggiò allo schienale, incrociò le braccia e lasciò che il suo sorriso si mostrasse liberamente.

. . .

Quel sorriso rimase al suo posto per tutto il pomeriggio e Beck ne aveva uno corrispondente. Non riusciva a ricordare l'ultima volta che si era divertito così tanto, e non solo con una donna, ma con *chiunque*. Raramente si prendeva il tempo per starsene semplicemente in giro, passeggiare e vivere la vita senza un'agenda o una lista di cose da fare o numeri che gli giravano per la testa. Jennifer era come una boccata d'aria fresca – certo, l'aria quel giorno era calda e piena di umidità e il sudore gli colava lungo la schiena, ma non si era mai sentito così... beh... libero. Ecco cos'era quella sensazione: libertà. Non doveva rendere conto a nessuno, non doveva rispondere a una chiamata, tenere una riunione, fare una vendita, risolvere qualcosa... Quel pomeriggio si trattava solo di stare con lei e godersi l'atmosfera, il cibo e il relax.

Dio, non si rilassava da anni.

Mai, in realtà. Crescendo, era stato un lavoro rimanere con una famiglia che gli piaceva o capire come scappare da una che non gli piaceva. I compiti, il college e il tentativo di sbarcare il lunario quando era stato da solo... tutta la sua vita era stata una serie di arrampicate sulla scala successiva, tanto che aveva dimenticato come fosse non stare su un piolo per qualche ora.

«Sei terribilmente silenzioso.» Jennifer gli offrì un assaggio della sua banana ghiacciata.

Lui sorrise all'eufemismo non eufemistico. Lei avrebbe potuto leccare la sua banana qualunque giorno. «Sto solo assorbendo tutto. Godendomela.»

«Farai meglio a stare attento. Non si può dire che questo sia il più igienico dei posti.» Accennò al corn dog che veniva schiacciato da dozzine di piedi sul sentiero di ghiaia, ancora fangoso per la pioggia della notte prima.

«Sì, ma non è triste che il corn dog sembri ancora buono?» Si guardò intorno e adocchiò un carretto che li vendeva. «Ne vado a prendere uno.» Le afferrò la mano e si fece largo tra la folla verso il carretto.

«Sul serio? Quella roba ha lo stesso valore nutrizionale di un pezzo di corteccia. Anzi, scommetto che la corteccia ti fa più bene. Almeno è naturale.»

«Sì, ma questo è più buono.» Batté un dito sul bancone. «Un corn dog, per favore.»

«Certo.» L'adolescente brufoloso tirò fuori un foglio di carta cerata pretagliato e ci sbatté sopra un corn dog infilzato in un bastoncino. «Qualcosa per la moglie?»

Jennifer si strozzò e a Beck mancò il respiro.

«Amico, tutto bene?» L'adolescente gli porse il bastoncino. «Sono cinque e cinquanta.»

Jennifer riuscì a fare una risata che suonò come un colpo di tosse. «Cinque e cinquanta per delle arterie ostruite su un bastoncino? Caspita, che affare.»

«Ne vuole uno, signora?»

«No, grazie.»

Beck lo prese, diede al ragazzo dieci dollari e poi inclinò il corn dog verso Jen.

Lei scosse la testa. «Avanti, Fields, dagli un morso. Vediamo se è buono come sembra.» Il ragazzo sparì dalla finestra per prendere il resto. «Personalmente, non mi avvicinerei a quella roba nemmeno armata di un bastone lungo il doppio di quello su cui è impalata. Rimango sulla banana.»

Grazie a Dio il ragazzo tornò subito con il resto, perché Beck non riuscì a trovare una risposta sana e ragionevole al commento di lei.

Gli vennero in mente alcuni pensieri e immagini incredibili, ma nessuno che avrebbe voluto condividere. In pubblico, per lo meno.

«Sicura che non posso portarle niente, signora Fields?» domandò il ragazzo, facendo cadere il resto a Beck.

Riuscì ad afferrare le banconote mentre scendevano fluttuando verso terra tra le risate di Jennifer che diceva: «Sono sicura», ma dovette raccogliere le due monete da un quarto di dollaro dalla ghiaia fangosa.

«Okay, be', buona giornata al festival. Più tardi questo pomeriggio ci sarà della musica pazzesca al padiglione di River Road.»

«Grazie» disse Jennifer, afferrando un paio di tovaglioli. «Lo terremo a mente.»

Grazie a Dio aveva risposto lei perché Beck era talmente bloccato sulla faccenda della *signora Fields* che non riusciva ancora a spiccicare parola.

Come sarebbe stato avere davvero una moglie? E se quella moglie fosse stata Jennifer?

A dire il vero, non aveva mai pensato che ne avrebbe avuta una. Le famiglie con cui aveva vissuto... più sua madre... Non riusciva a ricordare nessun esempio brillante del perché la gente avrebbe dovuto non solo sposare qualcuno — cioè, legarsi a una persona per tutta la vita — ma anche metter su famiglia. Le famiglie erano complicazioni che per alcuni funzionavano, lo capiva, ma per lui... Teneva troppo alla sua indipendenza e alla sua sicurezza finanziaria ed emotiva per rischiarla per un'altra persona.

Chi si scusa, si accusa.

«E adesso dove andiamo, *signor* Fields?»

Ignorò la sua insinuazione sulla *signora*. «Be', abbiamo avuto una raccomandazione da un ragazzino la cui idea di alta cucina è un fritto misto di interiora di maiale su un bastoncino, quindi devo credere che la musica sarà altrettanto buona.»

«E adesso lo mangerai, dopo quella descrizione?»

Guardò l'intruglio fritto. «Sì. Non c'è niente come un corn dog.» Ne prese un morso. Era freddo e molliccio. «Okay, forse sì. Tipo una vecchia scarpa lasciata fuori sotto la pioggia.»

«Mmm, che bontà. Forse avrei dovuto prenderne uno.»

«Tieni. Puoi avere il mio.» Le porse il corn dog, aspettandosi che indietreggiasse inorridita.

Invece, lo sconvolse da morire prendendo il morso più sensuale a un corn dog che avesse mai visto.

Lo riportò dritto alla notte precedente, quando aveva avuto le labbra avvolte intorno a lui.

Maledizione, gli diventò duro proprio lì, in mezzo alla folla.

Lei si rialzò, masticando con un sorriso stampato in faccia. Sapeva esattamente l'effetto che gli aveva fatto.

«Oh, non so, non è male. Anche se *ho* assaggiato di meglio.»

E a quel punto gli diventò ancora più duro. Al punto che, quando lei si gettò i capelli — la coda di cavallo — oltre la spalla e ancheggiò in un modo che il suo sedere lo invitava a seguirla, non ci riuscì.

Beck inspirò profondamente e impose alle sue gambe — le due che toccavano terra, si intende — di andarle dietro. All'altro... ordinò di darsi una cazzo di calmata.

Sfortunatamente, camminare dietro a Jennifer mentre si dirigeva verso il padiglione non aiutò affatto la situazione.

Jennifer non poteva credere a quanto si sentisse a suo agio con Beckett. Certo, avevano fatto l'amore, quindi *avrebbe dovuto* sentirsi a suo agio, dato che lui l'aveva vista nel suo momento più vulnerabile e intimo, ma non era come se facesse quel genere di cose tutti i giorni. Soprattutto non con qualcuno per cui aveva avuto una cotta colossale ai tempi.

Ma... strano... Aveva smesso di pensare a lui come a John Becker. Non conosceva nemmeno quel ragazzo, in fondo. Aveva solo pensato che fosse carino e che gli servisse un'amica, ma non ci aveva nemmeno mai scambiato una parola. La sua reputazione aveva parlato per lui e non c'era niente come il fascino del cattivo ragazzo da salvare — o almeno così pensava allora. Ah, le complessità delle cotte adolescenziali.

Sorrise quando le punte delle dita di lui sfiorarono le sue. Forse non conosceva John Becker, ma stava imparando a conoscere Beckett Fields, e quello che imparava le piaceva.

Voleva ancora sapere il perché del cambio di nome, però, ma non poteva scoprirlo senza fargli sapere che sapeva chi era, e che sapeva che lui non aveva la minima idea di chi fosse lei.

Sì, non sarebbe successo. Non avrebbe dovuto nemmeno aspettarsi che lui *sapesse* chi era, comunque. Dopotutto, non era come se l'avesse mai cercata al liceo. Probabilmente non sapeva nemmeno il nome della ragazza che si era offerta di aiutarlo con i compiti. Nella sua testa, aveva ingigantito quell'episodio molto più di quanto non fosse in realtà. E venir fuori ora e raccontargli il loro minuscolo passato sarebbe stato, be', imbarazzante.

Eppure, le sarebbe piaciuto sapere cosa lo aveva spinto a cambiare nome.

«Allora, dove vuoi sederti? Davanti con le groupie della band o dietro così non ci spacchiamo i timpani?» Le intrecciò le dita con le sue e la fermò quando arrivarono all'arena, che era praticamente una sezione di cemento transennata da rastrelliere metalliche per biciclette e fiancheggiata da sedie pieghevoli di fronte a un palco essenziale con luci sufficienti a mostrare chi stava suonando, ma che non avrebbe vinto nessun premio per lo spettacolo di luci.

«Sediamoci verso il fondo, così avremo l'effetto completo.»

«Ottima scusa per salvare i timpani.» Tirò indietro due sedie dalla fila di fronte a loro. «E in questo modo, possiamo andarcene se vogliamo.»

«Perché dovremmo volercene andare? Hai già sentito queste band?»

«Non ha niente a che vedere con le band...» Mosse le sopracciglia, facendola ridere.

«Ehi, sei tu quello che ha organizzato la giornata per noi. A me sarebbe andato bene rimanere a letto tutto il giorno.»

«Sul serio, donna, così mi uccidi. Sto cercando di essere un gentiluomo, qui.»

«Che resti agli atti che è stata una *tua* decisione, non mia.»

Lui inspirò bruscamente.

Lei sorrise mentre prendeva posto. Bene. Poteva provare un po' di quello che provava lei ogni volta che lui la toccava o incrociava il suo sguardo o le sorrideva. Diamine, il solo respirare vicino a lui la eccitava.

Non era affatto giusto che potesse farlo con un solo sguardo.

Il suo braccio scivolò lungo la parte superiore della sua sedia pieghevole, ogni pelo del suo braccio le sfiorò la schiena, accendendo cellule nervose lungo il cammino.

Già. Per. Niente. Giusto.

* * *

Cinque ore, venticinque chilometri a piedi, tre birre, un funnel cake, una scatola di popcorn, e i famigerati corn dog e banana ghiacciata più tardi, tornarono barcollando alla macchina.

Jennifer mise una mano sulla portiera quando lui gliela aprì. «Non credo di dovermi sedere; sono un disastro sudato.»

«Sei bellissima.» Le parole gli uscirono senza che lui nemmeno ci pensasse.

«Oh, per favore. Ho i capelli appiccicati alla faccia. Sono scottata dal sole, probabilmente ho ancora dello zucchero a velo attaccato a una guancia e mi sento come se avessi perso cinque chili sudando.»

Se solo avesse potuto vedere quello che vedeva lui. «Le tue guance e il tuo petto sono rosati, i tuoi capelli sono come quando ci passo le dita in mezzo, e per quanto riguarda il tuo corpo... fidati, Jen, non c'è assolutamente niente che non vada.»

E proprio così, la temperatura salì alle stelle.

«Vuoi fare un bagno per rinfrescarti?» O fare una doccia fredda insieme, ma quello li avrebbe *davvero* rinfrescati? Ne dubitava.

Lei lo scrutò socchiudendo gli occhi. «Non ho una piscina. Né il costume.»

«Puoi nuotare vestita. Il mio condominio ha una piscina.» E il suo appartamento aveva un letto molto grande.

Uno in cui non aveva mai portato un'altra donna.

Amico—

Sì, sì, avrebbe dovuto riconsiderare. Lo capiva. Era la cosa intelligente da fare. La cosa sicura.

Ma il fatto era che non voleva stare al sicuro con Jennifer. Intelligente, sì, perché non voleva rovinare tutto questa volta, ma al sicuro...? Stare al sicuro non lo aveva mai portato da nessuna parte.

Lei batté le dita sul tettuccio della sua macchina. «Per quanto allettante sia l'offerta, dovrei davvero andare a casa. Sai... Flopsy.»

Lui espirò e fece un passo indietro per farla salire sul sedile del passeggero. «Sì. Lo so. Flopsy.»

Povero cane, probabilmente stava impazzendo dopo una giornata da solo — ma quel dannato animale aveva Jennifer tutta per sé tutto il tempo; sicuramente non avrebbe negato a Beck *un po'* di tempo con lei?

E quando iniziò a considerare i sentimenti di un cane, seppe di esserci cascato in pieno.

Il che era una ragione in più per cui avrebbe dovuto portarla a casa sua, al diavolo le conseguenze e le ramificazioni.

Era anche una ragione per cui *non avrebbe dovuto* farlo.

Capitolo Venti

Povero Flopsy, la mattina dopo ballava *di nuovo* in cucina.

Beck non si sentiva minimamente in colpa.

Okay, forse solo un po'. Il poveretto era di sotto a chiedersi quando avrebbe trovato un po' di sollievo, mentre Beck era stato di sopra a riceverne a palate per tutta la notte.

Sorrise mentre apriva la porta sul retro che dava al giardino recintato. «Scusa, amico.»

Flopsy non si voltò nemmeno. Non che Beck potesse biasimarlo. Doveva essere un inferno dover aspettare che qualcuno lo facesse uscire.

Avrebbe dovuto installare una gattaiola per il piccoletto. Una di quelle che si attivavano con il collare, per dare al bastardino la possibilità di controllare la propria vescica e anche di scappare da Nero.

Cristo, adesso si stava creando la sua lista dei lavoretti da fare?

Scosse la testa. Quando si cominciava a pulire la casa di una donna, i progetti fai-da-te erano poi un passo così lungo?

Si guardò intorno in cucina. Jennifer teneva la casa in buono stato, ma era grande e lei aveva un lavoro.

E una figlia.

La cosa gli pesava sempre meno.

Scosse la testa. Questa... *cosa*... con Jennifer... non era affatto ciò che pensava di volere nella sua vita: pensare a una donna tutto il santo giorno. Voler stare con lei per la semplice idea di starle accanto. Non sessualmente, non fisicamente, ma... ma... come? Emotivamente? Lui non aveva emozioni. Non per le donne. Diamine, lui provava emozioni solo riguardo al garantirsi una vita agiata. L'ambizione era la sua emozione più grande. Quella e il desiderio di non soffrire mai più la fame o di non essere più un senzatetto.

Si guardò intorno. Jennifer aveva una casa fantastica. Certo, era disordinata e c'erano alcune scheggiature sulla porta della dispensa, come se Flopsy avesse cercato di entrare — anche se probabilmente era stato Nero — ma la casa era *vissuta*. Molto diversa dall'abitazione da esposizione in cui viveva lui.

Si lasciò cadere su una sedia. Era vero; il suo attico era meraviglioso. Era costato una fottuta fortuna, così come l'arredatrice d'interni che aveva ingaggiato per renderlo perfetto come su una rivista, insieme ai mobili e alle opere d'arte costose con cui l'aveva riempito. Era il suo altare personale al livello di successo che aveva raggiunto.

E non era neanche lontanamente caldo, accogliente e familiare quanto il santuario vissuto di Jennifer per bambini e animali. Quindi, chi aveva la vera storia di successo?

Si passò una mano sulla nuca. Cavolo, che cosa gli stava *succedendo*? Due notti di sesso fantastico — okay, diciamo pure sesso *incredibile* — e adesso pensava a pulizie, progetti fai-da-te e animali domestici?

Merda. Doveva andarsene da lì. I suoi feromoni gli stavano facendo impazzire il cervello. Il poco sesso dell'ultimo anno aveva reso quella cosa con Jennifer più grande di quanto non fosse. Dopotutto, certo, aveva avuto una cotta per lei al liceo e ora era una donna eccezionale, ma non avrebbe permesso che il suo piano di vita andasse fuori strada perché il suo cazzo era felice.

Ebbe una contrazione. Okay, era più che un po' felice.

Eppure, per l'amor del cazzo, era solo *sesso*. Certo, sesso fantastico, ma il sesso era sesso e basta.

Lei aveva la parola "famiglia" scritta in faccia e lui non sapeva come gestire quella roba.

Flopsy grattò la porta sul retro con un triste guaito. Beck lo fece entrare, meravigliandosi della fiducia assoluta che quel cane aveva nel fatto che Beck *avrebbe* aperto la porta e, dirigendosi verso la ciotola, che Beck lo avrebbe nutrito.

Un cane aveva più fiducia nel genere umano di quanta ne avesse lui stesso.

Versò le crocchette nella ciotola di Flopsy. Il cane era un trovatello; come poteva quella creatura fidarsi di un altro essere umano dopo essere stato abbandonato o maltrattato da uno di loro?

«Tutto bene laggiù?» La voce di Jennifer fluttuò dal piano di sopra.

«Ehm, sì.» Stava ricevendo lezioni di vita da un cane a tre zampe, ma certo, tutto bene.

Beck tirò di nuovo fuori la sedia della cucina, stavolta sedendocisi a cavalcioni, continuando a fissare Flopsy che ingoiava beatamente cibo croccante e industriale. Quello, un posto per dormire e una mano gentile erano le uniche cose di cui il cane aveva bisogno per sentirsi a casa.

Perché non poteva essere così facile per un uomo?

«Beckett?» Jennifer entrò in cucina. «Oh. Che stai facendo? Flopsy sta bene?»

Beck nascose una smorfia per essere stato sorpreso a contemplare i misteri della vita davanti a una ciotola di cibo per cani. «Sta bene. Sono solo stupito che le crocchette gli bastino.»

«Eh?»

Fece spallucce, cercando di apparire nonchalant perché non c'era modo che avrebbe riversato le sue paure più profonde proprio su Jennifer. Preoccuparsi per un altro essere umano era troppo rischioso, così come riporre la propria fiducia in loro. «Pensavo che i cani fossero carnivori, eppure lui è felice di mangiare roba croccante che non assomiglia neanche lontanamente alla sua dieta naturale.»

«Beh, era malnutrito quando l'abbiamo preso, quindi la sua dieta naturale non faceva quello che doveva. Le crocchette sono esattamente ciò di cui il suo corpo ha bisogno.»

«Non stavo mettendo in discussione la tua professionalità, Jen. È più...» Si passò una mano tra i capelli. «Non so. Il fatto che accetti la sua sorte.»

Lei si chinò e accarezzò il cane. «Mi piace pensare che la sua sorte sia migliorata da quando ha incontrato me e Sami. Come ho detto, era malnutrito e piuttosto malato quando è arrivato da noi. Ora, non so nemmeno se si ricordi i brutti momenti. È incredibile quello che un po' d'amore può fare.»

Stava parlando del cane, lo sapeva, ma le implicazioni per la sua vita lo colpivano un po' troppo da vicino, perché la sua vita era certamente migliorata da quando lei e Sami ne erano entrate a far parte.

E quella era tutta la riflessione che si sarebbe concesso al riguardo. Aveva un piano per la sua vita e *non* includeva una moglie e una figlia. Era *quello* che doveva ricordare.

«Allora, cosa vuoi fare oggi?» Si alzò e rimise la sedia sotto il tavolo della cucina.

Lei si morse il labbro inferiore. «Beh...»

Inclinò la testa. «Perché ho la sensazione che non vorrò fare qualunque cosa sia?»

Lei fece spallucce. «Beh, *tu* l'hai suggerito ieri e più ci pensavo, più credo sia una buona idea.»

Il suo cervello tornò di corsa a ciò che aveva detto ieri, ma non riusciva a ricordare. «Okay, mi arrendo. Di che stai parlando?»

«Il castello-gioco che voleva Sami. Penso che sia una buona idea per lei. E dato che sei qui, potrebbe essere divertente lavorarci insieme e ci darebbe la possibilità di organizzare il capanno. Che ne pensi?»

Fu l'*insieme* a colpirlo. «Ma pensavo avessi detto che non ne aveva bisogno.»

«Beh, certo che non ne ha *bisogno*, ma è solo che... le piacerà molto avere qualcosa che sia specificamente suo. E potrebbe tenere la lettiera del gatto fuori dalla vasca.»

C'era dell'altro dietro al suo ragionamento, ma dato che non aveva esattamente diritto a quell'informazione, questo era tutto ciò che avrebbe ottenuto. La domanda era... era abbastanza?

Ah. Chi diavolo stava prendendo in giro? Qualsiasi briciola che Jennifer volesse condividere con lui sarebbe stata più che sufficiente.

Sì, ci era cascato in pieno e per quella ragione, avrebbe dovuto levare le tende.

Cosa che, ovviamente, non fece.

Sorprendentemente, a Beck piacque davvero costruire il castello-gioco con Jennifer e piantare gli arbusti e i fiori che lei aveva scelto per "rifinirlo". Scoprì di avere un talento per costruire cose. Non guastava che le istruzioni fossero facili da seguire e che Jennifer avesse gli attrezzi necessari, ma fu davvero *divertente*. E, doveva ammetterlo, piuttosto soddisfacente.

Non aveva mai pensato che piantare fiori potesse essere soddisfacente, ma stava scoprendo che molte delle sue nozioni preconcette venivano stravolte quando era con lei.

Il che gli fece ricordare la notte precedente, quando *lei* si era capovolta e—

«Ecco la tua limonata.»

Jennifer uscì dalla cucina proprio al momento giusto. Aveva bisogno di una bevanda ghiacciata per scacciare *quel* pensiero dalla testa.

«Sei sicuro di non volere qualcosa di più forte?» Si passò il bicchiere sulla fronte mentre si sedeva accanto a lui, goccioline d'acqua che le scivolavano sulla pelle, e quella vista lo inchiodò alla panchina su cui era seduto con la stessa efficacia con cui avrebbe potuto usare la pistola sparachiodi.

Addio effetto ghiaccio.

Scosse la testa.

«Non posso credere che abbiamo finito così in fretta.»

Tracannò metà del bicchiere. «Come dice quel proverbio, che l'unione fa la forza?»

Lei inarcò un sopracciglio verso di lui mentre portava il bicchiere alle labbra. «Non so se quattro mani si possano definire un'unione.»

«Meglio di due.»

Lei annuì, poi bevve un sorso. «Vero.»

Beh, dannazione. Aveva ragione. Quattro mani *erano* meglio di due. E due teste erano meglio di una. E i due *diventeranno* una cosa sola e—santo cazzo! *Dove* stava andando a parare il suo cervello?

«A che ora torna Sami dal campo estivo?» *Sami. Non dimenticarti di Sami.* La *bambina*. Della quale non aveva mai voluto essere responsabile.

Tranne che... Sami era *sua* figlia, e quel pronome stava iniziando a fare una differenza enorme.

Era in un mare di guai. Doveva andarsene da lì. Ritrovare un po' di prospettiva, su ciò che voleva dalla *vita*, non dai prossimi appuntamenti.

Jennifer guardò l'orologio. «Tra una mezz'oretta. Abbiamo finito giusto in tempo.»

Opportunità perfetta per andarsene da lì. «Immagino che allora dovrei andare.»

«Non vuoi essere qui quando lo vedrà? Per raccogliere i frutti del tuo duro lavoro?»

E vedere l'adorazione nei suoi occhi? Assolutamente no. Stava già facendo abbastanza fatica con le sue emozioni contrastanti riguardo a Sami e a ciò che rappresentava; non poteva gestire anche quelle di lei.

«Probabilmente è meglio di no. Non voglio darle l'idea sbagliata.»

Il sorriso di Jennifer si smorzò. «Oh. Già. Immagino tu abbia ragione.»

Dannazione. Perché si sentiva come se avesse preso a calci un gatto... no, un cane. Nero non era esattamente l'emblema degli animali simpatici. Flopsy, d'altro canto... «A meno che tu non pensi che dovrei restare?»

Dio, era patetico. In realtà voleva essere lì e vedere la gioia di Sami, ma era troppo codardo per ammetterlo e voleva che Jennifer lo facesse sentire in colpa per farlo restare. Cristo. Se avesse gestito i suoi affari allo stesso modo, nessuno avrebbe più un lavoro. «Lascia perdere quella domanda. Hai ragione. A dire il vero, *vorrei* essere qui. Ne sarà felicissima.»

Jennifer si umettò le labbra e fece girare un dito lungo il bordo del suo bicchiere prima di alzare lo sguardo su di lui. «Non so, Beckett, forse hai ragione. Forse...»

«Mamma! Beck! Dove siete?» L'urlo di Sami divenne più forte di secondo in secondo, ponendo fine a ogni discussione sulla sua eventuale assenza.

Sami spalancò la portafinestra che dalla cucina dava sulla terrazza. «Sei qui, Beck! Sei davvero qui!»

Poi gli si gettò tra le braccia.

Dio, era così dannatamente bello stringerla.

Quasi quanto era bello stringere sua madre.

La strinse a sé per impedire al cuore di uscirgli dal petto.

Era nella merda fino alla vita.

«Speravo tanto tanto che ci fossi. Mi sei mancato così tanto!» Inclinò la testa all'indietro, i ricci le ricaddero dal viso, e l'adorazione fu sostituita da qualcosa che lui aveva troppa paura di ammettere. «Ti sono mancata?»

Deglutì e annuì, non fidandosi a parlare. Non quando sentiva quanto Sami desiderasse una risposta, e come lo sguardo di Jennifer lo stesse trafiggendo. Una sola parola e la sua determinazione si sarebbe sgretolata ai suoi piedi.

Doveva andarsene da lì. Tipo, ieri.

Ma Sami non lo lasciava andare. Lo strinse più forte, praticamente aggrappandosi a lui con tutte le sue forze.

Proprio non capiva perché. Non aveva idea che sarebbe stato un patrigno terribile.

Cazzo. Patrigno? *Sei così fuori strada, coglione, che da qui non si vede neanche casa base. E adesso cosa farai?*

Guardò Jennifer.

Lei sbatté le palpebre. Rapidamente.

Una lacrima le sfuggì dall'angolo dell'occhio, ma riuscì ad asciugarla.

No, non fino alla vita; ci era dentro fino al collo.

Forse anche sopra la testa.

«Sami, perché non lasci respirare Beckett?» Jennifer le toccò la schiena. «Vuole mostrarti la nostra sorpresa.»

La testa di Sami scattò verso sua madre. «Sorpresa?»

Lo lasciò andare e Beck inspirò una grande boccata d'aria. Poi un'altra. Aveva bisogno di aria, perché le emozioni degli ultimi minuti gliel'avevano rubata tutta.

Che diavolo avrebbe fatto?

«Cos'è, Beck?»

Abbassò lo sguardo su Sami, il cui sorriso era così grande da togliergli di nuovo il fiato.

Tale madre, tale figlia.

«Eh?» Aveva perso il filo del discorso.

«La mia sorpresa. La mamma ha detto che ne avevi una per me.»

Guardò Jennifer, ancora senza capire cosa stesse succedendo.

Jennifer fece un cenno verso il castello giocattolo.

Oh. Giusto.

Scompigliò i ricci di Sami. «Beh, non so... non hai ancora abbracciato la mamma ed è stata una sua idea.» Doveva ammettere che l'adorazione di Sami la stava accecando di fronte all'enorme struttura di legno in fondo al giardino.

Ma lei corse da Jennifer e le diede un abbraccio. «Scusa, mamma. Anche tu mi sei mancata. È che, sai, mi aspettavo di trovarti qui. Ma non sapevo se ci sarebbe stato anche Beck.»

Jennifer le pizzicò il naso e le baciò la guancia. «Sì, è ancora qui. Perché ha dovuto aiutarmi a costruire quello.» Detto questo, fece voltare Sami per farle vedere la casetta.

L'urlo di Sami fu l'espressione di gioia più pura e sincera che Beck avesse mai sentito.

«È mia? Tutta mia?» Sami avrebbe avvolto le braccia attorno all'intera struttura, se ci fosse riuscita. Così com'era, abbracciò l'angolo anteriore molto strettamente, con gli occhi grandi come il lampione di fronte.

«Sì, tesoro, è tutta tua.»

«Cassie!» Sami corse di nuovo verso la porta. «Sbrigati! Vieni a vedere! Guarda la mia casa personale! Puoi venire a trovarmi.»

La bambina uscì saltellando seguita da sua madre e a Beck si strinse il cuore. Cassie. Oh, cavolo. Non si era reso conto che Cassie e sua madre sarebbero entrate quando avevano riaccompagnato Sami.

Fece una smorfia. La povera Cassie non aveva un castello giocattolo e odiava l'idea che si sentisse come se le stessero rigirando il coltello nella piaga. «Anche Cassie ne avrà uno. Il negozio ha dovuto ordinarlo.»

Pregò Dio che ci fosse abbastanza spazio nel giardino della bambina. Merda. Vivevano in una casa o in un appartamento dove non potevano montarlo?

Dall'espressione sul volto della madre di Cassie, propendeva per un grosso SÌ a quest'ultima domanda.

Dannazione. Era un vero incapace quando si trattava di bambini. *Ecco* perché non sarebbe mai dovuto diventare un genitore.

Sarebbe dovuto essere il più grande stronzo del pianeta e infrangere i sogni della povera Cassie.

«Evvai! Cassie, hai sentito? Saremo gemelle di casa! Possiamo decorarle uguali e tutto il resto!» Sami aprì la porta di scatto. «Vuoi entrare a vederla?»

Cassie, la cui espressione conteneva così tanta speranza e felicità che Beck avrebbe voluto scavarsi una buca e sotterrarsi per non uscirne mai più, corse a raggiungere Sami.

Fissò entrambe le donne dopo che le bambine si sbatterono la porta alle spalle, urlando mentre correvano attraverso le due stanze al piano di sotto per poi arrampicarsi sulla scala verso il soppalco.

«Ehm, spero che vada bene se Cassie ha un castello giocattolo. Immagino che avrei dovuto chiederglielo prima.»

La mamma di Cassie aprì la bocca, ma non uscirono parole.

Dannazione, aveva davvero fatto un casino.

Jennifer scattò in piedi. «Sì, Linda, mi dispiace che non Le abbiamo chiesto prima il permesso. Se è un problema per la Sua villetta a schiera, saremmo più che felici di montarlo qui e Cassie potrà venire quando vuole e, ovviamente, decorarlo come preferisce.»

Jennifer gli lanciò un'occhiata che non seppe interpretare. Il che era sorprendente, perché di solito era bravo a leggere le persone, ma con Jennifer aveva paura di leggere la cosa sbagliata in qualsiasi cosa facesse o dicesse, perché per lui significava così tanto.

Lei significava così tanto per lui.

«Beh, io...» Lo sguardo di Linda guizzò tra lui e Jennifer. «Non so davvero cosa dire. Dovrò chiedere al padrone di casa, ovviamente.»

Beck prese nota mentalmente di chiamare il padrone di casa e comprare la villetta a schiera, se fosse stato necessario perché Cassie potesse avere il suo castello giocattolo.

«È solo che non so se possiamo accettarlo.»

Jennifer mise una mano sul braccio di Linda. «La prego, Linda...»

«Considererei un favore personale se lo facesse.» Beck se ne assunse la responsabilità prima che potesse farlo Jennifer. L'aveva combinata lui; avrebbe risolto lui.

«Beh...» Un sorriso incerto incurvò le labbra di Linda. «Se ne è sicuro...»

«Mamma! Devi vedere lo specchio magico che c'è qui dentro!» gridò Cassie dalla finestra del soppalco.

Linda guardò tutti e tre, ovviamente combattuta su dove dovesse essere.

«Vada.» Beck fece un gesto con la mano. «Dovrebbe vederlo. È piuttosto carino, se posso dirlo.»

Jennifer inclinò la testa mentre Linda si affrettava a raggiungere sua figlia. «Perché l'hai fatto?»

«Fatto cosa?» Seguì Linda con gli occhi, ma ogni altro suo senso era sintonizzato su Jennifer. Seppe l'istante prima che la mano di lei si posasse sul suo avambraccio.

Tuttavia, non fu preparato all'impatto.

«Dire che ne abbiamo preso uno per Cassie.»

Continuava a non guardarla. «Hai visto la faccia di Cassie. Ne voleva davvero uno.»

«Lo so, e anche se non puoi dare a ogni bambino tutto ciò che vuole,» gli strinse il braccio, «sono contenta che tu abbia detto quello che hai detto. Dividerò la spesa con te.»

Deglutì, poi si costrinse a guardarla — non che fosse una sofferenza, ma era preoccupato di quali emozioni sarebbero sgorgate fuori. Doveva mantenere il controllo perché lì, in quel momento, voleva fare a Jennifer promesse che non aveva mai voluto fare a un'altra donna, e che non aveva mai *pianificato* di fare a nessuno. Era troppo coinvolto in quel momento. Troppo coinvolto in tre — diavolo, *quattro* — femmine che lo guardavano come se fosse un cavaliere dall'armatura scintillante.

Per la prima volta nella sua vita, desiderava esserlo.

E questo lo spaventava più di qualsiasi operazione di borsa rischiosa avesse mai fatto, perché perdere un sacco di soldi impallidiva in confronto a deludere una bambina, o una donna.

«No, Jen, non devi. Ho fatto io il grande gesto, quindi lo porterò a termine io.»

«Beh, ti aiuterò a montarlo. Dato che abbiamo fatto pratica con questo, scommetto che ci metteremo la metà del tempo. Come hai detto tu, quattro mani sono meglio di due.»

E i due diventeranno una sola carne.

Sì, stava affogando nella domesticità e non c'era un salvagente in vista. Doveva tornare alla sua vita reale e lasciare questa da favola nel castello là fuori con Sami e Cassie.

Perché sapeva, per esperienza diretta, che per lui non c'era un lieto fine nelle carte.

Capitolo Ventuno

«Allora, quando usciamo di nuovo con Beck?» Negli ultimi otto giorni, Sami aveva posto la stessa domanda in quindici modi diversi.

E Jennifer ancora non aveva una risposta.

Perché Beckett non aveva risposto alle sue chiamate. O non l'aveva chiamata.

Oh, si era presentato per pulire casa sua; la cucina non era mai stata così scintillante, e aveva persino organizzato la dispensa, ma il biglietto di quattro parole che aveva lasciato — *Buona giornata!* — non poteva certo considerarsi una forma di comunicazione. Soprattutto perché si trattava di un appunto calligrafico stampato su carta intestata della Manley Maids, nemmeno personalizzato.

Che diavolo stava succedendo?

«Ma-*a-amma*, mi manca un sacco.»

«Lo so, Sami.» E lo sapeva bene. Personalmente.

«Non gli piacciamo?»

«Certo che gli piacciamo, tesoro. È solo impegnato. Ha un'azienda da mandare avanti. Stava solo aiutando la signorina Manley con le pulizie, ricordi? Ha fatto molte cose con noi, ma questo significa che non ha potuto fare il lavoro che doveva, quindi ora sta recuperando.»

«Allora tornerà quando avrà recuperato tutto?»

Era quella la domanda da un milione di dollari, no?

«Dovremo vedere.»

«Dici sempre così quando non sai la risposta o non vuoi dirmi la verità perché pensi che non mi piacerà.»

Quella bambina era una volpe.

«Be', *non* so la risposta perché non gli ho parlato, Sami.» Jennifer cercò di non far trasparire la frustrazione nella sua voce, ma si sentiva esattamente come quella bambina di sette anni.

«Dovrei chiamarlo io. Scommetto che con me parlerà. L'ha fatto l'ultima volta, ricordi?»

«Sami, tu *non* devi assolutamente chiamare Beckett. Hai mentito agli assistenti sociali e ora la gente pensa che io e lui siamo fidanzati.» Aveva dovuto spiegare che l'entusiasmo di Sami l'aveva fatta parlare a sproposito e che no, non c'era nessun fidanzamento. Ogni volta era una pugnalata al cuore.

«Be', dovreste esserlo. A lui piaci, a te piace lui, a me piace lui e io piaccio a lui. Persino a Nero piace.»

Jennifer sbuffò. «A Nero *non* piace lui.»

«Certo che gli piace. È triste perché Beck non si fa vedere spesso. L'ho visto annusare lo straccio che Beck ha lasciato l'altro giorno.»

Probabilmente per pisciarci sopra.

«A proposito di Nero...» Jennifer voleva disperatamente cambiare argomento. «Dobbiamo fargli la visita annuale. Che ne dici se lo portiamo al mio studio dopo cena stasera? Puoi aiutarmi.»

«Forte! Posso portare Molly? Anche lei ha bisogno di una visita.»

«Certo.»

«Allora dovremmo chiedere a Cassie di portare Polly, perché sono sorelle, giusto? Vorrei avere una sorella. Se sposassi Beck, potrei averne una, sai.»

Oh, Dio del cielo, salvami. «Non sposerò Beckett.»

«Allora posso farlo io?»

«Devi sposare qualcuno della tua età, Sami. E non prima di essere abbastanza grande.»

«Ma tu sei abbastanza grande, allora perché non lo sposi? Persino nonna Lois vuole che lo fai.»

Jennifer guardò nello specchietto retrovisore dopo aver svoltato nella loro strada. Grazie a Dio erano quasi a casa. «Tu fai mai qualcosa che vuole nonna Lois?»

Sami ridacchiò. «No.»

«Allora perché dovrei farlo io?»

Sami annuì, con i riccioli che le rimbalzavano sulla testa. «Giusto. Capisco. Probabilmente, siccome lo vuole nonna Lois, non è una buona idea, vero?»

Jennifer odiava davvero dover sacrificare sua nonna per questo, ma forse avrebbe finalmente messo fine alla conversazione.

Oooh, pessima scelta di parole, perché le riportò alla mente tutte le immagini di quando lei e Beckett erano andati a letto.

«Diciamo solo che quello che vuole nonna Lois di solito è la cosa migliore per lei, quindi dobbiamo soppesare attentamente le nostre opzioni.»

«Allora, quanto pesa Beck?»

«Nessuna idea.» Be', non era esattamente vero. Aveva un'idea piuttosto precisa di quanto fosse pesante... quando le stava sdraiato sopra.

Grazie a Dio erano a casa.

Premette il pulsante dell'apri-garage sulla visiera, poi fece scivolare l'auto all'interno. Non vedeva l'ora di scendere da quella macchina. «Okay, vado a far uscire Flopsy e a dargli la cena mentre tu vai a prendere Nero. Ti sembra un buon piano?»

«E la *nostra* cena?»

«Prenderemo qualcosa al drive-thru, che ne dici?» Questo le avrebbe fatte uscire di casa in fretta per tornare in ambulatorio, dove ci sarebbe stato abbastanza da tenere Sami concentrata sugli animali e far deragliare il treno-Beckett.

«Wow. Non mi lasci mai prendere cibo al drive-thru. Non pensavi che tutto quel cibo ci facesse male?»

«A volte va bene. Tutto con moderazione.»

Un pensiero che Beckett, con la sua mancanza di telefonate, a quanto pareva prendeva alla lettera.

Jennifer sospirò mentre faceva uscire Flopsy nel cortile sul retro. Sapeva che Beckett non era il tipo da "per sempre felici e contenti" quando era iniziata, ma mentre passavano del tempo insieme, aveva sperato...

La stessa cosa che aveva sperato ai tempi del liceo. La stessa cosa che l'aveva attratta a Trent.

E questo era quello che si otteneva a volere i cattivi ragazzi. Certo, Beckett era un bravo ragazzo adesso, ma con il suo passato...

A essere onesti, lei non gli aveva chiesto una relazione e lui non gliel'aveva offerta. Sapeva fin dall'inizio che era tutta una questione di attrazione. Diamine, la prima sera era stata persino più aggressiva di quanto non lo fosse mai stata. Era una ragazza grande; sapeva come stavano le cose.

Grazie a Dio, almeno, Sami non sapeva che si era fermato a dormire. Che le cose si erano evolute a quel modo. La bambina gli avrebbe già scelto l'abito da sposa, motivo per cui Jennifer non voleva far sfilare uomini dentro e fuori da casa sua.

A tal fine, prese il telefono e compose il numero della Manley Maids. La storia degli uomini finiva adesso. «Salve, Mac, sono Jennifer Bingham.»

«Salve, Jennifer. Beckett sta ancora facendo un buon lavoro? Va tutto bene?»

«Ehm, sì, ma so che finirà qui alla fine del mese e volevo organizzarmi per avere qualcuno dopo di lui.»

Parlarono ancora un po' delle prestazioni di Beckett — anche se non del tipo su cui Jennifer poteva dare informazioni approfondite — e di ciò che Jennifer cercava in un aiuto a tempo pieno, poi concluse la telefonata con un senso di definitività che non le piaceva affatto.

Dannazione. Non doveva innamorarsi di quel ragazzo.

Purtroppo, l'aveva fatto.

Ma, per quanto sarebbe stato doloroso, lo avrebbe superato. Se superare il casino di Trent aveva dimostrato qualcosa, era che lei era una sopravvissuta. Aveva superato Beckett — John — una volta; poteva farlo di nuovo.

* * *

«Sei davvero uno stronzo, lo sai?» Liam si accomodò sullo sgabello da bar accanto a lui e fece un cenno al barista.

Beck gli lanciò un'occhiataccia. «Caspita, Lee, che piacere vederti.»

«Dico sul serio, Beck. Cioè, che cazzo, amico? Hai fatto un'altra delle tue sparizioni con Jennifer Langston.»

«Si chiama Bingham.» Fissò il fondo della sua birra, evitando il contatto visivo perché Lee sembrava sapere qualcosa. Ma era impossibile, giusto? Non era come se Jennifer avesse gridato ai quattro venti che erano andati a letto insieme.

«Stai evitando la questione, Beck.» Fece scivolare delle banconote sul bancone quando apparve la sua birra.

«No, non è vero. Non so di cosa stai parlando.»

«Per l'amor del cielo, ho sentito Mac parlare con lei quando ho lasciato degli scaffali extra in ufficio ieri.»

«E cosa le diceva, esattamente? Chiamava per lamentarsi?» Oh, cazzo. Aveva detto a Mac che ci aveva provato con lei? Che era stato inappropriato?

Quasi sbuffò. Anche lei era stata "inappropriata". Aveva persino istigato parte di quella "inappropriatezza".

«Cosa? No, idiota. Ma ha detto che non aveva tue notizie. Neanche un biglietto.»

«Ho lasciato un biglietto.» Uno. Impersonale. Ma sicuro, come il modo in cui aveva pulito la casa. Bello e sicuro. Era riuscito a entrare e uscire senza incontrarla. Aveva noleggiato un'auto in modo che lei non riconoscesse la sua e aveva parcheggiato in fondo alla strada finché non fosse uscita ogni mattina, perché aveva bisogno di distanza da lei. Da Sami. Aveva bisogno di prospettiva.

Finora, quella prospettiva gli aveva mostrato Sami che saltellava fuori di casa ogni mattina, lei e Jennifer che chiacchieravano come se lui non fosse mai esistito, dimostrando che la vita andava avanti anche senza di lui. Il che faceva schifo. Non era inaspettato, ma faceva comunque schifo.

E *quella* emozione dimostrava la sua teoria secondo cui preoccuparsi degli altri era una cattiva idea. Grazie a Dio gli rimanevano solo altre quattro puntate furtive dentro e fuori da casa di Jennifer e poi si sarebbe lasciato tutto alle spalle. Poteva tornare a dimenticarla di nuovo.

«Mi sono fatto il culo a casa sua per l'ultima settimana e passa. Quella Sami fa un casino infernale. Quindi, sì, ci sono stato, ma mentre Jennifer era al lavoro.»

«Comodo.»

«Già.» Beck fece roteare il fondo della sua bottiglia di birra sul bancone. «Come se cercare di pulire mentre il cliente è lì fosse favorevole a finire in fretta.»

«Be', no, ma...»

«Di che si tratta, Lee?» Posò la bottiglia e guardò quel suo presunto amico che non smetteva di torchiare.

Liam espirò. «Una *settimana*, Beck. Ti ci è voluta una sola *settimana* per portare a letto la ragazza dei tuoi sogni, giusto? E tuttavia, anche se era quella giusta per te, sei sempre il solito Beck-una-botta-e-via. E ora la cosa potrebbe danneggiare l'attività di mia sorella. Sei incredibile.»

Merda, era così che appariva? Era quello che pensava Lee?

Era quello che pensava *Jennifer*?

Dannazione. Non era affatto così.

Bevve un sorso di birra, poi fece cenno per un'altra. «Non ho detto di averla portata a letto.»

«Non ce n'era bisogno. La tua totale mancanza di discorsi su di lei la dice lunga. Ero lì al liceo, ricordi?» Lee sollevò il suo pilsner verso di lui. «Avevi una cotta tremenda per lei.»

«Non è vero.»

Bugiardo!

«Non raccontarmi cazzate. C'ero anch'io.» Liam bevve un sorso, poi posò il bicchiere. «Allora? Com'è stato?»

Beck sollevò un sopracciglio. «Non mi starai *seriamente* chiedendo di spifferare i dettagli?»

«Dio, no.» Lee scosse la testa. «Intendo, *stare* con lei. In senso non biblico. Non ho bisogno di conoscere le tue predilezioni a letto, grazie mille.»

Beck fece una smorfia. «Guarda un po' che paroloni. Sei sempre stato uno stronzo con quelle parole che pensavi non capissi.» Bevve un altro sorso, con l'intenzione di sviare la discussione su Jennifer.

Lee si strinse nelle spalle. «*Non* le capivi.»

«Sì, invece. Le cercavo sul dizionario.»

Lee sfoggiò lo stesso fottuto sorrisetto compiaciuto che aveva la sera della partita di poker. «Come sapevo che avresti fatto. Ti saresti fatto una cultura anche se avessi dovuto ficcartela in gola a forza.»

«Ma che cazzo?» Beck lasciò che la sua bottiglia di birra scivolasse sul bancone. «L'hai fatto apposta?»

«Certo.» Lee si strinse nelle spalle. «Avevi un tale atteggiamento ed eri così stronzo quando qualcuno cercava di aiutarti, che ho pensato che se avessi provato a fare il superiore, ti saresti incazzato e ti saresti dato da fare per non essere meno intelligente di me.» Sollevò di nuovo il bicchiere. «Il problema è che *io sono* più intelligente. Ti ho fatto cercare le cose — *imparare* — senza che tu te ne accorgessi. Geniale, non trovi?» Sorrise mentre vuotava il bicchiere.

«Che mi prenda un colpo.» Beck scosse la testa. Doveva darne atto a Liam; l'aveva inquadrato. E aveva funzionato, anche. Aveva odiato il fatto che Liam fosse in grado di sfoggiare paroloni con tanta facilità. Lo faceva sembrare intelligente, mentre faceva sentire Beck stupido. «Stronzo.»

Lee si strinse nelle spalle. «Qualsiasi cosa funzionasse. Guardati adesso. Penso che dovresti ringraziarmi. Pensi che saresti in grado di leggere un prospetto se non ne avessi mai parlato?»

«Ci sarei arrivato prima o poi.»

«Prima o poi. Ma io ti ci ho fatto arrivare prima.»

«Quindi tu... cosa? Vuoi la mia gratitudine eterna? Un compenso? Posso staccarti un assegno adesso e non me ne accorgerò nemmeno.»

«Amico.» Lee alzò le mani. «Calmati, vuoi? Sto solo dicendo che non sempre hai saputo cosa fosse meglio per te. Pensavi di saperlo e facevi quasi fuori chiunque cercasse di dirti il contrario.» Lee si girò sullo sgabello per fronteggiarlo e si prese qualche secondo per studiarlo. «Non sembra che le cose siano cambiate molto.»

«Che diavolo dovrebbe significare?»

«Seriamente?» Sollevò un sopracciglio. «Non puoi dirmi che stai vivendo la tua vita migliore in questo momento. Sembri sul punto di uccidere qualcuno. E dovrei essere il tuo migliore amico. Odio immaginare come sei in ufficio. O a casa della brava dottoressa Bingham.»

«Ho un sacco di cose per la testa.»

«Certo. Per caso è alta circa un metro e settanta, con lunghi capelli biondi e un paio di...»

«Taci o ti tiro un pugno.»

«Cosa? Stavo per dire *un paio di occhi*. Blu, giusto? Bellissimi.» Lee batté le nocche sul bancone per un'altra birra.

Beck voleva prenderlo a nocche. Fottuto bastardo presuntuoso.

«Quindi, come stavo dicendo, sembra che dovrò ancora farti da maestro, perché certe cose proprio non riescono a entrarti in quella zucca dura che ti ritrovi.»

«Giuro su Dio, Lee, se non fossimo in un posto pubblico in questo momento...»

«Cosa faresti? Mi stenderesti? Davvero? Perché sto per dirti che finalmente hai l'occasione che desideravi da anni. Che non è stata Jennifer Langston a smettere di volerti. Avrebbe potuto chiedere a Mac di sostituirti, ma non l'ha fatto; sta cercando qualcun altro per quando te ne andrai. Quindi vedi, amico, andartene è una tua scelta. Tutto perché hai paura di farti male.» Fece scivolare un altro paio di banconote sul bancone quando arrivò la sua birra. «Benvenuto nell'età adulta, Beck. Ci facciamo tutti male. È la vita. Ti fortifica.»

«Non devi dirlo a me come ci si fortifica.»

«Giusto. Lo so. Hai un'esperienza diretta. Capisco. Ma hai superato le tue circostanze, Beck. Ce l'hai fatta. Hai visto ciò che volevi e l'hai ottenuto. Perché la tua carriera dovrebbe essere diversa da Jennifer?»

«Perché il mercato è qualcosa che capisco. Sono numeri e algoritmi. Jennifer... Lei è... be'. Ci sono le emo... ehm, quello che vuole *lei*. Quello che si aspetta *lei*. Non posso contarci. Non posso anticiparlo. Non lo *conosco*.»

«Oh, e il mercato non dipende dalle emozioni o dal caso o da ciò che un qualche AD decide di fare all'ultimo minuto? Amico, lavori nell'incertezza ogni giorno. Nessuno sa quale paese entrerà in guerra all'improvviso o quale oleodotto esploderà, ma riesci a cavalcare l'onda. Merda, so che le donne possono essere complicate, ma quando smetti di pensarla come una *donna* e la pensi come una *persona*, come *Jennifer*, come qualcuno con cui vuoi stare, non è poi così difficile da capire. Trattala come vorresti che lei trattasse te e tutto si risolverà. Devi solo non avere paura di cogliere l'occasione. Qual è la cosa peggiore che potrebbe fare, dire di no?»

«Sarebbe una fottuta merda.»

«Ma Beck, tu le hai detto di no una volta — okay, non tanto *detto*, quanto non risponderle affatto — eppure, indovina un po'? Ti ha fatto rientrare. Ti ha dato un'altra possibilità.»

«Non sa nemmeno che io sono io. John. Insomma. Quello che sia.» Sollevò la birra a metà strada verso la bocca. «Inoltre, si è trattato solo di un weekend.»

Un weekend pazzesco, ma quel ricordo se lo teneva per sé.

Perché un ricordo era tutto ciò che poteva essere.

«Certo. Perché Jennifer Langston è una donna da un weekend, giusto?»

Lì, Lee lo aveva messo nel sacco.

Beck alzò lo sguardo dalla birra. «Io non supero il weekend, Lee.»

«Allora sei uno stronzo ancora più grande di quanto pensassi.» Gli diede una gomitata sulla spalla. «A volte, *John Becker,* devi provare a prendere l'anello di ottone.»

Quel figlio di puttana sapeva che lo avrebbe colpito usando quel nome.

«Ha una figlia.»

«E allora? È solo una versione più piccola della donna che vuoi.» Lee bevve un sorso.

«Una versione più piccola e più bisognosa.» Merda, non avrebbe dovuto lasciarselo scappare.

Lee posò il bicchiere. «E chi ne sa più di un bambino bisognoso *se non* un ex bambino bisognoso?»

Beck volse di scatto lo sguardo verso Lee.

«Sì, lo so bene, Beck.» Si strinse nelle spalle. «Lo sapevamo tutti. E, se ti ricordi, abbiamo tutti il nostro bagaglio, quindi capisco.»

Vero, Lee, i suoi fratelli e Mac avevano perso i genitori in giovane età e avevano dovuto vivere con la nonna.

Almeno loro avevano avuto una nonna da cui andare.

Lui non aveva avuto nessuno.

Aveva disperatamente voluto qualcuno.

Lui... lo voleva ancora.

Qualcuno che volesse lui.

Jennifer.

Voleva Jennifer.

E, sì, voleva anche Sami.

Lee avvolse una mano attorno al suo bicchiere. «Non otterrai mai la ricompensa se non corri il rischio, Beck. Non era il tuo motto al college?»

Cazzo. Lee aveva ragione. Doveva parlare con Jennifer. «Sei uno stronzo.»

Fece tintinnare il suo bicchiere contro la birra di Beck. «Ti voglio bene anch'io, amico.»

Capitolo Ventidue

«Voglio vedere mia figlia, Jen.»

Jennifer esalò un respiro e chiuse la portafinestra che dava sul terrazzo, nel caso in cui Sami sentisse che sua madre era al telefono. Le telefonate settimanali erano sempre un'incognita, a seconda dell'umore di Sami, ma quella sera Andrea aveva detto che le servivano tutti gli otto minuti concessi per discutere di una cosa con Jennifer.

Se Jennifer avesse saputo cosa l'aspettava, l'avrebbe costretta a parlare con Sami.

«Andrea, non so se sia una buona idea portarla in prigione. Ha smesso di avere gli incubi. Non voglio che le tornino.»

«Sì, be', non importa molto quello che vuoi tu, no? È mia figlia e voglio vederla e, dato che non uscirò di qui tanto presto, o qui o da nessuna parte. Me la devi portare, Jennifer.»

«Lascia che parli con la sua terapeuta...»

«Quella stronza di una terapeuta mi odia e lo sai. Certo che ti dirà di no. Ma non sta a lei decidere. Sami è mia figlia e voglio vederla.»

Jennifer si trattenne dal dire quello che avrebbe voluto: che Andrea aveva rinunciato alla patria potestà, quindi, tecnicamente, Sami *non era* sua figlia, ma non era per quello che Jennifer aveva fatto preparare le carte. Era stata più che altro una questione di comodo, per poter prendere le decisioni legali che i genitori devono prendere per i figli e, dato che Andrea non sarebbe uscita prima che Sami compisse diciotto anni, all'epoca era sembrata una soluzione rapida.

Ora, però, la metteva in una posizione difficile. Le si stringeva il cuore per sua sorella, ma anche per Sami, e Jennifer non aveva idea di che effetto avrebbe avuto su di lei una visita in prigione. Certo, c'era un'entrata speciale e delle belle stanze per i detenuti con figli piccoli, ma Sami ricordava il filo spinato a spirale lungo la strada. Era stato una presenza costante negli incubi che Sami aveva avuto quando era appena venuta a vivere con Jennifer.

«Capisco, Andrea, ma abbiamo concordato che dobbiamo fare ciò che è meglio per Sami, quindi se la terapeuta pensa che vada bene, o che possa preparare Sami alla visita, allora verremo. È il massimo che posso fare.»

«Mi dimenticherai, vero? Ti sei presa mia figlia e ora hai chiuso con me, non è così? Non ti importa davvero di me; ti sei solo presa la figlia che tuo marito non ha potuto darti.»

A Jennifer mancò il fiato. «Che cosa vorresti dire? Che c'entra Trent con Sami?»

«Oh, niente.» Andrea sembrava fin troppo compiaciuta. «Perché non mi porti qui mia figlia, e te lo dico?»

Un gelo si insinuò nelle vene di Jennifer. «Stai dicendo che *Trent* è il padre di Sami?»

«Non dico niente finché non vedo mia figlia.»

Jennifer avrebbe voluto urlare ad Andrea di dirle subito la verità, ma conosceva sua sorella. Quando Andrea voleva qualcosa, faceva di tutto per ottenerla. Compreso negarle quell'informazione.

Jennifer inspirò a fondo, lontano dal telefono perché Andrea non capisse quanto disperatamente volesse quell'informazione. «Parlerò con la terapeuta e ti farò sapere, Andrea. È il massimo che posso fare.»

Per fortuna, la voce registrata annunciò i dieci secondi finali prima della fine della chiamata, così Jennifer riattaccò.

Era Trent il padre di Sami? Erano andati a letto insieme, lui e Andrea?

O era l'ennesima manifestazione della personalità da tossica di Andrea? Per quanto Jennifer aveva potuto capire durante le visite a sua sorella, Andrea non aveva ancora accettato la propria colpevolezza per la sua situazione attuale, ma incolpava chiunque, dai ragazzi, al sistema, ai loro genitori, a nonna Lois e ora, a quanto pareva, persino Jennifer.

Non poteva sottoporre Sami a tutto questo.

Sarebbe stato diverso se Andrea si stesse facendo aiutare, se stesse prendendo a cuore le sessioni di terapia di gruppo che era obbligata a frequentare e lavorando su se stessa, ma Jennifer aveva avuto la sensazione che sua sorella fosse più interessata a fregare il sistema che a fare grandi cambiamenti.

Questa telefonata lo confermava.

Eppure, per essere corretta con Sami, dato che Andrea era sua madre, avrebbe chiesto alla terapeuta. Chiunque avesse detto che fare il genitore non era facile ci aveva proprio azzeccato.

* * *

«Ho bisogno del tuo aiuto, Cassie.» Sami lanciò un'occhiata verso il padiglione dove gli animatori del campo stavano aiutando altri bambini con i loro lavori di scoubidou dopo pranzo.

Aveva portato il suo e quello di Cassie lì per un motivo.

Cassie alzò lo sguardo dal suo lavoretto. «Per cosa? Sei più brava di me con gli scoubidou.»

«No, non per quello.» Sciocca Cassie. Come se gli scoubidou fossero importanti. «Devo scappare dal campo.»

«Non puoi farlo. Finirai nei guai.»

«Ma devo. S-sono malata.» Be', la pancia *le faceva* male, e le faceva male da quando aveva sentito la telefonata di Jennifer la sera prima.

«Allora dillo all'animatrice e lei chiamerà tua mamma.»

«Non posso. Jen... ehm, la mamma sta operando e non voglio stare qui.» Ogni volta che sua madre, la sua *vera* madre, telefonava, era difficile pensare a Jennifer come mamma. Ma lei lo voleva davvero tanto, perché Jennifer era una mamma molto migliore di sua madre. Un milione di volte migliore. Jennifer non andava a dormire a orari strani né la lasciava sola per giorni, e si assicurava sempre che avessero da mangiare e che la casa fosse pulita, e le lasciava persino avere un gatto e un cane. Non era giusto che Jennifer non fosse la sua vera mamma.

E non era giusto neanche che non avesse un papà. Ma quello stava per cambiare.

«Allora chiama Beck. Verrà lui a prenderti.»

«Ma mi ha detto di non farlo, quindi non posso. Devo scappare. È l'unico modò.»

«Ma come farai a tornare a casa?»

«Ho prenotato una corsa con l'app.»

«Pensavo si dovesse essere grandi per farlo.»

«È l'app della mamma sul mio telefono, per le 'mergenze. Questa è una 'mergenza e, dato che usa il suo account, ho solo aggiunto una nota che ho il suo permesso per la 'mergenza. E sta per arrivare, quindi tu devi solo dire che sono andata a casa perché stavo male.»

«Ma è quello che stai facendo, no?»

«Ehm, sì. Certo.» Sami incrociò le dita dietro la schiena. La mamma le aveva detto che dire le bugie è male, ma Meredith diceva che va bene, se incroci le dita. Sami non era sicura del perché questo lo rendesse accettabile, ma Meredith sapeva un sacco di cose che gli altri bambini non sapevano, quindi Sami pensò che lo sapesse anche per questo, perché Meredith diceva un sacco di bugie.

«Be', okay, ma non capisco perché non puoi semplicemente chiamare tua mamma. O la mia. Scommetto che la mia mamma verrebbe. Fa delle pause quando lavora per tua mamma. Tua mamma non fa le pause?»

Sami scosse la testa. «Non ho tempo di spiegartelo di nuovo. Devo andare, adesso. Dopo, tutti avranno il loro tempo libero, quindi non sentiranno la mia mancanza, e poi potrai dire che sono andata a casa perché stavo male. Se fai la finta tonta e dici solo che sono andata a casa e basta, nessuno se la prenderà con te.» Sami immaginò che non sarebbe stato così difficile per Cassie. Non che glielo avrebbe detto, perché la mamma diceva sempre che non è gentile ferire i sentimenti degli altri, ma era un bene che Cassie non fosse intelligente come lei.

«Be', non penso che sia una buona idea, ma finché torni a casa, immagino che vada bene, no?»

«Giusto. Grazie, Cassie.» Sami le strinse una spalla mentre si dirigeva verso la recinzione nel boschetto.

«Oh, no. Adesso mi hai attaccato i germi.» Cassie si spazzolò la spalla.

Sami l'avrebbe chiamata più tardi per dirle la verità, così Cassie non avrebbe pensato di essere malata. A Sami sarebbe dispiaciuto se Cassie non fosse stata lì domani, quando avrebbe potuto raccontarle tutto del suo viaggio di oggi.

Perché *stava* tornando a casa, solo non a casa sua.

Stava andando a trovare suo padre.

* * *

«Jennifer? Salve. Sono Linda.»

«Ciao, Linda.» Jennifer aprì la porta che dal garage portava alla lavanderia. «Tutto bene?» Oggi era il turno di Linda di andare a prendere le bambine al campo. Avere Linda in ufficio rendeva le cose molto più facili per il carpooling, dato che Linda non doveva chiedere il permesso a un altro capo per assentarsi per andarle a prendere. E in giorni come oggi, in cui Jennifer finiva presto, le dava un po′ di tempo da sola, di cui aveva un gran bisogno per rilassarsi.

«Credo di sì. Volevo solo avere conferma che Sami è con Lei.»

Al diavolo il relax; ogni nervo nel corpo di Jennifer scattò in stato di massima allerta. «*Io* ho Sami?» Riuscì a malapena a pronunciare le parole.

«Oh, menomale. Okay, bene.»

«No. Aspetti. Linda. Cosa intende con *io* ho Sami? Io non ho Sami.» Avrebbe dovuto prenderla lei? Cosa stava succedendo?

«Oh... Ehm...»

La sentì parlare con Cassie.

«Cassie ha detto che Sami ha lasciato il campo perché stava male e si è fatta dare un passaggio a casa.»

Il battito cardiaco di Jennifer accelerò. Non aveva senso. Perché nessuno degli animatori l′avrebbe chiamata se Sami stava male? «Un attimo. Sono appena entrata in casa.» Corse verso il salone. «Sami?»

Beckett alzò lo sguardo dal tavolino. «Jen?»

Grazie a Dio Beckett era lì. Doveva averla presa lui. «Dov′è Sami? È qui?» Gli avrebbe fatto una bella ramanzina per non averle fatto sapere che era andato a prenderla, ma...

«Sami? Perché dovrebbe essere qui?»

«Non sei andato a prenderla?»

«Dovevo?»

«Oh, mio Dio.» Le gambe le cedettero e si appoggiò al muro per non cadere.

«Jen?» Le corse accanto. «Che c′è? Cos′è successo a Sami?»

Jennifer aveva un ronzio così forte nella testa che non riusciva a pensare lucidamente. «Linda? Cos'ha detto Cassie? Sami non è qui.»

La voce di Linda si tese. «Sami ha detto che non si sentiva bene e ha detto a Cassie che tornava a casa, poi ha scavalcato la recinzione... oh, mio Dio, Cassie, perché non l'hai detto a nessuno?»

I singhiozzi di Cassie erano abbastanza forti da arrivare alle orecchie di Jennifer.

«Devo andare.» Jennifer riattaccò. «Dove potrebbe essere?» Si aggrappò allo schienale del divano.

«Ha un cellulare?» Beckett la aiutò ad aggirarlo e a sedersi.

«Sì. Ce l'ha. Buona idea.» Jennifer armeggiò con il telefono e chiamò Sami.

Scattò subito la segreteria telefonica.

«Oh, mio Dio, le è successo qualcosa. Sa che non deve spegnere il telefono quando non siamo insieme.» Non poteva stare succedendo. Non. Poteva. Stare. Succedendo. «Beckett, cosa faccio adesso?»

«Pensa. Dove sarebbe potuta andare?»

Dove sarebbe potuta andare Sami? Era quella la domanda. «Non nel mio ufficio. Quelli della reception mi avrebbero già chiamata. E... il tuo ufficio?»

Beckett sembrò colpito da un fulmine. «Aspetta.» Tirò fuori il telefono e fece una chiamata. «Fi? C'è una bambina di nome Sami lì che chiede di me?»

La domanda suonava assurda, ma il suo tono di voce era mortalmente serio.

Divenne *minaccioso* quando sospirò. «Okay, ma ascolta, se si fa viva, chiamami subito. Non mi interessa se si presenta il Papa in persona, se Sami si presenta o chiama, devi chiamarmi immediatamente.»

Scivolò sul divano accanto a Jennifer. «In quale altro posto?»

Jennifer si era posta la stessa domanda per tutti i quindici secondi della sua telefonata. «Non ne ho idea. Cassie è la sua migliore amica, e l'unica a casa della quale sia andata senza di me.»

«Potrebbe essere andata da sua nonna?»

«Onestamente non vedo perché, ma vale la pena tentare.» Non era una telefonata che Jennifer voleva fare, ma doveva esaurire ogni opzione.

Fece un respiro profondo e compose il numero.

«Nonna, sono Jennifer.»

«Beh, di certo non è quella scapestrata di tua sorella. Lei non mi chiama mai.»

Si spostò di lato sul divano, ben consapevole che i quindici centimetri che aveva messo tra sé e Beckett non sarebbero stati sufficienti a impedirgli di sentire la conversazione, ma a quel punto non poteva preoccuparsene. «Nonna, per favore. È una cosa seria.»

«Come il fatto che stai crescendo la figlia di sua sorella, permettendole di trattare la sua vita come se fosse un'unica grande festa.»

Jennifer impiegò una frazione di secondo per ricomporsi e mantenere un tono di voce uniforme. «Nonna, la sto chiamando per Sami. Lei...»

«Certo che lo fai. Non fai altro che chiamare per quella bambina o preoccuparti per lei o portarla da qualche parte. Sai, non è altro che una sanguisuga nella tua vita, Jennifer, proprio come sua madre. Perché non le lasci semplicemente l'una all'altra...»

«Nonna, Sami è *scomparsa*.» Si pizzicò la radice del naso. «Speravo fosse venuta da Lei.»

«Scomparsa? A casa mia? Onestamente, Jennifer, questo è l'ultimo posto in cui quella bambina verrebbe. Sa di non essere la benvenuta qui. E forse questa è l'opportunità di cui avevi bisogno per riprenderti la tua vita. Probabilmente è tornata di corsa da quella fallita di sua madre, e buon viaggio a entrambe. Hai di meglio da fare nella vita...»

«Come può dire una cosa simile? È la Sua pronipote e non posso credere che continui a farle pagare le colpe di sua madre. Andrea ha fatto degli errori, ma Sami non è uno di questi.»

Gli occhi di Beckett la stavano trafiggendo, ma Jennifer non poteva occuparsi della sua curiosità in quel momento.

«Continua a ripetertelo quando sarai alla mia età e non avrai nessuno che si prenda cura di te.»

Jennifer si morse la lingua. Sua madre era dall'altra parte del mondo, e *non* si stava prendendo cura di sua madre. Era un tasto dolente, ma Jennifer poteva capire perché sua madre avesse scelto di stare lontana. Per quanto volesse bene a sua nonna, era in momenti come questi che si rendeva conto che sentiva il bisogno di andarla a trovare solo perché la nonna era una sua parente di sangue.

Ma questo era troppo. Si era spinta troppo oltre. Si alzò e camminò per la stanza, cercando di tenere a bada la rabbia e la paura. «Sa una cosa, nonna? Ha ragione. È stata una follia da parte mia pensare che Sami sarebbe venuta lì. E posso prometterLe che se... no, *quando* la troverò, Lei e lei non dovrete più sopportare la reciproca compagnia. Mi dispiace, nonna, ma non potrò più venire a trovarLa finché non l'accetterà come Sua pronipote e non la tratterà come tale. Sami è una *bambina*. Una bambina innocente e ferita, la cui madre ha preferito la droga e il carcere a lei. Dov'è la Sua compassione?»

La nonna ansimò. «Andrea ha scelto... il *carcere*? Cosa sta dicendo?»

Jennifer lanciò un'occhiata a Beckett, che stava già facendo due più due. Maledizione. Non era così che voleva che lui o sua nonna lo scoprissero. Ma era sconvolta e così stramaledettamente stanca di mantenere i segreti di Andrea.

Espirò e raccontò alla nonna dell'incarcerazione di Andrea e dell'abbandono di Sami.

«Tu...» La voce della nonna aveva un tono che Jennifer non aveva mai sentito prima. «Tu non me l'hai... mai detto.»

Dio, Jennifer non voleva affrontare la cosa in quel momento, ma sua nonna all'improvviso le sembrò così... vecchia... che dovette farlo.

«Non volevo che Lei lo sapesse. Non volevo che le azioni di Andrea La ferissero.»

«Avresti dovuto dirmelo, Jennifer. Qualcuno avrebbe dovuto. Pensavo...» La nonna tossì. «Pensavo che se ne fosse andata e basta. Come...» Deglutì a fatica. «Come tua madre.»

«Mia...» Jennifer smise di camminare. «Mia... *madre*?»

La nonna si schiarì la gola. «Tua madre, ci ha lasciati. Ha incontrato tuo padre e se n'è andata.»

«Papà è un militare, nonna. Doveva andare con lui.»

«Le uniche volte che abbiamo visto lei o voi bambine è stato a Natale, e a volte nemmeno allora.»

«La carriera di papà ci ha portati ovunque. Non potevano tornare a casa quando volevano.»

«Ma l'hanno fatto dopo la morte di tuo nonno, non è vero?» La nonna si schiarì di nuovo la gola. «Una volta che il mio Jack se n'è andato...» Di nuovo, si schiarì la gola. «Non voleva avere più niente a che fare con suo padre. Come fa una persona ad andarsene così? E a portare via voi ragazze con sé?»

Jennifer guardò Beckett. Perché, non ne aveva idea. Di certo lui non aveva consigli familiari da dare. «Senta, nonna, ne parleremo quando Sami sarà tornata, ma adesso devo andare. Devo trovarla.»

«Forse è andata a trovare sua madre.»

Poteva avere un senso, se Sami avesse sentito la conversazione con Andrea la sera prima. Ma Jennifer era stata fuori in veranda. Sami stava facendo dei disegni con i brillantini al tavolo della cucina con l'"aiuto" di Nero.

Ma, a pensarci bene, erano spariti entrambi quando Jennifer era rientrata dopo la telefonata, e una scia di brillantini portava fino alla stanza di Sami.

«Devo andare, nonna. Le farò sapere quando l'avrò trovata.» Terminò la chiamata mentre correva, salendo le scale a due a due, sperando di vedere un barlume dei brillantini, ma erano spariti. Beckett era troppo bravo nel suo lavoro.

Corse nella stanza di Sami, con Beckett alle calcagna, mentre passava una mano sul davanzale della finestra che dava sul cortile posteriore.

«Cosa cerchi?» le chiese lui.

«Brillantini.» Eccoli! C'erano ancora delle pagliuzze sul tappeto sotto la finestra.

«Cosa c'entrano i brillantini con Sami...»

«C'erano dei brillantini qui quando hai pulito la sua stanza?» Indicò il davanzale. «Su questo davanzale?»

«Beh, sì, ma li ho aspirati.»

«Maledizione.»

«Non pensavo volessi brillantini per tutta la casa, e c'erano un sacco di impronte di zampa brillantinose sul vetro.»

«No. Cioè...» Si passò una mano tra i capelli sulla fronte. «Voglio dire, sono contenta che tu abbia pulito, ma sono anche contenta che tu li abbia visti qui. Credo.»

«Jennifer, non riesco a seguire quello che...»

«Sami. Credo che ieri sera abbia sentito la mia conversazione con Andrea.»

«Andrea... Sua madre.»

Lei trasalì. «Sì. È... è complicato. Ma sono la tutrice legale di Sami e chiamarmi mamma la fa sentire più sicura, e la psicologa dice che dobbiamo assecondarla e...»

«Sshh.» La avvolse con le braccia. «Va tutto bene. Non mi devi nessuna spiegazione. Quello che conta adesso è Sami. Dove potrebbe essere?»

Jennifer rabbrividì. «Io... credo che potrebbe essere... andata a trovare Andrea.»

«In prigione?»

Jennifer annuì, con una sensazione di nausea allo stomaco. Non le era piaciuto portarci Sami; non riusciva a immaginare Sami che ci andava da sola. Non che, ne era certa, le guardie l'avrebbero fatta entrare, ma in che tipo di guai e pericoli poteva essersi cacciata per arrivarci? «Ho paura.»

«Lo so. Ma la troveremo. C'è un'app di localizzazione sul suo telefono?»

«Sì, ma non credo che funzioni se il telefono è spento.»

«E il passaggio che ha ottenuto? Come ha fatto? C'è un'app...»

«Sì, esatto! Le ho messo un'app di ride-sharing sul telefono per le emergenze ed è collegata al mio account...» Jennifer armeggiò con il telefono...

Che scelse proprio quel momento per squillare.

Capitolo Ventitré

«Sami?» Con il cuore che batteva all'impazzata, Jennifer non controllò nemmeno l'ID del chiamante.

«Sì, ce l'ho io la tua Sami. Chi cazzo le ha detto che sono suo padre?»

«Trent?» Non sapeva se essere sollevata o arrabbiata.

«Oh, ci sono altri coglioni a cui stai dando la colpa, o sono io il fortunato? Cos'è questo, un tentativo di farmi sborsare i cosiddetti alimenti per riavere quelli che mi hai pagato tu? Ho delle novità per te, Jen, mi devi molto di più di quello che il giudice ti ha concesso. Sei proprio un caso patologico, devo dire, dopo tutto quello che ho fatto per te.»

Jennifer si passò una mano tra i capelli, ignorando il suo veleno. «Trent, Sami è con te?»

«Non l'ho appena detto?»

«Passamela al telefono.» Si lasciò cadere sul letto di Sami, senza alcuna voglia di mettersi a litigare con lui. Niente era più importante che riavere Sami. Tutti i suoi problemi con lui impallidivano al confronto.

Sami prese il telefono. «Mamma ti prego non essere arrabbiata con me so che avrei dovuto chiamare e non andarmene dal campo ma quando ti ho sentita parlare con l'altra mia mamma ieri sera ed eri così arrabbiata che Trent è il mio papà sapevo che non avresti voluto che lo vedessi per via della droga ma dovevo vederlo dovevo conoscerlo perché è mio padre e io non ho un padre

249

proprio come Beck e come Cassie ed è molto triste e volevo solo conoscerlo quindi ti prego ti prego ti prego mamma non essere arrabbiata prometto che d'ora in poi farò la brava.»

Jennifer si asciugò delle lacrime dalla guancia. «Sami, sono solo contenta che tu stia bene. Parleremo di quello che hai fatto più tardi, quando ci saremo calmate entrambe, ma adesso sto venendo a prenderti. Per favore, accendi il telefono e ripassami Trent.»

«Vuoi dirmi perché questa ragazzina pensa che io sia suo padre?» ringhiò Trent al telefono.

«Lo sei?

«Cosa? Ma sei completamente fuori di testa...»

«Ehi, mi hai derubata per la droga; non è difficile immaginare che saresti andato a letto anche con Andrea per averla.»

«Come se potessi andare a letto con quella sgualdrina che si fa chiamare tua sorella...»

«Non parlare così di sua madre davanti a Sami, Trent.» Sospirò. «Senti, ne parleremo dopo che l'avrò portata a casa.»

«Sì, be', quando sarebbe, perché ho da fare? Non le faccio da babysitter.»

«Arrivo subito.»

«Fallo. E perché non porti anche la cena, già che ci sei? È il minimo che tu possa pagare, visto che sto tenendo la bambina al sicuro.»

Quello era Trent, sempre a pensare a sé stesso. Ma almeno aveva chiamato, qualunque fosse la sua motivazione. Forse stava facendo dei progressi. Ma, in ogni caso, era fuori dalla sua vita e lì sarebbe rimasto. Lei stava andando avanti.

«Va bene. Prendo qualcosa per strada.» Diede un'occhiata all'app di localizzazione sul suo telefono, dove la posizione di Sami lampeggiava. «Sarò lì tra una ventina di minuti,» disse, poi terminò la chiamata. Chinò la testa e sospirò di nuovo. Grazie a Dio era salva.

«Vuoi che venga con te?»

Beckett. Lei alzò lo sguardo. Si era quasi dimenticata che fosse lì.

Quasi.

Sì, voleva che venisse.

Che era esattamente il motivo per cui non poteva. Questo non era un problema di Beckett.

Sfoderò un sorriso. «No, non ti preoccupare. Ora che so dov'è e che sta bene, andrà tutto a posto.» Gli strinse l'avambraccio, il massimo contatto che poteva concedersi in quel momento così carico di emozioni. «Grazie per essere stato qui. Apprezzo molto che tu sia rimasto.»

«Certo che sarei rimasto. Non sono uno che se la svigna quando il gioco si fa duro.»

No, a quanto pare, lui se ne andava solo quando tutto andava a gonfie vele.

* * *

Sarebbe dovuto rimanere. Sarebbe dovuto andare con lei. Assicurarsi che Trent non le dicesse nient'altro di cattivo. Ma che diritto ne aveva?

Nessuno.

Specialmente dato che non aveva risposto a nessuna delle sue chiamate da quando era andato a letto con lei.

Dio, Lee aveva ragione; era un vero stronzo.

Beckett sospirò e si guardò intorno. Eccolo lì, a casa da solo, a fissare la carta da parati da mille dollari con l'opera di un artista di cui non aveva mai sentito parlare che probabilmente costava più dell'intera retta del campo estivo di Sami appesa al muro, e si rese conto che non riusciva a provare per quelle cose neanche un briciolo delle emozioni che aveva appena vissuto.

Come facevano i genitori? Nell'istante in cui aveva capito cosa stava succedendo, era stato come se tutto il suo corpo si fosse riempito di ghiaccio e il mondo intorno a lui avesse rallentato. Aveva colto ogni dettaglio, ma prendere una decisione o fare un movimento era stato come farsi strada attraverso aria solidificata. E il suo cuore... Gesù, avrebbe giurato che gli sarebbe schizzato fuori dal petto.

Si lasciò cadere sulla sedia.

Non era neanche lontanamente comoda come il divano coperto di peli di cane a casa di Jennifer.

Si guardò intorno nella stanza. *Niente* nel suo attico era comodo come la casa di Jennifer.

Ma niente era neanche così terrificante.

Si strofinò una tempia. Sami. Gesù.

L'avevano quasi persa. Perso una bambina. Come si può fare una cosa del genere? Come si può *sopravvivere*?

Si passò le mani tra i capelli. In nessun cazzo di modo voleva affezionarsi a qualcuno. Se avessero perso Sami... se lei...»

Si passò una mano sulla bocca. Se avessero perso Sami... la vita non sarebbe valsa la pena di essere vissuta.

Porca puttana.

Significava forse che...

Lui...

Gesù. Stava pensando che...

Lasciò cadere le mani tra le ginocchia e chinò la testa. No. Non poteva succedere. Non a lui. Non a Beckett Fields, il tipo con il ghiaccio nelle vene quando si trattava di investimenti rischiosi.

Eppure...

Merda.

Sì. Stava pensando...

Si passò di nuovo una mano tra i capelli. Dannazione. Non voleva tenere così tanto a un altro essere umano, figuriamoci a *due*.

Si alzò e fissò la parete di ardesia con il camino. Le finestre a tutta altezza che gli offrivano la vista migliore che il denaro potesse comprare. La cucina da gourmet con i suoi elettrodomestici di alta gamma in acciaio inossidabile che funzionavano così silenziosamente che controllava per assicurarsi che fossero accesi, quando si preoccupava di usarli, si capisce. I ricchi ripiani in granito blu che Maeve, la sua designer, aveva fatto arrivare dal Brasile, posti sopra mobili grigio pallido che lei aveva definito «maschili senza essere opprimenti», e l'isola abbastanza grande da ospitare dodici persone, per non parlare della sala da pranzo lì accanto... tutte testimonianze del suo successo economico.

Il fatto era che non riusciva a ricordare l'ultima volta che aveva mangiato in quella sala da pranzo. Riusciva a malapena a ricordare l'ultima volta che aveva mangiato in cucina, a dire il vero. O persino che avesse *usato* la cucina se non per prendere un bicchiere di succo d'arancia prima del lavoro. Era raramente qui; questa non era una casa, era un'abitazione. Quattro mura, un pavimento di lusso e un paio di stanze riccamente arredate. Un posto dove tornare prima di andare al lavoro il giorno dopo. Non aveva niente del calore di casa di Jennifer. Poteva essere perfetta per una rivista di design, ma quando si trattava di essere una casa... non lo era.

Beckett guardò l'enorme divano che Maeve aveva detto si adattasse magnificamente allo spazio. Dello stesso grigio pallido dei mobili della cucina — e delle pareti del soggiorno e della sala da pranzo — il divano era comodo, ma a parte Maeve, Shannon e i fattorini, nessuno l'aveva visto tranne lui.

Guardò l'arte alle pareti. Da bambino, aveva sognato di potersi permettere tutto ciò che voleva. Ora poteva e, quando aveva esaurito le cose che voleva, aveva investito il denaro in opere d'arte. Un investimento per il suo futuro che sarebbe solo aumentato di valore. Aveva tutto ciò che aveva sempre desiderato. Qualsiasi cosa il denaro potesse comprare. Poteva andare ovunque e fare qualsiasi cosa volesse.

Allora perché desiderava che Jennifer gli avesse permesso di accompagnarla a riprendere Sami e affrontare il caos di animali domestici e glitter e una vasca da bagno piena di lettiera e saponi al profumo di fragola? Non gli piacevano nemmeno le fragole.

Si diresse al bar per versarsi uno scotch. Il migliore che il denaro potesse comprare. Lo teneva per le occasioni speciali...

Sollevò la bottiglia. Era piena per più di due terzi. Apparentemente non c'erano molte occasioni speciali nella sua vita.

Era stato così impegnato a guadagnarsi da vivere che non si era preso il tempo di vivere, e che senso aveva avere tutto se non aveva nessuno con cui condividerlo?

In fondo al corridoio, nella camera degli ospiti, adocchiò l'orsacchiotto che Sami aveva insistito che dovesse avere. Entrò lì e lo prese — Wally — dalla sedia dove l'aveva gettato per non dover affrontare le emozioni che evocava.

Ma ora ognuna di esse si fece prepotentemente strada.

Era stato così commosso che Sami avesse voluto che lui avesse quell'orsacchiotto. Che avesse voluto includerlo.

Che volesse che lui fosse suo padre.

Sospirò e rimise l'orso sulla sedia.

Beh, per fortuna, Trent non era suo padre...

Un momento.

Beckett fece due conti.

E se...

Diavolo... E se fosse lui — *Beckett* — a esserlo?

Capitolo Ventiquattro

«Sei molto arrabbiata, mammina?»

Jennifer resistette all'impulso di stringere di nuovo Sami tra le braccia mentre si affrettavano verso l'auto. Doveva riportarla a casa per sapere dov'era e che fosse al sicuro. Non l'avrebbe mai più persa di vista. «Sono un turbine di emozioni al momento, tesoro, proprio come te. Torniamo a casa così potremo metterle in ordine, ok?»

«Ok. Ma mi dispiace davvero. Io solo...»

«Lo so, Sami. Lo so. Ma ci sono delle regole e quando non le segui, fai soffrire le persone. Mi hai spaventata. Moltissimo. E mi hai ferita facendolo. Ma sono anche molto felice che tu stia bene.»

Si concesse due secondi di abbraccio prima di aprire la portiera dell'auto. Un istante di più e avrebbe rischiato di non lasciarla più andare. Mai più.

Dio, quando pensava a cosa sarebbe potuto succedere...

«Ma mammina...» Lacrime non versate riempirono gli occhi di Sami mentre Jennifer le allacciava la cintura e, sì, anche se Sami sapeva benissimo allacciarsela da sola, Jennifer *aveva* bisogno della rassicurazione che fosse *lei* a garantirle la sicurezza. Sapeva di esagerare, ma le era concesso.

«Sì?» La parola le uscì strozzata dall'emozione che le bloccava la gola.

«Trent *è* il mio papà?»

E in quel momento, a Jennifer si strinse il cuore. Tutto ciò che quella povera bambina voleva era un genitore che le volesse bene. «No, tesoro, non lo è. Mi dispiace.»

Non era sicura di cosa si stesse scusando. Trent come padre era terribile quanto Andrea come madre, ma la povera piccola stava annegando nell'incertezza e nel dolore. «Ma ascolta, tu hai me. Lo so di non essere la tua vera mamma» — Dio, quanto odiava quell'espressione, ma *madre biologica* sarebbe stato troppo complicato da spiegare in quel momento — «ma ti voglio bene tanto quanto se lo fossi. E anche se non hai un papà nella tua vita, non significa che io non possa volerti bene abbastanza per due genitori.» Le baciò la fronte. «E te ne voglio, Sami. Te ne voglio davvero.»

«Allora non mi manderai via?»

Jennifer si tirò indietro, fissandola. «Perché mai dovresti pensare una cosa del genere?»

Il labbro inferiore di Sami tremò. «Perché ti ho fatta arrabbiare. Mammina... Andrea... diceva sempre che dovevo comportarmi bene o mi avrebbe data via. Ti prego, non darmi via, mammina. Prometto che farò la brava per sempre.»

Jennifer strinse Sami a sé per quanto la cintura di sicurezza glielo permetteva, guardando il soffitto ed espirando, trattenendo a stento un fiume di lacrime... *e* le parolacce che avrebbe voluto urlare ad Andrea.

Non era la biologia a rendere qualcuno genitore.

E le droghe facevano cose orribili agli esseri umani. E alle famiglie.

«Non preoccuparti, Sami. Non ti manderò mai via. Mai e poi mai. Dovrai sopportarmi, piccolina.»

Sami si aggrappò a lei come se ne dipendesse la sua vita. «E anche tu dovrai sopportarmi.»

Jennifer soffocò le lacrime e le diede un lungo e forte bacio sulla testa. Quando finalmente riuscì a parlare senza che la voce le si spezzasse, si accovacciò all'altezza degli occhi di Sami. «Allora siamo bloccate l'una con l'altra, ok? Che ne dici di tornare a casa da Nero e Flopsy e dare un enorme abbraccio anche a loro?»

«Gli sono mancata mentre ero via?»

«Siamo mancati a tutti, Sami.»

«Anche a Beck?»

Accidenti, questa non se l'aspettava. «Sì, Sami, anche Beckett era preoccupato.»

«Allora perché non è venuto anche lui?»

«Perché stavo venendo io.»

«Vorrei che fosse venuto.»

Jennifer sospirò e diede un'altra pacca alla fibbia prima di alzarsi. Sami doveva capire che Beckett non faceva parte del pacchetto. «Si è offerto di venire, ma dato che è una questione di famiglia, ho pensato che dovessimo tenerla solo tra noi.»

«Vorrei che fosse la nostra famiglia.»

Jennifer chiuse la portiera. Lo desiderava anche lei.

Salì al posto di guida. Perché *non poteva* far parte della loro famiglia? Aveva detto che voleva uscire con lei... che scopo avevano gli appuntamenti se non quello di formare una relazione? Voleva solo un'amica di letto?

Fece una smorfia mentre si immetteva nel traffico. Jennifer Langston, amica di letto. Già, chissà perché non era uno degli obiettivi che si era posta.

Ma non lo erano neanche essere un genitore single o una divorziata, eppure Andrea e Trent avevano preso quelle decisioni per lei.

Beh, sapete una cosa? Era stanca che le azioni degli altri definissero la sua vita e non l'avrebbe più accettato. Quella era la sua vita e c'erano cose che voleva, e se Beckett la voleva nella sua, sarebbe stato alle sue condizioni.

E se non avesse accettato, beh, meglio scoprirlo subito e porre fine al dolore prima che diventasse troppo grande.

Troppo tardi.

No. Non era troppo tardi. Ma era arrivato il momento.

Aveva smesso di lasciare che gli altri dettassero il corso della sua vita ed era giunto il momento che fosse *lei* a comandare.

* * *

«Ma guarda un po', John Becker. Non avrei mai pensato di rivederti, tanto meno qui dentro.» Andrea si mise a cavalcioni della sedia di plastica nella sala visite della prigione. «Cosa ti porta qui?»

Come aveva potuto pensare che lei potesse sostituire Jennifer per lui, anche solo per una notte? Era sembrata carina la sera che avevano passato insieme, ma gli anni trascorsi da allora — quasi otto — non erano stati gentili.

«Devo chiederti una cosa.»

«Non vuol dire che io debba risponderti.»

Era cambiata, si era indurita, e questo lo rattristò. Ma lo rese anche felice da morire che avesse rinunciato ai suoi diritti parentali.

Ma, a seconda di come fosse andata quella conversazione, la cosa avrebbe potuto essere irrilevante.

«Cosa posso fare per convincerti a rispondere?»

I suoi occhi si strinsero, l'unghia del pollice che sfregava quella del dito medio. Nervosa.

Non le avrebbe procurato della droga. «Sigarette?» Erano la valuta della prigione. Avrebbe potuto usarle per ottenere quello che diavolo voleva e lui avrebbe avuto le mani pulite.

Aveva fatto qualche ricerca e sapeva che non sarebbe uscita per anni. Abbastanza a lungo perché Sami potesse crescere equilibrata e non dover avere a che fare con una tossicodipendente.

Dio, povera Sami.

E povera Jennifer. Lei e Andrea erano state molto unite al liceo. Si chiese cosa fosse andato storto. Forse un giorno l'avrebbe chiesto a Jennifer, se lei gli avesse ancora rivolto la parola dopo il modo in cui era sparito dopo essere andato a letto con lei.

Dio, che stronzo era stato. Ma le cose stavano per cambiare. A partire da ora. «Andrea? Allora, le sigarette vanno bene?»

Andrea schioccò la lingua. «Ok, affare fatto. Qual è la tua domanda?»

Beck chiuse brevemente gli occhi ed espirò, raccogliendo le forze emotive di cui avrebbe avuto bisogno per la sua risposta.

Aprì gli occhi, avendo bisogno di vedere la sua reazione iniziale. Quella era sempre la vera reazione. La *spia*. «Sami è mia figlia?»

Gli occhi di Andrea si spalancarono, poi scoppiò a ridere. «Sul serio? Sei qui per una *bambina*?» Continuò a ridere finché non le venne la tosse. «Beh, *questa* sì che non me l'aspettavo.»

«Rispondi alla domanda, Andrea.»

«Perché?» Inclinò la testa, gli occhi stretti. «Mi stai offrendo gli alimenti? Non credo che le sigarette basteranno per un giudice.»

«Se è mia, provvederò a lei.» Diavolo, l'avrebbe fatto anche se non fosse stata sua. Aveva preso la decisione durante il tragitto... in realtà, l'aveva ammesso a se stesso nel momento in cui aveva visto l'orso accasciato.

Voleva Sami e Jennifer nella sua vita.

Ma, comunque, aveva bisogno della verità.

Andrea tamburellò sul tavolo, impiegando troppo tempo a rispondere. Finalmente, fece un respiro profondo... e sorrise. «Non andare in paranoia, Beck. Non è tua.»

«Come fai a saperlo?»

Alzò gli occhi al cielo. «Non lascerai perdere, vero?»

«Rispondimi, Andrea.»

«E va bene.» Sospirò e ci mise qualche secondo a rispondere. «Perché dopo che, uhm, ho lasciato casa tua quella mattina» — dopo che lui l'aveva cacciata — «mi sono, uhm, fatta ricoverare in una clinica di disintossicazione. Insomma, tu eri il cattivo ragazzo al liceo e se persino *tu* eri riuscito a cacciarmi, ho pensato che probabilmente avrei dovuto cambiare qualcosa. Sono stata dentro un mese e mi è venuto il ciclo mentre ero lì, quindi Sami não è tua figlia.»

«Allora di chi è?»

«Non che siano affari tuoi, ma sono andata con un sacco di tizi quando sono uscita. Non sono sicura di chi sia. Patetico, vero? E totalmente stereotipato: la tossica va a letto con chiunque per la droga. Il fatto è che era per i soldi dell'*affitto*, non per la droga. Stavo cercando di rimanere pulita. E poi, quando ho scoperto di essere incinta, sono riuscita a rimanere pulita per tutto il tempo. Ero piuttosto orgogliosa di me. Ma poi, sai com'è...» Fece spallucce. «Un bambino. Niente sonno, sempre a piangere. Sempre bisognoso di cibo e pannolini e si ammalava. Era dura e, beh, avevo bisogno di aiuto per farcela. I ragazzi non bastavano.»

Beck strinse il tavolo. Poteva immaginarlo, e voleva urlarle contro per il pericolo a cui aveva esposto sua figlia. E a cosa l'aveva sottoposta... il comportamento di Sami quando si erano conosciuti aveva più senso, povera piccola. Se solo Andrea si fosse attenuta alla rivelazione che aveva avuto dopo essere andata a letto con lui...

Wow... Lui, John Becker, aveva effettivamente contribuito ad aiutare qualcuno. Certo, era stato facendo da cattivo esempio, ma almeno quel suo rancore aveva contribuito a tenere le droghe fuori dal corpo di Sami. Quella bambina aveva decisamente una parte di lui, a prescindere dalla biologia.

«Ascolta, Andrea. Anch'io ho avuto un'infanzia difficile, ma non ho scelto la droga. Ho scelto di fare qualcosa di me stesso. Perché diavolo non l'hai fatto tu? Avevi una famiglia amorevole. Una figlia. Qualcuno che dipendeva da te.»

«Hai mai avuto qualcuno che dipendeva da *te*? Fa una paura fottuta. E io non ero tagliata per quello.»

«Sono stronzate.»

«No, è solo merda.» Sospirò e agitò una mano. «Stessa merda, giorno diverso, ogni singolo fottuto giorno. Non ce la facevo.»

«Allora perché non l'hai data via?»

Andrea fece spallucce. «Non è così facile, specialmente più diventava grande. Se l'avessi fatto subito, forse, ma...» Fece di nuovo spallucce. «Non lo so. È andata come è andata.» Espirò. «Allora, ora che ho risposto alla tua Domandona, quando avrò le sigarette? Un paio di stecche dovrebbero bastare.»

Lui la fissò. I capelli ispidi, la tuta arancione, le unghie mangiate fino alla carne viva e le rughe dure sul viso. Andrea e Jennifer erano state le ragazze d'oro della sua scuola. Le principesse sul piedistallo. Avevano una famiglia amorevole e degli amici. Cos'era successo per metterla su quella strada?

Quasi glielo chiese, ma se la disintossicazione e la prigione non potevano aiutarla, non era così arrogante da pensare di poterlo fare lui. Sapeva per esperienza personale che nessuno poteva aiutare qualcuno se quella persona non voleva l'aiuto. Doveva essere autogenerato. Tutto ciò che chiunque poteva fare per lei era sostenerla quando finalmente avesse raggiunto quel punto e fosse stata onesta con se stessa.

Grazie a Dio lui l'aveva fatto anni prima.

E ora lui aveva raggiunto un altro punto.

Era ora che *lui* fosse onesto... con Jennifer.

Doveva dirle... tutto.

Capitolo Venticinque

«Sei andato a letto con mia sorella?» La voce di Jennifer salì di tre ottave, perforandogli i timpani mentre scattava in piedi e iniziava a camminare nervosamente per il salone.

Forse non avrebbe dovuto esordire così.

«Jen, quello che sto cercando di dire...»

«No. Aspetta. Non puoi sganciare una bomba del genere e poi ritrattare.» Sbuffò e si mise le mani sui fianchi. «Quando?»

«Quasi otto anni fa.»

«Otto...» I suoi occhi si sgranarono. Aveva capito l'importanza di quel numero. «Questo significa che... Tu sei...»

«No. Non lo sono. Sono andato da Andrea e gliel'ho chiesto.»

Jennifer lo fissò mentre esalava un respiro e si lasciava cadere sulla sedia di fronte a lui. «Sei sicuro?»

«Ha detto di no.»

«Voglio un test del DNA.»

«Per me va bene.»

«Ma non avrai Sami se lo sei. Non permetterò che venga sballottata tra noi come una palla. Quella bambina ha bisogno di stabilità e di un senso di casa e, con tutte le ore che lavori, non puoi darglielo. Potrai venire quando vuoi a trovarla, ma...»

«Ehi, ehi. Aspetta. Non dobbiamo risolvere la questione adesso.»

«Perché? Non *vuoi* il diritto di visita? Non vuoi essere coinvolto nella sua vita? Allora perché chiedere ad Andrea... oh, Dio. Andrea. E me.» Lo fissò come se non sapesse chi fosse.

E aveva ragione; non lo sapeva.

Cazzo, aveva davvero fatto un casino.

Si sedette sulla sedia accanto a lei e le prese la mano.

Per fortuna, glielo lasciò fare.

«Jen.» Le sfiorò le dita con le sue, raccogliendo i pensieri prima di alzare lo sguardo. Di tutti i discorsi che aveva tenuto nell'ultimo decennio, nessuno era mai stato più importante di questo. «Ho un'altra confessione.»

«Oh, Dio, e adesso che c'è?»

Trasali. Se l'era meritato. «Il mio nome... Una volta era...»

Lo stava fissando con un'espressione che non riconobbe.

«Una volta era John Becker. Il John Becker che andava a scuola con te. Quello a cui avevi offerto aiuto per un compito.»

Non ritirò la mano, ma non disse neanche nulla.

Lui continuò. «L'ho cambiato legalmente quando... Quando sono uscito dal sistema di affidamento.»

«Perché?»

Inspirò profondamente. «Avevo bisogno di un cambiamento. No, avevo bisogno *di* cambiare. Di diventare qualcun altro. Vedi...» Si passò la lingua sulle labbra. Non lo aveva mai ammesso a nessuno prima. «John Becker... *io*... ero un duro. Un ragazzino risentito con il mondo e con un caratteraccio ingestibile. Mia madre...»

Merda. Non aveva previsto di scavare così a fondo nella sua psiche.

D'altra parte, Jennifer meritava di sapere tutto. Se mai fosse riuscita ad amarlo, doveva conoscere *lui*. E questo faceva parte di chi era. Di chi era stato.

«Tua madre...?»

«Mia madre era... un disastro. Come Andrea. Ma non aveva una sorella come te a cui affidarmi. Finì in affido, e dopo essere stato sballottato da una casa all'altra, be'... pensai che, ehi, se mia madre, la donna che avrebbe dovuto amarmi a prescindere da tutto, non ci riusciva, allora nessun altro avrebbe potuto. Così in pratica mi chiusi in me stesso e non lasciai che nessuno si avvicinasse. Ma poi, quando raggiunta la maggiore età uscii dal sistema e vidi che la vita *lì dentro* era stata in realtà più facile di quella fuori, mi resi conto che potevo contare solo su me stesso, quindi mi serviva un piano in fretta. Dovevo cambiare, e il primo passo per creare un nuovo me era procurarmi un nuovo nome. Scelsi Beckett perché è abbastanza vicino al soprannome con cui mi hanno sempre chiamato, e Fields per l'assistente sociale a cui era davvero importato qualcosa di me. Mi aveva dato nuova vita, così riuscii a pagarmi il college e, be', il resto è sul mio profilo LinkedIn. Volevo dirtelo, ma non volevo che guardassi Beckett Fields nello stesso modo in cui avevi guardato John Becker.»

«Ah sì? E come lo guardavo?»

Deglutì. «Con pietà. Non potevo sopportarlo. Non da te.»

«Ragazzo, non mi conoscevi per niente, vero?» Si sfilò la mano e scosse la testa. «Quella non era pietà. Era la timida speranza di potermi avvicinare a te. Ma poi mi hai respinto senza darmi una possibilità. Un po' come hai fatto quando sei arrivato qui.»

«Cosa vuoi dire?»

«Ho saputo chi eri fin dal primo giorno.»

«Ma non hai detto niente.» Era perché era imbarazzata per il liceo... *o* perché lui aveva finto di non conoscerla?

Dio, aveva davvero mandato tutto all'aria. Letteralmente dal primo giorno.

Lei inarcò un sopracciglio. «Mi ricordavo chi eri a scuola e ho immaginato che avessi le tue ragioni. Potevo accettarlo, dato che le cose tra noi non si erano spinte troppo oltre. E poi, quando è successo... ho pensato che avremmo avuto questa conversazione, ma poi sei semplicemente sparito. Un biglietto stupido e... niente. E *ora* mi dici che sei andato a letto con mia sorella e io dovrei... cosa? Accettarlo? Fingere che non sia successo?»

Fece una smorfia. «No. Non sto cercando scuse, ma non era qualcosa che avevo pianificato.» Se solo avesse potuto cancellare quella notte di tanti anni fa... «Andrea... È stato un puro caso che l'abbia incontrata in un bar quella sera. Avevo appena messo a segno un gran colpo al lavoro e stavo festeggiando, e lei era lì, e...» Espirò. «La parte che segue non suonerà meglio di quello che ti ho già detto, ma devi capire... Quel giorno a scuola, quando ti sei offerta di aiutarmi?»

Attese che lei annuisse.

«Non ti avevo respinta quel giorno. Ero troppo spaventato per risponderti.»

Lei alzò gli occhi al cielo. «Ti ho spaventato? Caspita, grazie.»

Trasalì. «Scusa, non è uscita come volevo.» Scivolò in avanti sulla sedia, prendendole di nuovo la mano. «Avevo una cotta colossale per te, Jen. Dal primo momento in cui ti ho vista, eri l'epitome della ragazza dei miei sogni. Ma cosa avrebbe mai potuto vedere una come te nel nomade che ero? Non avevo la minima speranza di diventare qualcosa in questo mondo e tu meritavi qualcuno che potesse *darti* il mondo, così quando ti sei offerta di aiutarmi con il progetto, io, be'... mi sono bloccato. Non riuscivo a formulare una risposta coerente. E poi ti sei sentita in imbarazzo e te ne sei andata, e a quel punto, l'occasione era svanita. Quanto sarei sembrato patetico se fossi venuto a strisciare da te?»

«Non avresti dovuto strisciare.»

Scosse la testa. «È bello pensarlo, ma conosco la realtà. Io ero il cattivo ragazzo. Ero una sfida. Tu eri la ragazza d'oro. Anche se ci fossimo messi insieme, non avrebbe funzionato. Dovevo crescere e capire che dovevo fare qualcosa della mia vita. Che nessun altro poteva farlo per me. Che doveva venire da me.» Si picchiettò il petto. «Perché se non fossi stato io a farlo accadere, non sarebbe successo. Dovevo darmi una svegliata e guardare in faccia la realtà, cosa che non avrei fatto vivendo nel tuo mondo. Sarei stato un impostore in quel mondo e questo mi avrebbe reso pieno di risentimento e non sarebbe stato un bene per nessuno dei due.» Fece spallucce, rassegnato da tempo a questa verità. «È andata come è andata. Ma quella notte, quando vidi Andrea... era un collegamento con chi ero stato e a quanta strada avevo fatto, *e* con la ragazza che volevo davvero.» Fece un altro respiro profondo, sapendo che questo lo avrebbe fatto sembrare uno stronzo, ma doveva farle sapere tutto se c'era una possibilità che potessero superarlo.

«Ci ha provato lei con me e ho pensato, perché no? Se non potevo avere te, potevo avere un ripiego.» Le mise un dito sulle labbra. «Sì, so come suona e, credimi, non sono fiero di me. Non lo ero neanche la mattina dopo, e questo *prima* di trovarla a sniffare cocaina nel mio bagno. La cacciai fuori e pensai che quella fosse la fine della mia fantasia adolescenziale.»

«Ma poi sei comparso qui.»

«Sì, sono comparso qui.» La fissò, nel caso in cui questo momento fosse l'ultimo che avrebbe avuto con lei. Voleva memorizzare ogni singola cosa di lei. «E poi mi sono ritrovato a chiedermi se *potessi* realizzare il mio sogno.»

«Il tuo sogno? Io?»

Forse... forse era davvero disposta a perdonarlo? Poteva essere così fortunato? «Sì. Tu, Jennifer. Tu.»

Trattenne il respiro mentre lei lo guardava negli occhi, osando a malapena lasciare che la speranza prendesse vita.

«Ma che ne è del mio sogno, Beck?»

Beck. Non Beckett.

Deglutì il nodo che aveva in gola. «Cosa... cosa vuoi dire?»

«*Il mio* sogno.» Si alzò in piedi. «Arrivi qui con tutte queste grandi confessioni come se potessero rimediare a tutto, ma si tratta solo di ciò che vuoi *tu*. E ciò che voglio *io*?»

«Io...»

«No.» Sollevò una mano. «Tu hai detto la tua, ora tocca a me.» Si passò quella mano sulla bocca, poi si allontanò da lui.

Beck non aveva idea di cosa stesse per dire e la cosa lo spaventò a morte. Aveva appena commesso l'errore più grande della sua vita essendo onesto?

Ma non poteva essere altro *che* onesto se voleva che la cosa funzionasse.

Mio Dio, ti prego, fa' che questa cosa, *noi*, funzioni.

Lei si girò di scatto. «Non sono un trofeo da vincere. Sono una donna con sentimenti, speranze e sogni. Un uomo ha già fatto del suo meglio per distruggerli, e poi c'è stata Andrea a cui non fregava niente di nessuno tranne che di se stessa, lasciando a me le conseguenze. Ho dovuto modificare la mia vita a causa delle decisioni prese da altre persone. Non mi lamento perché amo Sami come se fosse mia, e la amerò fino al mio ultimo giorno, ma *non* devo sopportare di essere alla mercé degli altri. Sono così contenta che tu abbia deciso di scaricarmi addosso tutto questo per il tuo bene, ma ora sono io a dover raccogliere i cocci. Fantastico. Sei andato a letto con mia sorella ma non sei il padre di sua figlia: cosa dovrei fare con questa informazione? E hai convenientemente omesso chi fossi, così ho dovuto convincermi che non importava, ma sai una cosa? *Importa*. Importa tutto. Non voglio essere la seconda scelta di nessuno o un premio di consolazione. Merito di essere desiderata per chi sono. Non perché ho una figlia o perché sono stata gentile con te una volta o, diavolo, non lo so, perché hai qualche residuo senso di colpa, ma questa è la *mia* vita e le regole le faccio io. Voglio un partner che attraversi tutto con me, il bello, il difficile, tutta la faccenda della salute e della malattia, non qualcuno che non risponde alle mie chiamate o lascia biglietti impersonali dopo che l'ho fatto entrare nella mia vita. Voglio qualcuno che sia dalla mia parte e non che agisca alle mie spalle. Voglio qualcuno che voglia davvero *condividere* la sua vita con me e non prendere da me o usarmi. Non credo sia chiedere troppo e *non* sono disposta a compromettere chi sono perché hai preso decisioni che mi riguardano senza discuterle con me. Avresti dovuto dirmi subito chi eri. E di sicuro avresti dovuto parlarmi di Andrea prima che noi... sai...»

«Hai ragione. Avrei dovuto.» Beck si alzò. «Solo che non mi aspettavo... non ho mai pensato...»

«Cosa? Che io sia una persona vera con dei sentimenti?» Le lacrime le riempirono gli occhi.

Si sentì il più grande stronzo del mondo. «No.» Fece un passo verso di lei. Quelle lacrime e il suo *fatto entrare* dovevano significare qualcosa, no? Dovevano significare che anche lei aveva investito tante emozioni in quella conversazione quante ne aveva investite lui, il che significava che provava qualcosa per lui che valeva la pena salvare.

Fu quella speranza a fargli fare un altro passo verso di lei. «Non ho mai pensato che sarei stato abbastanza fortunato da averti nella mia vita se avessi saputo la verità.»

«Quindi eri disposto a fare qualsiasi cosa per inserirmi lì? E in che modo questo è diverso da Trent e Andrea e i miei genitori e persino mia nonna?»

Dio, stava mandando tutto all'aria. «Hai ragione, Jen. Ho stabilito le mie regole, riguardo a questo. Riguardo a noi. Ma le cose sono cambiate... *tu* mi hai cambiato. Ho continuato a cercare di mantenere un muro attorno a ciò che provavo per te, ma... è stato inutile. Perché non possono esserci muri se voglio stare con te. Sei tutto ciò che mi è mancato nella vita. Sei così incredibilmente generosa e altruista e la tua capacità di amare è sconfinata. La tua fiducia nelle persone mi umilia. La tua anima è troppo buona per uno come me, ma io *voglio* esserne degno. Degno di te. Ecco perché ho dovuto confessare tutto e dirti ogni cosa, mettermi a nudo davanti a te, mostrarti chi sono, se mai avrò una possibilità di averti nella mia vita. Perché lo voglio così tanto.» Se non avesse avuto Jennifer e Sami nella sua vita, sarebbe stato il più grande fallimento che avesse mai avuto. Avrebbe reso privo di significato tutto ciò per cui aveva lottato. Avrebbe reso privo di significato ciò che era diventato.

Doveva farglielo vedere. Doveva farle capire che lei era tutto per lui.

«Ho cambiato i miei orari qui e non ho risposto alle tue chiamate perché...» Deglutì. «Perché avevo paura.»

«Di cosa? Di me? Di Sami?»

Scosse la testa. «No. Di me. Di non fare la cosa giusta e... di non essere abbastanza bravo.» Sollevò la mano quando lei aprì la bocca. «So cosa stai per dire. Interrompere ogni contatto è stata una profezia che si autoavvera, lo capisco. Ma devi capire, Jennifer, che tu sai chi ero. Ecco perché non volevo dirtelo quando ci siamo conosciuti. Volevo essere Beckett, non John, ma poi...» Confessò tutto, compresa l'auto a noleggio e il parcheggiare in fondo alla strada finché non se ne andarono. «E vi ho guardate insieme, Sami che saltellava, tu che ridevi, e ho capito che le vostre vite andavano avanti lo stesso senza di me. Che il fatto che io fossi fuori dalla tua vita non la cambiava, ma la mia...» Si morse il labbro. «La mia si era bloccata. Non riuscivo a concentrarmi al lavoro, la mia casa era solitaria, e tutto ciò che volevo era venire qui in ginocchio, implorandoti di lasciarmi far parte della tua vita.»

«E non l'hai fatto perché...»

«Perché ho fatto la stessa cosa adesso che avevo fatto quando eravamo a scuola. Quello che faccio sempre per proteggermi. Ti ho esclusa.»

«Quindi non avresti mai detto niente? Se non fossi arrivata prima e Sami non fosse scomparsa...»

«No. Cioè, sì. Voglio dire...» Espirò. «Sei così importante per me, Jennifer, che non mi fido del mio istinto quando si tratta di te perché ti desidero così tanto, ma *avevo intenzione* di parlarti. Dovevo farlo. Meritavi di capire. Dovevo solo capire come. Quando. Ma poi Sami è scomparsa e...»

«Non sono un sogno adolescenziale da conquistare, Beckett. *John*. Entrambi, *tutti* voi, dovete capirlo.»

«Lo so, Jennifer. Ho fatto un casino, ma sono disposto a migliorare. *Voglio* migliorare. Avrei potuto tenerti nascosto tutto questo, ma non posso, *non voglio*, mentirti. Non più. Non dopo questo. Tu meriti di più. *Noi*, se può esistere un *noi*, meritiamo di più. Questa non è una fantasia adolescenziale. Questo è reale e ciò che provo per te è reale e per sempre. Sei una donna da custodire con cura. E anche Sami. Ha bisogno di una famiglia e io ho bisogno di lei tanto quanto ho bisogno di te, e ti amo e la amo come se *fosse* mia, a prescindere da quello che dirà un test del DNA.» Prese un respiro, il cuore che martellava nel petto. «Quello che sto cercando disperatamente di dire è che voglio darti ciò che vuoi, Jennifer. Voglio *essere* quella persona per te. Voglio creare una famiglia con te. Voglio Sami e voglio noi, persino tua nonna. Voglio essere la persona su cui puoi contare, quella che ti sostiene, quella che ti ama per sempre. Voglio la favola e prego Dio che anche tu la voglia con me. Ti prometto di non prendere decisioni senza discuterle con te, e farò tutto il possibile per essere degno di qualsiasi fiducia tu possa riporre in me se solo ci darai una possibilità...»

Lei lo zittì con un bacio.

Il miglior modo in cui fosse mai stato zittito.

«Questo significa che sarai il mio papà?» domandò Sami dalla soglia della cucina.

Dio, lo sperava.

Fece un respiro profondo mentre si separavano e la guardò. «Ci sto arrivando, Sami. Devo chiederglielo nel modo giusto.»

Sami entrò saltellando nella stanza. «Intendi in ginocchio, vero? Hai un anello?»

Jennifer sussultò, ma Beck ridacchiò. «Sai una cosa, Sami? Non mi importa cosa dice un test del DNA. Tu sei mia.» Guardò Jennifer. «Se mi permetterai che lo sia.» Si frugò in tasca e tirò fuori l'anello, poi si inginocchiò. «Se mi vorrai.»

Le lacrime le riempirono gli occhi.

Pregò che fossero lacrime di gioia. Ma, tanto per tanto, tanto valeva giocarsi tutto il cuore. «Jennifer Langston Bingham, so di non essere perfetto e di avere molto da imparare, ma ho già imparato cose importanti che mi hanno cambiato la vita e non riesco a pensare a niente di più importante e sconvolgente di te.» Lanciò un'occhiata a Sami. «Di voi due. Quindi, per favore, mi darai la possibilità di amarti, onorarti e custodirti per tutti i giorni della mia vita?» Deglutì. «Vuoi...» Guardò di nuovo Sami, «tu e Sami, sposarmi?»

«Sì!» Sami gli si lanciò addosso, facendogli perdere l'equilibrio e facendogli cadere l'anello di mano.

Jennifer si mise a ridere. E a piangere. Poi si gettò sopra a entrambi, circondandoli con le braccia. «Sì, John Becker Beckett Fields, a patto che tu prometta di non tenermi mai più un segreto, io... e Sami... ti sposeremo.»

E proprio così, Jennifer prese le due parti di lui e le rese una. Lo rese completo.

Beck soffiò via dal viso i capelli di lei e di Sami. «Te lo prometto, Jennifer. Su questo, puoi scommetterci.»

Epilogo

Dieci mesi e un matrimonio tanto atteso dopo...

«Oh, l'ho sempre saputo che sareste finiti insieme. Eravate solo troppo testardi per capirlo. Avevate bisogno che la nonna desse una spintarella alle cose.» La nonna Lois si servì uno dei wurstel in camicia dal buffet che portava alla sala da pranzo, il luogo prescelto per quella sera per la partita di poker mensile dei ragazzi, che da allora si era trasformata in un ritrovo familiare itinerante a cui si univano anche mogli e figli.

Jennifer si guardò intorno. Tra i cinque figli di Bryan e Beth, i gemelli di Sean e Livvy, e Sami e Cassie, la casa era strapiena.

E lo sarebbe diventata ancora di più, *doppiamente* di più, ma quello era un piccolo segreto tra lei e Beckett.

La nonna le puntò contro una crocchetta di pollo mentre Sami e Cassie passavano con i piatti stracolmi. Avevano scelto loro il menu di quella sera. «Allora, quando vi metterete al lavoro per darmi altri pronipoti?»

A Jennifer piaceva sentire quell'"altri". Alla nonna Lois c'era voluto molto, quasi otto anni, per arrivare a quel punto, ma per fortuna ci era arrivata. Certo, il matrimonio di Jennifer con Beckett aveva aiutato; aveva creato la famiglia di cui la nonna, e Jennifer, pensavano che Sami avesse bisogno. «È, ehm, in fase di valutazione, nonna.»

«Che schifo.» Sami si fermò e la fissò a bocca aperta. «Non penso sia una buona idea.»

Jennifer la guardò. «Perché no?» Fino a un secondo prima, Sami aveva insistito per avere un fratello o una sorella.

Sami rabbrividì. «Meredith mi ha detto come fanno i bambini le persone ed è semplicemente disgustoso. Non dovreste farlo.» Guardò Beckett che portava da bere alla nonna dal mobile bar nella dispensa. «*Papà* non dovrebbe farlo. È solo... che schifo.»

Cassie smise di addentare il suo bombolone. «Cosa c'è di *schifoso*? Mia mamma ha detto che i bambini li porta la cicogna. Però, sai? Non capisco come facciano a sapere quale bambino va dove. Le cicogne mi sembrano un po' stupide. Almeno quelle dello zoo lo sono. Dottor Bingham, alle cicogne fanno la bobotomia prima che vadano allo zoo?»

«Oh, Cassie, no. Non è vero.» Sami gonfiò il petto e tirò indietro le spalle. «I bambini non vengono da lì. Vedi, Meredith ha detto che...»

Jennifer ficcò uno dei mini hamburger in bocca a Sami. «Lasceremo che sia la signora Mumford a dire a Cassie quello che deve sapere, è chiaro?» Le sue sopracciglia inarcate non ammettevano repliche. La solita Meredith. «E, Cassie, penso che tu intenda *lobo*tomia e, no, nessun animale viene lobotomizzato prima di entrare in uno zoo. Gli zoo servono ad aiutare gli animali.» Girò le bambine e le indirizzò verso il tavolo nel salone, dove un paio di giochi da tavolo stavano tenendo occupati i piccoli. «E, ora, basta con *questo* argomento, sono stata chiara, Samantha Renee?»

Sami annuì, poi si tolse l'hamburger dalla bocca. «Promettimi solo che voi non farete...» Lanciò di nuovo un'occhiata a Beckett, poi di nuovo a Jennifer e rabbrividì. «*Quella cosa.*»

«Ne discuteremo domani.»

La conversazione a colazione sarebbe stata molto diversa da quella che aveva programmato.

La nonna Lois scosse la testa mentre le bambine si allontanavano e ridacchiò. «Spero di esserci quando cambierà idea su *quella cosa*.» Prese il drink da Beckett. «E per favore, *fatela eccome, quella cosa*.» Gli diede un buffetto sulla guancia. «Non avrò mai troppi pronipoti.» Gli fece l'occhiolino prima di allontanarsi a passettini.

«Sai, tua nonna ha delle idee eccellenti.» Beckett le porse un piatto con un paio di ostriche delle Montagne Rocciose, il suo contributo alla cena della serata.

I ragazzi lo avevano preso molto in giro, ma lei e Beckett si erano limitati a ridere del loro scherzo privato.

«Avere un bambino?»

«Beh, quello... e *farlo*. Ho sentito dire che è la parte più facile.» Le baciò la tempia. «Almeno, per noi lo è stato.»

Jennifer scosse la testa ridendo. «Ancora non riesco a credere al cambiamento che c'è stato in te. Che mettere su famiglia non ti faccia scappare a gambe levate.»

Lui le diede un bacio sulla guancia. «No. I miei piedi sono ben piantati proprio qui.»

«E ne sei sicuro, vero?»

«Jen, l'unica cosa di cui sono mai stato *più* sicuro è che non potevo lasciarti uscire dalla mia vita. Immagino che avere un bambino insieme garantirà che *tu* non te ne vada.»

«*Due* bambini», sussurrò lei, perché non erano pronti a dirlo a nessuno finché non lo avessero detto a Sami. «E che *io* me ne vada non è mai stata un'opzione.»

«Neanche per me. Sono qui a lungo termine, Jen. Per ogni pannolino, cane a tre zampe, gatta tirannica e vasca piena di lettiera. Tu, Sami e chiunque altro per cui *faremo quella cosa* sarete nella mia vita per il resto dei miei giorni e non potrei essere più felice.»

«Ehi, Beck!» lo chiamò Liam dalla sala da pranzo. «Ci stai o no?»

Beckett guardò i suoi amici e fece scivolare la mano sul fianco del ventre di Jennifer. «Grazie, Lee, ma no. Ho già la mia mano vincente proprio qui.»

Fine

* * *

Grazie per aver letto! Mi aiuterebbe molto se potessi lasciare una recensione dove hai acquistato questo libro, così altri lettori potranno scoprirlo più facilmente. E se vuoi leggere altre mie storie, gira la pagina!

SERATA TRA RAGAZZE NON È MAI STATA COSÌ PICCANTE!

Frigo
&
BEEF CAKE INC.
frittella
JUDI FENNELL

Il Mattino Dopo

Questa non era la sua camera d'albergo.

La giacca del completo gettata sulla sedia fu il primo indizio di Lara.

I pantaloni abbinati abbandonati sul pavimento di fronte ad essa furono il secondo.

L'avvallamento sul materasso mentre qualcuno si alzava dal letto dietro di lei fu il terzo.

Oh mio Dio. Cosa aveva fatto?

Beh, era abbastanza ovvio cosa avesse fatto, ma, oh Dio...

Lara strinse gli occhi mentre quella persona girava intorno al fondo del letto, sbirciando solo quando sentì la porta del bagno scorrere aprendosi.

Oh mio. Il sedere nudo del ragazzo sembrava davvero bello. Probabilmente meglio fuori da quei pantaloni che dentro - peccato che non ricordasse com'era dentro.

Peccato che non ricordasse lui.

La porta si chiuse con un click e Lara balzò in piedi - per il secondo shock della mattina.

Indossava solo una maglietta. E non era la sua.

Non voleva pensare di chi fosse o come fosse finita in quella maglietta; voleva solo afferrare il suo vestito, le scarpe e la borsa, e andarsene prima che la sua unica avventura di una notte finisse di fare qualunque cosa facesse un'avventura di una notte il mattino dopo.

Raccolse il vestito dal comò - no, non avrebbe pensato a come fosse finito lì - si strappò di dosso la sua maglietta e poi infilò il vestito, rinunciando a cercare il reggiseno. Voleva solo uscire.

Le sue scarpe erano accanto alla sedia - una era sotto - e la sua borsa, grazie a Dio, era appesa alla porta della camera d'albergo.

Venticinque secondi. Questo è tutto il tempo che le ci volle per fuggire dalla cosa meno da Lara che avesse mai fatto in vita sua.

Ci vollero altri trentacinque secondi perché il maledetto ascensore arrivasse al - strizzò gli occhi verso l'indicatore del piano sopra la freccia "Giù" - decimo piano.

Grazie a Dio non c'era nessuno nell'ascensore. Non aveva bisogno di testimoni per la sua passeggiata della vergogna.

Dio, Jeff sarebbe rimasto scioccato nel vederla ora? "Sessualmente noiosa e poco ispirata" era ciò che aveva detto per spiegare il tradimento - tra le altre cose - ma questa passeggiata della vergogna smentiva tutto ciò.

Non poteva crederci. Trent'anni, con la sua promettente pasticceria, eppure qualche shot di troppo all'addio al nubilato della sua compagna di stanza del college l'aveva portata a rimorchiare un tizio a caso per una notte di sesso sfrenato per curare il suo ego ridotto in frantumi da un ex che non meritava neanche un minuto del suo tempo, figuriamoci questo tipo di strategia per dimostrargli che si sbagliava.

Era stato sesso sfrenato, vero?

Chiuse gli occhi e cercò di evocare un'immagine, ma l'ultima cosa che riusciva a ricordare era di aver ballato il jitterbug sulla pista da ballo.

Non sapeva ballare il jitterbug. Ma, a quanto pare, questo non l'aveva fermata.

Oh, Dio, la sua testa. E il suo stomaco. E quella sensazione di cotone in bocca...

Il campanello suonò quando l'ascensore arrivò al secondo piano. Armeggiò per trovare la chiave della sua stanza e barcollò fuori in un corridoio fortunatamente vuoto. La sua stanza era a poche porte di distanza, e per fortuna aveva deciso di rinunciare a una compagna di stanza per questo viaggio.

Beh, una compagna di stanza regolare.

Chi era il ragazzo? Non ricordava nemmeno che aspetto avesse, figuriamoci il suo nome.

Gemette mentre entrava nella sua camera d'albergo. Quanto era grave che l'unica parte di lui che riusciva a ricordare fosse il suo sedere nudo e quello lo ricordava solo perché l'aveva visto mentre usciva dalla porta?

Si strappò di dosso il vestito - lo aveva indossato al contrario - e si diresse in bagno. Doccia, colazione e un bel bicchiere di succo d'arancia, poi poteva prendere la sua auto e andarsene alla svelta così non avrebbe rischiato di imbattersi nel suo più grande rimpianto tanto presto.

Ma la domanda era: qual era il suo rimpianto? Averlo rimorchiato in primo luogo, o non riuscire a ricordare un accidenti di quello che era successo dopo?

* * *

Gage passò l'asciugamano tra i capelli, poi se lo avvolse intorno ai fianchi. Non voleva scioccare la Bella Addormentata là fuori con la nudità quando avrebbe aperto i suoi splendidi occhi.

Colse il suo sorriso nello specchio. Sì, era da lupo, ma perché non avrebbe dovuto esserlo? Era finito con la donna più splendida della festa, e questo includeva la futura sposa.

Certo, aveva infranto le sue regole per farlo - niente festeggiamenti con i clienti - ma lei era entrata e l'aveva spiazzato.

*Sarebbe stato divertente, davvero, se non fosse stato così, beh, non divertente. Non andava mai per donne basse, more e formose. Le bombe sexy magre come modelle erano più il suo tipo. Almeno, lo erano state. Ma poi lei era entrata, le sue curve gli avevano fatto sudare i palmi delle mani, i suoi ricci imploravano le sue dita di tuffarcisi dentro e aggrapparsi, e quegli occhi color cioccolato... Grida-*vano *letto così forte che avevano quasi coperto la musica, e lui aveva fatto fatica a concentrarsi sullo spettacolo.*

Grazie a Dio i ragazzi conoscevano bene il loro mestiere. Markus lo conosceva fin troppo bene; si era concentrato su Lara fin dal primo numero di bump-and-grind.

Per fortuna, nessuno aveva messo in discussione il rapido cambio di routine che aveva fatto in modo che Markus fosse fuori scena fino a metà del secondo atto.

A quel punto, gli shot che erano circolati intorno a quel tavolo avevano assicurato che l'interesse di Lara non fosse più esclusivamente su Markus.

È stato allora che ha fatto la sua mossa.

Fatto la sua mossa . Gage gemette. Cosa era - ventenne? Non doveva mai fare mosse; le donne accorrevano a lui.

Ma lei era incastrata nell'angolo del suo separé, circondata da amiche, con lo sguardo fisso sul palco, e non sembrava che se ne sarebbe andata tanto presto.

Afferrò lo spazzolino da denti. Avrebbe dovuto muoversi prima. Forse così lei non avrebbe fatto quegli ultimi due shot. La donna era una pesi piuma. Era arrivata all'ascensore dell'hotel e letteralmente svenuta tra le sue braccia. Aveva smorzato la sua serata, ma non la sua libido.

Sperava solo che fosse più sveglia questa mattina.

Finì di lavarsi i denti e versò un bicchiere d'acqua. Ne avrebbe avuto bisogno e gli avrebbe dato la scusa per sedersi accanto a lei.

E sperabilmente fare molto di più.

Aprì la porta dolcemente. Voleva essere lui a svegliarla, non il rumore o la luce dal bagno.

Tranne che... era sparita.

Si accasciò contro lo stipite della porta. Ben gli stava. Realizzava le fantasie di centinaia di donne ogni fine settimana, ma l'unica la cui fantasia voleva personalmente esaudire apparentemente non aveva alcun interesse a lasciarglielo fare.

Libri di Judi Fennell

<u>Royally Sunk</u>

Con l'acqua alla gola

Reel è un tritone senza coda, ed Erica è terrorizzata dall'oceano. Solo una cosa potrebbe convincerla a entrare in acqua: una pistola. E solo una cosa potrebbe farcela restare: il sexy tritone che le salva la vita, solo per poi rischiare la propria.

Profondo blu selvaggio

Valerie è una principessa sirena bloccata nel cuore del paese. Rod è il principe che parte per salvarla. Ma riusciranno a sventare il complotto di un usurpatore e a tornare nell'oceano prima che la sua coda, e la sua pretesa al trono, svaniscano per sempre?

La pesca perfetta

Logan è fuggito dal circo; tutto ciò che vuole è una vita normale. La donna nuda che compare sulla sua barca è tutto fuorché normale. Soprattutto quando Angel si rivela essere una sirena... con un'arrabbiata creatura marina alle calcagna.

Amore tra gli scogli

La principessa Mariana non finge, è un'artista per davvero, e sta per dimostrarlo con la statua che sta scolpendo su un'isola deserta. Il problema è che Jace si sta nascondendo proprio lì, quindi l'unica cosa che libererà Mariana dalla sua prigione dorata è la stessa che farà uccidere Jace. L'amore è già abbastanza complicato, ma quando le previsioni del tempo annunciano uno tsunami, l'amore è davvero sugli scogli.

Smuovere le acque

Leggete dell'Incidente che ha reso Erica terrorizzata dall'oceano, del motivo per cui Valerie, la principessa perduta, fu ritrovata, e di come Michael, il giovane figlio di Logan, trovò una sirena. Le storie dietro le storie.

Bottled Magic

Sogno un genio

La fortuna di Matt è finalmente cambiata quando la genio Eden fugge dalla sua bottiglia e gli finisce letteralmente in grembo. E giura di non tornarci mai più. Sfortunatamente per entrambi, il tizio che ce l'aveva rinchiusa la rivuole indietro e non si fermerà davanti a nulla per riaverla.

Il genio ha sempre ragione

Samantha eredita la tenuta di suo padre, con tanto di genio che deve servire un ultimo padrone prima che la sua schiavitù abbia fine. Sam è più che disposta a liberare Kal, finché il suo avido ex non decide che se non può avere Sam, non l'avrà nessuno.

Il mio adorabile genio

Zane ha ereditato la villa di famiglia, di cui non vede l'ora di sbarazzarsi per mettere a tacere le voci sulla folle storia della sua famiglia. Peccato che la genio, causa di quelle voci, sia stata liberata per scatenare ancora il caos. Solo che questa volta, è con il suo cuore che sta giocando.

Ogni tuo desiderio è un suo ordine

Scoprite come Kal finì imprigionato nella sua lanterna e perché deve servire 1001 padroni. È la storia dietro la storia...

Once-Upon-A-Time Romance

La bella e il migliore

Di giorno Jolie è una chef a domicilio, di notte una scrittrice di romanzi rosa. Così, quando ottiene un ingaggio per il sexy e solitario artista Todd, ha l'eroe perfetto per il suo libro. Finché Todd non lo scopre e la caccia dalla sua cucina, dalla sua casa, e dal suo cuore.

Se la scarpetta calza

C'era una volta, tanto tempo fa, in una terra lontana, una ragazza di nome Cenerentola. Questa non è la sua storia. Questa è la storia di Lucinda Isabella Casteleoni, che, come la sua omonima, ha una matrigna cattiva, due sorellastre pacchiane e innumerevoli ore di duro lavoro che la aspettano (senza entusiasmo). Ma a differenza di quella principessa delle fiabe, il Principe Azzurro di Bella non si vede da nessuna parte. Finché un vecchietto dagli occhi verdi scintillanti non apre un negozio di scarpe in fondo alla strada. E allora la magia ha inizio...

Attraverso il vetro piombato

Un viaggio accidentale nell'Inghilterra medievale costringe Kate, dirigente pubblicitaria, a cercare freneticamente un modo per tornare a casa... Ma potrà portare con sé il sexy cavaliere dall'armatura scintillante di cui si è innamorata?

<u>Beefcake, Inc.</u>

Figo e Frittella

Lara vuole che i suoi cupcake abbiano successo. All'esotico spogliarellista Gage non dispiacerebbe assaggiarli, ma i suoi turni di lavoro per pagare le spese mediche del nipote non gli lasciano il tempo di farlo. Finché, a una festa, muscoli e cupcake non si incontrano e, *oh*, che delizia!

Figo e Fraintendere

Quando Bryan scambia Jenna per una prostituta e lei si rende conto che lui è il padre di suo figlio adottivo, gli equivoci e le incomprensioni iniziano a moltiplicarsi. Ma tra loro sta crescendo anche qualcos'altro. A volte, una svolta sbagliata può rivelarsi quella giusta...

Figo e La Fiamma

Tanner vuole che la sua ex moglie esca per sempre dalla sua vita, ma quando la nonna di lei ha un ictus e lui deve fingere di essere ancora innamorato di Juliet, può rischiare di riprovarci con l'unica donna che non ha mai smesso di amarlo?

Figo e Fiocco di Neve

Gina ha una cotta per Darien da sempre, fino al giorno in cui lui l'ha umiliata a scuola. Quindici anni dopo, lui la lascia indifferente. Darien, spogliarellista esotico, è tornato in città per sistemare alcune cose. Una è il casino che ha combinato con Gina anni prima... e *magari* riaccendere la fiamma che un tempo ardeva tra loro. Ma l'unico modo per sciogliere il ghiaccio attorno al cuore di Gina è alzare la temperatura, sia sul lavoro... che fuori.

<u>Manley Maids – Italiano</u>

Cosa succede quando tre fratelli irresistibilmente sexy perdono una scommessa a poker contro la loro intraprendente sorella? Vengono assunti per la sua impresa di pulizie. Ora, i Manley Maids sono al vostro servizio. Soddisfazione garantita.

Quello che una donna vuole

Sean, proprietario di un resort, progetta di acquistare una tenuta storica per farsi un nome e guadagnare milioni, così vi si trasferisce con il pretesto di ripulire il posto per aggirare l'unica condizione dell'eredità. Ma l'erede Olivia e il suo serraglio gli entrano sotto la pelle, e scopre che la scommessa a poker che l'ha messo in questo guaio non è l'unica a cambiare le carte in tavola.

Quello che una donna ha bisogno

La star del cinema Bryan vuole fama e fortuna, non una replica della sua infanzia "normale" e squattrinata. Dopo il clamore mediatico che ha circondato la morte del marito, Beth ha bisogno di una vita normale per sé e per i suoi figli, e la star del cinema che ha perso una scommessa e deve pulirle casa, con i paparazzi al seguito, non fa al caso suo. Ma mentre il flirt si trasforma in seduzione, Bryan deve convincere Beth di essere più uomo che domestico. O attore. Perché sta interpretando il ruolo del protagonista in una Cenerentola al contrario, e potrebbe essere il ruolo di una vita.

Quello che una donna merita

Liam non ha pazienza per le donne che spendono i soldi di un uomo senza pensare minimamente a un vero lavoro. Ma per onorare la scommessa, Liam non solo deve tollerare la socialite Cassidy, ma dovrà anche ripulire dopo di lei quando suo padre le taglierà i fondi. Senza soldi e senza una casa da pulire per Liam, Cassidy non ha altra scelta che accettare un'offerta di lavoro: come nuova domestica di Liam. Ma quando tra loro scoccherà la scintilla, sarà vero amore o solo un'altra relazione complicata?

Che donna

MaryAlice Catherine è pronta a pulire la casa dell'amica di sua nonna, solo per scoprire che il presuntuoso nipote della donna, per cui aveva una cotta da ragazzina (e lui l'aveva sempre saputo), vive lì, e lei è mortificata. Jared la ricorda diversamente; Mac era sempre stata una tipetta autoritaria, ma non le permetterà di dettare legge adesso. Ma con due di loro che vivono nella stessa casa, non si sa chi avrà la meglio.

Quello che un figo vuole

Beckett è pronto a pagare il debito per la sua scommessa a poker persa. Solo che non si era reso conto che avrebbe dovuto farlo con il suo cuore. Jennifer è quella che gli è sfuggita e ora è proprio lì, davanti a lui. A casa sua. Che lui è lì per pulire. Jennifer non può credere che il cattivo ragazzo del liceo per cui aveva una cotta pazzesca sia in casa sua, ma se c'è una cosa che il suo ex marito le ha insegnato, è che non può fare affidamento sui cattivi ragazzi. Finché Beckett non mette tutte le sue carte in tavola e si rivela essere qualcuno su cui, dopotutto, Jennifer può scommettere.

Ecco Judi!

L'autrice pluripremiata e bestseller Judi Fennell ama ridere e ama l'amore, quindi non sorprende che ci sia un po' di entrambi in ogni libro che scrive. Date un'occhiata alle sue fiabe con un tocco originale per assaggiare le sue commedie romantiche e paranormali leggere e ironiche. Dai tritoni al largo della costa del Jersey Shore, ai geni con tappeti magici, agli spogliarellisti à la Magic Mike, e ai domestici virili il cui motto è *Soddisfazione Garantita*, c'è sempre una risata e un amore da vivere.

E, nel suo abbondante (?) tempo libero, aiuta gli autori con tutti gli aspetti della scrittura e dell'autopubblicazione con la sua azienda di formattazione, design di copertine e promozioni, servizi editoriali, consulenza e audiolibri, www.formatting4U.com.

Judi vive nella periferia di Philadelphia con un serraglio di amici a quattro zampe, e il giorno in cui queste creature inizieranno A) a cantare, B) a cucire vestiti o C) a pulire la casa sarà il giorno in cui si ritirerà dalla scrittura...!

www.ingramcontent.com/pod-product-compliance
Lightning Source LLC
Chambersburg PA
CBHW071221210726
48293CB00002B/530